O JOGO DA MORTE

URSULA POZNANSKI

O JOGO DA MORTE

Tradução de
GABRIEL PEREZ

1ª edição

GALERA RECORD
RIO DE JANEIRO • SÃO PAULO
2013

CIP-BRASIL. CATALOGAÇÃO NA FONTE
SINDICATO NACIONAL DOS EDITORES DE LIVROS, RJ

Poznanski, Ursula, 1968-
P897e O jogo da morte / Ursula Poznanski; tradução de Gabriel Perez. – Rio de Janeiro: Galera Record, 2013.

    Tradução de: Erebos
    ISBN 978-85-01-09208-3

    1. Ficção juvenil austríaca. I. Título.

13-1447
CDD: 028.5
CDU: 087.5

Título original:
Erebos

Copyright © 2010 Loewe Verlag GmbH, Bindlach

Todos os direitos reservados. Proibida a reprodução, no todo ou em parte, através de quaisquer meios. Os direitos morais da autora foram assegurados.

Direitos exclusivos de publicação em língua portuguesa somente para o Brasil adquiridos pela
EDITORA RECORD LTDA.
Rua Argentina 171 – Rio de Janeiro, RJ – 20921-380 – Tel.: 2585-2000
que se reserva a propriedade literária desta tradução.

Impresso no Brasil

ISBN 978-85-01-09208-3

Seja um leitor preferencial Record.
Cadastre-se e receba informações sobre nossos lançamentos e nossas promoções.

Atendimento e venda direta ao leitor:
mdireto@record.com.br ou (21) 2585-2002.

Para Leon

Começa sempre à noite. À noite eu alimento meus planos com escuridão. Se existe algo que eu possua em abundância é a escuridão. Ela é o chão onde florescerá o que quero cultivar.

Desde sempre, quando me perguntavam, eu preferi a noite ao dia e o porão ao jardim. Apenas após o pôr do sol minhas mutiladas criaturas de ideias ousam sair de seus refúgios para respirar o ar gélido. Elas esperam que eu dê aos seus corpos deformados alguma beleza grotesca. Uma isca tem de ser bela para que a presa só perceba o anzol quando ele já repousa no fundo da carne. Minhas presas. Eu quase as quero abraçar sem conhecê-las. De certa maneira, eu farei isso. Nós seremos um, no meu espírito.

Eu não preciso procurar a escuridão, ela está sempre ao meu redor, eu a exalo como minha respiração. Como o suor do meu corpo. Entretanto, as pessoas me evitam, e isso é bom. Elas se esgueiram à minha volta, sussurrando, desconfortáveis, amedrontadas. Elas acham que é o fedor que as mantém afastadas, mas eu sei, é a escuridão.

1

Já são três e dez e nem sinal de Colin. Nick quicava a bola de basquete sobre o asfalto, pegando-a uma vez com a mão direita, outra com a esquerda, e então com a direita de novo. Ouvia-se um estrondo breve e melódico cada vez que a bola tocava o chão. Ele se esforçava para manter o ritmo. Só mais vinte — e então, se Colin não chegar, Nick irá para o treino sozinho.

Cinco, seis. Não era do feitio de Colin faltar sem dar explicação. Ele sabia bem como as pessoas eram cortadas rapidamente do time do treinador Betthany. O celular de Colin também estava desligado, ele com certeza havia se esquecido de carregar a bateria. *Dez, onze.* Mas esquecer também o basquete, seus colegas, seu time? *Dezoito. Dezenove. Vinte.* Nada do Colin. Nick deu um suspiro e colocou a bola embaixo do braço. Tudo bem, hoje a maioria das cestas ficaria finalmente por sua própria conta.

O treino foi puxadíssimo e deixou Nick encharcado de suor após duas horas. Com as pernas doloridas, Nick foi mancando para debaixo do chuveiro, pôs-se debaixo do jato d'água e fechou os olhos. Colin não apareceu mais, e Betthany, como esperado, ficou louco, descontando sua raiva inteiramente em Nick, como se fosse ele o culpado pela ausência de Colin.

Nick passou o xampu na cabeça e lavou seu cabelo — aos olhos do treinador Betthany — demasiadamente longo, prendendo-o em seguida em uma trança com um elástico. Ele foi o último a deixar o ginásio, lá fora já era noite. Enquanto descia as escadas rolantes em direção ao metrô, Nick tirou seu celular do bolso e digitou o código de discagem rápida sob o qual ele havia armazenado o número de Colin. Após o segundo toque, a caixa postal atendeu e Nick desligou sem deixar recado.

Sua mãe estava deitada no sofá lendo uma de suas revistas de cortes de cabelo enquanto assistia à televisão.

— Hoje só vai ter cachorro-quente — disse ela, mal Nick havia batido a porta. — Estou esgotada. Você pode pegar uma aspirina para mim na cozinha?

Nick jogou sua bolsa do basquete no canto e colocou um comprimido de aspirina em um copo com água. *Cachorro-quente, que ótimo.* Ele estava morto de fome.

— Meu pai não está em casa?

— Não, ele vai chegar mais tarde. É aniversário de um colega dele.

Sem muitas esperanças, Nick examinou a geladeira procurando algo mais palatável que salsicha — o resto da pizza de ontem, por exemplo —, mas não encontrou nada.

— O que você acha do que aconteceu com Sam Lawrence? — gritou a mãe, da sala. — Loucura, né?

Sam Lawrence? O nome não lhe era estranho, mas ele não conseguia relacioná-lo a nenhuma pessoa. Sempre que ele estava cansado como hoje, as informações codificadas de sua mãe lhe irritavam consideravelmente. Ele lhe serviu o coquetel contra dor de cabeça e ficou se perguntando se não deveria também tomar um comprimido.

— Você estava lá quando eles o levaram? A sra. Gillinger me contou a história hoje, enquanto eu pintava suas mechas. Ela trabalha na mesma empresa que a mãe do Sam.

— Diga-me uma coisa: Sam Lawrence estuda na minha escola?

A mãe o fitou com ar de desaprovação.

— Mas é claro! Apenas duas séries abaixo da sua. Ele foi suspenso das aulas. Você não ficou sabendo da confusão toda?

Não, Nick não sabia de nada, mas sua mãe fez questão de lhe contar detalhadamente o ocorrido.

— Encontraram armas no armário dele! Armas! Parece que eram um revólver e dois canivetes. Onde é que um garoto de quinze anos arruma um revólver? Você pode me dizer?

— Não — disse Nick, contando a verdade. O escândalo todo, como a mãe o chamou, lhe passou despercebido. Ele pensou nos massacres nas escolas americanas e sentiu um agito involuntário. Será que existia mesmo gente tão doente ao seu redor? Ele sentiu o dedo coçar para ligar para Colin, talvez ele soubesse mais a respeito, mas ele nem atendeu, aquele preguiçoso. Talvez tenha sido melhor, pois provavelmente sua mãe exagerou de novo e o tal do Lawrence só tinha consigo uma pistola de água e uma faca de cozinha.

— É triste como tudo pode dar errado enquanto os filhos estão crescendo — disse a mãe, encarando-o com aquele olhar de quem diz *meu fofinho, meu pequeno, meu bebê, você não faria uma coisa dessas, não é?*

Era essa a expressão que fazia Nick sempre ponderar se ele não deveria se mudar para a casa do irmão.

— Você estava doente ontem? Deve ter sido praga do Betthany!

— Não. Está tudo bem. — Os olhos avermelhados de Colin fixavam a parede do corredor da escola ao lado da cabeça de Nick.

— Tem certeza? Você está com uma cara horrível.

— Tenho. Eu não dormi nadinha na noite passada.

Rapidamente o olhar de Colin dirigiu-se ao rosto de Nick, para depois voltar a fixar-se na parede. Nick conteve um suspiro de raiva. Falta de sono nunca havia deixado Colin desse jeito.

— Você estava na rua?

Colin sacudiu a cabeça, suas tranças rastafári balançaram para lá e para cá.

— Certo. Mas se tiver sido seu pai que mais uma vez...

— Não foi meu pai, está bem? — Colin esquivou-se de Nick e foi para a sala de aula. No entanto, ele não se sentou no seu lugar, e sim caminhou em direção a Dan e Alex, sentados perto da janela, totalmente interessado na conversa deles.

Dan e Alex? Nick piscou os olhos sem acreditar. Aqueles dois eram tão sem-graça que o Colin costumava chamá-los de "irmãs tricoteiras". A irmã tricoteira 1 (Dan) era um nanico que dava a impressão de querer compensar isso com seu traseiro particularmente gordo, que ele fazia questão de coçar. Já a irmã tricoteira 2 (Alex) mudava a cor do rosto, em velocidade digna de recorde, do branco-papel para vermelho-sangue no mesmo instante em que alguém se dirigia a ele. Toda vez.

Será que Colin pretende candidatar-se ao posto de irmã tricoteira número 3 com os outros dois?

— Não estou entendendo — murmurou Nick.

— Falando sozinho? — Jamie apareceu atrás dele, deu um tapinha em seu ombro e largou a mochila esfarrapada pela sala de aula. Ele sorriu para Nick, mostrando-lhe os dentes mais tortos que se podiam encontrar na escola.

— Falar sozinho é um mau sinal. É um dos primeiros sintomas de esquizofrenia. Você já está ouvindo vozes também?

— Que besteira! — Nick deu um empurrãozinho amigável em Jamie. — Mas, veja, Colin está todo amigo das irmãs tricoteiras.

Ele olhou mais uma vez os três e ficou perplexo. Não era amizade aquilo, e sim submissão. Colin estava agora com um olhar suplicante jamais visto. Involuntariamente, Nick se aproximou alguns passos.

— Eu não entendo, qual o problema de você me dar mais algumas dicas? — ele ouviu seu amigo dizer.

— Não dá. E pare de agir assim, você mesmo sabe — disse Dan, cruzando os braços sobre sua barriga. Na gravata de seu uniforme havia grudado um resto da gema do ovo do café da manhã.

— Ah, vai, não é nada demais dedurar. E eu não vou caguetar você.

Enquanto Alex olhava Dan com um ar desconfiado, sua satisfação com a situação estava estampada de maneira óbvia em seu rosto.

— Esqueça — insistiu Dan. — Não seja tão presunçoso. Vamos ver como se sai nessa.

— Ao menos...

— Não! Cale essa boca, Colin!

Logo, logo. Daqui a pouco Colin vai segurar Dan pelos ombros e fazê-lo voar pelo corredor. Daqui a pouco.

No entanto, Colin apenas abaixou a cabeça e olhou para a ponta dos seus sapatos.

Havia alguma coisa errada aí. Nick caminhou na direção da janela e se juntou aos três.

— E aí, o que está havendo com vocês?

— Está precisando de algo? — perguntou Dan agressivamente.

Nick passou o olhar entre ele e os outros dois.

— De você, não — respondeu. — Só do Colin.

— Você está cego? Ele está conversando com a gente.

Nesse momento Nick ficou até sem ar. Como é que ele lhe falava daquela maneira?

— Ah, é mesmo, Dan? — perguntou ele vagarosamente. — E sobre o que ele poderia conversar com você? Sobre estampas de tricô?

Colin lhe lançou um olhar rápido com seus olhos negros, mas sem dizer uma palavra. Se a sua pele não fosse tão escura, Nick poderia jurar que ele tinha ficado vermelho.

Não pode ser! Será que Colin está escondendo algo que o Dan saiba? Será que ele o está chantageando?

— Colin — Nick falou alto —, Jamie e eu vamos nos encontrar depois da aula com um pessoal no Camden Lock. Você vem?

Demorou um tempo até Colin responder.

— Ainda não sei — disse ele com o olhar concentrado na janela. — É melhor não contar comigo.

Dan e Alex trocaram um olhar repleto de significados que causou certo desconforto no estômago de Nick.

— O que é que está acontecendo aqui, hein? — Ele agarrou seu amigo pelo ombro. — Colin, o que está havendo?

Foi o Dan, aquele rolha de poço, que tirou a mão do Nick do ombro do Colin.

— Nada que te interesse. Nada que você vá entender.

Às seis e meia, a Linha Norte estava cheia até não caber mais gente em pé. Nick e Jamie, a caminho do cinema, iam imprensados entre pessoas cansadas e suadas. Pelo menos Nick conseguia se projetar para fora daquela massa e respirar ar fresco, enquanto Jamie era desesperadamente encurralado por um engravatado e uma senhora de seios fartos.

— E digo mais, tem alguma coisa errada aí — insistiu Nick. — Dan tratou Nick como um office boy. E a mim como uma criança. Da próxima vez... — Nick se deteve.

O que ele iria fazer da próxima vez? Dar um soco no nariz do Dan?

— Da próxima vez eu vou mostrar a eles como é que é — terminou sua frase.

Jamie deu de ombros, para um movimento maior não havia espaço.

— Eu acho que você está tirando conclusões precipitadas — disse com calma. — Talvez Colin queira que o Dan lhe ensine espanhol. Ele dá aulas de apoio para muita gente.

— Não, não foi isso. Você devia tê-los ouvido.

— Então ele deve estar tramando alguma coisa — o sorriso de Jamie foi se estendendo até os molares. — Ele está sacaneando os dois, entendeu? Que nem daquela vez quando ele convenceu o Alex de que Michelle estava a fim dele. Isso foi diversão para semanas!

Contra sua vontade, Nick teve que rir. Colin fora tão convincente que Alex ficou perseguindo a acanhada Michelle. Obviamente acabaram sabendo de tudo e Alex ficou alguns dias sem mudar de cor. Ele ficou permanentemente vermelho vivo.

— Isso foi há dois anos, nessa época nós tínhamos só catorze anos — disse Nick. — E isso era retardamento de criança.

As portas do vagão se abriram e algumas pessoas desceram, enquanto muitas mais embarcaram. Uma jovem de salto alto pisou no pé de Nick com todo o seu peso e a dor espantou todos os pensamentos sobre o comportamento estranho de Colin durante os minutos seguintes.

Só mais tarde, quando eles estavam sentados na escura sala de cinema e as propagandas passavam na tela gigantesca, voltou à mente de Nick a imagem de Colin ao lado dos dois esquisitões. O olhar solicitamente brilhante de Alex, o sorriso superior de Dan. O constrangimento de Colin.

Aquilo não se tratava de aulas de apoio, não mesmo.

Durante todo o final de semana Colin não deu sinal de vida e, mesmo na segunda-feira, ele só falou com Nick o estritamente necessário, parecendo estar sempre de saída. Em um dos intervalos, Nick o observou enquanto ele passava algo às escondidas para Jerome. Algo fino, de plástico espelhado. Jerome parecia pouco interessado enquanto Colin falava sem parar, gesticulando freneticamente e depois desaparecendo de novo.

— Ei, Jerome — Nick foi em sua direção, nitidamente de bom humor. — Diz aí, o que que o Colin acabou de lhe dar?

Ele deu de ombros

— Nada de mais.

— Ah, me mostre aí.

Por um momento pareceu que Jerome fosse colocar a mão no bolso do casaco antes de pensar em algo melhor.

— Por que tanto interesse?

— Nada, não. Só curiosidade mesmo.

— Não é nada importante. E, aliás, pergunte ao Colin. — Disse Jerome, juntando-se a umas pessoas que discutiam os últimos resultados do futebol.

Nick pegou seus livros de inglês do armário e caminhou até a sala de aula, onde seu olhar, como sempre, se dirigia primeiro a Emily. Ela desenhava concentrada e de cabeça baixa. Seus cabelos escuros pendiam sobre o papel.

Ele desviou o olhar e dirigiu-se até a carteira de Colin — mas nela sentava-se como um rei a irmã tricoteira Alex. Ele e Colin, com as cabeças próximas uma à outra, cochichavam.

— Vá se... — murmurou Nick sinistramente.

No dia seguinte, Colin não foi à escola.

— Pode haver qualquer coisa por trás disso. Ei, normalmente eu que sou o desconfiado de nós dois! — Jamie bateu a porta do armário como se fosse para afirmar algo. — Você já pensou se Colin por acaso não está apaixonado? Quando é assim, a maioria enlouquece — Jamie imitou um olhar insano. — Por Gloria, por exemplo, quem sabe? Ou por Brynne. Não, não, ela é caidinha por você, Nick, seu herói da mulherada.

Nick ouviu sem prestar muita atenção, porque mais adiante no corredor, em frente aos banheiros, havia dois garotos da sétima série: Dennis e... um outro cujo nome Nick esqueceu completamente. De qualquer forma, Dennis falava com o outro freneticamente, colocando-lhe algo bem diante do seu rosto: um pacotinho fino e quadrado. A visão pareceu muito familiar a Nick. O outro sorriu e sumiu com o objeto discretamente em seu bolso.

— Talvez Colin esteja doidinho pela fofa da Emily Carver — Jamie continuou supondo. — Ele tenta de tudo com ela, então não é de se admirar o seu mau humor. Ou pela nossa favorita: Helen! — Jamie deu um forte tapa no traseiro da corpulenta menina que tentava esquivar-se dele para entrar na sala de aula.

Helen virou-se e lhe deu um golpe que o lançou metade do corredor para frente.

— Tire a mão, seu babaca — resmungou.

Após alguns segundos de susto, Jamie atacou novamente.

— Pode deixar, apesar de isso ser muito difícil no caso da sua aparência. Eu sou louco por espinhas e banha.

— Deixe-a em paz — disse Nick. Jamie ficou perplexo.

— O que é que está acontecendo com você? Você agora é do Greenpeace? Salvem as morsas e tal?

Nick não respondeu. As piadas de Jamie à custa de Helen sempre lhe fizeram sentir como se alguém estivesse soltando fogos de artifício sobre barris de pólvora.

Na televisão estava passando *Os Simpsons*. Nick estava sentado no sofá com sua calça de corrida comendo ravióli morno direto da lata. Sua mãe ainda não havia chegado. Ela devia ter saído com pressa, arrumando de novo suas coisas de qualquer jeito, pois metade da sua "caixa de ferramentas" encontrava-se espalhada pelo chão da sala. Ao entrar em casa, Nick havia pisado em um bóbi e quase se espatifou no chão. Que mãe mais bagunceira.

Seu pai roncava no quarto e havia pendurado a placa de "Por favor, não perturbe — estou recuperando forças" na porta.

A lata de ravióli estava vazia e Homer tinha acabado de bater seu carro numa árvore. Nick bocejou. Ele já conhecia o capítulo e, além disso, tinha que ir mesmo para o treino de basquete. Sem muita vontade, ele arrumou sua bolsa. Talvez pelo menos Colin apareça hoje, já que ele perdeu o último treino. Em todo caso, ligar para ele e lembrá-lo não iria fazer mal. Nick tentou três vezes, mas apenas a caixa postal atendeu e Colin só a ouvia uma vez na vida e outra na morte.

— Quem não leva o jogo a sério não tem nada o que fazer no time! — o grito de Betthany preencheu sem esforço o ginásio. Os membros do time significativamente desfalcado olhavam, embaraçados, para baixo. Betthany estava gritando com as pessoas erradas, pois essas vieram para o treino. Mas eles eram oito em vez de dezessete. Com oito jogadores não se pode formar um time, não era preciso nem pensar em substituição de jogadores. Colin obviamente não foi, mas Jerome também faltou. Estranho.

— O que aconteceu com esses fracassados? Estão todos doentes? Será que a epidemia de retardamento agudo está se alastrando pela região?

— Nick desejava que em breve Betthany ficasse sem voz.

— Se for pra ele ficar sempre de escândalo, da próxima vez eu também não venho — ele resmungou, tendo que pagar com vinte e cinco flexões.

No caminho para casa, Nick ligou mais duas vezes para Colin, sem sucesso. *Que droga!*

Por que é que ele estava tão inquieto? Só porque Colin estava agindo como um louco? "Não", concluiu após refletir brevemente. Como louco estaria bem. Mas pelo visto, Colin havia apagado Nick totalmente de sua vida de um dia para o outro. Ele devia pelo menos lhe ter explicado o porquê.

Ao chegar em casa, Nick correu para seu quarto e se jogou na cambaleante cadeira giratória junto à escrivaninha. Ele ligou o computador e abriu o programa de e-mails.

De: Nick Dunmore <nick1803@aon.co.uk>
Para: Colin Harris <colin.harris@hotmail.com>
Assunto: Tá tudo bem com você?

E aí cara! Você tá doente ou tem algo errado? Eu te ofendi ou algo do tipo? Se sim, não foi minha intenção.

E me conta, o que é que há entre você e o Dan? Aquele cara é muito estranho, e nós que éramos tão unidos...

Você vai pra escola amanhã? Se você está com problemas, vamos conversar.

A gente se vê.

Nick

Ele clicou em *enviar*, depois abriu o navegador e entrou no bate-papo do grupo do basquete. Mas não havia ninguém lá, então ele foi para o *deviant*ART. Buscou Emily. Checou se ela havia postado algum mangá novo ou algum poema na página. Ela era incrivelmente talentosa.

Ele encontrou dois esboços novos que salvou no disco rígido, e um breve texto no blog. Antes de ler, hesitou. Ele tinha sempre de ultrapassar uma barreira invisível, pois sabia que o texto não era para ele. Emily havia se esforçado para permanecer anônima, mas tinha amigas muito fofoqueiras.

Ele afugentou esse pensamento. Aqui, nesta página, ele estava perto dela. Como se pudesse tocá-la no escuro.

No blog, Emily escreveu que sua cabeça estava vazia. Ela queria ir para o campo, para longe dessa Londres massacrante. Nick sentiu suas palavras como uma punhalada. Era impensável que Emily deixasse a cidade, a vida dele. Ele leu o texto mais uma vez antes de fechar a página.

Mais uma vez Nick olhou os e-mails. Nem uma palavra de Colin. E também nenhum *tweet*, há dias já. Nick suspirou, bateu o mouse com força sobre a escrivaninha e desligou o computador.

Química era um castigo do destino. Com crescente desespero, Nick se debruçava sobre o livro e tentava entender o dever que a sra. Ganter lhes havia empurrado para esta aula. Se ao menos um C no final do ano bastasse. Mas abaixo de B não se conseguia nada e, na verdade, teria de ser um A. As faculdades de medicina não aceitam quem é ruim em química.

Ele olhou para cima. À sua frente estava sentada Emily, sua trança negra caía sobre as costas. Não eram dessas costas estreitas de sílfide, e sim as costas de uma nadadora. Assim como suas pernas, que eram longas e firmes e... Ele sacudiu a cabeça, como que para forçar seus pensamentos para o lugar certo. *Droga. Quantos mols mesmo tinham 19 gramas de CH^4?*

Logo bateu o sinal, indicando o final da aula. Sendo um dos últimos, Nick entregou sua folha, convencido de que a sra. Ganter não ficaria nada satisfeita. Emily já tinha saído; Nick saiu automaticamente procurando por ela e a encontrou, de fato, apenas alguns metros à frente no corredor. Ela conversava com Rashid, cujo enorme nariz projetava uma sombra em formato de bico na parede. Nick se aproximou alguns passos, como se fosse procurar alguma coisa em seu fichário.

— Não vai contar pra ninguém, entendeu? — Rashid segurava algo diante dela, um pacotinho fino, embrulhado em jornal. Também quadrado. — É importante. Você vai ficar boquiaberta, é simplesmente incrível.

O ceticismo no rosto de Emily dizia tudo.

— Eu não tenho tempo para essas abobrinhas.

Nick permanecia um pouco de lado observando o quadro de avisos do clube de xadrez.

— Que "não tem tempo" o quê? Tome aqui, tente só!

Olhando de lado, Nick conseguiu ver que Rashid segurava um pacotinho embrulhado em jornal diante de Emily, mas ela não o pegou. Ela deu um passo para trás e foi embora.

— Dê isso a outra pessoa — gritou ela para Rashid, voltando a cabeça para trás.

"Isso, dê para mim", pensou Nick. O que é que estava acontecendo? Como assim ninguém falava sobre esse pacotinho que estava circulando por aí? E por que diabos ele ainda não tinha um? Logo ele que sempre sabia de tudo!

Nick observava Rashid, que, com o pacotinho enfiado no bolso do casaco, arrastava os pés pelo corredor. Agora ele se dirigia a Brynne, que acabara de se despedir de uma amiga; ele falou com ela, tirou o pacotinho do bolso...

— Para onde é que você está olhando assim avoado? — Uma mão bateu com força no ombro de Nick. Jamie. — Como foi a aula pavorosa de química?

— Pavorosa — murmurou Nick. — Você pensava o quê?

— Eu só queria ouvir em primeira mão.

Algumas pessoas permaneciam paradas no meio do corredor bloqueando a vista para Brynne e Rashid; Nick se aproximou, mas a transação já estava concluída. Rashid retirou-se com seu típico andar lento e Brynne desapareceu no próximo corredor.

— Que bosta! — xingou Nick.

— O que é que houve?

— Ah, estão escondendo alguma coisa. No outro dia Colin deu alguma coisa para Jerome e eles fizeram isso de maneira bizarramente secreta. Agora Rashid acabou de oferecer primeiro à Emily, que o mandou ir passear, e depois ele foi encher a Brynne — ele passou a mão pelo cabelo preso para trás. — O resto eu não vi. Eu queria muito saber do que é que isso se trata.

— De CDs — disse Jamie calmamente. — Alguma cópia pirata, presumo. Já vi duas vezes hoje uma pessoa puxando outra para um canto e lhe empurrando um CD. Qual o problema, né?

CD. Isso estaria de acordo com o formato do pacotinho de Rashid. Uma cópia passando de mão em mão, talvez músicas indecentes. Então não é de se admirar que Emily não quisesse saber daquilo. O pensamento acalmou um pouco a curiosidade de Nick, mas... se era só um CD, por que ninguém ouvia falar dele? Da última vez que um filme proibido circulou por aí, virou o assunto do dia. Quem já o havia assistido, alongava-se em descrições, enquanto os outros ouviam mortos de inveja.

Mas agora? Parece até brincadeira de telefone sem fio, como se uma mensagem secreta estivesse circulando. Quem sabia a respeito se calava, cochichava, se isolava.

Pensativo, Nick caminhou rumo à aula de inglês. A hora seguinte foi razoavelmente chata, Nick ocupava-se com seus pensamentos; após vinte minutos, percebeu que, não só Colin, mas Jerome também havia faltado hoje.

Uma luz quente de outono lançou-se sobre a escrivaninha, colorindo de dourado a bagunça de livros, cadernos e folhas amassadas de exercícios. A redação de inglês sobre a qual Nick debruçava-se havia meia hora, tinha agora apenas três frases, sendo que as margens laterais estavam cheias de rabiscos espirais, raios e ondinhas. *Droga*, simplesmente não conseguia se concentrar, toda hora seus pensamentos perdiam o foco.

Na cozinha ele ouvia os barulhos de sua mãe trocando as estações do rádio. Whitney Houston cantava "I Will Always Love You". O que é que ele fez para merecer isso?

Ele jogou a caneta em cima da mesa, deu um salto e bateu a porta. Assim não dava, ele simplesmente não conseguia tirar esses CDs da cabeça. Como assim ele ainda não tinha um? Mais uma vez ele tentou ligar para o Colin, mas ele — que surpresa — não atendeu. Nick deixou algumas palavras grosseiras na caixa postal, foi até o número de Jerome e apertou em *ligar*. O telefone tocou uma, duas, três vezes — e então a ligação foi interrompida.

Mas que droga isso! Nick respirou fundo. Que coisa mais ridícula... Ele atirou-se em um gesto vigoroso, com o qual pretendia jogar seu celular dentro da mochila, mas se deteve repentinamente. Uma ideia lhe fazia cócegas com asinhas leves como pena. Ele tinha o telefone de Emily armazenado também.

Antes que lhe viessem à cabeça vários motivos para não fazer isso, ele já tinha discado. Mais uma vez lhe veio ao ouvido o sinal de chamada, uma, duas vezes.

— Alô?

— Emily? Er... sou eu, Nick. Eu queria lhe perguntar uma coisa... É sobre hoje... na escola... — Ele fechou bem os olhos, respirou.

— Por causa do trabalho de química?

— Não. Er... por acaso eu vi que Rashid queria lhe dar alguma coisa. Você poderia me dizer o que era?

Foram alguns segundos até Emily responder.

— Como assim?

— Então, é que... Tem uma gente agindo de maneira estranha nos últimos dias. Muitos estão faltando às aulas, você já reparou? — Bem, finalmente ele conseguiu formar frases inteiras. — E eu acho que isso tem algo a ver com essas coisas circulando por aí. Por isso... Entende? Eu queria saber do que isso se trata.

— Eu mesma não sei.

— Rashid não lhe falou nada a respeito?

— Não, ele me fez várias perguntas, queria saber coisas sobre a minha família que não lhe diziam respeito algum. Se eles me dão muita liberdade e coisas assim — deu uma risada desanimada e breve. — E se eu tinha um computador próprio.

— Ah há! — Nick esforçou-se em vão para tirar algo dessas informações. — Ele disse por que você precisaria de um computador?

— Não. Ele só me disse que iria me dar algo incrível, melhor que tudo que eu já havia visto na vida, e que eu deveria ver *sozinha* — pelo tom de Emily se percebia o que ela achava daquilo. — Ele estava bastante frenético e insistente. Mas isso você viu, ou não?

Essa última frase havia soado arrogante. Nick sentiu-se enrubescer.

— Vi, sim — disse. Houve uma pausa.

— O que você acha que é? — perguntou Emily por fim.

— Não sei. Vou perguntar a Colin quando ele voltar à escola. Ou... talvez você tenha uma ideia melhor. — Ficou um silêncio na linha.

— Não — disse Emily. — Sinceramente, eu ainda não pensei tanto a respeito disso.

Antes de fazer a próxima pergunta, Nick respirou fundo.

— E você gostaria de saber quando eu descobrir algo? Só se for interessante, claro.

— Sim, com certeza — disse Emily. — Agora eu tenho que desligar, tenho muito pra fazer.

Após a conversa, o dia de Nick estava salvo. Colin podia ir se danar. Ele havia encontrado uma ligação com Emily. E ele tinha um pretexto para voltar a ligar para ela. Assim que soubesse mais.

Colin havia voltado. Como se não houvesse acontecido nada, ele estava encostado no seu armário, sorriu para Nick e jogou os dreadlocks sobre os ombros.

— Eu tive a maior infecção de garganta da minha vida — disse, apontando para seu cachecol. — Não dava nem pra falar no telefone. Eu estava completamente rouco.

Nick procurou a mentira no rosto de Colin, mas não encontrou.

— Betthany está furioso como nunca — disse Nick. — Por que você não avisou que estava doente?

— Ah, eu não estava me sentindo bem. O homem não deve estar assim tão bravo.

Nick escolheu suas próximas palavras com cuidado.

— Deve ser muito contagiosa mesmo, essa sua doença. Anteontem só foram oito pessoas. Um absoluto recorde negativo.

Se Colin ficou espantado, não demonstrou.

— É, acontece.

— Jerome também faltou.

Foi apenas uma palpitação mínima de suas pálpebras que revelou o interesse repentino de Colin. Imediatamente Nick prosseguiu.

— Por falar em Jerome, diga-me uma coisa: o que era aquilo que você lhe deu na última vez?

A resposta saiu como se atirada por um revólver.

— O novo álbum do Linkin Park. Desculpe, eu sei que eu devia ter feito uma cópia pra você também, mas até amanhã eu lhe dou uma, tá? — disse, e então bateu a porta de seu armário, colocou os livros de matemática sob o braço e olhou Nick animado. — E aí? Vamos?

Com um impulso, Nick se desfez da perplexidade que a explicação de Colin lhe havia causado. Linkin Park! Será que ele mesmo imaginou toda aquela coisa de conspiração? E se sua imaginação tiver lhe pregado uma peça e uma onda de gripe for a causa das faltas dos alunos? E pensando bem, nem faltaram tantos assim. Nick contou rapidamente ao entrar na sala pouco depois de o sinal bater. A irmã tricoteira 2 havia faltado, e também Jerome, Helen e o caladão do Greg. Os outros se esparramavam mais ou menos adormecidos pelos bancos.

"Tudo bem", pensou Nick. "Então eu imaginei isso tudo mesmo. Não é nenhum grande segredo, só o Linkin Park." Ele riu de si mesmo e virou-se para Colin para descrever-lhe o ataque de fúria de Betthany ontem. Mas Colin nem prestou atenção. Ele estava olhando concentrado para Dan, que estava em seu lugar marcado na janela. Dan mostrava, cobrindo parcialmente com a sua barriga, quatro dedos. Colin elevou as pálpebras, reconhecendo o sinal, e levantou três dedos.

O olhar de Nick acompanhou os dois para lá e para cá, mas antes que houvesse a oportunidade de perguntar a Colin o que estava por trás desses sinais, o sr. Fornary entrou na sala. Ele lhes enfiou pelos ouvidos, durante uma hora, problemas matemáticos tão cabeludos que Nick, no final, não teve tempo de pensar em coisas tão simples como três ou quatro dedos sendo mostrados.

2

Na mesa da cozinha havia dinheiro e uma lista de compras incrivelmente grande. Sua mãe andava atarefadíssima com serviços de permanente. Como se o outono tivesse despertado em todas as mulheres de Londres a necessidade de ter cabelos cacheados. Franzindo a testa, Nick examinou a lista de compras: um sem-número de pizzas congeladas, palitinhos de peixe, pratos prontos de macarrão. Não parecia que sua mãe tivesse planejado cozinhar nos próximos dias. Ele suspirou, pegou três bolsas grandes de compras e se pôs a caminho do supermercado. E então ele se lembrou novamente dos sinais de Dan com a mão e da resposta muda de Colin. Será que ele estava vendo fantasmas? Essa era, aliás, a opinião de Jamie. "Você anda entediado, cara", ele teria concluído. "Você precisa de um hobby ou de uma namorada. Posso marcar uma saída com Emily para você?"

Nick pegou um carrinho de compras e espantou todos os pensamentos sobre a escola. Jamie tinha razão, era melhor se preocupar com problemas reais. Por exemplo, como ele iria carregar até em casa as vinte garrafas de água mineral que sua mãe havia anotado na lista.

Ao chegar na escola no dia seguinte, havia uma agitação no ar. No corredor de entrada havia muito mais alunos do que o normal, a maioria reunida em grupinhos. Eles cochichavam, murmuravam, sussurravam, suas conversas fundiam-se em um tapete de sons do qual Nick não conseguia identificar uma só palavra. As atenções em geral dirigiam-se a dois policiais, que andavam determinados pelo corredor em direção à diretoria.

Em um canto, não muito longe da escada, Nick encontrou Jamie, envolvido em uma conversa intensa com a irmã tricoteira Alex, com Rashid e com um aluno mais novo cujo nome Nick não se lembrou na hora. Ah sim, ele se chamava Adrian, tinha 13 anos e não costumava andar com alunos mais velhos. Mas Nick o reconheceu porque sua vida familiar havia sido assunto quando ele entrou na escola dois anos atrás. Diziam que o pai de Adrian havia se enforcado.

— Ei! — Jamie chamou Nick com um gesto. — O bicho está pegando hoje!

— O que os tiras estão fazendo na escola?

Jamie abriu um sorriso largo.

— Tem criminosos aqui. Bandidos. Corja de ladrões. Nove computadores foram roubados; notebooks novinhos em folha, tudo comprado para a aula de computação. Agora eles estão procurando pistas na sala de informática.

Adrian acenou com a cabeça.

— E olha que ela estava fechada — acrescentou timidamente. — Isso foi o que o sr. Garth contou para os policiais, eu mesmo ouv...

— Cale a boca, moleque — ameaçou Alex. Suas espinhas brilhavam — certamente de nervoso, presumiu Nick.

Ele sentiu repentinamente a necessidade de socar aquele idiota. Para não ter que continuar vendo-o, Nick virou-se para Adrian.

— E arrombaram a porta?

— Não; quer dizer, sim — disse animadamente. — Ela foi *aberta*. Alguém deve ter roubado a chave, mas o sr. Garth diz que isso é impossível, que todas as três estão em sua sala, uma delas, inclusive, anda com ele para todos os lados.

— Nick? — Uma voz baixa interrompeu a falação de Adrian, uma mão com unhas pintadas de esmalte transparente pousou sobre o ombro de Nick. "Emily", pensou Nick por um breve momento, corrigindo-se imediatamente depois. Emily não usava três anéis em cada dedo e não tinha um cheiro tão... oriental.

Ele virou a cabeça e olhou nos olhos azuis-claros de Brynne. Azuis como poças d'água.

— Nickinho, você pode... quer dizer, será que a gente pode conversar rapidinho, sem que nos ouçam?

Alex sorriu com malícia e passou a língua sobre os lábios, fazendo Nick cerrar os punhos.

— Certo — disse para Brynne. — Mas só alguns minutos.

Seu tom irritado aparentemente não a incomodou, e se sim, ela não demonstrou. Ela era bonita, sem dúvidas, mas era sobretudo fofoqueira e também, na opinião de Nick, não tinha nada na cabeça. Ela caminhou vagarosamente na frente dele, rebolando, até a escada que levava aos salões de ginástica. Neste horário ainda não havia ninguém lá.

— Então, Nick — disse em voz baixa. — Eu queria lhe dar algo. É incrivelmente legal, juro. — Ela vasculhou dentro de sua bolsa, deteve-se e tirou a mão de novo.

Nick olhava a bolsa fixamente. Ele já suspeitava do que se tratava e quase sorriu para Brynne.

— Mas antes eu tenho que lhe perguntar uma coisa — disse, alisando lentamente uma mecha de cabelo de sua testa.

Se você quiser fazer um favor a si mesmo, não me pergunte o que eu acho de você.

— Pode falar.

— Você tem computador? Um computador só seu, isso é importante. No seu quarto.

Era isso, finalmente!

— Tenho sim.

Ela acenou a cabeça com satisfação.

— Ah, e seus pais mexem nas suas coisas?

— Não, meus pais não são malucos.

— Que bom — ela pensou, franzindo a testa. — Espere, tem mais uma coisa.— Ela deu mais um passo em sua direção, aproximando seu rosto do dele. Seu hálito de chiclete e o perfume Harem formavam uma bizarra combinação. — Você não pode mostrar a ninguém. Senão não funciona. Você tem que guardar isso imediatamente e não contar a ninguém que eu lhe dei isso. Promete?

Mas que bobeira. Ele fez uma careta.

— Como assim?

— São as regras — disse Brynne enfaticamente. — Se você não prometer, não posso lhe dar nada.

Nick deu um suspiro alto, mostrando sua irritação.

— Por mim... prometido.

— Mas pense nisso, hein? Senão vou ter problemas — ela lhe estendeu a mão e ele a pegou, sentindo como ela estava quente. Quente e um pouco molhada.

— Bom — sussurrou Brynne. — Estou confiando em você — ela lançou um olhar que, como ele temia, parecia sedutor, e então tirou da bolsa uma caixinha fina e quadrada de plástico e a pressionou contra a mão de Nick.

— Divirta-se — murmurou e foi embora.

Ele não a viu ir. Toda sua atenção voltava-se ao objeto em sua mão, um DVD gravável em uma capinha sem nada escrito. Nick a abriu, tomado pela curiosidade.

Linkin Park uma ova.

Estava escuro ali embaixo e ele virou o DVD na direção da luz para poder reconhecer o que Brynne havia escrito nele com sua letra sapeca.

Era apenas uma palavra totalmente desconhecida para Nick: Erebos.

Jamie encarnou Nick pelo resto do dia — isso era típico dele, mas não era tão ruim. Pior do que isso foi a luta contra a tentação de tirar o DVD do bolso do casaco e mostrar ao amigo. Mas todas as vezes ele achou melhor não fazê-lo. Primeiro ele iria vê-lo sozinho, descobrir o que era aquilo e por que todos agiam de maneira tão misteriosa. Mas de maneira alguma ele iria aderir a essa bobeira de segredo que a ele mesmo dava nos nervos.

As outras aulas estenderam-se de maneira torturantemente longa. Nick mal conseguia se concentrar, sua atenção se voltava sempre para o singelo objeto em seu casaco. Ele podia senti-lo através de três camadas de tecido. Seu peso. Suas arestas.

— Tá passando mal? — perguntou-lhe Jamie antes de bater o último sinal.

— Não, como assim?

— Porque você está com uma cara estranha.

— Não, estou pensando.

Os lábios de Jamie contraíram com ironia.

— Deixe-me adivinhar. É a Brynne? Você marcou uma saída com ela?

Nick nunca iria entender como Jamie poderia acreditar que ele estaria a fim de alguém como Brynne. Porém, hoje lhe faltava ânimo para discutir.

— E se for? — respondeu, ignorando a expressão de eu-já-sabia de Jamie.

— Então espero saber os detalhes amanhã.

— Está bem. Quer dizer, não sei. Talvez.

3

O apartamento estava vazio e frio como gelo quando Nick chegou. Sua mãe devia ter saído apressada novamente e se esquecido de fechar as janelas. Ele tirou a jaqueta, fechou tudo e ligou o aquecedor de seu quarto no máximo. Então ele tirou o pacote da bolsa e o abriu: Erebos.

Nick fez uma careta. Erebos soava como Eros. *Seria isso, talvez, um programa para arrumar namorado? Isso combinaria com Brynne.* Mas essa idiota desapareceu imediatamente de sua cabeça.

Ele ligou o computador e foi pegar na sala, enquanto o sistema iniciava, um cobertor de lã para colocar em volta dos ombros.

Ele tinha pelo menos quatro horas pela frente sem ser incomodado. Mais por hábito, mas também para aumentar ainda mais a ansiedade, ele acessou os e-mails (três propagandas, quatro *spams* e um recado injuriado de Betthany, ameaçando com consequências terríveis aqueles que faltassem ao treinamento mais uma vez).

No momento em que ele iria abrir sua página no *Facebook*, Finn enviou uma mensagem pelo messenger.

— Oi maninho! Tudo bem?

Nick sorriu involuntariamente.

— Sim, tudo ótimo.

— Como é que está a mãe?

— Ela está cheia de coisas para fazer, mas está bem. E aí, como está você?

— Bem também. Os negócios estão indo às mil maravilhas.

— Legal. — Nick forçou-se a não perguntar mais detalhes.

— Nickinho, escuta. A camiseta que eu lhe prometi... você sabe qual, né?

E como ele sabia. Uma camiseta do Hell Froze Over, a melhor banda do mundo, se perguntassem a Finn.

— Sim, o que tem ela?

— Eu não estou encontrando no seu tamanho. Não pelas próximas semanas. Você é simplesmente alto demais, irmãozinho. Eles encomendaram na loja de música, mas vai demorar. Tudo bem?

No primeiro momento Nick não sabia por que estava tão decepcionado. Talvez por haver em sua cabeça a imagem dele e de Finn no *show* dali a duas semanas, ambos com a camiseta do HFO com a cabeça de diabo sobre o peito, berrando "Down the Line".

— Não tem problema, não.

— Mas eu vou comprar, prometo. Você vem me visitar de novo?

— Claro.

— Estou com saudades, rapaz, sabia?

— Eu também. — *E como*. Mas isso ele não precisava jogar na cara de Finn, pois o deixaria com remorso.

Após a conversa com seu irmão, Nick deu uma olhada nos desenhos de Emily no *deviant*ART, mas desde ontem não havia nada novo. Obviamente, ele se sentiu um pouco envergonhado e desconectou-se.

Sua voz interior lhe dizia que era melhor escrever a redação de inglês antes de se dedicar ao Erebos. Sem chances, pois a curiosidade de Nick era grande demais. Ele abriu o pacote, contraiu o rosto ao olhar a letra de Brynne e colocou o DVD no *drive*. Passaram-se alguns segundos até que uma janela se abrisse.

Nada de filme, nada de música. Um jogo.

A tela de instalação exibia uma imagem sombria. Ao fundo, se via uma torre em ruínas e ao seu redor uma paisagem em chamas. Na frente da torre encontrava-se uma espada cravada na terra nua com um lenço vermelho amarrado em seu punho. Ele balançava ao vento, como uma última lembrança de vida em um mundo morto. Acima, também em vermelho, elevava-se o logotipo: "Erebos."

Nick sentiu um desconforto no estômago. Ele aumentou o volume, mas não havia música. Apenas um estrondo abafado como o de uma tempestade se aproximando.

Nick deteve o cursor do mouse sobre o botão de instalação, com a sensação indefinida de haver esquecido algo... claro, o antivírus. Com dois programas diferentes ele verificou os arquivos do DVD e suspirou aliviado porque nenhum dos dois encontrou algo. *Então vamos lá.*

A barra de instalação avançou muito lentamente. Em passos de formiga. Várias vezes parecia que o computador havia travado. Para testar, Nick mexeu o mouse para lá e para cá — no entanto, o cursor se mexia. Ainda que lenta e vacilantemente. Impaciente, Nick ziguezagueava em sua cadeira.

Vinte e cinco por cento, mas não é possível! Ele bem que podia ir até a cozinha e buscar algo para beber.

Ao voltar minutos depois, já eram trinta e um por cento. Xingando, ele se jogou na cadeira e esfregou os olhos. *Que bosta.*

Uma hora inteira se passou quando os cem por cento foram alcançados. Nick ficou muito contente mas, em seguida, a tela ficou negra. E permaneceu negra.

Nada adiantava. Nenhuma pancada contra o gabinete, nenhuma combinação de teclas, nenhum acesso de raiva. A tela não mostrava nada além de uma escuridão implacável.

Pouco antes de Nick desistir e apertar a tecla *reset*, aconteceu algo. Letras vermelhas desprenderam-se do escuro, palavras pulsantes, como se um coração escondido as alimentasse com sangue.

"Entre.
Ou volte.
Isso é Erebos."

Ah, finalmente! Tomado por uma alegria radiante e antecipada, Nick selecionou "Entre".

Para variar, a tela ficou mais uma vez negra, por vários segundos. Nick recostou-se novamente em sua cadeira. *Tomara que esse jogo não fique muito lento*. Por causa do seu computador não podia ser: ele era tão bom como os de última geração, o processador e a placa de vídeo eram super-rápidos e tudo o que ele tinha de jogos rodava sem problemas.

Gradualmente a tela foi se iluminando, exibindo uma clareira bastante realista sobre a qual se debruçava a lua. Ao centro encontrava-se uma pessoa agachada com a camisa rasgada e calça desgastada. Sem armas, apenas com um pedaço de pau na mão. Aquilo provavelmente era seu personagem no jogo. Para ver o que acontecia, Nick clicou à sua direita, fazendo-o pular e dirigir-se exatamente à posição selecionada. *Muito bem*, os comandos podiam ser entendidos por qualquer idiota e o resto ele iria acabar aprendendo em breve. Afinal, este não era seu primeiro jogo.

Então vamos lá. Mas em qual direção? Não havia qualquer trilha ou informação. Talvez um mapa? Nick tentou em vão acessar alguma lista ou menu, mas não havia nada. Nenhuma informação sobre missões ou objetivos, nenhum outro personagem à vista. Apenas uma barra vermelha indicando a vida e abaixo dela outra azul, provavelmente de energia. Nick tentou diversas combinações de teclas que teriam sucesso em outros jogos, mas aqui elas não funcionavam.

Provavelmente este negócio deve estar cheio de erros de programação, pensou irritado. Para testar, ele clicou diretamente sobre seu jogador esfarrapado. Os dizeres "Sem Nome" apareceram sobre sua cabeça.

— Que ótimo — murmurou Nick. — O misterioso Sem Nome. — Ele movimentou seu boneco primeiro um pouco para a frente, então para a esquerda e finalmente para a direita. Todas as direções pareciam estar erradas e não aparecia ninguém a quem ele pudesse perguntar algo.

"É incrivelmente legal. Juro", Nick imitou em pensamento a voz de Brynne. Por outro lado... Colin parecia igualmente empolgado com o jogo. E Colin não era nenhum idiota.

Nick decidiu fazer seu jogador andar para a frente. Ele teria feito o mesmo se estivesse perdido, pensou. Manter uma direção. Alguma coisa ele iria acabar encontrando e toda floresta tinha um fim.

Ele concentrou-se em seu Sem Nome, que desviava agilmente das árvores e golpeava com seu pedaço de pau os galhos que se colocavam em seu caminho. Era possível ouvir cada passo do personagem, a vegetação rasteira estalava, as folhas secas farfalhavam. Ao escalar um rochedo, pequenas pedras se soltaram e rolaram para baixo.

Atrás do rochedo o chão se tornava mais úmido. Sem Nome não conseguia mais avançar tão rápido, pois seus pés toda hora atolavam até o tornozelo. Nick estava impressionado. Tudo era extraordinariamente realista, nem mesmo o ruído de caminhar sobre a lama faltava.

Sem Nome persistia e já começava a ofegar. A barra azul estava reduzida a um terço de seu comprimento. No rochedo seguinte Nick deu uma pausa ao seu jogador. Seu personagem apoiou as mãos sobre a coxa e abaixou a cabeça — claramente se esforçando-se para recuperar o fôlego.

Em algum lugar aqui deve haver um córrego. Nick ouviu o barulho da água e encerrou o descanso. Ele controlou o Sem Nome um pouco para a direita, onde ele, de fato, descobriu um pequeno curso de água. Ainda ofegando, o boneco parou diante dele.

— Ah vamos, beba logo — disse Nick. Ele pressionou a seta para baixo em seu teclado e ficou encantado quando Sem Nome de fato ajoelhou-se, pegou a água do córrego com as mãos em concha e bebeu.

Depois disso, o jogo avançou rapidamente. O chão perdia umidade e as árvores não pareciam mais tão densas. Mas ainda faltava um ponto de orientação e Nick começou a temer que sua tática de seguir sempre em frente tivesse sido um tiro no pé. Ao menos se ele pudesse ter uma visão geral melhor, um mapa talvez, ou...

Uma visão geral! Nick sorriu. Vejamos, talvez seu alter ego virtual possa não somente ajoelhar-se, mas também escalar! Ele escolheu uma árvore grossa com galhos baixos, colocou seu personagem diante dela e pressionou a seta para cima.

Cuidadosamente, Sem Nome colocou seu pedaço de pau de lado e debruçou-se sobre o galho. Ele parou assim que Nick soltou a tecla e continuou escalando quando Nick a pressionou novamente. Nick subiu o mais alto possível, até que os galhos se tornassem fracos demais e seu jogador quase caísse. Só quando encontrou uma posição segura, Nick arriscou olhar à sua volta. A vista era fantástica.

A lua cheia elevava-se sobre o céu e lançava sua luz sobre um mar verde-prateado aparentemente infinito de árvores. À esquerda havia o sopé de uma cordilheira, à direita avançava a planície. À frente, a paisagem desenvolvia-se de maneira acidentada. Pontinhos pequenos em algumas montanhas, como se feitos por uma agulha, revelavam a existência de povoados.

Isso aí, pensou Nick, triunfante. O caminho para a frente é o certo.

Ele já estava com o dedo sobre a seta para baixo quando lhe chamou a atenção um feixe de luz amarelo-ouro entre as árvores, bem próximo. Isso parecia promissor. Se ele corrigisse seu caminho um pouquinho para a esquerda, acabaria encontrando em alguns minutos a fonte de luz. *Uma casa, talvez?* Tomado por impaciência, Nick levou seu personagem de volta ao chão, onde ele pegou novamente seu pedaço de pau, e seguiu adiante. Nick mordia seu lábio inferior, esperando ter gravado corretamente o caminho.

Pouco tempo depois, ele já começava a reconhecer os primeiros raios mais fracos do feixe de luz. Praticamente no mesmo instante ele se deparou com um obstáculo: uma fenda no chão, larga demais para poder pular com seu personagem. *Droga!* A fissura estendia-se para ambos os lados e se perdia em algum lugar na escuridão entre as árvores. Dar a volta custaria muito tempo ao Sem Nome e, provavelmente, perderia sua orientação também.

Nick só foi descobrir a árvore caída após já estar há algum tempo xingando. *Se fosse possível colocá-la na posição certa...*

A barra de espaço foi a chave para o sucesso. O boneco de Nick arrastou, puxou e empurrou o tronco em todas as direções que o cursor do mouse lhe sugeriu. Quando a árvore se encontrava finalmente sobre a rachadura na terra, Sem Nome já estava ofegante e a barra de vida havia ficado um pouco mais curta de novo.

Com toda a cautela necessária, Nick foi equilibrando seu boneco sobre o tronco, que se revelou uma ponte bastante insegura ao rolar, no quinto passo, um pouco para a direita. Foi com um salto arriscado que Nick conseguiu colocar seu jogador em segurança.

O feixe de luz estava agora mais intenso que antes, e tremulava. Diante de Nick encontrava-se uma pequena clareira com uma fogueira ardendo em seu centro. Apenas um homem sentava-se diante do fogo, olhando as chamas fixamente. Nick tirou a mão do mouse, fazendo Sem Nome parar imediatamente.

O homem junto ao fogo não se mexeu. Ele não portava nenhuma arma visível, mas isso não significava nada. Ele poderia ser um mágico, como sugeria seu sobretudo longo e negro. Assim que Nick tocou o homem com o cursor do mouse, ele levantou a cabeça, revelando um rosto fino e uma boca bem pequena. No mesmo momento, uma caixa de diálogo se abriu na parte inferior da tela.

"Salve, Sem Nome." As letras cinza-prateadas contrastavam com o fundo negro. "Você foi rápido."

Nick aproximou seu boneco do homem, mas não houve reação. Ele reunia com um galho longo os pedaços de lenha de sua fogueira. Nick estava decepcionado; finalmente ele encontrava alguém nesta floresta deserta e essa pessoa dizia apenas uma saudação seca.

Apenas ao descobrir o cursor piscando na linha de baixo, Nick percebeu que o personagem esperava uma resposta. "Olá", digitou.

O homem de sobretudo negro acenou com a cabeça. "Escalar a árvore foi uma boa ideia. Poucos Sem Nomes foram tão criativos. Você é uma grande esperança para o Erebos."

"Obrigado", Nick escreveu.

"Você acha que quer continuar?" A boca pequena do homem contraiu-se em um sorriso esperançoso.

Nick quis digitar "Claro!", mas seu adversário ainda não havia terminado.

"Somente se você se aliar ao Erebos, você poderá enfrentá-lo. Isso você tem que saber."

"Certo", respondeu Nick.

O homem abaixou a cabeça e fincou seu pedaço de pau na brasa de sua fogueira. Faíscas esvoaçaram. *Isso parece sério, sério mesmo.*

Nick esperou, mas seu adversário não fez qualquer menção de continuar a conversa. Ele simplesmente já devia ter desenrolado toda a fala programada para ele.

Curioso para saber se o homem reagiria se ele falasse espontaneamente, Nick digitou "p#434<3xxq0jolk<fi0e8r" no campo de texto. Isso parecia divertir seu interlocutor virtual. Ele levantou brevemente a cabeça e sorriu.

"Ele está olhando diretamente nos meus olhos", pensou Nick, repreendendo seu desconforto. "Ele está me encarando, como se pudesse me ver através da tela."

Por fim, o homem voltou-se novamente para seu fogo.

Apenas agora Nick tinha percebido que havia música baixa tocando, uma melodia delicada, porém penetrante, que o tocou de maneira estranha.

"Quem é você?", digitou em seu campo de texto.

Claro que não houve resposta. O homem apenas abaixou a cabeça, como se precisasse pensar. Porém, alguns segundos depois e para o espanto de Nick, apareceram palavras na caixa de diálogo.

"Eu sou uma pessoa morta." Novamente ele olhou para Nick como se quisesse verificar o efeito de sua declaração. "Apenas um morto. Você, no entanto, está vivo. Você é apenas um Sem Nome, mas não por muito tempo. Em breve poderá escolher um nome, uma profissão e uma vida totalmente nova."

Os dedos de Nick escorregaram de cima do teclado. Isso era incomum, ou melhor, assustador. O jogo havia dado uma resposta coerente a uma pergunta aleatória.

Talvez fosse uma coincidência.

"Mortos geralmente não falam", escreveu e recostou-se novamente em sua cadeira. Isso não tinha sido uma pergunta, e sim uma objeção. E, para ela, o homem junto ao fogo não teria uma resposta apropriada programada.

"Você tem razão. Este é o poder de Erebos." Ele mantinha o galho no fogo e o tirou novamente em chamas.

Um pouco inquieto, embora ele mesmo não quisesse admitir, Nick verificou se seu computador estava realmente *off-line* ou se havia alguém caçoando dele. Não. Não havia conexão à internet. O galho na mão do homem queimava intensamente e seu reflexo dançava em seus olhos.

A próxima frase foi digitada pelos dedos de Nick como se por eles mesmos. "E como é estar morto?"

O homem sorriu, uma risada ofegante, vacilante. "Você é o primeiro Sem Nome que me pergunta isso!" Com um movimento distraído ele jogou o resto de seu pedaço de pau no fogo.

"É solitário. Ou cheio de fantasmas. Quem é que vai poder dizer?" Ele passou a mão sobre a testa. "Se eu lhe perguntasse 'Como é estar vivo?', o que você responderia? 'Cada um vive de sua maneira'. Da mesma forma, cada um tem sua própria morte." Como se quisesse enfatizar sua declaração, o morto colocou o capuz de seu sobretudo sobre a testa, lançando uma sombra sobre seus olhos e nariz; apenas a pequena boca permaneceu visível. "Sem dúvida você vai saber um dia como é."

Sem dúvida. Nick enxugou as mãos úmidas na calça. O assunto havia se tornado desagradável para ele.

"E como eu continuo?" digitou, divertindo-se com o fato de poder contar com uma resposta coerente.

"Você quer continuar mesmo? Estou avisando, é melhor não fazer isso."

"Mas claro que eu quero."

"Então vá para a esquerda, seguindo pelo córrego, até encontrar um desfiladeiro. Passe por ele. Depois... você verá." O homem morto encolheu-se em seu sobretudo, como se estivesse congelando.

"E preste atenção no Mensageiro de olhos amarelos."

4

O personagem caminhava ao longo do córrego, seguindo seu gorgolejar sempre à esquerda, em um trotar leve que não gastasse muito a barra de energia. Energia, Nick concluiu, não era o forte de seu Sem Nome. Toda vez, após a mais leve subida, ele já ficava ofegante e precisava fazer uma pausa, até que a barra de energia no canto direito inferior da tela ficasse azul novamente. Então continuou. Subiu pedras, pulou obstáculos, procurou o desfiladeiro. E nada de Mensageiros de olhos amarelos em lugar algum.

Gradualmente a paisagem ia se elevando à direita e à esquerda do córrego, o solo escuro da floresta dava lugar a um chão de pedras e a toda hora um pedregulho se colocava diante da trilha, dificultando o avanço de Sem Nome e fazendo-o cair várias vezes. Então, apenas quando o terreno em ambos os lados se tornara duas vezes mais alto que seu personagem, Nick percebeu que ele já se encontrava no meio do desfiladeiro. Além disso, ele notou que não estava sozinho. Na vegetação à direita e à esquerda do caminho ouvia-se um barulho de folhas, algo se movimentava; e, então, como se obedecendo a uma ordem inaudível, pequenas criaturas parecidas com sapos saltaram e caíram sobre ele. Seus pés não contavam com membranas, e sim com garras que causaram vários ferimentos ao Sem Nome de Nick. Foram alguns segundos de susto até Nick se lembrar do pedaço de pau que seu jogador levava nas mãos e começar a se defender.

Dois dos sapos conseguiram fugir, um morreu aos pés de Nick com uma paulada certeira.

— *Strike!* — murmurou Nick.

Um último sapo, no entanto, permanecia pendurado na perna esquerda de Sem Nome e uma mancha de sangue crescia sob suas garras. Alarmado, Nick percebeu que a barra vermelha estava preenchida com pouco mais da metade. Ele deu uma batida na barra de espaço, fazendo Sem Nome pular, mas sem alarmar o sapo.

A tecla esc foi que trouxe o sucesso desejado. Sem Nome deu um giro rápido como um relâmpago, espantando o sapo, e em seguida o matou com o pedaço de pau sob o comando de Nick.

Com isso, sua barra de vida já havia encolhido para bem menos que a metade. Nick assegurou-se de que não havia outras ameaças à vista e então passou o cursor do mouse sobre o cadáver do sapo, fazendo aparecer a informação "4 peças de carne".

— Pelo menos isso — murmurou Nick, deixando seu exausto personagem descansar e reunindo a carne em seguida, antes de prosseguir rumo ao desfiladeiro. Ele estava atento e pronto para atacar com seu pedaço de pau qualquer sapo com garras que aparecesse repentinamente. No entanto, não apareceram mais inimigos. Em vez disso, um barulho se manifestava ao fundo, de maneira rítmica e reverberando repetidas vezes pelas paredes do abismo. Os passos de um cavalo.

Ele entrou com Sem Nome lenta e cuidadosamente na próxima curva, atrás da qual nada se escondia além de outros paredões íngremes e mais pedregulhos.

Poucos momentos depois o tropel cessou. Nick moveu Sem Nome, encostando-o ao longo do paredão e passando por arbustos espinhosos da altura de uma pessoa. E foi seguindo adiante até que uma outra parede de terra revelou-se diante dele. Na metade da altura do paredão, mas ainda assim bem acima da cabeça de Sem Nome, destacava-se uma saliência larga que penetrava no desfiladeiro e, atrás dela, encontrava-se aberta a entrada de uma caverna. Na frente dessa passagem, sentada sobre um cavalo gigante couraçado, estava uma figura delgada com um avental cinza, que acenava tanto para Nick quanto para Sem Nome. Nick reparou rapidamente no crânio nu e pontiagudo e nos dedos exageradamente longos e ossudos do personagem, mas toda sua atenção voltava-se para os olhos amarelos pálidos.

— Você se saiu realmente muito bem.
— Obrigado.
— Mas seu vigor ainda está deixando a desejar.
— Eu sei.
— Você tem que prestar atenção nisso no futuro.

A maneira corporativa de falar do Mensageiro formava um contraste bizarro com sua aparência horripilante.

— Está na hora de você receber um nome — prosseguiu. — Está na hora do primeiro ritual. — Com um gesto calmo, ele apontou para a caverna atrás dele. — Eu lhe desejo sorte e que você tome as decisões certas. Nós nos veremos novamente. — Ele virou seu cavalo e sumiu.

Nick esperou o tropel se tornar inaudível para avançar com seu personagem até o paredão. Uma escada íngreme, talhada na pedra, levava até o ponto mais alto. "Está na hora do primeiro ritual." Por que é que ele estava de novo com as mãos úmidas? Nick clicou com o botão esquerdo do mouse na escuridão da entrada da caverna. Sem Nome marchou em sua direção e desapareceu. No momento seguinte a tela ficou negra.

Escuridão. Silêncio. Nick ziguezagueava em sua cadeira. *Por que isso demorava tanto?* Para ver o que aconteceria, ele deu umas batidinhas nas teclas, o que não adiantou absolutamente nada.

— Ah, vamos — disse, batendo no gabinete do computador. — Aguenta aí mais um pouco.

A escuridão persistiu e o nervosismo de Nick cresceu. Ele poderia tirar o DVD do computador e colocar de novo, ou apertar o botão de reiniciar, mas era arriscado. Talvez ele tivesse que começar tudo de novo desde o início. Ou talvez o jogo nem iniciasse mais.

De repente ouviu-se um som. *Tum tum!* Uma batida como a de um coração. Nick abriu a gaveta superior de sua escrivaninha, pegou o fone de ouvido e o conectou em seu computador. Agora ele ouvia o barulho com maior clareza e podia perceber algo mais ao fundo também. Cornetas tocando uma sequência sonora. Ele pensou imediatamente em sinais de caça. Aquilo parecia promissor. Como se em um segundo plano estivesse acontecendo de tudo no jogo, só que sem ele. Ele aumentou o volume e aborreceu-se por não ter tido a ideia dos fones antes. Talvez ele tenha perdido informações valiosas, alertas, avisos! Talvez ele não tenha escutado a dica importante sobre como prosseguir no jogo.

Mais por impaciência do que por esperança de acelerar as coisas, Nick bateu na tecla ENTER.

Os batimentos cessaram e letras vermelhas se despregaram novamente do fundo negro.

"Eu sou Erebos. Quem é você?"

Nick não pensou por muito tempo. Ele iria escolher o mesmo nome que já havia usado em alguns jogos de computador.

— Eu sou Gargoyle.

— Diga-me o seu nome.

— Gargoyle!

— Seu nome de verdade.

Nick espantou-se. *Mas para que isso*? Tudo bem, então ele daria um nome e um sobrenome para poder finalmente continuar.

— Simon White.

O nome estava lá, escrito em vermelho sobre o negro, e por alguns segundos nada aconteceu. Apenas o cursor piscava.

— Eu disse: seu nome verdadeiro.

Sem acreditar, Nick olhava fixamente para o monitor e chegou a sentir como se alguém o estivesse olhando de volta. Ele tomou ar e fez uma nova tentativa.

— Thomas Martinson.

Mais uma vez o nome ficou parado por alguns instantes antes do jogo responder.

— Thomas Martinson está errado. Se você quer jogar, diga-me o seu nome.

Não havia uma explicação coerente para isso. Talvez isso fosse um erro no programa e o jogo não iria aceitar nome algum. As letras desapareceram, restando apenas o cursor piscando em vermelho. Repentinamente Nick temeu que o programa houvesse travado ou que ele se bloqueasse após a terceira resposta errada, como um celular depois que se digita uma senha incorreta três vezes.

"Nick Dunmore." Digitou, na esperança de que a resposta verdadeira também fosse recusada.

Em vez disso, o programa sussurrou seu próprio nome em seu ouvido. "Nick Dunmore. NickDunmore. Nick. Dunmore." Várias e várias vezes as palavras foram reproduzidas como um lema sendo repassado entre criaturas murmurantes. Como a saudação de boas-vindas de uma comunidade invisível.

O sentimento de estar sendo observado era amedrontador. Nick procurou com as mãos o fone de ouvido para retirá-lo das orelhas. Então as letras e vozes desapareceram e uma melodia envolvente começou a tocar, uma promessa de mistério e aventura.

— Bem-vindo, Nick. Bem-vindo ao mundo de Erebos. Antes de começar a jogar, familiarize-se com as regras. Se elas não lhe agradarem, você pode encerrar o jogo a qualquer momento, tudo bem?

Nick olhava fixamente para a tela. O jogo o havia pegado mentindo. Sabia seu nome verdadeiro. Agora parecia estar esperando impacientemente por uma resposta — o cursor piscava cada vez mais rápido.

— Tudo bem — digitou Nick, com o sentimento incerto de que tudo ficaria escuro de novo se ele demorasse muito tempo. Depois, depois ele iria pensar sobre isso.

— Muito bem. Aqui está a primeira regra: você tem apenas uma chance para jogar Erebos. Se você errar, já era. Se seu personagem morrer, já era. Se você violar as regras, já era. Certo?

— Certo.

— A segunda regra: quando você estiver jogando, certifique-se de estar sozinho. Nunca mencione no jogo seu nome verdadeiro. Nunca mencione fora do jogo o nome de seu jogador.

"Como assim?", pensou Nick. Então ele se lembrou que mesmo Brynne, que nunca se importara em ser reservada, não lhe havia revelado nada sobre o Erebos: "É incrivelmente legal, sério", e foi tudo.

— Certo.

— Muito bem. E a terceira regra: o conteúdo do jogo é secreto. Não fale com ninguém a respeito dele. Principalmente com pessoas não registradas. Com os jogadores você pode trocar ideias perto das fogueiras enquanto você estiver jogando. Não divulgue informações no seu ciclo de amizades ou para sua família. Não divulgue informações na internet.

"Como se você fosse ficar sabendo", pensou Nick, e respondeu:

— Certo.

— A quarta regra: guarde o DVD do Erebos de maneira segura. Você precisa dele para iniciar o jogo. Não o copie de maneira alguma, a não ser que o Mensageiro lhe peça.

— Certo.

Assim que Nick pressionou a tecla ENTER, o sol nasceu. Pelo menos era o que parecia. O negro do monitor dava lugar a um vermelho suave e que pouco depois se transformou em tons de amarelo e dourado. O Sem Nome de Nick surgia em meio a essas cores como uma sombra, ganhando contornos lentamente, assim como a área ao seu redor — uma clareira banhada pelo sol, onde crescia um capim alto através do qual serpenteava um caminho já bastante trilhado. Ele conduzia a uma torre coberta por musgo, cuja porta pendia sobre apenas uma dobradiça. Sobre uma rocha, um pouco mais à esquerda, encontrava-se sentado Sem Nome, com os olhos fechados e a face voltada para o sol. Nick sentiu uma ponta de inveja, como se estivesse olhando fotos incríveis de férias. Por um breve momento ele acreditou poder sentir o cheiro das ervas em flor e da resina das árvores em torno da torre. Os grilos cricrilavam e o vento passava suavemente pelo capim.

A porta inclinada da torre bateu ruidosamente contra o muro, e o personagem, assustado e ainda com as roupas esfarrapadas, se levantou. Ele colocou a mão sobre o rosto e o removeu como uma máscara. Atrás dela não havia nada além de uma pele nua, lisa como uma casca de ovo.

Uma rajada de vento desdobrou a bandeira fixada no topo da torre. Ela exibia o número um desbotado.

Seguindo por aqui se chegaria ao nível um, presumiu Nick, e moveu seu jogador — cuja ausência de rosto o incomodava mais do que admitia — até a torre.

Do lado de dentro está tudo calmo: até o vento faz silêncio e a porta não bate mais. Entre palha e ossos espalhados encontram-se baús de madeira com ferragens oxidadas. Nas paredes brilham placas de cobre com palavras cunhadas sobre elas. A primeira palavra é sempre a mesma: Escolha.

Ele vai seguindo as placas na sequência.

"Escolha um sexo", ordena a primeira.

Sem hesitar, ele escolhe "masculino". Só após decidir, ele pensa que jogar como uma mulher poderia ter seu charme. *Não importa, tarde demais.*

"Escolha um povo", ele lê na segunda placa.

Neste ponto ele se detém por mais tempo. Ele descarta o bárbaro e o vampiro, apesar de experimentar vestir-se com seus corpos — ao olhar a musculatura do bárbaro, brilhante como óleo, Nick torce a boca. O homem-lagarto ele considera por alguns minutos, suas escamas reluzem de maneira tão atraente, mudando de cor conforme a incidência da luz. A espécie humana também pode ser escolhida, mas está fora de questão. *Normal demais. Fraca demais.*

Anão, lobisomem, homem-gato, elfo negro — as últimas quatro opções são todas atraentes. Ele experimenta o corpo do anão: pequeno, rústico, vigoroso. Nada mal, a altura diminuta o atrai. As pernas tortas e a expressão esgrouvinhada não tanto.

Ele acaba escolhendo o elfo negro: com no máximo uma estatura média, porém ágil, elegante e misterioso. Ele confirma sua decisão.

"Escolha sua aparência", ordena a terceira placa de cobre.

Ele quer ter a menor semelhança possível com seu alter ego virtual. Então, cabelos curtos e louros, que se destacavam arrepiados em sua cabeça, nariz pontiagudo, olhos azuis e amendoados. Ele encarou o novo personagem por ele criado e que não tinha mais semelhança alguma com o Sem Nome. Cuidadosamente, ele escolheu a roupa: um casaco verde-dourado, calças escuras, botas com cano dobrado. Um chapéu de couro, que o protegeria melhor do que nada, ainda que ele tivesse preferido um elmo. Mas infelizmente não há nenhum disponível para elfos negros.

Ele continua editando suas características faciais. Aumenta os olhos e a distância entre a boca e o nariz. Eleva as sobrancelhas. Deixa as maçãs do rosto significativamente mais protuberantes e passa a achar que agora ele se parece com o filho pródigo de um rei.

"Escolha uma profissão", diz a quarta placa.

Assassino, bardo, mágico, caçador, espião, guarda, cavaleiro, ladrão. Uma grande variedade. Ele considera as vantagens de cada profissão.

Descobre que lobisomens dão mágicos excelentes, enquanto vampiros possuem talento para assassinos e também ladrões. Os elfos negros, como ele, também dão bons ladrões.

Ele hesita. E se assusta quando de repente as dobradiças da porta rangem e esta se abre, deixando alguém entrar na torre. Uma sombra enorme. Um gnomo corcunda e de pernas tortas, nariz vermelho abatatado e um tumor azul-escuro no pescoço. Ele se aproxima mancando, monta-se sobre um dos baús e lambe os lábios.

— Mais um elfo negro, veja só. Uma espécie popular, parece.
— Sério?

Isso não conforta o elfo negro recém-fabricado. Ele não quer ser mais um entre muitos.

— A propósito. Você já escolheu uma profissão?

Ele examinou a lista.

— Provavelmente ladrão. Ou guarda. Ou talvez cavaleiro.
— E que tal mágico? Eles são poderosos, os feiticeiros.

Ele considera brevemente essa possibilidade antes de começar a se confundir. Não queria saber de bruxarias, e sim de luta com espada.

— Não, mágico não. Cavaleiro.
— Tem certeza?

Sim, ele tem. Cavaleiro soa nobre, praticamente como um príncipe.

— Cavaleiro — enfatiza.

"Escolha suas habilidades", ordena a quinta placa de cobre. E abaixo dela há uma lista longa e confusa de habilidades.

Ele escolhe a visão de longo alcance. Força, energia e a habilidade de confundir-se com a paisagem. Fazer fogo. Velocidade. Saltos.

Ele vai com calma por não saber quantas capacidades lhe cabem no total. E agora todas as decisões tomadas têm como consequência que outras ficam bloqueadas para ele. Quando ele seleciona "poder de cura", a opção "maldição mortal" se apaga. Com "escudo de força" desaparece "pele de ferro".

Após dez seleções, ele finalmente tem que terminar. As palavras se desfazem, justamente no momento em que ele pensava poder ficar escolhendo para sempre.

— Você recusou algo que lhe fará falta em breve — disse o gnomo, sorrindo.

— Pode ser.

Ele se pergunta o que aquele sujeito feio fazia ali, pois na verdade ele estaria melhor sozinho. A sexta placa está esperando.

"Escolha suas armas."

Embaixo da placa se abre um imenso baú. Espadas, lanças, escudos e outras maravilhas de todos os tamanhos. Algumas lâminas de aspecto horrível com farpas visíveis, chicotes com garras nas pontas, clavas com espinhos.

— Você quer um conselho? — pergunta o gnomo.

Para você me dar uma rasteira depois?

— Não, obrigado.

Ele quer escolher a arma certa por si só e vai tirando cuidadosamente da caixa uma espada após a outra, enfileirando-as na parede. Testa o quão bem cada uma delas pode ser erguida e o quão rápido elas brandem. Sua escolha, finalmente, é uma espada longa de lâmina fina e punho vermelho-escuro, que zumbe sedutoramente quando ele a agita no ar.

Os escudos são todos de madeira e não parecem muito confiáveis. Além disso, quanto maiores, mais pesados eles são, deixando-os mais lentos. Então ele pega o menor escudo que encontra: redondo, com bojo em bronze e pinturas azuis entrelaçadas sobre a madeira.

— Você pode prendê-lo nas suas costas — recomenda o gnomo, balançando-se agilmente sobre suas pernas tortas, como se quisesse bater as esporas no cavalo.

O elfo negro não lhe dignou uma resposta. Ele vai até a sétima e última placa.

"Escolha o seu nome."

Um pouco admirado, Nick se lembra que até algum tempo atrás ele queria se chamar Gargoyle. Mas isso não combina mais com ele de forma alguma. Ele olha ao seu redor para ver se não se abriria mais um baú contendo possivelmente pergaminhos com sugestões de nomes. Não. Para escolher o nome ele está inteiramente só. Aliás, quase, pois o gnomo insiste em ajudá-lo, da sua maneira, na decisão.

— Rabo-de-elfo, Pele-de-elfo, Polegar-névoa-negra! Fedelho-de-orelhas-pontudas, Cara-de-raposa! Ou algo clássico? Momos, Eris, Ker ou Ponos, e não vamos esquecer: Moros! Algo lhe agradou?

Ele flertou brevemente com a ideia de pegar a espada e acabar com a criatura. Não seria tão difícil e, então, haveria paz para pensar com calma. Mas ao pensar nos agudos gritos de morte do gnomo, ele se deteve.

"Algo clássico", pensou, "é um bom começo. Algo classicamente romano. Marius. Não, Sarius".

Não pensou mais, este nome era exatamente o que ele estava procurando. Ele o digita.

— Sarius, Ssssarius, Sa-ri-us — o murmúrio reverbera pela Torre. — Bem-vindo, Sarius.

— Sarius? Que sem graça! Pessoas sem graça morrem rápido. Você sabia disso, Sarius?

O gnomo salta de cima do baú e em um último gesto mostra sua língua verde e pontiaguda, que bate em seu peito.

Sarius deixa a torre e chega à relva banhada pelo sol. Apenas após ver o gnomo desaparecer na floresta, ele prende o escudo nas costas.

5

Vermelhas como pequenos rubis esféricos, elas brilham entre as folhas aveludadas. Sarius alcançou a margem da floresta e descobriu bagas que cresciam sob a sombra das árvores. Será que ele pode colhê-las?

Sim, pode. Para sua alegria, agora descobre que dispõe de uma lista de itens na qual fica armazenado tudo o que lhe pertence. Nele se encontra também a carne de sapo que ele pegou ainda como Sem Nome. No mais, a lista ainda está vazia, de maneira que há espaço o bastante para as bagas.

Ele se levanta ao ouvir um barulho nos arbustos.

Haveria uma cobra escondida? Um olhar rápido para todos os lados — *não, não há nada. Ninguém.* Sarius volta a dedicar-se às suas bagas. *Com certeza elas crescem aqui para que seja possível abastecer-se com alimentos.*

O ataque vem tão rápido que Sarius só se assusta quando tudo já passou. Dois homens o derrubaram e o mantiveram imobilizado no chão. Um deles pressiona os joelhos sobre suas costas, puxa seus braços para trás e o amarra. O outro segura sob seu queixo um punhal com sangue e cabelos grudados.

Sarius não pode se defender. Ele tenta, mas consegue apenas se debater e não pode impedir que o mais alto dos homens o levante e jogue-o sobre seus ombros como um saco.

Pronto, acabou. Sarius, elfo negro e cavaleiro, é surpreendido apanhando bagas e raptado. Um pouco de azar e o cara com o punhal vai assassiná-lo. E aí é o fim da aventura. *Bosta, imbecil, miserável.* E, óbvio, para coroar: ele com certeza deve ser o único que se deixou surpreender de maneira tão idiota.

Eles marcham através da floresta e o sujeito carregando Sarius o ajeita o tempo inteiro sobre seu ombro. Provavelmente não quer perdê-lo por descuido. Mas não é que ele o faz? — Na beira de um abismo ele se detém bruscamente, arremessa-o ao chão e, com um chute, atira-o ladeira abaixo.

Sarius capota duas vezes até atingir um terreno plano.

Aqui embaixo o esperam três figuras que se assemelham aos seus sequestradores: roupas rasgadas, pele coberta de sujeira, cicatrizes. Um deles não tem um olho, um outro é corcunda. Apenas suas armas parecem cuidadas.

— Onde vocês o acharam? — pergunta o corcunda.

— Ele estava engatinhando perto da torre. Foi mais fácil de pegar que um pombinho.

O corcunda pega Sarius pelo colarinho e o apoia contra o caule de uma árvore.

— Vocês acham que ele pode ser usado como ladrão? Será que devemos mantê-lo?

O sem olho inclina a cabeça como se pudesse, dessa maneira, examinar Sarius melhor.

— Não — conclui. — Esse aí não presta. Ele não nos serve, isso se nota em suas vestes. Ele é daqueles que marcham contra Hortulano.

— Então vamos esfaqueá-lo! — disse alegre, o corcunda.

Sarius tinha vontade de responder algo — por exemplo, que ele não conhecia nenhum Hortulano e que ele poderia, a qualquer momento, juntar-se a um bando de ladrões se ele pudesse viver por conta disso. Mas não dá. Antes, com o gnomo, ele podia falar, mas agora ele está mudo. As coisas ao seu redor passam como se em um filme.

O terceiro dos homens, cujo rosto está coberto pela sombra de um grande chapéu, não disse nada até então. Agora, ele se aproxima um passo.

— Não. Nós não vamos matá-lo. Este aqui não é como os outros.

Ele se inclina e mete a mão nos bolsos de Sarius.

— Vejam aqui. Nenhum veneno, nenhuma carta de recompensa. Nada de ouro. Este aqui podemos deixar seguir seu caminho.

— Só isso? — o corcunda se decepciona. — Mas isso não faz sentido! Não tem graça!

O homem do chapéu de abas largas balança a cabeça.

— Eu gostaria que alguém como ele vencesse no final. Mas, infelizmente, Sarius, na maioria das vezes são os pequenos que perdem. Como você. Mas eu não os machuco, não.

Ele enxota o corcunda enquanto este tentava vasculhar o conteúdo dos bolsos de Sarius.

— Em vez disso, eu lhe darei um conselho. Sabe o que seria o melhor para você?

"Não", Sarius gostaria de dizer, se pudesse. Mas, de qualquer forma, seu interlocutor não espera uma resposta. Ele o pega pelos braços e solta suas amarras.

— Você deveria deixar o Erebos. Vá e não volte mais. Aja como se você nunca tivesse estado aqui. Esqueça esse mundo. Você fará isso?

"Claro que não", pensa Sarius. Ele tenta reconhecer o rosto do homem por baixo da aba de seu chapéu, mas não consegue ver nem mesmo um olho.

— Se você quer sair do Erebos, siga em frente. Volte para a torre. Agora.

Será isso uma chance de fugir ou uma armadilha? Será que o Erebos ficará travado caso aproveite a oportunidade de fugir de seus sequestradores? Ele detém-se indeciso. O ladrão toma isso como resposta.

— Foi o que eu pensei — suspirou. — Então escute bem: ninguém aqui é seu amigo. Por mais que pareça. Ninguém irá ajudar você, pois todos querem chegar ao Círculo Interno e muito poucos conseguem.

Sarius não entende uma palavra. *Que Círculo Interno?*

— No fim, restam apenas alguns: os escolhidos para a batalha contra Hortulano. Eles podem matar o monstro e encontrar o tesouro. Para isso, não são todos que servem.

Era difícil dizer se o ladrão estava de brincadeira ou não, e Sarius não podia fazer qualquer pergunta.

— Não conte a ninguém nada do que eu disse. Não vá eliminar suas vantagens, que já não são muitas. Certifique-se de encontrar os cristais de desejos. Eles vão facilitar sua a vida. A vida, entendeu?

— Não conte a ele dos cristais de desejos — interrompe o corcunda.

— E por que não? Ele precisará deles. Sabe de uma coisa, Sarius? Os cristais de desejos são um dos maiores segredos do Erebos. Eles serão úteis a você. Eles tornam possível o impossível. Eles realizam seus sonhos.

— Se o Mensageiro souber o que você anda revelando a esse garoto, sua cabeça vai rolar — esbraveja o corcunda.

— Isso ele fará de qualquer jeito, se colocar as mãos em mim.

O homem com o chapelão — "ele é o líder, ele só pode ser o líder", pensa Sarius — lhe vira as costas e se afasta, caminhando pela vegetação rasteira. Os outros o seguem. O sem olho ainda cospe rapidamente no rosto de Sarius antes de sair. Mas, fora isso, ninguém lhe toca em um fio de cabelo. Porém, o que deve fazer agora, ninguém lhe diz.

Então ele escala novamente o desfiladeiro e tenta se orientar. A torre deve estar à esquerda, mas ele não quer voltar até lá. Olha ao seu redor, procurando um ponto de referência quando ouve repentinamente um tilintar baixo vindo da direção mais escura da floresta.

Sarius segue o ruído, que se torna mais claro a cada passo: ferro batendo sobre ferro, sobre madeira, sobre pedra. Entre um barulho e outro, berros abafados e o que pareciam ser gritos de dor. *Uma batalha*. Ele continua seguindo o som, sentindo um calor por dentro que podia ser curiosidade, medo, ou ambos, até que, de repente, encontra um obstáculo. Ele diminui o passo e fita, estupefato, um muro negro que se estende por toda a paisagem e supera as árvores em altura. O tom escuro do muro brilha como piche.

Escalar o muro nem pensar; ele precisa encontrar uma passagem. Ou o final do gigantesco obstáculo. Vira-se para a esquerda, pois é dessa direção que vêm os barulhos de luta. Ele anda até consumir toda sua barra de energia. *Nenhum portão*. Furioso, bate sua espada contra o muro. O negro do paredão se lasca, e por baixo dele duas letras se tornam visíveis: NA.

Convencido de que por baixo da camada brilhante se encontra uma mensagem escondida, ele continua a raspar o muro com a espada, esperando que isso não a estrague. Mas funciona, a espada resiste, minutos depois, Sarius descobre uma frase completa. Uma mensagem de duplo sentido: CAIA NA REDE.

Ele ouve sua própria risada. "Eu sou uma boa presa", pensa, e se conecta à internet.

No mesmo momento uma parte do muro cai, liberando a visão para uma batalha. Dois bárbaros, uma mulher-gato, um lobisomem, vários anões, três vampiros e dois elfos negros lutam contra quatro trolls inexplicavelmente horríveis. Um deles já apresenta quatro flechas cravadas em seu pescoço, que deviam ser da mulher-gato, pois ela era a única com um arco. Um outro troll balança um pedaço de pedra e o lança contra o lobisomem, que se defende com um salto. Dois dos anões ocupam-se com as pernas do terceiro troll com seus machados, ajudados pelo bárbaro mais alto, que açoita com uma clava as suas costas.

Sobre todos eles paira no ar um objeto oval azulado. Ele cintila como uma gigante safira lapidada e gira, inerte, em torno de seu próprio eixo.

Seria isso um cristal de desejos?

Ele seria, então, muito grande para simplesmente levá-lo consigo. Os outros, os lutadores, não dão a mínima para o objeto e também estão muito ocupados para isso.

Sarius pega a espada em seu cinto. Subitamente ela parece muito pequena e inofensiva. Provavelmente ele deveria entrar na luta agora, mas não ousa aproximar-se.

Sangue escorre do elmo de um dos anões, correndo por sua barba e nela penetrando. No entanto, ele ainda luta freneticamente.

Sarius respira fundo. Nenhum ferimento que venha a sofrer aqui poderá lhe causar dor de verdade, por mais real que ela pareça. Ele avança um passo, mas recua imediatamente para pensar em uma estratégia: o quarto troll está livre, tinha encurralado uma vampira, que com sua longa e fina lança tenta manter a ele e ao seu mangual afastados. Ele ainda não percebeu a presença de Sarius.

Para o troll, então. Com um rápido movimento, Sarius saca seu escudo das costas, levanta sua espada e se lança na luta. Por um momento ele se sente constrangido por ter realmente precisado tomar coragem para isso.

Sua espada acerta em cheio a pele do troll da mesma maneira que acabara de acertar o muro, mas dessa vez sem deixar uma marquinha sequer. O troll urra com sarcasmo. Ele agarra a vampira e a sacode no ar. Ela debate os braços, perde sua espada e bate contra o chão com um estrondo terrível. A faixa vermelha que ela veste na cintura torna-se cinza-escuro, restando apenas um mínimo traço de vermelho piscando.

O *indicador de vida*, conclui Sarius. Só agora ele percebe que cada um dos lutadores leva algo vermelho em seus equipamentos — na maioria das vezes uma faixa no peito ou um cinto, como ele mesmo.

A vampira sabia do risco de vida que estava correndo. Ela se arrasta até as moitas; sua perna esquerda está torcida de maneira grotesca e ela a puxa como se fosse um corpo estranho.

O troll perdeu o interesse em sua inimiga. Ele se vira e mede Sarius com seus olhos apáticos, a baba viscosa escorre de sua boca. Sarius recua involuntariamente. "Você só pode jogar esse jogo uma vez", disso ele não se esqueceu. De maneira alguma isso poderia acabar tão rápido.

Com passos errantes, o troll vem em sua direção, e Sarius dá a volta nele rápido como um relâmpago. Ele precisa atingir alguma parte sensível do troll, e o mais rápido possível. Mira nos tendões de suas pernas de réptil e os golpeia.

O troll urra novamente, mas dessa vez parece que de dor. O sangue vermelho-escuro, espesso como xarope, brota de uma ferida. Espantado, Sarius fita o largo fio de líquido rubro e percebe, tarde demais, que sobre ele gira o mangual de seu adversário — ele o vê zunindo para baixo e se lança instintivamente para o lado.

A esfera espinhenta passa raspando em seu ombro. Um chiado ensurdecedor ressoa, penetrando em seu cérebro como um arame em brasa.

Ele cai. De pé e parado junto a ele, o troll o encara, olhando para baixo com seus olhos cinza-concreto. Ele torna a levantar sua arma. E então, por trás daquele zumbido doloroso, ouve-se um estrondo. O troll cambaleia e Sarius vê o mais alto dos dois bárbaros que, aparecendo do nada, tenta quebrar a coluna do troll com sua clave.

O golpe o acerta, o inimigo monstruoso de Sarius se empina e, após mais um golpe, o troll cai de joelhos. Agora não urra mais, apenas geme. Bastou um último golpe na nuca para que sucumbisse.

Sarius quer se sentar, mas cada tentativa faz aquele som horrível aumentar. Seria melhor que se movesse lentamente. Seu cinto ainda possui cerca de um quarto de vermelho. *Será que se recuperaria com uma pausa?* Permanece deitado sobre o mato. O que viu bastou para acalmá-lo. Dois trolls a mais jazem derrotados no chão, e um terceiro fugiu. O quarto ainda está de pé, mas sendo terrivelmente atacado pelos bárbaros, e agora todos que ainda podem andar se juntam à matança. Face a tal contingente, o troll não tem qualquer chance: ele cambaleia, se debate e cai no chão com o machado de um anão cravado profundamente entre suas escápulas.

— Vitória — sussurra uma voz sem corpo.

No momento seguinte aparece o Mensageiro dos olhos amarelos às margens da floresta e freia seu cavalo diante dos combatentes.

— Vocês conquistaram o oval — diz, tocando o disco cintilante com seus dedos ossudos. — A recompensa está garantida a vocês. BloodWork!

BloodWork? Sarius não entende nada, até que o bárbaro alto dá um passo adiante e reverencia o Mensageiro.

— Você prestou a contribuição mais valiosa no combate. Eu o recompenso com um elmo de força 27. Ele o protegerá contra envenenamento, relâmpagos e feitiços febris.

O Mensageiro entrega a BloodWork um elmo dourado com chifres de carneiro. Rapidamente o bárbaro retira seu singelo capacete de ferro e coloca a proteção reluzente em sua cabeça, com a qual ele parece ainda mais alto.

— Keskorian — prossegue o Mensageiro e o bárbaro um pouco mais baixo se aproxima.

— Você deu o melhor de si, no entanto você hesita com demasiada frequência. Mesmo assim, merece uma recompensa. Pegue o elmo antigo de BloodWork, ele é melhor que o seu.

Keskorian faz o que lhe é pedido.

— Sarius! — chama o Mensageiro.

Mas já? Isso o surpreende. Ele só foi intervir nas lutas depois e sem qualquer destaque. Com notável esforço, ele se levanta. Cada movimento faz o chiado torturante aumentar. Seu ombro volta a sangrar e ele vê mais uma parte minúscula de seu cinto escurecer.

— Essa foi sua primeira batalha e você demonstrou coragem em vez de se bastar com o papel de espectador. Eu estimo a coragem, portanto você terá o que mais precisa: cura. Tome esta poção, ela recuperará sua saúde e aumentará sua energia. *Tim-tim*, amigo.

Sarius vê o frasco amarelo brilhante pairando diante de si, estende a mão e o abre. E bebe.

As marcas de sangue em seu ombro desaparecem, seu cinto irradia um vermelho vivo e, *que alívio*, o som agudo que havia surgido com seu ferimento cessa. Em seu lugar soa a música que ele ouviu na torre. A melodia é um presságio de tudo. De tudo que ele sempre quis.

— Para você, Sapujapu, que pela primeira vez resistiu até o final, eu tenho um novo machado.

O anão dá um passo para frente, pega o machado e recua rapidamente. Ocorre uma pausa. O Mensageiro contempla um após o outro, como se precisasse pensar.

— Golor! — ele chama um vampiro e o presenteia com 25 minutos de invisibilidade. E o segundo vampiro, LaCor, com 25 moedas de ouro.

Nurax, o lobisomem, recebe um elogio e uma armadura; a mulher-gato Samira, uma espada duplamente reforçada. O Mensageiro distribui presentes pequenos e maiores a todos: um escudo de runas para o segundo anão, uma adaga envenenada para Vulcanos, o elfo negro. Restam um outro elfo negro e a vampira ferida, que jaz na grama ao lado de Sarius.

— Lelant, você se manteve em segundo plano. Foi covarde, sofreu apenas dois arranhões insignificantes. Você não receberá recompensa, e estou pensando em rebaixá-lo um nível.

Lelant, o elfo negro de cabelos escuros, encontra-se às margens da luz, parcialmente encoberto pelas árvores, por entre as quais foi se esconder durante a luta.

Sarius sente uma satisfação estranha. Não foi especialmente bom, ele sabe, mas uma outra pessoa foi pior do que ele.

Eu o advirto, Lelant. O medo não compensa. Na próxima batalha eu conto com a sua vontade, sua força, com todo o seu coração.

E por fim, o Mensageiro dirige-se à vampira.

— Jaquina, você está praticamente morta. Se eu a deixar aqui, você morre em poucos segundos. Se quiser isso, deite-se para morrer. Caso o contrário, siga-me.

Com imenso esforço, a vampira se ajoelha. O sangue que corre de suas feridas é negro. Ela se arrasta até o Mensageiro que a ergue até o cavalo assim que ela se aproxima o suficiente.

— Vocês têm permissão para acender uma fogueira — diz ele, e parte com seu cavalo, galopando para a escuridão.

Sapujapu é o mais rápido. Três pedaços de lenha mais uma faísca vermelha disparada pelos seus dedos e um fogo já começa a tremular no meio da clareira. Imediatamente todos se agrupam à sua volta.

— O que vocês acham que ele quer da Jaquina? — pergunta Nurax.

— O de sempre — diz Keskorian. — Quem se importa? Se ela voltar, vai ser nível 4.

— *Se* ela voltar — responde Sapujapu.

Eles se sentam um após o outro. Sarius está indeciso. Ele se sente estranho e desconfortável. No entanto, seria bom conhecer algumas dessas pessoas aqui, talvez todas elas, quem sabe...

— Temos um novato. Sarius — observa Samira.

— Sim, mais um elfo negro — zomba BloodWork que até agora estava calado. — Eles são como moscas.

— Mas são mais bonitos que os bárbaros — completa Lelant.

— E você cale a boca, fracassado.

Lelant se cala de fato, então BloodWork volta toda sua atenção para Sarius.

— Por que um elfo negro? Não lhe disseram que já temos muitos deles?

— E o que você tem a ver com isso?

— Com certeza você também é um informante — continua o bárbaro. —, como todos do seu clã.

— Sou cavaleiro. Você tem algo contra eu chamá-lo de Bloody?

O vampiro LaCor caçoa com prazer.

— Um cavaleiro! Você vai acabar batendo as botas mais cedo do que imagina. Principalmente se você ficar inventando apelidos para BloodWork.

O que há de errado em ser cavaleiro? Sarius gostaria de perguntar, mas não quis continuar se expondo. Talvez o gnomo lhe teria dito se Sarius tivesse decidido pedir-lhe um conselho.

— Para onde o Mensageiro vai levar Jaquina? — pergunta.

— Isso você mesmo verá mais tarde — diz Sapujapu, com desdém.

— Por que você simplesmente não me conta?

— Não posso. Você está no nível 1.

Nível 1, claro. Ele acabou de começar, e, por isso, os outros estão doidos para vê-lo se danar no jogo. Ou bater as botas, como LaCor tão deleitosamente expressou. Ele examina melhor Sapujapu e Samira, mas não encontra qualquer informação sobre seus níveis. Como é que todos sabem que ele está no nível 1?

Enquanto isso, já se começa a discutir um outro assunto.

— Alguém sabe onde está Drizzel?

— Sei lá. Talvez ele esteja andando com outro grupo.

— Ou esteja em uma missão solitária.

— Eu acho que ele tem algo para fazer lá fora.

O interesse em Sarius se dissipou. Ele se alegra com o fato, mas começa a se perguntar quem é Drizzel e o que significa ter algo para fazer "lá fora". Ainda que ele não entenda tudo sobre o que está sendo falado, ele começa a relaxar, rodeado pela música encantadora que o atravessa lentamente como se fosse mel. Ela o faz sentir-se calmo e satisfeito, como se a próxima batalha já estivesse ganha.

O tempo todo Samira se mantém sentada próxima a ele. Sarius tem a impressão de que ela quer falar com ele, mas não sabe como abordá-lo.

— O elmo antigo do Blood é uma droga — resmunga Keskorian. — Eu preferia uma espada decente.

— Então você deveria ter sido mais ativo. — opina Nurax.

— Está bem, esquece. Então alegre-se você com sua armadura. Mas já aviso que ela também é uma droga. Quantos pontos de defesa ela tem? 14? É como se você estivesse usando uma de papel.

— Uma ova — revolta-se Nurax. — 14 pelo menos resistem contra flechas de orcs; ontem elas me custaram quase toda minha barra de energia!

Sarius mantém-se fora da discussão. Ele acabou de perceber que seu colete pode vir a ser um problema. Apenas cinco pontos de defesa. Tomara que não haja orcs por perto.

— Vejam só a armadura de Blood! Quantos pontos de força ela tem?

BloodWork permite-se um tempo para responder:

— 52.

— Eu não quero nem saber o que ele teve que fazer para consegui-la — observa Sapujapu.

— Ah, não se meta, seu bosta! — esbraveja o bárbaro gigantesco.

— Cuidado! O Mensageiro já repreendeu alguém por haver xingado... um ano, e eu estava perto.

Ainda enquanto Nurax está falando, um novo personagem se aproxima do fogo. Uma elfo negra, com um longo arco pendendo sobre o ombro. Sua trança negra firmemente apertada faz Sarius lembrar-se de Emily. Ele acessa seu nome: Arwen's Child.

— Olá, AC — Nurax a cumprimentava. — Uau, você agora está no nível 3! Parabéns.

— Obrigada, não foi nada. Não teve nenhuma luta hoje?

— Acabou de ter — lhe informa Keskorian. — Quatro trolls, não foi brincadeira, não. Você conhece todo mundo aqui? BloodWork com certeza, né?

— Sim, já nos enfrentamos em um verdadeiro pandemônio. Oi, Blood!

O bárbaro não dá qualquer resposta, permanecendo imóvel e olhando para o fogo fixamente.

— Mas LaCor eu não conheço. Sapujapu, Samira e Sarius também não. Estão na moda nomes começados com "Sa"?

— Melhor do que roubar de *O Senhor dos Anéis* — responde Sarius, sendo aplaudido por Samira.

Arwen's Child aproxima-se alguns passos de Sarius.

— Você está no nível 1 — constata.

— Isso.

— Mais alguém com 1, aqui?

— Hoje eu já vi quatro — diz Lelant.

Sarius quase se esqueceu do calado elfo negro. O que possivelmente se devia ao fato de que Lelant havia interpretado a palavra "negro" de maneira demasiadamente literal: sua roupa é toda preta, seus cabelos, idem, e seu rosto tem cor de café com muito pouco leite. Involuntariamente, Sarius se pergunta se por trás do personagem não se esconderia Colin.

— Tem cada vez mais gente do nível 1. Com Sarius, já são hoje dois elfos negros, uma mulher-lobo e um ser humano.

— Seres humanos são bastante raros — opina Sapujapu.

— E desnecessários — completa BloodWork.

Sarius gostaria de fazer algumas perguntas na próxima vez que houvesse uma pausa na conversa. Se a pedra oval girando sobre eles era um cristal de desejos. O que ele deve fazer para sobreviver à próxima batalha com seus equipamentos insuficientes. Ou como ele poderia chegar rapidamente ao próximo estágio. Pois estar no nível 1, conforme parecia, era o mesmo que ser um zero.

— Vocês têm dicas boas para mim? — pergunta a todos.

— Sim. Tente permanecer vivo — diz Nurax. — O melhor é manter-se perto de um jogador mais forte na próxima luta, enquanto você estiver fraco assim.

— Estou fora dessa — diz BloodWork — Elfos miseráveis.

— Por que é que você está dando dicas ao novato? — resmunga Keskorian. — Nós somos adversários, esqueceram? Você quer receber a recompensa no final ou quer que ele o faça? Por mim, os novatos podem todos morrer, nós já somos muitos, mesmo.

— Isso aí — diz BloodWork.

— Somos muitos para o quê?

Nurax calou-se após terem-no refutado duramente, mas Sapujapu ignorou as objeções dos bárbaros.

— Então, para a última luta. O grande combate contra Hortulano. Dele só podem participar umas cinco ou seis pessoas e aí eles ganham... um tipo de prêmio acumulado. BloodWork está empenhadíssimo, você não faz ideia.

O bárbaro mencionado levanta o punho e derruba Sapujapu no chão com um só golpe. Uma parte do cinto do anão torna-se negra.

— E agora calem a boca, seus idiotas. Vocês não têm noção de nada.

Com essas palavras, BloodWork afasta-se do fogo, indo para as margens da floresta. Keskorian o segue como um cachorro segue seu dono.

— Pode isso? Isso é permitido? — pergunta Nurax agitado, enquanto Sapujapu tenta se levantar.

— Parece que sim. Do contrário, já teria aparecido um dos gnomos do Mensageiro e o repreendido. Eles aparecem imediatamente com qualquer violação mínima das regras — explica Arwen's Child.

Neste exato momento, algo salta de uma moita. Um gnomo com pele laranja que, com exceção disso, assemelha-se ao da torre.

"Ah", pensa Sarius, "lá vêm problemas para o grandalhão".

Mas com as grosserias de BloodWork o gnomo não gasta uma só palavra.

— Notícias do chefe de vocês: violadores de tumbas estão saqueando os santuários. Mate-os e os pertences deles serão seus. Comecem! Separem-se, dispersem-se, apressem-se!

Com um movimento com as mãos ele apaga o fogo e se esconde novamente nos arbustos.

O que fazemos agora? Sarius gostaria de perguntar, mas junto com o fogo, desapareceu também a possibilidade de estabelecer um diálogo. *Será que os outros sabem onde estão os santuários?* Aparentemente não, pois eles correm em diferentes direções. BloodWork embrenha-se no mato à esquerda, com Keskorian em sua cola. LaCor e Arwen's Child correm para a direita, Nurax, Golor e Lelant também se dispersaram logo após os bárbaros.

Para não ficar sozinho para trás, Sarius mantém-se junto a Sapujapu. O anão não é exatamente ágil e Sarius ainda tem a velocidade dentre seus atributos escolhidos. Eles vão floresta adentro, onde são recebidos por escuridão e ruídos ameaçadores. Sarius mantém-se colado em Sapujapu, mas sua energia mingua a cada passo.

Será que é por que ele está no nível 1? Sapujapu trota vagarosa, porém incessantemente, à sua frente. Se Sarius tiver de descansar, o anão não irá esperar.

E por que deveria?

A barra de energia diminui cada vez mais. Sarius ofega, sua respiração acelera, ele começa a tropeçar. *Se ele pudesse ao menos parar para pegar um ar...* Mas Sapujapu marcha adiante como uma locomotiva e Sarius não quer ficar para trás. Por isso ele corre, atentando sempre para a barra azul. E então surge uma subida, nem longa e tampouco íngreme, mas é muito para ele. Ele simplesmente cai no chão. Seu peitoral levanta e abaixa em movimentos respiratórios rápidos e desesperados, enquanto Sapujapu desaparece entre a vegetação.

A alguma distância já é possível ouvir sons de luta. *Veja só, Blood-Work foi pelo caminho certo e toma para si todas as honras.* Lentamente Sarius se levanta. Ele cambaleia, seu desgaste é enorme. Pelo menos agora ele sabe a direção e seguirá os ruídos da luta. Se ainda houver violadores de tumba para ele, bom. Se não, paciência.

Cuidadosamente e procurando recuperar suas forças, Sarius avança. Pouco tempo depois aparece à sua esquerda o muro negro. Ele dá uma pausa, bate com a espada nas pedras reluzentes e espera descobrir mais uma vez algum texto que possa ajudá-lo.

A camada negra do muro até se desfaz, mas sob ela só há mais negro. Sarius segue o muro, entrando na floresta, e tenta mais uma vez. Encontra pedra negra, nada mais. Um pouco frustrado, ele raspa a casca de uma árvore, fazendo com que algo saia voando de sua copa com abafadas batidas de asas.

Mas ao que parecia, o pássaro não era a única criatura que ele tinha assustado. Em um arbusto distante, a apenas alguns passos dali, as folhas se agitam. Ele vê um brilho. A espada ainda nas mãos, ele corre para o matagal e golpeia aleatoriamente. Um grito ressoa junto com um tilintar.

No momento seguinte, um ser parecido com um *kobold*, com a pele tão amarela e rugosa como pergaminho, dá um salto. Em seu ombro há um forte sangramento e continua agarrado à coisa brilhosa que ele envolve com seus braços. Sarius corre atrás dele, batendo com a espada sem acertar. O gnomo deixa cair algo parecido com uma chave de prata e continua correndo. Com o seguinte golpe de espada, Sarius causa uma ferida profunda na perna do violador de tumba, que urra e cai no chão sem largar o produto roubado. Sarius não hesita: acerta mais duas vezes o *kobold* até ele não poder mais...

— Nick?

... se mexer. Seus braços deslizam para os lados, seu elmo rola até o chão, um punhal curto, um...

— Nick? O que é que você está jogando aí?

— Depois eu te conto.

... um amuleto e mais alguma coisa parecida com uma caneleira. Apressadamente, Sarius recolhe tudo, mas havia uma coisa a mais lá, era uma...

— É novo isso? Onde é que você arrumou?

— Já, já, está bem? Só mais um minuto!

Isso. A chave que o ladrão deixou cair. Onde ela foi parar? *Saiu rolando, que droga*. Tinha que encontrá-la. Ele vasculha os arbustos.

— Você já comeu?

— Que inferno, você não pode me deixar um minuto em paz?

Ali está a chave. Ela foi parar em um tronco de árvore. Atrás dele, ouve-se de repente um barulho assustadoramente alto. Ele vira para trás.

Era só sua mãe, que havia batido a porta com força.

6

A água fervia na cozinha em uma panela grande. Sua mãe estava com o cotovelo apoiado no aparador, folheando uma revista feminina. Em seu copo de vinho tinto havia apenas mais um gole.

— Sinto muito por agora há pouco — Nick examinava sua mãe por trás. Ela havia pintado de laranja duas mechas de seu cabelo negro. Elas eram novas e não agradaram a Nick.

— Tem macarrão com molho pronto — disse, sem se levantar. — Mais do que isso eu não consigo fazer hoje. — Ela bocejou. — O que é que você estava fazendo que eu atrapalhei tanto?

— Ah, nada. Sinto muito, eu me comportei como um idiota.

— Tem razão — sua mãe virou-se para ele e sorriu. — Era interessante assim?

— Sim — ele se sentiu obrigado a detalhar um pouco mais. — Eu ganhei hoje mesmo. Um jogo de aventura. Realmente nada mal.

Sua mãe despejou o macarrão na água fervendo. — Espero que você tenha feito algo da escola também.

— Com certeza — disse Nick, escondendo sua consciência pesada com um sorriso.

23h. O zumbido da lâmpada sobre a escrivaninha. Um carro estacionando numa rua próxima. E a calma exaustiva de um apartamento cheirando a molho de tomate com alho em pó.

Após comer, Nick ainda deu uma enrolada em seu trabalho de inglês. Logo ligou o computador e iniciou o Erebos. Ele esperou por vários minutos, tomado por ansiedade, até que o negro do monitor sumisse e as letras vermelhas aparecessem. Só percebeu que segurava a respiração ao expirar aliviado quando o jogo começou.

A paisagem noturna lhe é estranha. Não é a floresta onde ele matou o violador de tumba, nem o lugar no qual ele lutou contra o troll. É uma charneca ligeiramente montanhosa. Aqui e ali se encontra uma árvore.

O violador de tumba! Sarius lembra que ainda não verificou se todos os tesouros por ele recolhidos continuam em seu poder. Ele olha para sua bagagem e suspira satisfeito. A chave está lá, o elmo, o amuleto. O elmo ele quer usar agora, mas infelizmente não consegue.

Ele avança um pouco pela crepitante vegetação rasteira, mais uma vez sem ter ideia do seu rumo. Desejava escutar música ou vozes, mas só se ouve a brisa leve noturna e... um zumbido distante. Dessa vez ele não hesita, segue o ruído e logo encontra um rio na paisagem noturna, com um brilho azul-claro um tanto artificial. Sarius procura uma fogueira. Sem fogueira, nada de conversa; sem conversa, nada de informações. Ele mesmo poderia acender uma, afinal ele tem essa habilidade. Talvez a luz atraísse alguém e eles poderiam conversar. Sarius está quase explodindo com tantas perguntas não respondidas. Então ele se lembra que Sapujapu só acendeu sua fogueira após ter permissão do Mensageiro de olhos amarelos. *Melhor não violar as regras.*

Ele vagueia por muito tempo até acreditar ter visto uma luz a distância. Sua alegria mistura-se a um desconforto, *Sarius sozinho na selva* transmite uma sensação de vulnerabilidade. Ele puxa sua espada, sente-se ridículo no mesmo instante e torna a guardá-la. Cada um de seus passos lhe parece traiçoeiramente ruidoso.

Quando o fogo se torna visível, ele respira aliviado. A cena parece tranquila. Apenas duas figuras encontram-se sob a luz trêmula: um elfo negro e um vampiro. Ele não conhece nenhum dos dois.

— Olá! Tem lugar aí para mim?

O elfo negro, que se chama Xohoo, afasta-se um passo.

— Claro que tem. Até mesmo para alguém de nível 1. Qual o seu nome — Sarius? Cruzes, isso me lembra latim.

— Nada de informações sobre o mundo fora de Erebos — adverte o vampiro, cujo nome é Drizzel. — Senão o Mensageiro vai lhe dar uma nos dedos tão forte, que você não vai conseguir mais segurar nem uma espada.

Drizzel. Sarius já ouviria falar desse nome, mas em qual contexto ele não consegue mais se lembrar. Pensativo, ele fita o rio brilhante.

— Escutem, posso perguntar-lhes algo?

Drizzel arreganha os caninos.

— Claro. Se você vai ter uma resposta, vamos ver.

— Como é que vocês veem que eu sou nível 1, e eu não consigo ver qual é o de vocês?

É Xohoo que responde.

— Porque estamos mais avançados que você. Só se pode ver o nível dos mais fracos.

— Então quando eu estiver no 2, vou poder reconhecer os de nível 1?

— Isso.

Finalmente uma informação útil. Satisfeito, Nick lança sua próxima pergunta.

— Como eu me torno um 2? Não consigo ver minha pontuação em lugar algum. Ou uma barra de progresso.

— Não é assim que funciona. Você tem que esperar até que ele ache que você está maduro.

— Ele?

De Xohoo ele não recebe nenhuma resposta, para a satisfação de Drizzel.

— Tá, agora cale a boca! Você sabe muito bem que não devemos ficar de conversinha.

— Mas eu não revelei nenhum segredo — defende-se Xohoo, enquanto se ouvem passos ao fundo. Uma bárbara une-se ao pequeno grupo. Ela é bem mais alta que Sarius, sua minissaia sobre as coxas musculosas é absurdamente curta. Carregava sobre os ombros um machado enorme. Sarius verifica seu nome: Tyrania. *Muito revelador.*

— Que calmaria aqui — diz ela, como uma saudação. — Não temos nenhuma missão?

— Não, como você pode perceber — responde Xohoo.

— Certo, alguém a fim de um duelo? — Tyrania saca o machado de seu ombro e brande um semicírculo no ar, passando bem perto do peito de Sarius.

Drizzel zomba de sua proposta.

— Você está maluca? Não estamos na cidade e muito menos em uma arena! E, além disso, para duelar com uma bárbara eu tenho que estar com a cabeça tão oca quanto os da sua laia. Vá surrar um dos outros brutamontes, algum dia vocês vão ver que energia não dá em árvo...

O ataque surge das águas sem aviso prévio. Aliás, é a própria água que ataca. As torrentes azuis-brilhantes formam ondas altas como torres e reproduzem figuras femininas gigantescas que se jogam em direção à margem em um único salto, inundando tudo em uma luz azul irreal.

Sarius saca a espada da bainha, embora preferisse fugir. *É água, apenas água.*

Infelizmente seus golpes atravessam os corpos de suas agressoras como se fossem água. Elas são sete e demonstram uma superioridade assustadora com relação a Tyrania, Drizzel e ele próprio. Xohoo devia ter se mandado, não há nem mais sinal dele.

Sarius ocupa-se com a menor das mulheres de água. Ele brande sua espada contra seu corpo, buscando algum ponto vulnerável, sem sucesso. Sua arma desliza apenas com um leve estalo por sua perna, sua barriga, seu peito. Mais alto do que isso, ele não alcança nem com muito esforço.

Bom, pelo menos — pensa — não estamos nos ferindo. Nem eu a ela, nem ela a mim.

No momento seguinte, a mulher dá um grande passo em direção a Sarius, não, *para cima de Sarius*, e se detém. Sua perna o cerca como uma reluzente coluna azul de água.

O zumbido torturante em seu ouvido surge novamente, penetrando seu cérebro. Ele se sente perdendo sua vida. *Estou me afogando*, conclui.

Deu um passo para o lado, mais outro. Sem esforço, a gigante o segue; ele está preso dentro dela e não consegue sair, por mais furiosamente que ele bata com a espada em seu redor. Tyrania também foi atingida, enquanto Drizzel se protege entre as árvores. Sarius o vê desaparecer no escuro e quer ir atrás dele, mas não consegue. As cinco agressoras que não encontraram adversários deslizam de volta para dentro da torrente, ele ainda consegue ver, enquanto o alto zumbido em sua cabeça assume proporções insuportáveis.

"Magia do fogo", considera Sarius. "Fogo contra água." Ele precisa pensar no que fazer, ele nunca fez fogo. Mas é preciso ser rápido, seu cinto já está quase todo negro. *Rápido!*

O fogo sibila e emite uma névoa. Com o barulho de ondas lançadas por uma tormenta, a gigante de água o deixa livre, divide-se em correntes e é novamente assimilada pelo rio. Após alguns instantes acontece o mesmo com Tyrania. "Ela copiou o meu truque", pensa Sarius um pouco ofendido.

Para seu desgosto a situação dela está muito melhor que a sua própria: ela não havia perdido nem metade de sua energia. Ele mesmo só percebe agora o quão pouco de energia lhe resta e não arrisca mais fazer qualquer movimento. De qualquer forma, ele está paralisado pelo ruído agudo, tal como havia ocorrido no combate. Ele provavelmente desaparecerá quando o último traço vermelho de seu cinto sumir, *e isso não podia acontecer, de maneira nenhuma.* Portanto, era melhor não correr riscos agora. Sarius fica parado, sem se mexer. Vai saber, talvez baste apenas um simples tropeção para mandá-lo para o além.

No entanto, tudo indica que não lhe está prevista qualquer pausa para descanso. Alguém se aproxima, Sarius consegue ouvir passos de cavalo. *Será apenas um, serão vários?* Agora ele já se movimenta, saca sua espada e vai lentamente em direção à margem da floresta. Drizzel desapareceu ali antes, e é isso que Sarius quer fazer agora. Coragem ele não está em condições de se permitir. *Droga, será que não podia ter sido mais cuidadoso?*

Ele já está sob a sombra das árvores quando reconhece o cavalo encouraçado do Mensageiro.

— Sarius — ele ouve uma voz sussurrar. — Apareça.

O Mensageiro leva seu cavalo até o local onde o fogo se apagou. Os olhos amarelos sob o capuz olham exatamente para o esconderijo de Sarius.

Ele deixa, hesitante, o abrigo das árvores.

— As irmãs aquáticas incomodaram vocês consideravelmente — diz o Mensageiro.

— Sim.

— Você e Tyrania as enfrentaram sozinhos?

— Sim.

— Não havia mais nenhum combatente perto?

Sarius se cala, mas Tyrania responde prontamente.

— Drizzel e Xohoo estavam aqui, mas fugiram.

— É mesmo? — o Mensageiro olha para a floresta na qual os dois se salvaram. Então ele coloca a mão em seu sobretudo e tira uma pequena bolsa.

— Para você, Tyrania. São 44 moedas de ouro para você comprar um armamento melhor com o próximo comerciante. Se você caminhar seguindo o leito do rio, logo encontrará um vilarejo. Não ligue para o horário se já for tarde, acorde o comerciante e diga-lhe que eu a mandei. Para a sua saúde, procure às margens do rio as ervas de folhas vermelhas.

Tyrania agarra apressada o saco com ouro e toma seu rumo.

— Sarius? — o Mensageiro inclina-se na sela e estende uma mão ossuda. — As coisas estão ruins para você. Você deve vir comigo.

O gesto do Mensageiro causa em Sarius um grande desconforto, ele parece um tanto quanto... voraz.

— Você quer me ajudar? — pergunta, arrependendo-se de suas palavras no momento seguinte. Elas parecem infantis e ingênuas.

— Nós ajudamos uns aos outros — responde o Mensageiro, estendendo sua mão um pouco mais.

Como ele não tem escolha e como o Mensageiro dessa vez obviamente não está pensando em simplesmente dar-lhe um frasco de poção, Sarius agarra os dedos ossudos esticados em sua direção. O Mensageiro o puxa para cima do cavalo, que bufa, vira-se sobre as patas traseiras e sai em debandada.

Sarius já está melhor. O ruído desapareceu e a música magnífica toca novamente. Ela lhe diz que tudo ficará bem, nada poderá acontecer com ele. Ele é o herói desta epopeia, tudo gira ao seu redor. Ele está contente por ter enfrentado as gigantes de água e não fugido como Drizzel e Xohoo.

O cavalo do Mensageiro é rápido. Ele galopa por uma trilha na floresta que vai subindo lentamente. Ao lado direito, as árvores vão sendo substituídas por grandes rochas, escuras como água suja. O Mensageiro sai da trilha com sua montaria em direção às rochas. Ao aproximar-se, Sarius descobre sinais cravados na pedra, mensagens que ele não consegue decodificar. Eles param em frente a uma caverna e descem. O Mensageiro aponta com a mão para a entrada da caverna e Sarius entra. A inquietação interna que ele teve de superar ao subir no cavalo encouraçado já se foi e não torna a surgir quando ele entra na caverna espaçosa como uma catedral, na qual qualquer passo ecoa múltiplas vezes.

— Você combateu extraordinariamente — diz o Mensageiro.

— Obrigado. De qualquer maneira, eu tentei.

— É lamentável que você tenha se ferido tão gravemente. Você não sobreviverá a mais uma luta.

Não que Sarius não soubesse disso. Mas da maneira como o Mensageiro fala, parece que não há mais escapatória. Como se Sarius estivesse condenado à morte. Ele hesita com sua resposta e decide finalmente colocá-la em forma de pergunta.

— Eu pensei que nós iríamos nos ajudar?

— Sim. Essa foi minha sugestão. Eu acho que você não é mais um simples iniciante. Você deve se preparar para seu segundo ritual.

Isso é mais do que Sarius esperava. Após o segundo ritual ele ascenderá ao nível 2, supõe.

— Eu o curarei e lhe darei mais força, energia e um armamento melhor — prossegue o Mensageiro. — Está bem para você?

— Claro — responde Sarius.

Agora deve vir a exigência do Mensageiro, o preço que ele terá de pagar por isso tudo. No entanto o Mensageiro se cala, entrelaçando os dedos compridíssimos. E espera.

— E o que eu posso fazer por você? — pergunta Sarius, como se a pausa lhe fosse demasiadamente longa.

Os olhos amarelos de seu interlocutor se iluminam.

— Uma besteirinha, mas é importante. É um recado.

Sarius, que contava em ter que derrotar um monstro ou lutar contra um dragão, não sabe se deve se sentir aliviado ou decepcionado.

— Farei sem problemas.

— Fico contente. A tarefa é a seguinte: vá amanhã para Totteridge, até a Igreja de St. Andrew. Lá se encontra um teixo centenário. Em seus arredores você encontrará uma caixinha com a palavra "Galaris" inscrita sobre ela. Ela está trancada. Você não a abrirá, apenas a guardará na bolsa que você terá levado. Então se dirija à avenida que cruza a Dollis Road. Coloque a caixa dentro de um arbusto sob um dos arcos perto da rua. Esconda-a de maneira que nenhuma pessoa não iniciada a possa ver. Então vá embora sem virar para trás. Você entendeu tudo?

Sarius fita o Mensageiro sem palavras. Não, ele não entendeu nada. *Totteridge e Dollis Road? Elas estão em Londres, não no mundo do Erebos. Não é?* Ele hesita, pensa, e finalmente pergunta por segurança.

— Quer dizer que eu tenho que cumprir a sua tarefa em Londres? Na realidade?

— Isso mesmo. Seja lá o que "realidade" signifique.

O Mensageiro o olha com expectativa, porém Sarius não tem uma resposta preparada. *Isso tudo é uma maluquice.* Ele não vai encontrar caixa alguma perto da igreja de St. Andrew, como é que pode? E por outro lado... ele poderia afirmar qualquer coisa. Por exemplo, que teria cumprido a tarefa exatamente como descrito.

— Bem, eu farei.

— Fico contente. Não espere muito tempo. Nós nos veremos amanhã, antes do meio-dia. Até lá sua tarefa já tem que estar cumprida. Se você me decepcionar...

Pela primeira vez desde que Sarius deparou-se com ele, um sorriso se esboça nas feições do Mensageiro. Como se ele soubesse dos pensamentos secretos na cabeça de Sarius.

— Se você me decepcionar, este será nosso último encontro em circunstâncias amistosas.

Com um gesto de despedida, o Mensageiro dá a volta e parte; atrás dele a entrada da caverna se fecha. Com a fenda, desaparece também a luz. Escuridão. Tão impenetrável que ele não sabe mais se é parte dela ou se deixou de ser.

No final morreremos todos. É estranho que a maioria das pessoas faça um estardalhaço em torno dessa questão, já que isso acontecerá mais cedo ou mais tarde. O tempo flui como água e nós somos levados junto, por mais que tentemos nadar contra a corrente.

Como é reconfortante desistir disso. Deixar os dias e noites correrem, não mais ver, ouvir ou sentir o andar do mundo. Viver em um mundo governado pelas próprias regras. Não mais correr atrás de inúmeros objetivos, e sim perseguir apenas um único, rigorosamente e sempre.

Ah, sim, rigorosamente. Eu não sou muitas coisas, mas eu sou rigoroso. O que eu crio está bom; é tão melhor quando sou eu mesmo. Uma das poucas coisas na vida da qual eu ainda consigo extrair algum sentido consiste em criar algo que cresça muito além de si próprio. E ele cresce. Cresce.

Agora eu percebo. Eu não fui sincero ao dizer que me seria indiferente o tempo pelo qual a vida das pessoas ao meu redor se estendesse. Não é isso. Prolongá-la não é do meu feitio, pelo contrário. Eu me sento aqui e afio minhas ferramentas com as quais eu abreviarei o que deve ser abreviado.

7

Nenhuma das combinações de tecla adiantou. Com um suspiro, Nick apertou o botão *reset* e, para seu alívio, o computador desligou e iniciou novamente. O tempo que demorou até a área de trabalho aparecer e tudo poder ser usado novamente pareceu a Nick incrivelmente longo. Ele se balançou com os pés e deu uma olhada em seu relógio de pulso: 1h48. Ainda bem que amanhã era sábado e ele poderia jogar sem problemas. *Isso se conseguir rodar o Erebos novamente, mas iria dar certo.* Em último caso ele podia ainda fazer um segundo personagem — essa seria uma boa ideia. *Desta vez, quem sabe, um bárbaro ou um vampiro.* Os bárbaros são invejavelmente resistentes.

Ele procurou na área de trabalho o ícone do Erebos, um simples E amarelo, e clicou sobre ele. Por uma fração de segundos o cursor se transformou em uma ampulheta, assumindo depois sua forma normal. E foi tudo. Nick clicou duas vezes de novo sobre o E, tirou o DVD do *drive* e colocou-o novamente... *nada*.

Após reiniciar o computador duas vezes, ele desistiu. Todos os outros programas funcionaram perfeitamente, só com o Erebos que nada se mexeu. *Droga, de novo.*

Nick estava muito agitado para dormir. Enquanto estava sentado aqui, em vão, com certeza eram travados os mais empolgantes combates perto do rio azul ou no muro negro. E mesmo se não, ainda era possível ficar junto ao fogo e conversar com os outros.

Mas o que parecia era que sua cópia do jogo tinha um erro grave.

De repente ele se lembrou de Colin pedindo dicas a Dan, arrastando-se aos seus pés e, mesmo assim, sem conseguir nada. Será que naquele dia seu jogo também havia travado irremediavelmente?

Desanimado, Nick abriu o campo minado, foi lançado três vezes consecutivas pelos ares e esbravejou de maneira inconvenientemente alta. Ele já estava indo dormir, mesmo.

Ou será que ele iria ainda bater ponto rapidinho no site da Emily?

Não, ele simplesmente não estava no clima para isso. Não estava relaxado o bastante. Não estava romântico o bastante.

Nem curioso o bastante.

Contrastando totalmente com seus hábitos, Nick acordou às sete horas da manhã, com seus membros tomados pelo nervosismo, como se diante de uma prova. Seus olhos estavam grudados e ardiam. A ideia de levantar o deixou imediatamente cansado novamente. Por outro lado, ele não precisava levantar mesmo. Pelo menos agora, não. Ele enterrou a cabeça fundo no travesseiro e tentou não pensar em nada, mas logo se surpreendeu repetindo as teclas de atalho descobertas por ele ontem no Erebos: *ctrl+f* para fazer fogo, *b* para defender-se, *espaço* para pular, *esc* para soltar. Ele se perguntou se Colin estaria jogando agora. *Que nada, ele devia estar dormindo.* E quanto ao alter ego de Colin, Nick tinha uma suspeita. *Como se chamava o elfo negro que havia se escondido durante a batalha contra os trolls? Lelant, isso. Ele permanecera durante a luta tão distante como Colin costumava fazer quando considerava uma partida de basquete perdida. Então ele se mantinha de fora, não mexia mais um dedo sequer.*

Tudo bem, então, para Nick Colin era Lelant. Mas muito mais interessante era saber quem se escondia atrás de BloodWork. Provavelmente alguém do tipo valentão, daqueles que com frequência ficavam de bobeira nas caçambas de lixo no pátio da escola e assustavam os garotos de onze anos. Desses, ele não conhecia quase ninguém pelo nome.

Dan? Dan certamente era um anão gordo como o Sapujapu. Ou ele teria se feito magro e belo — como vampiro, por exemplo. Ou talvez fosse um dos elfos negros, que para desgosto de Nick eram muitos. De qualquer forma, ele reconheceria Dan imediatamente pelos seus chavões idiotas e pela sua presunção e acertaria uma nele com a espada.

Nick suspirou. Não dava para voltar a dormir com o jogo assombrando o tempo inteiro sua cabeça. Ele se espreguiçou, sentou-se e balançou as pernas sobre a ponta da cama.

Totteridge não era longe. A Linha Norte passava por onde ele morava, dava para ir rápido até a igreja St. Andrew, só para manter as boas maneiras. Apesar de o jogo não iniciar mais mesmo.

Para testar, Nick sentou-se diante do computador e tentou mais uma vez, obtendo o mesmo resultado de antes de ir dormir. Não era possível abrir o Erebos.

A internet, por sorte, estava funcionando e Nick pôde encontrar em poucos minutos a localização da igreja St. Andrew no *Google maps* — e, inclusive, uma foto do teixo que, segundo diziam, tinha duzentos anos de idade, sendo o ser vivo mais velho de Londres. Seus galhos estavam tão entrelaçados que, na foto, ele se parecia com um arbusto gigantesco.

Seu pai já tinha ido para o serviço havia uma hora e sua mãe dormiria certamente até as dez. Nick escovou os cabelos, prendeu-o na nuca e vestiu com pressa a roupa de ontem. Ele poderia aproveitar a oportunidade e já trazer o café da manhã. Muffins com gotas de chocolate, sua mãe iria amá-lo por isso. Ele pegou uma bolsa velha de ginástica, a enfiou no bolso do seu casaco e deixou um bilhete para sua mãe sobre a mesa da cozinha. "Fui entregar um negócio pro Colin, já volto."

Ele fechou a porta tão cuidadosamente que ele mesmo mal ouviu. Sua mãe não iria ligar para Colin e verificar o que havia escrito. E, mesmo se fosse, há dias Colin não atendia o telefone.

Nick desceu na Totteridge & Whetstone e precisou esperar dez minutos pelo ônibus que o levaria até a igreja ao longo da Totteridge Lane.

Era impossível não ver o teixo. Mas ele não se encontrava tão solitário como Nick imaginara com base na foto da internet, pois pelo pátio da igreja passeavam muitas pessoas. Um casal idoso, duas mulheres com carrinhos de bebê, um jardineiro. Elas até que nem prestaram qualquer atenção em Nick, mas ele se sentiu idiota procurando algo nesta árvore imensa, que com certeza não estaria ali.

Repentinamente ele tomou consciência do quanto aquela situação era absurda. Por que é que estava aqui? Porque um personagem de computador o havia encarregado de procurar algo sob uma árvore? *Meu Deus, que ridículo.*

Pelo menos ninguém sabia. Ele poderia simplesmente voltar pra casa e esquecer aquilo, tomar café da manhã com sua mãe e sair para dar uma volta com Jamie. Ou jogar um jogo de computador mais amigável.

Só que não dava para tirar o jogo. *Esse maldito jogo de merda.*

Para se ocupar e dar uma razão ao seu passeio matinal, Nick vagueou ao redor da igreja de St. Andrew. Observou a construção de tijolos vermelhos com suas angulosas portas claras e tomou uma decisão: era estúpido ficar zanzando por aqui sem examinar, ainda que brevemente, o teixo.

Lápides tortas antiquíssimas encontravam-se sob a sombra da árvore. Uma atmosfera perfeita, pensou Nick. Ele tocou o poderoso tronco de maneira quase que respeitosamente. *Seria preciso quatro pessoas para abraçá-lo? Ou talvez cinco?* Sem qualquer dificuldade, alguém poderia esconder coisas dentro do tronco, também. Mas não havia nada ali, pelo menos não à primeira vista. Nick enfiou a mão em uma fenda larga na madeira e sentiu a terra que havia se juntado na parte de dentro. Ele dirigiu seu olhar para o chão. Ali também não havia nada. *E de que outra maneira poderia ser?*

Ele prosseguiu, curvou-se sob os galhos baixos, e alcançou a parte de trás da árvore gigantesca. Inclinou-se.

Algo café-claro e pontudo destacava-se entre as plantas agrupadas rente à casca da árvore. Nick afastou os ramos.

A caixa tinha mais ou menos o tamanho de um livro grosso e estava envolta por uma grossa fita adesiva preta nas laterais. Descrente, Nick a levantou, notou superficialmente que ela era pesada e limpou os resíduos de terra do objeto.

"Galaris" — lia-se em letras enfáticas sobre a madeira e, embaixo, uma data: 18/03. Nick lutou contra um sentimento de irrealidade.

18 de março era seu aniversário.

Com a bolsa sobre os joelhos e a caixa dentro dela, Nick olhava fixamente pela janela do trem. Uma parte de si concentrava-se em não perder a parada certa. A outra parte, significativamente maior, tentava entender aquilo tudo. Eram quase duas horas da manhã quando o Mensageiro lhe deu a missão de procurar a caixa. Será que nesse momento ela já estava embaixo da árvore? E mais importante que isso: como ela foi parar lá? Como assim sua data de nascimento estava nela? O que significava a palavra "Galaris"?

Mais do que nunca ele desejou poder debater suas perguntas com Colin. Com certeza ele estaria mais familiarizado com o Erebos. Será que ele também já foi mandado para o teixo?

Nick desceu em West Finchley. Ele ainda teria cerca de quinze minutos de caminhada, mas pelo menos poderia ir pela grama. Conhecia a região, eles costumavam passear aqui com frequência antigamente. Um paraíso para corredores e donos de cachorros. Enquanto Nick atravessava uma pequena ponte sobre o Dollis Brook, tirou seu celular do bolso e discou. Antes do segundo toque, Colin atendeu. Nick ficou tão surpreso que por um momento esqueceu por que é que havia ligado.

— Escute, eu tenho o que fazer — disse Colin. — Se você só está querendo papear, podemos fazer isso na escola. Certo?

— Espere! Eu queria lhe perguntar sobre o Erebos. Sobre...

— Cale a boca, está bem? — Colin interrompeu. — Você leu as regras, não leu? Não espalhe informações, nem mesmo entre seus amigos! Não fale sobre o conteúdo do jogo. Você é retardado, é?

Por um momento Nick ficou sem ar.

— Mas... mas... você leva isso a sério assim?

— Isso é sério. Guarde seus comentários para si ou você vai ser eliminado antes de poder contar até três.

Nick calou-se. A ideia de ser eliminado tinha algo realmente desagradável. Humilhante.

— Eu... eu só estava pensando... Esquece — disse.

Quando Colin respondeu, seu tom estava perceptivelmente mais amistoso.

— São as regras mesmo, cara. E acredite em mim, vale a pena cumpri-las. O jogo é tão legal. E fica cada vez melhor.

A bolsa com a caixa misteriosa pesava na mão de Nick.

— Que bom — disse. — Então tá...

— Você ainda não está no jogo há muito tempo — agora Colin soava solícito. — Mas logo você vai ver. Agora siga as regras. Inclusive a de não ficar de tagarelice.

Nick aproveitou a mudança de humor de seu amigo para fazer uma última pergunta.

— O jogo já travou alguma vez com você?

Colin riu.

— Travou? Não. Mas eu sei o que você está querendo dizer. — Ele abaixou a voz como se temesse que alguém pudesse ouvir. — Às vezes ele simplesmente não quer rodar. Ele fica esperando. Fica testando você. Sabe de uma coisa, Nick? Às vezes eu acho que ele está vivo.

Nick deixou para trás os jardinzinhos coloridos à esquerda e à direita do caminho. O Dollis Brook fluía lentamente ao seu lado, quase sem fazer barulho.

"Às vezes eu acho que ele está vivo." Muito engraçado, Colin.

O sol saía por entre as nuvens bem no momento em que o caminho levava Nick até o bosque. Ele parou e virou rosto para seus raios quentes. E se ele procurasse um lugarzinho tranquilo no bosque e retirasse ali com bastante cuidado a fita adesiva da caixa... Apenas por um segundo? Só para saber o que havia de tão pesado ali?

Nick deixou três corredores passar e olhou ao seu redor. Agora ele não estava sendo vigiado. Havia até uma moça passeando com o cachorro à vista, mas ainda estava longe.

Sentindo um arrepio na espinha, Nick pegou a caixa de dentro da bolsa. Ela era no máximo tão grande quanto uma caixa de charutos, mas o conteúdo certamente não tinha nada a ver com charutos. Nick inclinou a caixinha — e, seja lá o que houvesse dentro, escorregou para a esquerda.

Provavelmente o objeto era de metal e não era particularmente grande. Se considerássemos o tempo que ele precisou para deslizar de um canto da caixa para o outro, ele não ocuparia nem metade do recipiente.

Para ver o que acontecia, Nick empurrou um dedo sob a ponta da fita adesiva. Ela parecia terrivelmente firme. A tentativa de afastá-la iria demorar e deixar vestígios. Má ideia.

Um latido furioso arrancou Nick de seus pensamentos. Um labrador e um cão de caça marrom-claro haviam se deparado a alguma distância dele e obviamente não se acharam simpáticos. Os respectivos donos puxavam a coleira com força para separar os animais.

Nick sumiu com a caixa na bolsa e entrou no bosque, acompanhado pelos uivos de um dos cães.

Não foi difícil achar o viaduto Dollis Brook, pois ele se elevava sobre o bosque e a floresta e ainda sustentava os trilhos da Linha Norte. Uma linha de metrô que corria dezoito metros acima do chão, à luz do sol. Sob o viaduto, no entanto, estava sombrio e úmido.

"Em um dos arcos próximos à rua", o Mensageiro dissera. "Próximo" era algo relativo. Nick escolheu a segunda das imensas colunas e afundou a caixa na grama, que crescia com altura considerável rente ao pilar de pedra. Aqui ela poderia ser encontrada, mas ninguém iria tropeçar nela por acaso.

Satisfeito, Nick olhou ao seu redor até lembrar-se novamente das palavras do Mensageiro. "Vá sem olhar para trás", ele havia dito.

Porque do contrário aconteceria o quê? Pensando logicamente, nada: o jogo não sabia se e como ele havia concluído sua missão. Por outro lado, ele sabia o seu nome, o esconderijo da caixa e a palavra "Galaris".

Um trem bradou sobre a cabeça de Nick na direção Mills End. Ora, ele não precisava virar para trás mesmo. Na verdade não havia o menor motivo para isso. Exceto mania de perseguição, talvez, e disso Nick com certeza não sofria.

Ele dobrou a bolsa de ginástica na forma de um pacotinho e a enfiou sob seu casaco. E então se afastou dali, sem olhar para trás.

Já era lá para meio-dia quando Nick chegou em casa com um saco de papel com quatro muffins recém-comprados. Sua mãe já estava no segundo café.

— A gente perdeu a noção do tempo conversando — sussurrou Nick, dispondo os muffins sobre um prato. Ele estava praticamente morrendo de fome.

— Vai também um café?

— Claro. Se for rápido.

Sua mãe ocupava-se com a máquina de expresso, toda hora espreitando avidamente o prato de muffins. — São aqueles com gotas de chocolate?

— Sim, os dois escurinhos. Dos de coco tire a mão, eles são meus.

Sua mãe colocou diante dele uma xícara das bem grandes de cappuccino com leite vaporizado.

Nick devorou seu primeiro muffin com a sensação de ter acabado de escapar da morte por fome, e virou metade do café em seguida.

— Estou indo hoje de tarde para o tio Hank, ele está reformando a casa. Seria legal se você fosse. Seu pai teve que substituir um colega, então você é o único que alcança o teto sem escada, e alguém tem que pintá-la.

Nick estava com a boca cheia, o que lhe garantiu segundos preciosos.

— Eu gostaria muito mesmo de ir — disse, colocando o máximo de pesar em sua voz. — Mas você sabe, em alguns dias eu vou ter que entregar um trabalho de química difícil pra caramba; e vou me sentir mal se não mexer nele. Eu pensava em fazê-lo hoje...

O olhar de sua mãe estava distraído e ao mesmo tempo examinador.

— Você quer estudar química? Não vai querer ir à quadra ou ao cinema?

— Juro. Quadra e cinema estão hoje fora de questão. — Nick sorriu para sua mãe, com a consciência limpa como neve fresca. Cada palavrinha de sua última frase era verdadeira.

8

Computador ligado. DVD dentro. Fone de ouvido na cabeça. Tensos segundos de espera até que o programa inicie.

— Sarius — sussurra uma voz fantasmagórica.

Ele está na caverna onde havia se encontrado com o Mensageiro na noite passada. Porém, ao contrário da última vez, a luz penetrava pelas paredes claras e afiadas como cristal. *Cristal de desejos?*

Sarius curvou-se para alcançar algo parecido com uma moeda de ouro, quando a entrada da caverna se abriu e o Mensageiro entrou. Ele examinou Sarius com seus olhos amarelos.

— Você cumpriu minha tarefa — disse.

— Cumpri.

— Só por curiosidade: o que havia escrito na caixa, além de "Galaris"?

— Números... 18/03.

— Muito bem. Aqui está seu armamento. Uma armadura para o peito, um elmo e uma espada razoável — ele apontou para uma rocha em formato de mesa encostada na parede de cristal.

A curiosidade move Sarius até lá. O elmo possui um brilho acobreado e é enfeitado com uma cabeça de lobo exibindo os dentes cunhada sobre ele. Sarius está contente, o lobo é um de seus animais preferidos. Ele veste a armadura — *9 pontos de força!* — e pega a espada, mais longa e feita de um metal mais escuro que a antiga. *Agora sim está parecendo bem diferente.* Para coroar, ele coloca seu elmo de lobo.

— Você está satisfeito? — pergunta o Mensageiro.

Sarius consente com todo seu coração. Ele agora é um 2 e tem um visual legal.

— Mas ainda não acabou.

O Mensageiro apertou seu sobretudo em volta do corpo magro.

— Assim é o Erebos. Você verá que serviços leais valem a pena.

Diga a Nick Dunmore que ele deve garantir que nenhum não iniciado entre aqui, e em seguida deve dirigir-se ao quintal do vizinho. A grade de um dos dutos de ventilação está solta. Se ele soltá-la e enfiar a mão no duto, ele encontrará algo.

Encontrar algo? Na verdade, Sarius agora não quer nenhuma interrupção, ele quer começar logo e testar sua nova espada.

— Isso agora? — pergunta.

— Claro. Estarei esperando.

O Mensageiro encostou-se na parede de cristal e cruzou os braços.

Demora, nada além de demora. Nick tirou os fones do ouvido. Ele iria ter que trancar o quarto, por precaução. Porque se sua mãe percebesse, iria fazer perguntas. Aliás, ele tinha que passar por ela, e se ela perguntasse aonde ele estava indo, ele não poderia dar nenhuma explicação razoável.

O melhor era resolver aquilo logo. Ele saiu pé ante pé, fechou e trancou a porta baixinho e examinou os ruídos do apartamento. Da cozinha saía a voz de sua mãe — ela estava ao telefone. Isso era uma sorte inesperada. Nick foi furtivamente até a porta de casa, colocou o tênis, agarrou a bolsa e já estava do lado de fora.

O quintal do vizinho irradiava uma afável displicência. Há anos alguém havia tentado plantar flores no minúsculo terreno, entre as quais a maioria estava seca. O que havia sobrevivido crescia de maneira selvagem.

Havia três grades de ventilação, todas na altura do joelho. A primeira estava firme como pedra. Nick sacudiu um pouco, nada se moveu. Ele espiou pelos furos quadrados da grade, viu apenas escuridão e sentiu cheiro de mofo.

Já a segunda grade foi um acerto. Ela se encaixava frouxa no muro e mal ofereceu resistência quando Nick puxou.

Agora ele se perguntava o que o esperaria na abertura ali atrás. *Mais uma caixa com sua data de nascimento? Mais uma tarefa? Ou de fato a recompensa que o Mensageiro mencionara?*

"Chocolate", pensou Nick. "Balinhas de goma como recompensa pelas longas noites com o Erebos." Ele apalpou a abertura retangular, puxando sua mão logo depois.

"Covarde", repreendeu-se. *O que é que há? Medo de ratos? Contenha-se, isso aqui é o mundo real!*

Mesmo assim, Nick sentiu um arrepio quando enfiou a mão no buraco. Primeiro não havia nada, exceto sujeira, depois sentiu um plástico. Ele agarrou e puxou uma bolsa amarela da Selfridges, dentro da qual se encontrava algo macio. Em um primeiro momento, Nick pensou em um tipo de uniforme do Erebos que todos os jogadores a partir do nível 2 poderiam usar — o que obviamente era ridículo, mas de qualquer forma mais esclarecedor do que aquilo que ele de fato tirou da bolsa.

"Hell Froze Over" em azul, impresso sobre a camiseta preta e, embaixo, o diabo de gelo sorrindo.

Por alguns segundos tudo parou. Aquilo simplesmente não podia estar acontecendo. HFO era uma coisa entre ele e seu irmão. Da camiseta só sabiam Finn e ele mesmo. Nick não havia pronunciado uma palavra sobre isso com o Mensageiro, ou melhor, *com ninguém*, disso ele tinha certeza. Ele deu uma olhada na etiqueta: XXL. *Então estava disponível.*

Ele iria ligar pra Finn. Logicamente havia uma explicação, provavelmente havia sido o próprio Finn que escondera a camiseta aqui. Nick segurou a camiseta sob o nariz — ela tinha cheiro de cigarro, ou do apartamento de Finn? Não, só de sabão e um pouco do cheiro do porão.

Seria possível que Finn estivesse jogando Erebos? Mas claro, como não? Às vezes acontecem as mais loucas casualidades.

— Onde você estava? — perguntou sua mãe quando ele entrou em casa. Que bom que ele fora esperto o bastante em esconder a camiseta dentro de seu casaco.

— Fui rapidinho lá fora. Comprar chiclete na banca.

Ele até tinha um pacote aberto no bolso, mas sua mãe não quis ver.

De volta ao seu quarto, Nick verificou apressadamente se o Mensageiro continuava em seu lugar antes de pegar o celular no criado-mudo e ligar pra Finn.

— E aí, pequeno? Que legal você ligar. O que houve?

— Finn, você conseguiu a camisa do HFO, né?

Breve pausa.

— Não, eu não lhe disse? No momento simplesmente não dá para encontrá-la, mas eu estou correndo atrás, *tá*? Não tinha ideia que ela fosse tão importante para você.

— Não, não, tudo bem. Não se preocupe.

Finn não estava mentindo, claro que não, e por que ele deveria?

— Não fique zangado, Nickinho, tenho que ir lá, a loja está cheia de gente.

— Tudo bem. Espere, mais uma coisa: você tem jogado ultimamente no computador? Jogos de aventura?

— Nadinha. Simplesmente não tenho tempo. É a vida de empresário! — Finn riu, desligou e deixou Nick ainda mais perplexo do que já estava antes da conversa.

O Mensageiro não parecia impaciente, pelo contrário. Lentamente, como se tivesse todo o tempo do mundo, ele se desencosta da parede assim que Sarius se movimenta.

— Você achou sua recompensa?

— Sim, obrigado.

— Espero que ela seja do seu gosto e que o deixe feliz.

— Com certeza. Bastante, inclusive. Posso perguntar algo?

Parecia que o Mensageiro ia hesitar.

— Claro. Faça sua pergunta.

— Como você sabe o que eu quero? Não tem como você saber de forma alguma.

— Isso é o poder do Erebos. Fique contente por tê-lo do seu lado.

O Mensageiro abaixa a cabeça e um sorriso deforma suas feições esguias.

— Não nos decepcione e ele continuará assim. E agora me diga o que você teria vontade de fazer. Você pode ajudar a destruir uma cidadezinha de orcs, lá haveria uma porção de ouro para pegar. Ou você pode buscar a passagem secreta para a Cidade Branca. Lá acontecerão combates na arena amanhã. Boa oportunidade para passar do nível 2 ao 3. Ou até ao 4.

— Pode isso?

— E se pode. Na arena vemos do que um lutador é feito. Lá você pode ganhar ou perder tudo. Melhor, claro, se você ganhar. Cristais de desejos, armas, status. Na última vez, um vampiro chamado Blackspell perdeu três níveis para um outro vampiro chamado Drizzel. Isso em uma única luta.

— Pode isso? — repetiu Sarius, entusiasmado com a possibilidade surgida repentinamente.

— Evidentemente.

A decisão de Sarius estava tomada. *Pro diabo com a cidadezinha dos orcs.*

— Vou procurar a Cidade Branca.

— Boa ideia. Só podemos esperar que você a encontre a tempo. A inscrição para as lutas termina amanhã, quando o relógio da torre bater as três. Boa sorte.

O Mensageiro se despede dele acenando com dedos ossudos e Sarius sai da caverna, encontrando uma campina florida banhada pelo sol. Mais uma vez ele está totalmente só.

Árvores frondosas, arbustos floridos. Ele gira em torno de seu próprio eixo, mas não há em parte alguma informação sobre uma cidade branca. Para não ficar ali à toa, ele simplesmente segue em frente. Isso já deu certo uma vez.

O gorjeio dos pássaros lhe dá nos nervos. Um clima de piquenique se propaga em vez de uma atmosfera de aventura. Uma passagem secreta tampouco está à vista. Nem mesmo um morrinho de toupeira.

Apesar do que, percebe, há algo ali na grama. Poderia ser um pedaço de pano, uma bandeira, talvez. Ele se aproxima, curva-se, congela com o que vê. Estendido, um tecido encharcado de sangue. Uma camisa.

Ele ouve a distância um barulho como um rosnar contido. Sarius deixa a camisa cair e começa a correr para longe do rosnado, que não parece ser de um animal nem tampouco humano, e sim uma mistura pavorosa de ambos. Sua energia agora dura mais tempo, constata satisfeito ao subir uma leve inclinação.

É pura casualidade ele frear pouco antes de cair em uma cratera que surge repentinamente no cume do morro. Sarius passa o olhar nas profundezas de aspecto escabroso, abrupto e nada convidativo. Atrás dele o rosnado se torna mais alto e, apesar de toda a sua curiosidade, ele não quer saber quem ou o que está produzindo esses ruídos. Alguns passos adiante, à direita, ele descobre uma escada enferrujada que não parece nem um pouco digna de confiança, mas que se apresenta como uma oportunidade sedutora para escapar da criatura. Ele pensa na camisa ensanguentada e coloca um pé no primeiro degrau. A escada range e ao mesmo tempo começa a música magnífica, reforçando a convicção de Sarius de estar no caminho certo. Não há nada que ele possa fazer de errado. Sem hesitar mais, ele desce pela escada, impelido pela melodia e repleto de alegria antecipada pelo que o espera lá embaixo. A cada degrau que ele desce, fica mais escuro. Ao chegar ao chão, ele só consegue reconhecer aquilo que as tochas nas paredes revelam com uma luz trêmula: paredes de pedra grosseiramente esculpidas, caminhos, passagens, bifurcações. Ele foi parar em um labirinto. Ele sai à própria sorte e em poucos segundos perde a orientação.

Em sua lista de objetos não se encontra nada que servisse para marcar as paredes. Nenhum giz, nenhuma linha. Ele poderia apenas tentar fazer arranhões nas rochas, mas nem pensar. *Não com a espada nova.*

Um olhar para cima lhe revela que a fenda pela qual ele desceu já se encontra distante dele. A luz do dia quase não chega até ali, mas em distâncias irregulares estão fixadas tochas nas paredes. Entre uma e outra dominam todas as nuances de escuridão.

Sarius segue adiante, seus passos ecoam várias vezes. *Serão só os seus?* Ele para, o eco enfraquece.

A música o anima a prosseguir em seu caminho. Ele escolhe aleatoriamente a primeira bifurcação à esquerda e se arrepende na hora, pois a próxima tocha está terrivelmente longe. Ele se apressa para alcançar a luz, mas se detém logo depois. Algo brilha na parede rochosa. *Um cristal de desejos?* Ávido, Sarius tenta apalpá-lo, mas ao agarrá-lo, a coisa cintilante se desfaz e escorre pela parede deixando um rastro viscoso. Enojado, Sarius afasta-se. A próxima tocha, finalmente, e atrás dela aguarda novamente uma bifurcação. *Para a esquerda ou para a direita?*

À esquerda está mais claro. Cautelosamente, ele contorna a próxima esquina segurando a espada firmemente na mão. Cada passo seu ecoa — se há monstros aqui embaixo, eles já o ouviram há muito tempo.

Mais uma vez, Sarius alcança uma bifurcação. Algo como uma inquietação apodera-se dele. Com certeza ele ainda tem tempo para se registrar para as lutas na arena, mas aqui parece tudo igual. Rochas escuras, tochas, poças d'água. E mais nada. Nenhum outro lutador ao redor, pensa, pouquíssimo antes de tropeçar em um corpo atrás da bifurcação. O susto penetra nos membros de Sarius, ele dá um salto, levantando-se o mais rápido possível, e aponta a espada para o obstáculo que o fez cair.

Uma mulher-gato. Sarius verifica seu nome: Aurora. Seu cinto apresenta apenas alguns traços de vermelho, o resto está negro como carvão. *Ela ainda não está totalmente morta.* Ao tocá-la, ela mexe levemente sua mão. Sarius precisa de um momento até entender o que ela quer. Ele faz uma fogueira.

— Obrigada. Eu estou muito mal. Você pode me ajudar?

— O que foi que pegou você?

— Um escorpião gigante. Tem três ou quatro correndo por aí. Bichos malditos, quando eles picam você, já era.

"Escorpião gigante" não soa muito esclarecedor para os ouvidos de Sarius.

— Nós somos os únicos aqui embaixo?

— Imagina, tem gente aos montes aqui. Escuta, por acaso você pode curar?

Sarius precisa pensar um pouco. Do jeito que a Aurora foi atingida, o ruído de ferimento deve estar quase insuportável.

— Posso. Mas nunca fiz isso.

— Droga! Eu não posso e também não sei como é que funciona.

Deve ser parecido com fazer fogo, pensa Sarius, e começa a tentar. Pouco tempo depois, surge um raio vermelho. O cinto de Aurora ganha cor, enquanto a barra de vida de Sarius se reduz consideravelmente. Com isso ele não contava, ele precisa de cada faísca de energia para não morrer aqui.

— Você podia ter me dito isso — enfureceu-se.

— O quê? — A mulher-gato já está tão recuperada que consegue se levantar e pegar sua arma. Um chicote de nove tiras, *que adequado*.

— Que depende da minha própria barra de vida curar você!

— Calma. Isso se regenera. É diferente dos ferimentos de verdade.

Ainda furioso, Sarius fita seu cinto. Realmente, ali algo se move. O cinza se transforma em vermelho, milimetricamente.

— Você também está na missão da cidade?

— Isso. Não estava com vontade de lutar com orcs.

— Eu também não. Apesar de eles provavelmente serem mais agradáveis do que escorpiões. Eu fiquei toda arrepiada de medo, você não tem ideia.

Involuntariamente, Sarius se pergunta se ele não conhece Aurora. Fora do Erebos.

— Você ouviu o rosnado agora há pouco? Lá em cima, digo. No morro.

— Claro — diz ela.

— Você sabe que bichos são aqueles?

— Não eram bichos, e sim zumbis. Eu tive que matar dois antes de conseguir descer a escada. Foi asqueroso, eles realmente se despedaçam quando você os acerta.

Sarius está feliz por não ter visto nenhum zumbi. Com certeza o correto a se fazer era descer, só pela missão em si. Se bem que, nesse momento, ele acredita ouvir algo. Passos ligeiros de muitas pernas sobre o chão duro de pedra.

— Você é apenas um 2, né?

— Sim, e você? É o quê?

Ouve-se um estrondo sobre eles, como se uma tempestade se aproximasse.

— Não posso dizer. Você conhece as regras.

Os passos chegam mais perto. Será que Aurora não os estava ouvindo? Ou será que eles não significam nada?

— Você pode pelo menos me dizer o que há aqui além de nós?

— Isso você vai ver de qualquer forma daqui a pouco. Umas pessoas que eu não conheço e outras que estão sempre por aí. Eu acabei de ver Nodhaggr, Duke e Nurax e, além deles, uma tal de Samira, que eu nunca vi na vida, e um vampiro.

— Samira eu conheço — diz Sarius apressadamente.

— Sim, e daí? Aliás, ela deu no pé quando...

O escorpião negro que passa por trás de Aurora contornando a curva é gigantesco, os estalos de suas pernas são impossíveis de não se ouvir. Sarius desvia-se do ferrão curvado para cima e levanta sua espada. Ele pode tentar cortar fora uma das pinças do animal quando ele se aproximar. Mas a criatura não faz isso, ela permanece junto a Aurora — que a percebeu tarde demais —, coloca-se em posição e pica. Aurora cai no chão. *Ainda há vermelho em seu cinto?* Sarius não tem tempo para verificar e nem vontade de gastar a barra de vida com a mulher-gato. Pensa ouvir um segundo escorpião aproximando-se pelo outro lado. Ele iria alcançá-lo, então Sarius precisaria dar meia-volta...

Ele não pensa muito tempo e brande sua espada, acertando a pinça esquerda. O barulho é de metal batendo em metal. O escorpião afasta-se um pouco. Sarius atinge a minúscula cabeça do animal, que parte para cima dele com as pinças, apontando o ferrão para o ar. Algo goteja da ponta até o chão — sangue, veneno ou ambos — e forma uma poça fumegante sobre o chão de pedra.

Agora Sarius mira no ferrão, que balança para lá e para cá perto de sua cabeça. Na segunda tentativa ele acerta. O escorpião recua, vira-se e foge dali, desaparecendo em uma das escuras curvas do labirinto.

Sarius lança um último olhar sobre a inerte Aurora e deixa o lugar. *Eu já a ajudei uma vez, isso já deve estar bom.* Ele observa atentamente as imediações enquanto caminha. *Por que Aurora não ouviu o escorpião?* Ele tinha uma vaga ideia. Ela estava ferida e quis se poupar do doloroso chiado. *Erro grave.*

Mais do que nunca ele vai ouvindo atento cada som. Não quer ser surpreendido. E não morrerá como um 2.

Um escorpião está atrás dele. Sarius pode sentir. E, obviamente, também ouvir. Ele certifica-se de usar todos os seus sentidos, mas além disso ele não tem nenhuma estratégia de como sair incólume do labirinto.

Por um minuto ele se detém e escuta. Nenhum barulho de luta. O ruído dos passos do escorpião que o perseguia também não se pode mais ouvir. Preocupante. Lentamente Sarius continua seguindo o caminho para a direita até chegar a uma bifurcação. *Será que é possível morrer de fome neste labirinto?*

Sarius segue seu instinto, vai para a esquerda — e vê um escorpião grudado no muro como uma aranha, cujas placas dorsais refletem o brilho da tocha. Esse escorpião é maior que o último. A criatura balança seu ferrão como se quisesse hipnotizá-lo. Antes mesmo de pensar, Sarius já está com a espada sobre a cabeça. Ele não a brande, simplesmente ataca, mirando mais ou menos no meio do corpo encouraçado, ali onde as placas dorsais se encontram...

Ouve-se um estalo horrendo. A espada desaparece enterrada no corpo do animal, que tenta como louco atingir Sarius com seu ferrão. Mas ele não consegue se mover, a espada está cravada firmemente nele. Os braços de Sarius tremem — imobilizar o escorpião é mais cansativo do que subir uma encosta. Ele não quer nem imaginar o que acontecerá se sua energia acabar.

"Morra", pensa ele, "morra logo".

Em dado momento — Sarius pensou já haverem passado horas — os movimentos do animal cessam, ele fica mole, e sua cauda protegida pelo ferrão cai para o lado. Finalmente ele pode puxar de volta sua arma. Do que ele não se deu conta foi de que escorpiões mortos não têm mais condições de se grudarem em paredes. Quando percebe isso, é quase tarde demais: ele salta para o lado a tempo de evitar que o animal o enterre caindo sobre ele. O escorpião permanece imóvel, apenas contraindo uma pata de vez em quando.

Sarius senta-se com as costas para a parede e fita o escorpião morto. Ele tenta ouvir se algum ser deste tipo se aproxima, mas até onde consegue ouvir, não há nenhum som de passos. Em vez disso, a música começa a tocar novamente, quase que desapercebida. Ela é nova, mas ao mesmo tempo familiar, e convence Sarius de que no momento não há qualquer perigo. Ele pode examinar seu adversário derrotado com calma e descobre que é capaz de desmantelá-lo sem muito esforço. *Separar as pinças, por exemplo.* Sarius as leva consigo, junto com uma parte da placa dorsal. O ferrão venenoso, ele hesita. Vai saber, talvez se machuque só de tocá-lo. E não há nada que ele deseje menos no momento do que o retorno do enervante barulho de ferimento.

Ele toca o ferrão muito cuidadosamente, apenas na extremidade mais larga. Nada acontece. Com toda cautela, ele o solta, colocando-o junto aos seus pertences.

Ao levantar-se novamente, Sarius encontra, a apenas alguns passos, um elfo negro, que ele reconhece à primeira vista: é Lelant, que andou tendo que batalhar por um novo armamento. O elfo gira um mangual com espinhos de comprimento amedrontador.

Os dois se examinam brevemente. Nenhum deles acende uma fogueira. No que depender de Sarius, ele não dará o primeiro passo. Ele ainda se sente novato, é apenas um 2. Além disso, há apenas uma coisa que ele quer saber de Lelant: se ele é Colin. Mas isso ele não lhe revelaria, mesmo que acendesse dez fogueiras.

O escorpião estava espantoso em seu estado parcialmente despedaçado. Sarius não quer tocar sua pele rosa-acinzentada com aquele brilho úmido. Ele dá alguns passos em direção a Lelant, que se encontra junto ao muro como uma sombra inerte.

O que ele está esperando? Será que ele quer continuar junto com Sarius? Não seria mal, pois há mais lutas se aproximando. Tilintares, estalos e golpes metálicos ecoam pelos corredores do labirinto.

Sarius verifica sua barra de vida. Parece em ordem; grande parte do que a cura de Aurora lhe havia custado já se recuperou. A luta contra o escorpião ele venceu praticamente ileso, então nada como um próximo combate. Ele olha Lelant pela última vez, que se desencostou da parede e vagueia em direção ao escorpião sucumbido. Observa-o com atenção. Teria que se abastecer com aquelas provisões nojentas. O escorpião fornece sete unidades de carne, mas Sarius não quer nenhuma delas.

O barulho de luta toma toda sua atenção. Ele segue os sons, encontra uma intrigante passagem inferior, negra como carvão, e acaba chegando a um caminho mais largo com paredes de aspecto aveludado, como se fossem cobertas por mofo azul-escuro. Na bifurcação seguinte ele vira para a direita e se encontra novamente em um impasse. *Maldito labirinto.* Reprime sua raiva e vira na próxima oportunidade novamente para a direita. Este corredor não é iluminado nem mesmo por uma minúscula tocha. Caso espreite ali um escorpião, Sarius só irá perceber quando ele já estiver com seu ferrão enfiado nas costas.

Mas tudo indica que este caminho é o correto. Com mais nitidez do que antes, ele consegue ouvir a luta. E o clac clac clac das pernas do escorpião. Ele dá um passo para dentro da escuridão, sentindo uma ameaça onipresente. Sarius levanta sua espada e gira uma vez em torno do próprio eixo. *Há algo perto dele, atrás dele? Não.*

Não adianta: se ele quer progredir, terá que ter muita determinação. Ele segura o escudo rente a si e a espada em posição; em seguida ele entra na escuridão, tateando cada passo.

As paredes parecem se estreitar quanto mais ele avança pela passagem. Bem distante, Sarius reconhece uma centelha mínima de luz. É para lá que tem que ir. Com o sentimento de já ter praticamente conseguido, ele acelera seus passos — e cai. Em pânico, bate com a espada no nada, esperando um ataque, um ferimento, o som torturante, mas nada ocorre. Ele se ergue novamente. O pouco de luz lhe mostra que ele está sozinho aqui, exceto apenas pela coisa na qual tropeçou.

Ele se abaixa. Reconhece ossos, algumas mechas de cabelo ruivo, um arco e duas flechas quebradas. O crânio pertencente ao esqueleto rolou dali e parou junto à parede de pedra.

Será um de nós? Tanto faz, deve ir adiante. Ele lança mais um último olhar incomodado sobre o esqueleto, e então segue em frente, para onde está ficando mais claro e barulhento. Lá na frente há uma luta, o que é melhor que insegurança e muito melhor do que a escuridão solitária.

Aonde foi parar a luz? É impossível ela ter desaparecido. Como assim ele está novamente diante de uma parede? Ele se vira — *você nunca vai conseguir sair daqui.* Ele pensa na camisa ensanguentada que encontrou na grama. Se ele tivesse ficado lá em cima, teria lutado contra zumbis, mas pelo menos estaria na luz.

Agora algo tremula novamente, lançando uma sombra contra a parede. Ele só percebe que é a sua própria ao bater contra ela com sua espada. O eco do golpe se perde pelos corredores escuros.

O barulho de luta está tão perto que os outros devem estar logo atrás do próximo muro. Ele vai tateando a parede, contra a qual sua armadura raspa, rangendo. De repente a parede desaparece, Sarius tropeça em uma abertura e aqui — finalmente — há um portão. Obviamente fechado. Ele o examina, encontra um trinco e o levanta. Força vigorosamente a madeira e consegue abrir uma fresta pela qual penetra luz em grande quantidade. O barulho de luta está mais alto do que nunca; pernas calçando botas peludas podem ser vistas, seguidas de perto por pernas negras e ruidosas de escorpião.

Uma parte dele — uma grande parte — quer fechar novamente o portão e esperar até que tudo termine. Ninguém o viu, será? Além de talvez o Mensageiro, que tudo sabe e tudo vê.

O pensamento nos olhos amarelos já basta. Sarius empurra o portão e lança-se para frente, vendo três escorpiões e seis, não, sete combatentes. Ele conhece alguém? Não há tempo para examinar melhor, um dos escorpiões afasta-se de seu adversário, correndo em sua direção.

Ele recua e certifica-se de que sua espada aponta na direção de seu agressor. Seu ferrão está levantado, balançando para os lados à procura de um alvo. Sarius ataca, e atinge lateralmente o corpo do escorpião, que range. A segunda pancada é direcionada contra o ferrão venenoso; isso afugentara o primeiro escorpião, mas esse não. Talvez Sarius não tenha atingido em cheio. O escorpião afasta-se apenas um pouco, retornando ao ataque com o dobro da velocidade.

Sarius salta para a direita, e o ferrão passa por ele sem tocá-lo. Então aproveita a oportunidade e o acerta mais uma vez com sua espada. Finalmente a criatura cambaleia. Com um pouco de sorte, Sarius conseguirá perfurá-lo, como o exemplar na parede agora há pouco. Com uma proximidade apavorante, uma das afiadas pinças sibila por ele, que se encolhe já aguardando o terrível som, mas o escorpião errou o alvo. Um golpe com a arma, e a couraça cede. O animal vira para a direita e Sarius vai atrás, mirando o abdome desprotegido. Na mosca. Repentinamente chega alguém ao seu lado, atacando o escorpião com sua alabarda.

Por mais que Sarius tenha desejado companhia agora há pouco, ela o incomodou naquele momento. É uma estúpida elfo negra que vem até aqui se intrometer em seus assuntos, justo agora que a parte difícil foi resolvida e o resto era apenas um passeio no parque. Sua companheira não cede. A arma da elfo deve ser mais forte que a sua, pois bastam três pancadas e o escorpião jaz inerte no chão.

Sarius está furioso por dentro. Sua espada está besuntada com muco cinza, que ele gostaria de misturar com o sangue da elfo negra que simplesmente se meteu em seu combate e encarregou-se da parte fácil. Como se ele precisasse de ajuda. Como se ele não tivesse conseguido sozinho.

Ele verifica seu nome. *Feniel, aha. Vaca. O que ela está fazendo agora?* Irrompendo sobre o escorpião e transformando-o em carne moída. Ao contrário de Sarius ainda há pouco, ela não visou nem o ferrão e tampouco as pinças, mas revirou vigorosamente todo o cadáver à procura do que retirar de aproveitável. *Que loucura.*

"Vitória", uma voz sussurra no ouvido de Sarius. Ele se vira. A batalha está concluída, mas os outros lutadores do Erebos continuam bastante atarefados. Assim como Feniel, eles desmantelam os escorpiões mortos em partes menores, e Sarius tem a sensação de que pode estar perdendo alguma coisa.

Ao ouvir o cavalgar, ele já sabe o que está para acontecer. No momento seguinte, o cavalo encouraçado do Mensageiro aproxima-se com seu trote; seu cavaleiro os saúda com a mão.

— Vocês fizeram um bom trabalho e receberão mais uma vez sua recompensa. Acho que começarei com Drizzel.

O vampiro, que continua com as mãos enfiadas na área abdominal do escorpião, levanta-se. Sarius se esforça para não imaginar o que escorria das mãos de Drizzel.

Você combateu muito bem, mas não foi excelente. Eu te dou um escudo novo. Também muito bom. Não excelente.

Drizzel recebe o escudo com suas mãos pegajosas e joga seu antigo em um dos corredores do labirinto, fazendo-o tilintar.

— Feniel.

A elfo negra passa na frente de Sarius.

— Vejo com alegria que não se ocupa com falsos escrúpulos e pega aquilo que você quer ter. Portanto, você deve fazer o mesmo com seu armamento. Aqui tem 50 peças de ouro. Decida você mesmo o que comprar com isso.

Sarius tem que reunir todo seu autocontrole para não acertar Feniel com a espada. Ela o tirou do seu caminho e é recompensada por isso. *Que ultraje.*

— Sarius.

Ele dá um passo adiante. *Eu fui o máximo, vamos, admita. Muito bom para um 2, cara.*

— Você se saiu muito bem na luta. Receba meus elogios. Mas você chegou muito tarde e não foi você mesmo quem matou o escorpião. Apesar disso eu gostaria de recompensá-lo. Reforçarei seu poder de cura. Agora pode dar aos outros mais de sua força.

Sarius ficou um pouco incomodado que isso fosse tudo. *Isso é tudo?* Sarius fita o Mensageiro sem acreditar. *Que recompensa é essa? Quando ele cura, prejudica a si mesmo — e agora ele se prejudicaria ainda mais?* Ele não quer acionar essa magia estúpida nunca mais, ele não é maluco.

— Blackspell — o Mensageiro chama o próximo.

Um vampiro, por quem ele se desmancha em elogios, e a quem entrega uma espada vermelho vivo e transparente como vinho tinto. De uma dessas Sarius também gostaria. Mas não, ele só recebe um novo e maravilhoso poder de cura e fortalecimento, *incrível.*

Por que é que ele está tão furioso? Também está furioso com Nurax, o lobisomem, a quem o Mensageiro está entregando um par especial de botas de energia, e com Grotok, o primeiro humano que ele encontra no Erebos e que recebe alguns pergaminhos.

Assim como Nurax, Sarius conhece a próxima a ser recompensada: Arwen's Child. Ela está levemente ferida; é abastecida com uma poção de cura e 10 moedas de ouro. Tudo isso é melhor que a porcaria que Sarius recebeu.

— Gagnar! — chama o Mensageiro.

Um homem lagarto, esfarrapado e gravemente ferido, sai de trás de um escorpião morto e rasteja até a frente.

— Foi por pouco, Gagnar. Se você ficar aqui, vai morrer. Venha comigo.

Gagnar tenta levantar-se. Sobre seu colete rasgado e seu capuz manchado, Sarius reconhece nitidamente o número 1. Estava gravado como se a ferro sobre o tecido. Sarius não consegue tirar os olhos de Gagnar. Finalmente alguém mais perdido que ele. O homem lagarto é ajudado a subir no cavalo.

— Vocês têm a permissão de acender uma fogueira — informa o Mensageiro e sai cavalgando.

A fogueira de Sarius já está acesa antes mesmo que algum dos outros reaja. Arwen's Child e Blackspell aproximam-se lentamente; os outros se viraram para as carcaças e as reviram.

— O que é que eles estão procurando? — Sarius inicia a conversa.

Blackspell cala-se, mas Arwen's Child lhe dá a informação prestativamente.

— Cristais de desejos, claro.

— Nos escorpiões mortos?

Sarius fica atônito. Ali seria o último lugar onde ele procuraria. Isso explica o esforço que Drizzel e companhia empregam. Sarius está quase tentado a juntar-se a eles.

— Você já encontrou algum? — pergunta ele à elfo negra.

— Por enquanto não. Eles são realmente raros e a coisa mais valiosa que você pode conseguir aqui. Uma vez eu estava perto quando Blood-Work tirou um de uma aranha gigante. Era um azul. Sei lá o que é que o Blood fez com aquilo.

Pensativo, Sarius olha as labaredas bruxuleantes da fogueira. Quando mesmo que a música voltou? Ele não percebeu, mas agora ela está ali, o animando. Já poderia se entregar ao próximo combate de tão forte que se sentia, e dessa vez não seria empurrado por Feniel.

— E você sabe o que exatamente pode-se fazer com os cristais?

Arwen's Child demora para responder.

— Consta que eles podem realizar seus maiores desejos — exceto talvez ressuscitar mortos. Eles também o levam até o Círculo Interno.

— O que é isso, o Círculo Interno? — pergunta Sarius. Sua ignorância não lhe deixa nem um pouco embaraçado, graças à música. Cada nota faz com que ele se sinta como um rei. *Você aqui é a pessoa principal, os outros são apenas acessórios.*

No entanto, ele não recebe uma resposta, pois Blackspell agora se infiltra na conversa.

— Descubra você mesmo. Nós também tivemos que fazer isso.

— Tudo bem. Foi só uma pergunta.

Drizzel e Nurax se deram por vencidos, deixam os corpos dos escorpiões e vêm para o fogo.

— Vocês poderiam ao menos se limpar, estão uma nojeira — diz Arwen's Child, afastando-se deles.

Drizzel não lhe dá a mínima.

— Mas hein, Sarius. Eu pensei que você já tivesse morrido. As mulheres gigantes azuis lá no rio não colocaram você no caixote, não?

— Como você pode ver...

— E foi um massacre violento?

— Se você não tivesse fugido, saberia.

— Um tanto quanto atrevidinho para um 2.

Sarius se cala. Os outros podem ver seu nível, mas ele não vê o deles. De repente, se sentiu indefeso.

— Deixe-o em paz, senão vou te contar umas coisinhas que sei sobre *você* — interrompe Arwen's Child.

— Pode contar. Você sabe muito bem que o Mensageiro adora sabichões — retruca Drizzel.

Neste momento, Lelant aparece na curva. Detém-se abruptamente e saca, veloz como um raio, seu mangual do cinto.

— Ah, droga, uma invasão de elfos — resmunga Blackspell.

— Cale a boca — revida Sarius.

Lelant é um dos que ele mais gosta aqui. *Eu sei quem é você, cara.* Com um gesto convidativo, ele chega um pouco para o lado para que Lelant sente-se junto a ele. Mas ele não parece querer. Ele mantém distância do fogo. Então, ele vê Feniel e Grotok, ainda ocupados com os escorpiões mortos, dá um passo em direção a eles, mas volta, mudando de opinião. Finalmente, ele vai até o fogo, mas fica o mais distante possível de Sarius.

— Olá, Lelant — o saúda Sarius.

— Aqueles dois lá atrás estão procurando cristais de desejos? — pergunta Lelant, em vez de retribuir a saudação.

— Claro — diz Blackspell. — Mas estão sem sorte. Dentro dessas criaturas não tem nada.

— Ih, que azar, hein. Comigo não foi bem assim. — Lelant põe a mão em seu bolso e tira um cristal que irradia luz verde. — Incrível, né?

— De onde saiu isso? — pergunta Arwen's Child.

— Não interessa.

Sarius fita a pedra brilhante e sente que começa a se enfurecer. Ele não precisa perguntar qual a origem do cristal. Aquele era *seu* escorpião, *sua* presa, que ele deixou para Lelant e este tirou proveito. Isso era simplesmente podre.

— Está claro que a pedra na verdade me pertence, né?

— Não sei por quê.

— Porque eu matei o escorpião com minhas próprias mãos, por isso. Se você for honesto, passe ele para cá.

— Vai sonhando. Você acha que eu comi cocô?

Sarius não consegue pensar tão rápido quanto saca sua espada. Agora ele está lá, parado, transtornado. Na verdade ele não quer atacar Lelant, quer apenas o cristal que lhe cabe. *Se você soubesse quem eu sou, me daria logo.*

— Opa, opa, nada de duelos fora das cidades! — grita Drizzel.

— Ai, que medo! O 2 quer partir para cima de mim! — ironiza Lelant. — Um golpe de espada e o Mensageiro coloca você no xilindró. Vá em frente. Faça-me esse favor.

Por mera formalidade, Sarius mantém a espada mais alguns segundos apontada para o peito de Lelant antes de guardá-la; secretamente estava feliz por ter-se livrado da luta.

— Você sabe muito bem que a pedra não pertence a você.

— Como assim? Eu tenho culpa se você simplesmente fugiu, levando só o ferrão e as pinças? Gente, vocês deviam ter visto aquilo. Ele cortou as pinças da criatura e lotou sua lista de itens com aquilo. O que é que você pretende com isso? Fazer artesanato?

Sarius encara Lelant. O rosto marrom-escuro, o cabelo curtíssimo, os olhos negros brilhantes. *Você vai me pagar, seu babaca.*

— Então fique com ele. Você é um covarde.

— Mas um covarde com um cristal de desejos. Alguém aqui já sabe em qual direção fica a cidade?

— Pergunte ao seu cristal de desejos — caçoa Sarius. — Ou faça algum esforço, só para variar um pouco.

Ele não espera a resposta de Lelant, e dá as costas para o fogo, marchando para dentro do primeiro corredor do labirinto. Ele prefere continuar sozinho do que ficar rodeado por aqueles idiotas.

Ele esteve tão perto de encontrar um cristal de desejos, tão perto! Nos corredores continua escuro, mas o pensamento no maldito Lelant o impele a seguir. Se algum escorpião agora atravessar seu caminho, Sarius fará dele purê. Adiante, adiante. Ele ainda tem muito tempo para alcançar seu objetivo e deixará os outros para trás; essa era a sua decisão.

Para seu azar, todos os corredores parecem novamente iguais. Nada aponta para a Cidade Branca. Não encontra ninguém, ninguém o ataca. Após um tempo aparentemente interminável, ele para. Sua raiva diminuiu, transformando-se em um grãozinho brilhante em seu interior.

E agora? Ele poderia se esbofetear por sua precipitação. *Por que pelo menos não pediu a Arwen's Child que viesse junto?* Ela estava do seu lado, não devia tê-la deixado ficar com os outros. Agora eles poderiam estar fazendo uma fogueira. Agora ele não estaria sozinho.

Mais uma vez Sarius tenta orientar-se. Tem que haver alguma dica. Talvez pedrinhas brancas na entrada exata ou batidas de sino a cada hora completa. Ele apura seus ouvidos. Espia em todas as direções. Presta atenção em cada bifurcação. E ali, no terceiro cruzamento, ele ouve alguma coisa; não são sinos, e sim um chiado. Bem baixo, mas já é uma pista. Algo que se possa ir atrás.

O chiado vai ficando mais nítido quanto mais Sarius o segue. Sua cautela ele deixa de lado, algo lhe diz que não há perigos. Detém-se por um momento para entender de onde está tirando essa segurança. É a música, reconhece. Sutil e discretamente ela mudou sua personalidade; ela lhe dá confiança e não lhe deixa dúvidas de que está no caminho correto.

Após alguns minutos, Sarius descobre a origem do chiado: um rio subterrâneo cuja água parece quase negra na luz escassa das tochas, revelando-se, porém, vermelho-sangue de perto.

Involuntariamente vêm imagens tenebrosas à cabeça de Sarius: campos de batalhas, corpos fatiados amontoados, sacrifícios. Pois de algum lugar aquele sangue deve vir.

Se é que isto é sangue! Não se pode mesmo dizer com tanta precisão. A cor da água poderia ter algo a ver com as pedras no leito do rio... mas isso não importava. De qualquer forma, Sarius não iria beber aquilo mesmo, ainda que um refresco lhe caísse bastante bem.

Ele se encosta na beirada de pedra, rente à água, que flui regular e reta como se corresse por um canal. Cidades são construídas normalmente junto a rios, portanto ele irá seguir este aqui como um fio condutor. Mas *rio acima ou rio abaixo?* Ele examina as imediações procurando por pistas, mas não encontra nada e decide ir rio acima.

Pouco tempo depois fica mais claro — cestas de fogo às margens do rio iluminam o caminho em intervalos regulares. *Parece brincadeira de criança.* Sarius corre, corre mais rápido e, ao descobrir uma larga escada subindo, ele precisa parar por não ter prestado atenção em sua energia. Recupera o fôlego e inicia a subida; a música ao seu redor é um júbilo, e a luz do dia irradia em sua direção.

A vista que se abre quando ele finalmente chega ao alto é esplendorosa. Muros, torres e arcadas de mármore branco brilham sob a luz do sol; até mesmo a rua que conduz à cidade reluz como marfim.

Sarius não tem mais pressa. A cidade parece esperar apenas por ele. Ele se regozija com aquela visão e caminha lentamente em sua direção.

Ao entrar, os quatro guardas no portão o saúdam abaixando suas lanças, uma fanfarra ressoa e o arauto barrigudo no alto dos muros da cidade proclama a última notícia: "Sarius chegou. Sarius, cavaleiro, pertencente ao clã dos elfos negros, adentra a Cidade Branca."

9

— Quer mais arroz? — A mãe de Nick acenava o colherão sobre o prato.
— Não, obrigado.
— Não gostou? Você está remexendo a carne de um jeito tão estranho.
Foi difícil para Nick concentrar-se nas palavras de sua mãe. Sarius acabara de receber um quarto em uma taverna na Cidade Branca e o dono lhe havia ordenado três horas de descanso. E depois disso, tela preta, mais uma vez.
— Escute, menino, sua mãe lhe fez uma pergunta.
— Sim, pai, desculpa. Não, está muito gostoso, é que eu estou um pouco cansado.
Seu pai tomou um gole de cerveja e franziu a testa.
— Mas você hoje nem escola teve!
— Não, mas ele estava estudando química — sua mãe interrompeu para ajudá-lo. — Fique contente que ele leva a escola a sério. Ontem eu falei com a sra. Falkner; o filho dela não para em casa e na escola dizem que ele só arruma problemas...
Os pensamentos de Nick se perderam mais uma vez. Ele não estava registrado para as lutas na arena. E sequer sabia aonde deveria ir para isso. E se ele não achar o local certo ou se houver tarefas para realizar antes? Então teria muito pouco tempo. Mas agora faltava apenas uma horinha para ele cumprir o tempo de descanso. Sua mãe iria adormecer na frente da televisão e seu pai iria ao bar para uma terceira cerveja. Teria sido melhor se Sarius tivesse podido tirar sua pausa mais tarde —

após meia-noite, quando Nick já estivesse cansado. Ele se perguntava se os outros já teriam achado o rio vermelho ou se continuavam vagando pelo labirinto.

Ele esfregou os olhos, que ardiam. O taberneiro havia contado a Sarius sobre os brilhantes armeiros da Cidade Branca, enquanto examinava seu armamento. Mas Sarius não tinha nem dinheiro e tampouco um cristal de desejos. Ele sequer sabia como iria pagar pelo quarto na taverna, mas ele tinha que pegar um. Ordens enviadas por carta pelo Mensageiro.

Maldito Lelant. Segunda-feira ele iria se entender com Colin, *aquele pilantra.*

— ... já para a próxima semana?

O silêncio repentino que se seguiu a essa pergunta fez Nick supor que ela havia sido direcionada a ele.

— Eh, desculpa, você pode repetir?

— Eu perguntei se seu trabalho de química já é para a próxima semana. Meu Deus, Nick, o que está havendo com você?

A barriga considerável de seu pai bateu contra a borda da mesa quando ele se curvou para frente, furioso.

— Eu não acho nada bom o jeito como você se abstém da nossa conversa. Até porque ela diz respeito a você.

— Ah sim, sinto muito. — Não houve nenhuma pergunta como por quê, para quê, como assim. — O prazo para entrega é na próxima semana, mas eu acho que está tudo sob controle. Como foi o trabalho hoje?

Perguntar ao seu pai sobre o trabalho era um investimento seguro. Invariavelmente havia algo para relatar. Hoje era um paciente que havia dado cinco libras ao enfermeiro Dunmore para que ele lhe trouxesse um lanche da barraca ali perto.

— E olha que ele estava com o colesterol nas alturas — explicou seu pai, pegando mais do ensopado de galinha. — A gente acha que lá eles vão se dar conta de que eles mesmos são os culpados por estarem no hospital, mas que nada.

Nick sorriu automaticamente, desejando voltar para a Cidade Branca.

— Posso me levantar?

— Claro — disse sua mãe.

— Mas antes ajude sua mãe com a louça — resmungou seu pai entre duas mordidas.

Nick retirou a mesa com a velocidade de um raio, colocou pratos e copos apressadamente no lava-louça e subiu correndo as escadas para seu quarto. Contra sua própria convicção, ele tentou iniciar o jogo e, obviamente, não deu certo.

Sobravam 45 minutos, que ele podia usar para estudar química. Ele se arrepiava todo só de pensar naquilo. *Vamos*, convencia-se. *Olhe pelo menos algumas fórmulas.*

Exatamente no momento em que abriu o livro e lutava contra uma onda de mau humor que o assolava, seu pai irrompeu em seu quarto.

— Eu esqueci completamente de perguntar se você amanhã... ih, você está estudando mesmo!

— Ah, sim.

— Difícil?

— Pode ter certeza que sim.

Seu pai chegou atrás dele e espiou o livro; estava tomado por um interesse benevolente que em alguns segundos se dissipou, dando lugar a uma sensação de impotência paterna.

— Ai, meu Deus! Agora eu realmente não posso mais pegar você no colo, Nick.

— Tudo bem, pai. Você não precisa me ajudar, não. Eu estou me virando aqui.

Seu pai colocou a mão sobre seu ombro.

— Sinto muito por tê-lo interrompido. Eu estou muito orgulhoso de você, sabia? Pelo menos um dos meus garotos vai ser alguma coisa na vida.

Nick conteve o impulso de afastar a mão de seu pai e mordeu os lábios. Pouco depois ele sentiu o peso sobre seu ombro ser retirado.

— Vou dar uma passada no pub. Não fique estudando por muito tempo, Nick.

A porta bateu.

Mais 43 minutos. Ele esfregou o rosto com as duas mãos antes de se debruçar sobre seu livro e encarar as fórmulas. Se ele pudesse pelo menos encontrar as primeiras frases para seu trabalho, já estaria bom por hoje. Nick fechou os olhos e repetiu o que havia acabado de ler. *Pena não haver cristais de desejos na vida real*; ele bem que poderia tê-los usado para química. Jamais conseguiria um A em química, nunca.

Ele pegou uma folha de papel e escreveu o título sobre ela: *A Identificação de Aminoácidos através da Cromatografia de Camada Fina*.

Bom, o início já estava feito. Agora ele precisava de uma introdução. Apesar de que não valia a pena estudar deste jeito. Se for para escrever, que seja direito. Com bastante tempo, de preferência amanhã, após o café da manhã. Neste horário não estariam passeando escorpiões por seu cérebro e sua fúria com Colin já teria se dissipado.

Nick deu uma última olhada em seu livro e então ligou o computador. Surfou por costume na página de Emily no *deviant*ART, onde não havia nada novo. Por pouco tempo surgiu nele uma sensação de decepção e então ele teve uma ideia. *Como assim ainda não pensara nisso?* Ele abriu o Google e digitou "Erebos" no campo de busca. Teria que haver uma página da empresa do *software*, um fórum, ou talvez até uma atualização para ser baixada. Dicas, macetes, essas coisas todas.

No primeiro resultado da busca, Nick encontrou um verbete do Wikipedia. *Ah, então o jogo era famoso*. Ele clicou sobre o *link* e leu:

Érebo (Ἔρεβος, do grego ἔρεβος "escuro") é, na mitologia grega, o deus das trevas e a sua personificação. Ele foi gerado, conforme o poeta Hesíodo, por Caos junto com Gaia, Nix, Tártaro e Eros. Segundo Hesíodo, no princípio havia o Caos (o vazio primordial), do qual emergiu a negra escuridão das profundezas, Érebo. Nix e Érebo se uniram e originaram, além do Sono e dos Sonhos, os males do mundo: a Morte em batalha, a Velhice, a Morte, a Discórdia, o Escárnio, a Angústia e Miséria, a Nêmesis, as Moiras, as Hespérides, que neste ponto parecem aspectos ameaçadores da deusa da noite, mas representam também a alegria, a amizade (Filotes) e a compaixão.

De acordo com algumas lendas, Érebo era uma parte do submundo. Ele era o lugar pelo qual os mortos deviam passar imediatamente após suas mortes. Érebo foi utilizado frequentemente como sinônimo de Hades, o deus grego do submundo.

Nick leu o texto duas vezes e o fechou. Aquilo poderia até ser bem interessante para quem se interessasse por deuses gregos, mas para ele era inútil. Nem uma pistinha sequer.

Ele continuou procurando. Apenas *links* sobre mitologia grega; alguns sobre uma banda de *Death Metal*. Foi apenas o último resultado da página que arrancou de Nick um discreto grito de vitória: "Erebos, o jogo", dizia. E mais nada. Tomado por ansiedade, Nick clicou sobre o *link*. Demorou um momento até que a página carregasse. Letras vermelhas sobre um fundo negro:

"Não é uma boa ideia, Sarius."

Por que não?, ele esteve tentado a perguntar em um primeiro momento, então ele percebeu as dimensões daquela situação, fechou a janela e o navegador — como se quisesse impedir a entrada de alguém. Aquilo não era real, ele se convencera. Não era possível que a própria internet falasse com ele. Talvez devesse acessar a página mais uma vez para confirmar que ele havia se enganado. *Com certeza que sim...*

Seu celular tocou e o coração de Nick por pouco não parou. *Será que não deveria ter fechado a página?* "Jamie", ele leu no visor do aparelho e respirou aliviado.

— E aí! Estou incomodando você? Você parece agitado.

— Não, não. Tudo bem.

— Que bom. Escuta, você tá a fim de ir passear de bicicleta amanhã pelo campo? Há anos que não fazemos isso e parece que o tempo estará bom.

Nick demorou um momento para pensar em uma desculpa apropriada.

— É realmente uma ótima ideia, mas estou fazendo meu trabalho de química. Eu tenho que entregar algo razoável de qualquer maneira e não quero me arriscar.

— Ah — Jamie soa desapontado. — Mas sabe de uma coisa? Eu vou ajudá-lo. Passe aqui em casa amanhã e nós pesquisamos juntos na internet, com certeza assim você vai terminar isso rápido!

Droga.

— Não sei... acho que eu consigo me concentrar melhor sozinho. E isso... bom, também é importante.

Nick apertou os olhos. *Meu Deus, que mentira que isto está parecendo.* E deslavada, ainda por cima. Do outro lado da linha domina um silêncio perplexo; ao fundo Nick pôde ouvir o chiado da televisão.

— Está falando sério? — perguntou Jamie após uma pausa mais longa que o normal. — Até pouco tempo você pensava de maneira bem diferente. Pelo menos a gente sempre... ah, já entendi! — Jamie caiu na gargalhada. — Nick, meu velho, por que é que você não fala logo? Você marcou um encontro e está com medo que o teu amigo Jamie aqui caçoe de você para sempre, se admitir.

— Não fale besteira!

— Ah, vamos, está tudo bem. Divirta-se e conte-me tudo direitinho na segunda-feira. Antes do próximo fim de semana eu já vou ter chegado na Darleen. Aí vamos sair de noite nós quatro?

— Darleen? — pergunta Nick contra a vontade, porém interessado.

— Isso, a loira bonitinha da orquestra da escola. Um ano mais nova que a gente, toca clarinete, gosta de usar sainhas jeans. Darleen. Lembrou?

— Mais ou menos. Escute, eu tenho que desligar. Minha mãe está me chamando. — A mentira saiu sem qualquer problema pelos lábios de Nick, pois o relógio de seu computador mostrava cinco minutos para as nove. Em breve ele poderia recomeçar o jogo.

O quarto é modesto e tem apenas uma janela minúscula que não pode ser aberta. A cama estala a cada movimento de Sarius, fazendo-o temer que ela logo vá abaixo e o taberneiro a coloque em sua conta.

Sua energia e sua saúde não deixam nada a desejar, constata satisfeito. A pausa lhe fez bem.

Ao aproximar-se da porta, ele percebe que não está sozinho no cômodo. Um gnomo, tão encardido quanto a parede do quarto, está sentado sobre um banquinho abraçando o joelho levantado.

— Ei, Sarius, ei! — grasna ele, sorrindo. — Tenho notícias para você. Do Mensageiro. Eu sou, de certo modo, um Mensageiro do Mensageiro.

Sarius examina seu visitante de cima para baixo: seu rosto reluz de tanta alegria; mesmo assim, Sarius não pressente coisa boa.

— Meu chefe não está nada satisfeito com sua curiosidade — começa o gnomo. — Acho que você entende do que estou falando. Logicamente ele compreende que você queira saber mais sobre o Erebos, mas ele não aprecia que você procure informações pelas costas dele.

O gnomo cutuca entre os dentes com uma de suas longas unhas, encontra algo esverdeado e o examina minuciosamente.

— No entanto, ele está disposto a responder suas perguntas. E adivinha, ele também tem perguntas a fazer para você!

Com certo nojo, Sarius observa seu interlocutor enfiar o grumo esverdeado de volta em sua boca e mastigá-lo.

— Que perguntas?

— Ah, coisa simples. Por exemplo: Nick Dunmore conhece alguém chamado Rashid Saleh?

Sarius fica perplexo. *Como assim?* Por outro lado, se as perguntas do Mensageiro continuarem fáceis assim, ele pode considerar-se com sorte.

— Sim, Nick o conhece.

— Ótimo. E Nick sabe também o que Rashid mais gosta de fazer?

Isso era fácil.

— Ele gosta de andar de *skate,* ouvir hip-hop e curte Stephen King.

O gnomo acena a cabeça satisfeito, ainda mastigando.

— Nick está bem informado, então. Será que ele por acaso também sabe o que Rashid teme?

Não, e como ele saberia disso? Apesar de que algo chamou sua atenção uma vez: Rashid tinha medo de altura. *Um dia a turma inteira foi para o London Eye, a roda-gigante junto ao Tâmisa, e Rashid até subiu junto, mas pálido como a neve. Quase que vomitou depois.*

— Ele não gosta de altura. Evita torres, mirantes, essas coisas.

O gnomo estala a língua.

— Isso bate com o que acabamos de descobrir. Obrigado, Sarius. Meu senhor estará inclinado a perdoar sua curiosidade excessiva. Agora eu revelarei algo a você para retribuir.

Ele se curva um pouco para frente e pisca para Sarius com confidência.

— A lista de participantes para as lutas na arena você encontra na taverna de Átropos. Transmita-lhe minhas saudações.

Ele desce do banquinho, inclina-se de maneira exageradamente educada e parte. Sarius coloca seu elmo e pendura o escudo nas costas. Quando ele já está a caminho da porta, lhe ocorre algo: o gnomo não respondeu nenhuma pergunta dele. Sarius sequer fez uma.

As ruas estão, apesar do horário já tarde, muito movimentadas. Sarius mantém-se nas vias largas e evita as travessas laterais que lhe lembram os corredores do labirinto. Aqui encontram-se a cada esquina cestas de fogo que tingem de dourado os muros cremes das casas. Vez ou outra Sarius depara-se com outros guerreiros; alguns deles ele conhece: Sapujapu, por exemplo, e LaCor. Ele gostaria de saber se Drizzel, Blackspell e Lelant já encontraram o caminho até aqui. *Provavelmente sim. Eles não podem ter demorado tanto para achar o rio vermelho.* Talvez eles tenham sido eliminados por uma outra horda de escorpiões gigantes, também. A ideia lhe agrada.

É uma pena não ter havido mais oportunidades para perguntar ao gnomo sobre o caminho até a taverna de Átropos, pois ele não consegue encontrá-la em seu passeio pela cidade. Ele precisa de alguém que possa lhe dar informação. As cestas de fogo não são como as fogueiras na selva. Elas serviam apenas para iluminar, não para possibilitar conversas.

Só lhe ocorre que poderia entrar em uma das lojas que se encontram à esquerda e à direita do caminho quando vê um anão afobado, tentando abrir uma porta pesada de madeira. "Açougue" lê-se em letras grandes no letreiro de madeira pregado sobre ela.

Após alguns minutos, Sarius entra em uma loja de velharias com estantes abarrotadas de esquisitices. Seu olhar fixou-se no crânio de um vampiro em cujas presas encontram-se fincados carretéis de linha. *Ele está no lugar certo. Carretéis certamente podem ser encaixados também em ferrões de escorpião.*

De um canto sombrio da loja um homem de barba grisalha vem arrastando os pés.

— Você quer comprar ou vender? — pergunta sem uma palavra de saudação.

— Vender — responde Sarius. Ele abre sua lista de itens e coloca as duas pinças, as placas dorsais e o ferrão sobre o balcão. Novamente a raiva lhe sobe à cabeça. Ele já poderia ser dono de um cristal de desejos.

— Ah. Criatura rastejante despedaçada — constata o vendedor. — Por isso não se consegue muita coisa. Exceto talvez pelo ferrão, se ainda houver veneno nele.

Ele avalia o espinho negro curvado com uma lupa.

— Quanto eu consigo por ele? — pergunta Sarius. — Eu teria interesse, por exemplo, em um cristal de desejos.

O comerciante olha para cima.

— Cristais de desejos não se podem comprar. É preciso encontrá-los. Ou recebê-los de presente. Pelo ferrão eu te dou três peças de ouro, pelo resto mais duas.

Não parece muito. Tyrania ganhou quarenta moedas de ouro após a luta contra as irmãs aquáticas, lembra-se Sarius.

— É muito pouco — diz, seguindo uma inspiração repentina. — Eu quero dez peças de ouro, do contrário levo minhas coisas de volta.

O comerciante olha seguidamente para as partes do escorpião e para Sarius.

— No máximo seis.

Eles fecham em sete e Sarius deixa a loja com a alegria de ter feito tudo da maneira certa. Alegria essa que desvanece imediatamente quando ele vê, duas vitrines depois, um ferrão de escorpião sendo oferecido por 55 peças de ouro. Além disso, no entusiasmo com a negociação, ele esqueceu de perguntar o caminho até a taverna.

Na próxima loja — uma oficina de sapatos onde estão à venda botas antiveneno, dotadas de lâminas e que lançam raios — ele recebe prontamente a informação.

Como lhe foi aconselhado, ele toma o terceiro desvio à esquerda e se depara com uma porta torta com a pintura descascada. O letreiro sobre ela exibe uma tesoura aberta com os dizeres "O último corte".

Lá dentro está quase mais escuro do que a noite do lado de fora. Os pequenos lampiões sobre as mesas não lançam luz em nada além das mesas e das mãos dos que ali sentam. Os rostos permanecem escondidos no escuro.

Sarius vai até o balcão atrás do qual se encontra uma mulher velhíssima que não percebe sua presença. Ela segue com o indicador torto as linhas na madeira, resmungando algo para si.

— Eu gostaria de me inscrever para as lutas na arena — diz Sarius.

A velha o olha rapidamente sem responder.

— Onde eu encontro a lista na qual posso me registrar para as lutas na arena? — tenta mais uma vez. — A senhora é a Átropos, não é?

A citação de seu nome parece despertar a velha taberneira.

— Sim, sou eu. Você encontrará a lista no porão.

Ela examina Sarius de cima a baixo.

— Você quer mesmo participar das lutas?

— Quero.

— Como um 2? Isso não é lá muito inteligente. Mas fique à vontade. Eu não tenho nada a ver com isso — ela diz, e de novo se volta para os veios da madeira no balcão.

Sarius encontra uma escada que leva para baixo. No porão há mais luz do que em cima, pois uma lareira ilumina seu teto em abóbada. É impossível não ver a lista, que está fixada na parede sendo vigiada por um soldado. Quando Sarius se aproxima, o homem o aborda.

— Você está vindo se inscrever?

— Sim.

— Qual o seu nome?

— Sarius.

Ele tenta espiar por trás do soldado para dar uma olhada na lista. Alguns dos nomes relacionados ele conhece: BloodWork, Xohoo, Keskorian, Sapujapu, Tyrania. *Nada de Lelant até aonde se pode ver*, e também nenhum dos outros que estavam com ele no labirinto.

— Com qual arma você quer se apresentar nas lutas?

— Com a espada.

O soldado anota algo no livro.

— Você ainda é um 2, como posso ver.

Sarius já está farto de escutar essa ladainha.

— Sim, e daí? Entrei há pouco tempo. Por isso que quero participar da luta. Para me recuperar.

Nos fundos do porão algo se move. Uma homem alto, com longos cabelos negros levanta-se de sua cadeira e para na luz do fogo.

— Se você está com pressa de se recuperar, lute contra mim. Vamos duelar.

A visão de seu desafiador deixa Sarius estranhamente tonto; alguma coisa não está certa nele. Ele o faz lembrar de quem? O calafrio que ele sente é seguido pela constatação: o estranho guerreiro parece com Nick Dunmore daqui a dez anos. O mesmo cabelo liso e escuro, os olhos amendoados, a covinha no queixo — inclusive suas feições, apenas mais maduras e cobertas por um leve sombreado de barba. O nome do lutador é LordNick. *É impossível isso ser uma casualidade.*

— E aí? Vamos duelar ou não?

— Se for permitido aqui...

Que chato ele não saber o nível de LordNick. E se ele for um 7 ou um 8? Mas talvez ele seja um 3, então Sarius talvez tivesse chances. Então ele se lembra de como acabou com o escorpião e sente-se mais autoconfiante.

— Duelos na taverna são permitidos — explica o soldado, que devido à iminência de uma luta, deixa até mesmo a lista sem vigilância. — No entanto, o mais fraco tem que desafiar o mais forte.

Isso significava: a convocação devia partir de Sarius.

Sarius não tem certeza se ele quer isso mesmo. Até agora só lutou contra monstros, não contra outros guerreiros. Por outro lado, se ele quer se apresentar na arena, não poderá fazer mal se submeter a uma partida de teste.

— Muito bem. Eu desafio LordNick para um duelo.

— Maravilha, baixinho! — grita seu adversário.

"Ele pode mesmo rir", pensa Sarius. "Afinal, ele está vendo que eu sou um 2." Ele recua diante de LordNick, que já começa a tê-lo em sua mira.

— Pelo que vamos lutar? Eu gostei do seu elmo de lobo, que tal isso? Eu ofereço meu escudo, ele tem trinta pontos de defesa.

— Não vou arriscar o elmo de jeito nenhum.

Nem se você me revelar quem você é e por que você se parece comigo.

— O que então?

Sarius pensa rapidamente no que possui: quatro peças de ouro.

— O quê? Nunca que isso vai valer a pena — a figura, que a Sarius parecia tão pouco digno de confiança, vira-se novamente para a mesa.

— Ah, mas vale muitíssimo a pena, sim — lança o soldado.

— Todas as lutas vitoriosas trazem experiência e vitalidade — isso vocês não podem subestimar.

LordNick, que já está se sentando novamente, detém-se. — Bem, por mim... quatro peças de ouro.

Eles tomam posição em frente à lareira. Sarius não consegue tirar os olhos do rosto de LordNick; é como se ele tivesse que lutar contra si mesmo. Não é de admirar, portanto, que o primeiro golpe de seu adversário seja certeiro. Sarius levanta seu escudo tarde demais, e a espada de LordNick atinge seu flanco. Imediatamente o zumbido começa.

Não há tempo para verificar o cinto, Sarius precisa confiar que ainda sobreviverá a um segundo golpe. Ele salta sobre seu oponente e lhe desfere uma pancada contra o elmo, e uma outra na coxa. *Isso!* O cinto de LordNick já apresenta um traço negro.

Mas o triunfo de Sarius não dura por muito tempo. O adversário golpeia seu escudo diante de seu peito e perfura Sarius com a espada, atingindo sua barriga. Sarius vai ao chão, o som do ferimento não para de doer.

— Parem!

Uma sombra coloca-se entre eles. Era o soldado.

— Sarius está gravemente ferido. Ele deve decidir entre continuar lutando ou reconhecer a derrota.

Não há muito mais o que decidir. Sarius mal consegue se levantar, o som é como uma serra circular em sua cabeça; ele gostaria de desligá-lo, mas prefere não arriscar, pois poderia talvez perder um aviso. Uma instrução, algo importante.

— Eu desisto.

LordNick põe-se triunfante sobre ele.

— Então passe para cá as quatro peças de ouro.

Sarius abre sua lista de itens, cuidando para não fazer movimentos que possam piorar seus ferimentos. Ele entrega a importância exigida.

Agora lhe restam apenas três moedas. Ele precisa transformar logo em dinheiro os objetos que pegou do violador de tumba. Isso se ele conseguir sair dali. O último traço vermelho em seu cinto é ridiculamente fino.

Ele olha para o lado, onde se encontram na penumbra algumas mesas e cadeiras. LordNick recolhe-se novamente ali. De uma das outras mesas, uma figura se levanta com um único movimento fluído. Por baixo do capuz que sombreia o rosto, Sarius vê os familiares olhos amarelos.

— Lição um — ensina o Mensageiro. — Não desafie adversários sobre os quais você nada sabe. Foque aqueles que você já viu em ação alguma vez.

Ele ajoelha-se ao lado de Sarius e coloca a mão sobre sua cabeça. O som de serra circular torna-se mais baixo.

— Lição dois: lute apenas por coisas que valham a pena. Quatro peças de ouro são ridículas. E agora levante-se.

Ele lhe estende sua mão ossuda, cujos dedos repentinamente lembram Sarius das pernas do escorpião, mas ele os agarra mesmo assim.

— Nós temos algo a discutir. Venha.

O Mensageiro o leva até uma sala secundária, no meio da qual se encontra uma mesa redonda com uma única vela sobre ela. Eles se sentam.

— Você está precisando novamente ser curado — diz o Mensageiro. — Você seguramente ainda se lembra das regras válidas neste mundo, certo? Aqui você só tem uma vida, uma única. Eu acho que você não está cuidando muito bem dela.

Sarius não encontra uma resposta apropriada, então se cala. Não parece fácil agradar o Mensageiro: ele repreende tanto os que se preservam, quanto os que vão com tudo.

— Não me entenda mal, eu estimo sua coragem — diz o Mensageiro, como se tivesse ouvido os pensamentos de Sarius. — Por isso que estou aqui. Para ajudá-lo.

Ele coloca sobre a mesa um pequeno frasco com líquido amarelo vivo. Sarius reconhece a poção curadora que ele recebeu após a luta contra os trolls.

— Eu gostaria de lhe dar isso. Você sabe, amanhã acontecerão as lutas na arena. Isso não acontece todo dia; quem quiser fazer progressos terá de estar presente.

— É o que eu quero também — responde Sarius.
— Muito bem.

O Mensageiro curva-se para frente, como se quisesse dizer algo confidencial a Sarius e evitar que outras pessoas ouvissem. — As lutas começam ao meio-dia. Quem se inscreveu terá que estar na Arena a essa hora. Portanto, certifique-se de não perder o início, do contrário você não será admitido.

— Certo — diz Sarius, estendendo a mão até o pequeno frasco.
— Um momento.

Os pálidos olhos amarelos tremulam. Ele coloca sua mão sobre o braço de Sarius e de repente o som de ferimento se torna mais alto.

— Eu disse que queria *te dar* isso, não que você deveria pegar.

Obedientemente, Sarius puxa de volta sua mão. Demora algum tempo até o Mensageiro voltar a falar.

— Eu acharia melhor se você combatesse na luta como um 3, não como um 2.

— Como um 3? Sim, seria incrível.

— Então, vamos fazer como se isso aqui fosse o terceiro ritual. Eu o encarrego de uma missão, Sarius.

As longas mãos ossudas brincam distraidamente com o frasco.

— Suponho que guardou o disco de prata que abriu o Erebos para você, certo?

Sarius demora um momento até entender o que o Mensageiro quer dizer.

— Sim, claro.

— Muito bem. Minha ordem é a seguinte: indique-nos a um novo guerreiro ou guerreira. Copie o disco de prata e passe-o a alguém que você considerar digno. Mas observe as regras!

Algo avermelhado se mescla ao olhar amarelo do interlocutor de Sarius.

— Não revele nada sobre Erebos. Nada mesmo. Explique ao novato que você lhe está dando um grande presente, pois é isso que você estará fazendo, você lhe estará oferecendo um mundo. Certifique-se de seu silêncio. Explique-lhe que ele não deverá mostrar este presente a ninguém. Conte-lhe de maneira que ele acredite nisso. Deixe claro que ele só deve acessar o Erebos sozinho e sem testemunhas. E faça com que ele chegue aqui logo. Ou ela.

O Mensageiro agita vagarosamente o frasco com a poção.

— Até o novo guerreiro chegar aqui, você não terá mais acesso. E com certeza você não vai querer perder o início dos jogos na arena.

Sarius engole em seco.

— Mas agora já estamos no meio da madrugada, e amanhã é domingo! Como é que eu vou...

— Isso não é da minha competência. Você é um guerreiro astuto — e quer chegar ao nível 3. Se demorar mais tempo, paciência. As lutas acontecerão sem você.

Sarius está estarrecido. Como ele vai conseguir isso tão rápido? Ele não quer perder as lutas de jeito nenhum. Se ele se tornar um 3 agora e se sair bem na arena, ele poderá ser, já amanhã, um 4!

— Você já pensou em alguém? — o Mensageiro quer saber.

— Bem, já.

— Quem é?

— Um amigo meu. Jamie Cox. Acho que ele ainda não está aqui.

— Ah. Jamie Cox. Bom. E se não for ele, quem, então?

Emily, pensa Sarius. *Não há ninguém com quem eu queira compartilhar um segredo mais do que Emily.*

— Há também uma menina a quem eu poderia perguntar — diz.

— Qual o nome dela?

Ele não quer dizer. Não quer.

— É Emily Carver? — pergunta o Mensageiro, mais casualmente que curioso.

Sarius fita-o sem acreditar.

— Pois se for ela, eu só posso desejar-te boa sorte e que você consiga o que os outros três antes de você tentaram.

O som irritante, a sabedoria inexplicável do Mensageiro e a pressa repentina tornam impossível qualquer pensamento mais claro. Sarius tenta abstrair isso tudo e pensar no principal: na solução da tarefa para o terceiro ritual.

Jamie, Emily... Quem mais haveria? Dan e Alex já foram contagiados há tempos, Brynne idem, Colin, Rashid, Jerome...

As maiores chances são provavelmente as meninas. Ele poderia perguntar a Michelle, talvez também a Aisha ou a Karen. Do contrário ele terá que focar-se nos mais jovens...

— Adrian McVay também seria uma possibilidade — informa ao Mensageiro. — Ele ainda não está aqui, eu acho, e Erebos com certeza o agradaria.

Quase imperceptivelmente o homem de olhos amarelos balança a cabeça.

— Ele tampouco aceitará.

Há uma pausa, durante a qual o Mensageiro não tira os olhos de Sarius. Ele abre silenciosamente o frasco em sua mão; o amarelo vivo da poção, o amarelo purulento de seus olhos e o amarelo pálido da chama da vela são os únicos pontos claros na sala.

— Eu gostaria de tentar com Adrian — diz Sarius finalmente. — Acho que ele está curioso com o jogo.

— Pois tente. Então, Jamie Cox, Emily Carver e Adrian McVay. Bem. Esperarei um deles. Caso você escolha outra pessoa, diga-me.

Ele estende o frasco até Sarius, espera até que ele o beba e deixa a sala dos fundos. Sarius nota que seu cinto está novamente colorido e que o som de ferimento desapareceu antes de a porta bater e a escuridão dominar o ambiente.

10

Um olhar sobre o relógio do computador revelou a Nick que já era 0h:45 e, portanto, tarde demais para ligar para Jamie. Seu amigo tinha um computador à sua disposição, isso já era bom. Ele não o usava com muita frequência, mas Nick lhe explicaria que ele não deveria perder o Erebos.

A ideia de ainda querer estudar química agora era ridícula e, mesmo assim, ela passou brevemente pelos pensamentos de Nick. As lutas na arena podiam durar muito — e seria tranquilizador já ter alguma vantagem garantida. Porém, mais importante, muito mais importante era primeiro copiar o jogo. Ele ainda tinha um DVD virgem com toda certeza. Mas onde?

Demorou um pouco até ele achar uma mídia lacrada sob uma pilha de livros e papéis. Só esperava era que o peso não a tivesse estragado.

O processo de cópia durou mais do que Nick presumira. A barra de progresso avançava lentamente, muito lentamente. Nick a observava como se pudesse acelerá-la. Por outro lado, o que ele conseguiria se ela andasse mais rápido? Ele precisava esperar até amanhã, precisava dormir, mas não conseguia se imaginar pregando um olho sequer. Sua cabeça estava realmente inundada com perguntas.

Antes de tudo: quem teve a ideia de emprestar ao seu personagem a aparência de Nick? Por que alguém faria tal coisa? Ele ainda se lembrava exatamente da situação na torre em ruínas e do que ele havia pensado enquanto criava Sarius. Nem por um segundo ele quis fazê-lo parecido com quem quer que fosse. Muito menos com alguém de seu meio.

Com absoluta certeza é alguém que me conhece. Que eu conheço. O pensamento era excitante e ao mesmo tempo incômodo. *Será um amigo? Colin? Será que ele não se escondia atrás de Lelant, e sim atrás de LordNick?*

A barra azul de progresso ainda não havia sequer chegado até a metade. O fluxo de pensamentos de Nick parecia igualmente lento. Todos os outros jogadores que o conheciam iriam pensar que ele era LordNick. Eles estariam convencidos de terem identificado pelo menos um de seus aliados no jogo. Ou um de seus adversários, conforme a opinião de cada um. Ninguém jamais faria a equivalência Sarius = Nick. Ele não sabia exatamente se achava isso bom ou se isso o incomodava.

Seu computador copiava, copiava e copiava.

Qual o nome que Jamie escolheria? E que povo? Espontaneamente Nick apostou nos anões, mas logo achou isso injusto da sua parte. Jamie não era baixo, ele era de estatura média. O mais importante era saber, como Jamie *gostaria* de ser. *Sombrio e misterioso como um vampiro? Elegante como um elfo negro? Corpulento e ameaçador como um bárbaro?*

Nada disso combinava realmente bem com ele. Ele era simplesmente ele mesmo. Ponto. Mas seja lá o que Jamie viesse a escolher, Nick tinha certeza de poder reconhecê-lo em qualquer aparência, até mesmo na de Kunigunde, a mulher-lagartixa, ou alguém assim. Ele sorriu. Será que ele deveria tentar ligar para Jamie? Ele iria entender e o celular não acordaria ninguém.

É o que ele espera.

Ou um sms? Mas escrever o quê? *Tenho que encontrar você, urgente, de preferência agora, ou amanhã às 7 horas.* Não, isso era impossível. Nick sabia como Jamie gostava de dormir até tarde no domingo. Antes das nove horas ele com certeza não estaria de pé. *Nove horas!* Isso era terrivelmente tarde... mas quem garantiria que Jamie começaria a jogar imediatamente?

Por fim o DVD já estava quase gravado. Nick o retirou do *drive*, escreveu "Erebos" com caneta permanente na parte de cima e o colocou cuidadosamente de volta em sua capinha.

"Já para a cama", disse a si mesmo. Mas seus pensamentos continuam a revolver-se incessantemente: ao escovar os dentes, durante o banho e finalmente sob as cobertas, que cheiravam a amaciante.

E se ele não conseguisse a tempo? Ele iria perder os jogos na arena, e daí o quê?

Porém, isso não lhe era indiferente. Era finalmente uma chance de progredir. O Mensageiro estava do seu lado, isso Nick pressentia. Pelo menos ele já havia lhe dado dicas e ele tinha razão... era mais inteligente escolher apenas adversários que Nick já tenha visto lutando. Esse não era o caso de LordNick, muito menos o de BloodWork. Mas em Lelant daria uma surra se pusesse as mãos nele, o mesmo com Feniel. Supondo que os dois tenham encontrado o caminho até a cidade.

Nick afunda sua cabeça no travesseiro. Ele iria amanhã até a casa de Jamie e o acordaria às nove em ponto pelo celular. Assim ele não perderia tempo e Jamie poderia começar imediatamente. *Perfeito*. Nick sabia que seu amigo ficaria doido de empolgação.

— Isso não pode ser sério.

Pela porta semiaberta observavam dois olhos entreabertos. Jamie usava um esquisito roupão de banho listrado e duas meias diferentes. Ele deve ter vestido qualquer coisa na pressa para poder ir à porta.

— Tudo bem. Pode entrar. Mas silêncio, meus pais ainda estão dormindo.

A consciência pesada de Nick era só uma sombra clara que tentava cobrir sua empolgação. Ele havia feito tudo corretamente. Não havia acordado Jamie com a campainha, e sim com o celular, evitando que o sr. e a sra. Cox saltassem da cama. Mais do que nunca ele se esforçava em não fazer barulho para não ameaçar o sucesso da missão. Ele tirou os sapatos e seguiu Jamie até a cozinha, que cheirava levemente a gordura. Sobre o fogão encontrava-se uma frigideira, da qual alguém havia tentado em vão remover restos de carne moída queimada.

Jamie pegou um copo d'água e sentou-se em frente a Nick na mesa da cozinha. Pelo seu olhar concluía-se que sua cabeça ainda não estava funcionando perfeitamente.

— Que horas são mesmo?
— Nove horas.
— Você pirou — disse Jamie, chocado, e tomou a água em um gole só.
— Se eu bem me lembro — prosseguiu — eu sugeri ontem que nós nos encontrássemos, mas você disse que não tinha tempo. Até aí tudo bem. Mas como assim... como assim você me aparece aqui com as galinhas?

Nick esperava que sua expressão parecesse misteriosa e ao mesmo tempo promissora.

— Eu tenho algo para você — disse, tirando o DVD do bolso de seu casaco. — Mas antes que eu possa lhe dar, precisamos combinar algumas coisas.

— O que é? — ainda bêbado de sono, Jamies esfregou os olhos e estendeu a mão.

Nick puxou a capinha de volta com um movimento rápido. — Espera aí. Nós temos que esclarecer algumas coisas.

— Hã? Que bobeira é essa? — Jamie franziu a testa involuntariamente. — Você está querendo me sacanear? Primeiro você me acorda dizendo que se trata de algo importante e agora arma um joguinho de gato e rato?

Nick percebe que a coisa não havia começado muito bem. Por que justo ele teve que receber a tarefa de recrutamento em um fim de semana? Em um dia normal de aula tudo teria sido muito mais simples.

— Tudo bem, vamos começar de novo. Eu queria lhe dar uma coisa que é realmente fantástica, no sentido mais literal da palavra. Você vai amar, mas você tem que me escutar por um momento.

Nem curiosidade e tampouco empolgação se podiam reconhecer no rosto de Jamie.

— É esse CD que há semanas está rodando por aí...
— Essa cópia pirata.
— Hmm, bem, de certo modo...
— E quem disse que isso me interessa?
— Você vai se interessar, acredite em mim! É incrivelmente legal. No começo eu também não tinha acreditado, mas é realmente o máximo — ele reparou que usou as mesmas palavras que Brynne havia alguns dias e conteve-se.

— Ah, tá — Jamie bocejou. — E o que é isso exatamente?

— Não posso te dizer.

— E por que não?

— Porque não posso! — Desesperado, Nick procurou as palavras certas, que por um lado não fossem muito reveladoras e, por outro, atiçassem a curiosidade de Jamie. — Isso faz parte. Eu não posso dizer mais nada e você não pode contar a ninguém. Eu vou te dar o DVD... mas só se você não mostrá-lo a ninguém. Antes de Nick ter acabado de falar já estava claro que essa conversa havia fracassado. O franzido na testa de Jamie já havia se convertido em verdadeiras crateras.

— Quem disse que você não pode dizer nada?

Nick balançou a cabeça para afugentar a imagem dos olhos amarelos. Aquilo era de enlouquecer. Mesmo se ele ignorasse as instruções do Mensageiro, não poderia tornar todo o contexto compreensível para Jamie. Ele não podia *explicar* o que fazia do Erebos algo tão único. Jamie tinha que experimentar ele mesmo.

Isso sem contar que ele não ousaria romper com as regras do Mensageiro, como chegou a pensar por um momento. O Mensageiro iria perceber a violação das normas. O Mensageiro havia até adivinhado que ele pensara em Emily Carver.

— Quem falou não interessa. Eu não posso revelar nada, é parte das regras.

— Que regras? Escute Nick, eu já estou ficando com um mal pressentimento. Digo, você me conhece, sabe que eu sou curioso e eu gostaria muito de saber o que é que tem nesses DVDs misteriosos, mas eu acho ridícula essa enrolação toda. Ou você me dá o DVD ou deixa pra lá. Condições eu acho um saco.

— Bem... mas — Nick procurava as palavras.

Com ele havia sido tão simples! Brynne não demorou nem três minutos para fisgá-lo.

— Mas todo mundo segue as regras também e ninguém morreu por isso.

— Caramba, Nick! — Jamie levantou-se, colocou mais água em seu copo e bebeu em um só gole. — Você está se comportando de maneira totalmente diferente, sabia? *Todo mundo!* Você nunca nem se importou com essa gente.

Ele se sentou novamente à mesa com os olhos mais despertos.

— Quer saber? Dê-me esse negócio. Agora eu quero realmente saber o que é que tem nele.

— Você vai seguir as regras? Não falar sobre ele com ninguém? Não mostrá-lo a ninguém?

Distraído, Jamie dá de ombros.

— Talvez, depende.

— Neste caso eu não posso dá-lo a você.

— Bom, então deixa. Então já posso ir me deitar.

— Você é um imbecil, sabia? — escapuliu de Nick antes que ele pudesse pensar. A decepção de seu ótimo plano ter falhado por causa da teimosia de Jamie o dominou por um momento. Mas era mesmo desesperador: por que é que ele não queria pelo menos experimentar? E principalmente: como é que Nick iria conseguir resolver tudo a tempo?

A palavra "imbecil" teve um efeito imediato sobre a expressão de Jamie. A testa não mais franzida, seu rosto estava liso como um muro.

— Sabe, Nick — disse — temo que o sr. Watson tenha razão. Ele acha que há algo perigoso rolando na nossa escola e agora eu estou achando também. Talvez fosse melhor eu aceitar esse seu CD, assim eu saberia finalmente do que ele se trata.

"Que retardamento", Nick quis dizer, mas mordeu os lábios. A raiva continuava sufocando-o e a afetação de Jamie era simplesmente repulsiva.

— Algo perigoso, tenha a paciência.

— O interessante — Jamie prosseguiu — é que as pessoas aparentemente seguem essas, como você disse, regras. Ninguém conta nada. Mas estão começando a vazar algumas informações, o sr. Watson contou. Ele ouviu dizer que é um jogo chamado Erebos.

— Ah é? — gritou Nick. — E se eu te disser que isso é uma completa besteira?

— É o que você está dizendo — respondeu Jamie. — Mas tanto faz, definitivamente eu me manterei fora disso. Aliás, alguns outros também; eles estão achando o mesmo que eu.

Por um momento brilhou o sorriso esperto de Jamie.

— Nick, seu doido, deixa isso pra lá, viu? É uma moda que logo vai embora. Eu tenho a sensação de que as pessoas que entram nesse jogo se envolvem muito rápido e com muita intensidade.

— Obrigado pelo alerta, tio Jamie — ironizou Nick, e viu, muito satisfeito, o sorriso desaparecer do rosto de seu amigo. — O Nickinho aqui já está atento. Ah, se você soubesse como está sendo ridículo.

Ele levantou-se e foi até a porta, desta vez sem tomar cuidado com o barulho. O que ele deveria fazer agora? O plano B era ligar para Emily. A pressão desse pensamento reduzia o estômago de Nick ao tamanho de uma noz. Não seria melhor tentar primeiro com o Adrian? Mas ele não tinha o telefone dele, *droga*, como é que ele não havia pensado nisso ontem?

— Quando você estiver farto dessa porcaria, me procure — disse Jamie antes de trancar a porta atrás de Nick.

Nunca mais ele voltaria a falar uma só palavra com Jamie. Que idiota completo. Não sabia o que estava perdendo e achava que tinha que lhe passar sermão ao invés de simplesmente ficar alegre.

Agora ele teria que dar seu presente a outra pessoa. Nervoso, ele tirou seu celular do bolso do casaco.

"Como vai Emily?", ele iria dizer. Ou mais descontraído: "E aí, Emily. Aqui é o Nick. Você tem um tempinho para mim? Posso dar um pulinho aí?"

Só de pensar nisso as palmas de suas mãos ficaram molhadas de suor. Ele sabia que Emily já havia dito não a outros três; da tentativa de Rashid ele fora, inclusive, testemunha. Mas Nick o faria de outra forma. Repentinamente ele já sabia o que iria dizer. Era supersimples e não violava as regras.

— Alô? — a voz de Emily estava rouca — talvez estivesse resfriada ou com sono.

Nick não havia pensado no horário, *droga, droga*. Seu primeiro impulso foi desligar, mas isso pareceria mais estúpido ainda.

— E aí, Emily — pigarreou. — Desculpa te incomodar tão cedo, mas preciso falar rapidinho com você.

— Agora? — ela não parecia muito entusiasmada.

— Bem, agora seria... bom.

— E do que se trata?

Nick preparava sua explicação, que culminaria na frase *"quero oferecer um mundo"*, mas Emily prosseguiu.

— Ah, já sei, é sobre esses CDs insuportáveis, né? Você está sabendo de algo mais concreto? Ontem já foi o terceiro que quis me empurrar isso. E, sei lá por que, todos agem misteriosamente.

A abordagem cuidadosamente elaborada de Nick desmoronou-se imediatamente. Agora ele não tinha mais ideia do que deveria dizer.

— Nick? Você ainda está aí?

— Sim. Hãã... e por que você disse não todas as vezes?

— Pelo mesmo motivo que você, suponho. Não me agrada essa enrolação toda. Além disso, são sempre uns caras meio nojentos que vêm com isso; e deles eu não gosto de receber nada de presente.

Nick fechou os olhos. Por um triz ele não se juntou aos caras nojentos.

— Então — Emily continuou. — O que você descobriu?

— Nada. Sinto muito. Eu queria outra coisa...

— Ah, tá. E o que é?

O cérebro de Nick estava vazio como o vácuo. Desesperado, ele agarrou-se ao primeiro pensamento que lhe veio.

— É por causa de... Adrian. Adrian McVay. Você por acaso não tem o telefone dele?

O silêncio do outro lado da linha soou como incompreensão. Nick odiou-se por sua idiotice.

— O loiro magrinho que sempre parece meio assustado? O do pai suicida?

Por um momento Nick ficou mudo. *Suicida, desde quando Emily se expressava assim?*

— Sim, o pai dele se matou.

— Eu conheço Adrian só de vista. Como você foi pensar que eu poderia ter o número dele?

Sim, é verdade, como? Nick encostou a testa no muro mais próximo, muito tentado a bater a cabeça com força contra ele.

— Eu apenas pensei. Achei que vocês se conhecessem. Provavelmente foi um engano. Sinto muito.

Logo ele iria poder encerrar a conversa, o que, por um lado, era um grande alívio, e, por outro, não, porque aquela não fora uma conversa boa. Ele fez mais uma tentativa de salvá-la.

— E como é que você está? Já terminou seu trabalho de química?

Silêncio. Provavelmente Emily identificou a repentina mudança de tema como exatamente aquilo que ela era: uma solução de emergência.

— Pare com isso, Nick, o que é que você quer na verdade?

Dar pra você o Erebos. Ou pelo menos ouvir sua voz.

— Já disse, o telefone de Adrian. *Céus, será que isso soou mal?* Sinto muito, pensei que você já tivesse dado aula particular para ele, mas eu devo ter me confundido.

— Sim. — Emily soava como se estivesse acreditando nele.

Sorte. Agora havia um chiado ao fundo, ouviam-se uns ruídos, como se ela estivesse tapando o microfone do celular. Então ela continuou.

— Ei, eu preciso desligar. Papai vem me buscar em meia hora e antes eu preciso ajudar minha mãe com algumas coisas.

— Ah sim, claro. Tenha um bom domingo, então.

Ele não havia avançado um passo sequer. Até o meio-dia ele precisava estar na arena e já eram mais de nove. *Adrian*, ele tinha que encontrá-lo.

Ele abriu a agenda de seu celular e foi passando nome por nome, talvez um de seus colegas tivesse alguma relação com Adrian. Ele investiu em Henry Scott. Henry também ia ao basquete e era da turma de Adrian. *Bingo.*

Após dois toques, Henry atendeu.

— E aí. Escute, você pode me dar o telefone de Adrian?

— Claro, espere um pouco.

Henry ditou a Nick um telefone fixo, o que não era o ideal, mas tudo bem.

— O que você quer com Adrian?

Após Henry ter sido tão prestativo, Nick não podia dizer-lhe para enfiar sua curiosidade em outro lugar.

— Ah, eu tenho algo que eu gostaria de dar a ele.

Ele percebeu o interesse que despertou em seu interlocutor.

— É algo que você poderia dar a mim também?

Bravo. Nick não pôde deixar de sorrir.

— Bem, teoricamente...

— É algo quadrado por fora e redondo e prateado por dentro?

Subitamente Nick soltou uma gargalhada.

— Isso aí.

— Então comigo ele vai estar em melhores mãos. Adrian já o recusou uma vez. Você vai perder seu tempo.

Então o Mensageiro tinha razão mais uma vez. Seria possível que todos os candidatos escolhidos por Nick não ligavam a mínima para o Erebos? E por que, se eles nem mesmo conheciam o jogo?

— Bem, se você está dizendo, então eu dou. Onde você mora mesmo?

— Em Gillingham Road. Mas podemos também nos encontrar na metade do caminho! — Henry parecia excepcionalmente entusiasmado.

— Perfeito. Vamos nos encontrar então na estação Golders Green, é perto para você, né?

Meia hora depois a cópia do Erebos de Nick havia trocado de dono. Henry consentiu com todas as condições: sigilo total, silêncio e discrição; nenhuma pergunta, nenhuma dúvida, ele apenas acenou solicitamente com a cabeça. Ele possuía um notebook próprio e estava se mordendo para começar logo. Nick não conseguia livrar-se da impressão de que Henry já tinha alguma ideia do que se tratava, mas ele também não lhe perguntou. Na verdade, isso não o interessava. O importante era ele ter ganhado um novato. Henry iria se divertir e Nick iria se perguntar se cada jogador no primeiro nível que cruzasse seu caminho era o *seu* nível 1.

11

— Sua missão está cumprida?

São onze horas em ponto e Sarius se encontra novamente na sala dos fundos da taverna de Átropos. O Mensageiro está sentado à mesa, raspando uns restos de cera do tampo com seus dedos ossudos.

— Sim, tudo resolvido — diz Sarius. — Mas eu não dei o Erebos a nenhuma das três pessoas que eu havia dito ontem, e sim a uma outra.

Os dedos do Mensageiro pararam de raspar. Sarius pensou reconhecer desaprovação nos olhos amarelos.

— A quem?

— Ele se chama Henry Scott, tem 14 anos. Estuda na minha escola.

— Conte-me mais sobre ele.

Mais? Mais ele não sabe. Só algumas coisas sem importância.

— Ele é loiro e razoavelmente alto para sua idade. Também joga basquete. Mora em Gillingham Road. Ele estava bastante ávido pelo Erebos, acho que ele já sabia do que se trata.

Por um momento o Mensageiro não responde. Ele junta a cera raspada sobre o tampo da mesa em um pequeno montinho.

— Tudo bem. Consideremos a tarefa como concluída. Mas mesmo assim, diga-me por que você não me trouxe nenhum dos outros três? Jamie Cox? Emily Carves? Adrian McVay?

Por que o Mensageiro ainda o está prendendo? Sarius precisa encontrar a arena, vai saber onde ela está? Se ele tiver azar, outra vez haverá um labirinto no meio do caminho ou trolls detendo-o. Tudo é possível. Além disso, ele espera secretamente obter um novo armamento, como ele recebeu em sua última mudança de nível. Agora, tão pouco antes das lutas, viria bem a calhar.

— Jamie e Emily não quiseram, e com Adrian eu não cheguei a falar porque consegui resolver o assunto com Henry — explica ele.

Os olhos do Mensageiro começam a brilhar, como brasa sendo soprada pelo vento.

— Por que Jamie Cox recusou?

O que importa? Sarius quer finalmente prosseguir. Ele quer ver a lista definitiva dos guerreiros registrados, quer pensar em contra quem ele teria mais chances. Não queria discutir sobre Jamie.

— Ele não concordou com a história do sigilo, por isso.

— Ele disse mais alguma coisa? — insiste o Mensageiro.

Ah, tenha paciência, será que Sarius deveria ter transcrito toda a conversa?

— Sim, ele disse que considera esses segredinhos uma coisa ridícula, que acha que estou agindo como um imbecil e que alguns dos nossos professores pensam que há algo perigoso acontecendo.

O Mensageiro inclina-se para frente com atenção e apoia o queixo com a mão.

— Que professores?

Sarius hesita. *O que é que isso importa ao Mensageiro?* Ele se coça para não fazer essa pergunta, mas não quer alongar a conversa sem necessidade. E além do mais, tanto fazia, o sr. Watson certamente não tem interesse no Erebos — um bloqueio de acesso não o incomodaria.

— Na verdade é um professor só. Ele se chama Watson, é de literatura inglesa.

Acenando a cabeça, o Mensageiro toma conhecimento da informação.

— E quanto a Emily Carver?

A lembrança do diálogo o aflige.

— Ela já disse não algumas vezes e... não queria receber presente nenhum.

— ... receber presente nenhum — repete o Mensageiro, pensativo.

E o que foi agora?, Sarius quis perguntar. Mas já é tarde, ele precisa se apressar e o rosto do Mensageiro o inquieta hoje mais do que o normal. Ele quer ir embora.

— Muito bem. Esperamos que Henry Scott não tarde muito a chegar. Vamos esperar que você nos tenha trazido um novato digno.

O Mensageiro se levanta sem tirar os olhos de Sarius.

— É sua primeira luta contra os seus, certo?

— Isso — diz Sarius, ávido por umas dicas boas.

— Estou ansioso para ver como você se sairá. Como você escolherá seus adversários. Alguns dos melhores guerreiros estão aqui e todos os cinco do Círculo Interno também.

Agora é a hora de, para mudar um pouco, o Mensageiro responder-lhe uma pergunta.

— O que é o Círculo Interno?

O Mensageiro sorri. Sempre que ele faz isso, Sarius gela.

— O Círculo Interno são os melhores dos melhores. Esses lutadores executarão sozinhos a última e mais importante missão. Se eles triunfarem, serão generosamente recompensados.

Sarius não precisa perguntar como se chega ao Círculo Interno, ele já sabe.

Ser mais esperto que os outros, mais forte. Conquistar vitórias, achar cristais de desejos. Ele entende perfeitamente que ainda está a milhas de distância disso.

A porta para o bar se abre, a luminosidade penetra no ambiente. Nos raios de luz amarelo-claros dançam grãos de poeira.

Sarius vira-se mais uma vez para o Mensageiro.

— Não vou ganhar nenhum armamento novo?

— Você ganharia por Jamie Cox — responde o Mensageiro, ainda sorrindo. — Boa sorte na competição. Estou ansioso, eu já disse isso?

Em frente à taverna zanzam muito mais pessoas que na noite anterior. Sarius segue um grupo de bárbaros fortemente armados, que estão certamente a caminho da arena. Alguns minutos depois juntaram-se a eles dois homens-lagartos, três vampiros, três elfos negros e um anão. O anão é um velho conhecido: Sapujapu. Estava armado com uma alabarda imensa e um escudo, atrás do qual Sarius consegue se esconder por completo. Sarius não reconhece seu nível, então ele deve estar acima do 3. Entre os vampiros há um 2 e entre os elfos negros encontra-se até mesmo um de nível 1. Sarius sorri discretamente.

— E aí, Sarius — Sapujapu o saúda.

— Olá — Sarius, desconcertado, o cumprimenta espantado de volta.
— Eu não sabia que se podia conversar aqui sem uma fogueira.

O anão passa sua alabarda para o outro ombro.

— Nas cidades são válidas regras diferentes daquelas das outras áreas. Você também está indo para as lutas na arena?

O humor falante de Sapujapu era um inesperado. Sarius agarra a oportunidade para tirar algumas de suas dúvidas.

— Sim. Este é o caminho certo, né?

— É sim. Eu fui lá ontem dar uma olhada. A arena é gigantesca. Uma vista fantástica, você verá.

— É sua primeira competição? — Sarius quer saber.

— O quê? Claro que não! Eu já estive duas vezes na arena da tumba real. Você ainda não?

É mais inteligente dizer a verdade se quiser saber mais.

— Não, esta é a minha primeira vez. Estou superansioso para ver como é que é.

Xohoo passa por ele, depois Nurax, arreganhando seus dentes de lobisomem, saudando-os ou ameaçando-os, vai saber. "Veja só", pensa Sarius, "eles também conseguiram chegar até aqui".

— Como é que é? Então, você pode desafiar outros ou ser desafiado, e depois há um duelo. Ao seu redor o barulho é bizarramente alto, todos berram, gritam, aplaudem, batem os pés no chão...

BloodWork vem marchando com passos larguíssimos e esbarra em Sapujapu, que imediatamente perde o rumo da conversa. Ele e Sarius fitam o bárbaro afastar-se enquanto carrega uma imensa espada de execução nas costas. E sobre ela balança sua trança negra.

Onde estávamos mesmo? Sarius ainda precisa extrair a informação mais importante do anão.

— O que se pode ganhar? E como?

— Isso é combinado antes. Você decide junto com seu adversário: minha espada pelo seu escudo, meu cristal de desejos contra um ou dois níveis seus. Mais ou menos assim. Desta vez estou muito preocupado, minha alabarda não é das melhores e eu só consigo usá-la com as duas mãos, ou seja, não vou poder usar o escudo.

A arma de Sapujapu deve ser realmente pesada. Só o longo cabo já deve ser impossível de manejar, e a lâmina afiada na ponta brilha como aço polido.

— Mas se você acertar alguém, certamente causará danos letais — consola o Sarius.

— Sim. *Se* eu acertar.

Eles dobram uma esquina e Sarius, no final de uma longa avenida vê a arena. Ela é redonda, branca como neve e trabalhada com arcos altos como o Coliseu romano. A visão lhe impõe respeito... ou é a música que vem tocando há pouco tempo? Ele nunca repara quando ela começa, só consegue repentinamente constatar que ela já está lá, acompanhando-o como um encanto fortalecedor. Ou chamando-o, como agora. Ela explica-lhe tudo sem palavras, e então, de uma hora para outra, fica perfeitamente claro que a arena é o seu destino, seja ele bom ou ruim.

Em um enorme quadro de bronze bem na entrada da arena estão listados todos os guerreiros inscritos. Sarius encontra seu nome entre um tal de Nodhaggr e uma velha conhecida: Tyrania, sua parceira na luta contra as mulheres de água.

Enquanto um gnomo verde registra sua presença, Sarius passa o olho na lista, procurando outros nomes familiares. Keskorian, Nurax, Sapujapu e Xohoo ele encontra rápido. Samira e LordNick também estão registrados, assim como os guerreiros do labirinto: Arwen's Child, Blackspell, Drizzel, Feniel e Lelant.

Que irritante... eles também conseguiram achar o caminho até a Cidade Branca em vez de terminar como comida de escorpião.

— Sarius está registrado. Sarius deve dirigir-se à sala dos elfos negros e esperar até o início das lutas — grasna o gnomo.

Por sorte, o interior da arena está cheio de placas de informação. As antessalas dos elfos negros estão imediatamente ao lado das dos homens-gatos. Só agora Sarius avista exemplares masculinos: pesados e ágeis como tigres.

Como era de se esperar, a câmara na qual os elfos esperam pelo início dos jogos está lotada. Sarius procura um lugar livre junto à parede e acompanha as conversas entre um elfo ruivo com orelhas bastante longas e um de nível 2 com cabelo cor de areia. Um 2!

— E se eu perder? — pergunta o 2.

— Então desista rápido, senão pode acontecer de o seu adversário matar você. Eu já vi isso acontecer.

— E aí? Eu estou fora?

— Sim, claro. Vai dizer que você esqueceu as regras?

— Não, não. Já entendi.

Sarius vai se empurrando ainda mais pela multidão. Ele encontra Xohoo no final da sala. Dentre os elfos negros que ele conhece, este é o seu preferido. Pelo caminho, ele segue pescando vários trechos de conversa.

— ... ouvi dizer que BloodyWork vai tentar isso hoje.

— Ele está maluco. Tudo bem que ele é forte, mas mesmo assim...

A multidão fica cada vez mais densa.

— ... já não terei outras chances, por isso é urgente que hoje eu ganhe um cristal de desejos.

— Eu quero subir dois níveis. Se você soubesse como foi difícil minha tarefa no último ritual... não quero ter de passar por isso outra vez.

Sarius está quase lá. Xohoo está sozinho em um canto ajeitando seu elmo.

— E aí, Xohoo.

— Olá, Sarius.

— Nervoso?

— Sim, um pouco. E você?

— Eu também. Este é o meu primeiro torneio.

— Ah, sim. Bom, você verá. Não é nada fácil, na arena.

Sarius olha para cima, para o teto abobadado da sala.

Ali, acima, ouvem-se rumores de vozes, gargalhadas e zombarias. "É o público", conclui Sarius com um nervosismo pulsante. "Teria sido melhor primeiro assistir às lutas em vez de sair se lançando nelas sem saber do que se tratavam. O que farei se LordNick me desafiar novamente? Ou se tiver que lutar contra BloodWork? Então seria melhor me enterrar logo."

— Contra quem você lutou da última vez? — ele pergunta a Xohoo.

— Primeiro contra Duke, e dele eu ganhei. Depois contra Drizzel, mas isso foi burrice da minha parte. Ele é um trapaceiro.

— Ah, sim. Então quer dizer que é possível escolher os adversários?

— Na maioria das vezes sim, mas nem sempre. Ei... acho que já está começando.

Tam-tam-tam!

Sobre suas cabeças se ouvem batidas rítmicas de pés. O público está demonstrando sua impaciência. É possível ouvir vozes esparsas e outras vêm juntar-se a elas; um coro de muitas vozes entoa repetidamente a mesma palavra: "sangue, sangue, sangue".

— Que entrem os lutadores! — brada uma voz do lado de fora.

Ressoam aplausos.

Sarius fica em silêncio no canto e cede, de bom grado, a precedência aos outros. Mas eles também hesitam. Ninguém quer ser o primeiro a ir.

— Vamos, heróis! — grita um sentinela gigante.

Chifres de búfalo saem pela esquerda e pela direita de seu elmo, e seu chicote estala uma, duas vezes.

— Vocês se inscreveram, agora mostrem o que carregam em si!

Ele empurra os primeiros pelo arco de saída, os outros os seguem vacilantes.

— Sangue, sangue, sangue! — bradam do lado fora.

"Eu não carrego nenhum herói em mim", pensa Sarius, "sou apenas um espectador. Eu preferiria estar na arquibancada gritando e batendo os pés".

Os outros se movem e o empurram até a saída. Eles andam por um corredor, uma passagem escura que, ao final, os conduz à luz e ao barulho, em um gigantesco campo arredondado.

— Os elfos negros! — grita o público.

Uma salva de palmas ecoa. Sarius olha ao seu redor, desejando poder enterrar-se na areia da arena. Milhares e milhares de espectadores preenchem as arquibancadas da construção arredondada que parece alcançar o céu. O público é composto por todas as figuras possíveis, inclusive algumas que Sarius jamais viu. Em uma das fileiras inferiores, um pouco distante à sua direita, encontra-se sentado um homem com cabeça de aranha. As suas oito patas, que crescem de sua cabeça no lugar das orelhas, debatem-se agitadas. Sarius vira de costas, e encara uma criatura ofídica agitando zombeteiramente a língua no ar; encontra também, dois lugares adiante, uma mulher, sobre cuja testa se ergue um olho de caramujo. Entre eles se alvoroçam anões, elfos, vampiros e criaturas transparentes que parecem não possuir nada dentro de suas peles além de apenas ar. Por um momento Sarius respirou fundo; as altas fileiras circulares de espectadores lhe parecem um laço de barulhos e corpos que se cerra tão rapidamente quanto sua entrada no meio da arena.

Para se distrair, ele direciona sua atenção para dois outros grupos de guerreiros destemidos que já se encontram na arena: os homens-gatos e os homens-lagartos. Comparando-se com os elfos negros, eles são poucos.

— Os anões! — brada a turba, enquanto entra por uma outra abertura um amontoado de pequeninas figuras musculosas de braços curtos. Cinco organizadores com sobretudos negros cuidam para que eles fiquem no lugar que lhes foi previsto.

Sarius percebe que Sapujapu segura sua alabarda diante de si como se fosse um talismã contra os horríveis rostos ao seu redor. Sarius espia também as anãs. Elas mal se diferenciam de seus companheiros masculinos, apenas as barbas lhes faltam.

Os vampiros são anunciados em alto som e ficam na área mais sombreada da arena. Seu grupo é grande, quase se aproximando em número ao dos elfos negros. Drizzel e Blackspell estão bem à frente, como se não pudessem mais esperar pelo início da luta. Sarius tem a impressão de que Blackspell olha em sua direção. *Ele não vai querer me desafiar, né?*

Neste momento, todos os presentes parecem mais fortes, ágeis e experientes que ele. "Eu vou morrer", pensa. "Isso aqui tudo vai continuar sem mim e eu jamais saberei qual é a grande missão que nos espera, pois ninguém vai me contar sobre ela. Provavelmente estes são meus últimos momentos no Erebos. A não ser que o Mensageiro esteja aí... e venha me salvar novamente."

Ele olha ao seu redor, procurando a figura esguia que, em toda sua horripilância, já lhe parece tão familiar, mas seu olhar se perde na massa de espectadores. Agora estão entrando os humanos na arena.

São apenas três, dos quais LordNick é o único que ele conhece. E então seguem os bárbaros, sob uma zoeira ensurdecedora, sendo aplaudidos como nenhum dos outros.

"Pois aí estão, lá vêm os vencedores", pensa Sarius. "Por que é que estamos nos esforçando?"

Eles parecem gigantescos enquanto marcham sobre o campo de batalha para chegar até o lugar especificado, que estava iluminado pelo sol. Suas armas são imensas e Sarius duvida poder levantar qualquer uma delas e, muito menos, lutar com aquilo. O machado que Keskorian carrega é quase tão grande quanto o próprio Sarius.

Os bárbaros tomam suas posições e os tambores rufam.

Já, já vai começar e eu estarei morto. Já, já vai começar e eu estarei morto.

Aos poucos, os murmúrios ansiosos que vêm das fileiras de espectadores começam a diminuir. No entanto, a ausência de barulho não marcou o início dos combates. Um outro portão se abre, maior que os outros. Quatro titãs da altura de árvores e de pele dourada entram carregando uma plataforma redonda de ouro sobre a qual se encontram cinco guerreiros. Dois bárbaros, uma elfo negra, um humano e um homem-gato. O aplauso do público engole todos os ruídos, inclusive a música que — sem dizer nada — conta sobre feitos heróicos, segredos, sobre coisas que guerreiros normais sequer podem imaginar. No meio da arena os carregadores se detêm; todo aquele ouro brilha na luz do dia como se fosse o próprio sol.

— Saúdem os guerreiros do Círculo Interno — diz uma voz que parece sair de todos os lados. — Eles são os melhores entre vocês, os mais fortes, os mais bravos. Lembrem-se durante a luta: qualquer um de vocês pode pertencer ao Círculo Interno se comprovarem merecimento.

Poucas coisas pareceram a Sarius ser tão desejáveis quanto aquilo. Os cinco escolhidos sobre sua plataforma tinham um aspecto invencível, ele trocaria de lugar com qualquer um deles sem pensar. Menos mal que havia uma elfo negra junto, não só bárbaros. Ele poderia ter uma chance. Ele poderia ficar lá em cima. Mas certamente não como um 3.

A plataforma possui um lugar de honra às margens da arena, os membros do Círculo Interno sentam-se e, de repente, domina um silêncio.

Ouvia-se apenas sussurros, cochichos impacientes e uma música baixa que acelera os batimentos cardíacos de Sarius.

Então um homem, saído do nada, avança à frente. Ele está nu, exceto por uma tanga, sua pele é marrom como couro velho e sua estrutura física é musculosa. Ele carrega um longo cajado na mão, que ele bate brevemente contra o chão, como se fosse um mestre de cerimônias de uma corte. A atenção de Sarius prende-se em alguns detalhes curiosos: suas longuíssimas orelhas pontudas ultrapassavam as de qualquer elfo negro. Possuía tufos de pelo como novelos de lã cinza sobre as orelhas, e, no meio da testa, um bigode com as pontas em pé apontando para os lados. Por mais que tudo fosse muito estranho, ele achava os olhos saltados o mais intrigante. Eram grandes bolas de gude brancas que ameaçavam cair a qualquer momento.

Com esses olhos salientes, o homem olha ao seu redor. Parece que todos desviam do seu olhar. *Alguma coisa não está certa com ele.* Concentrado, Sarius examina o mestre de cerimônias e descobre novas peculiaridades. Os pés! Pés de humano com garras de ave de rapina. Mas ele também não era o único. O repelente homem-aranha, cuja visão Sarius evita ao máximo, também apresenta características esquisitas, porém, apesar das nojentas patas balançando em sua cabeça, ele tenta parecer mais natural, como se fizesse parte daqui. Já o grande Olho Esbugalhado parece um corpo estranho, como se alguém o tivesse deixado por engano no mundo de Erebos.

Quando o homem começa a falar, ouve-se um barulho como o de água em sua voz.

— As regras são conhecidas. Eu convoco os guerreiros. Não é permitido a ninguém escolher um adversário menos avançado que o próprio desafiante. Começarei pelos anões. Bahanior!

Passaram-se vários segundos até que o convocado chegasse ao centro. Sarius não consegue encontrar em sua roupa nenhum número gravado, Bahanior deve ser, portanto, no mínimo um 3.

— Escolha seu adversário — solicita o Olho Esbugalhado.

Bahanior hesita ainda mais. Ele vira uma, duas vezes em torno de si. Fita, então, a horda de elfos negros.

"Se ele me escolher, ele também deve ser um 3, do contrário meu nível lhe seria muito baixo", conclui Sarius. "Isso não seria tão ruim. Com um anão no terceiro nível eu consigo me resolver."

Porém, Bahanior continua virando-se. Ele para diante dos homens-gatos, e, em seguida, dos vampiros. O mestre de cerimônias bate impaciente seu bastão contra o chão.

— Decida-se!

Passa-se mais vários segundos. O público começa a se inquietar, e alguns gritos tornam-se mais altos.

— "Fracote! Baixote! Peido de rato!"

Sarius agradece ao destino por não estar no lugar de Bahanior.

— Eu desafio Blackspell — o anão decide finalmente.

Pela velocidade com a qual Blackspell deixa a fileira de vampiros e coloca-se diante de Bahanior, Sarius percebe que o desafiante não havia escolhido uma boa opção. Provavelmente o vampiro está dois ou três níveis acima do anão e mal pode esperar para fazer picadinho dele. Ele lembra-se brevemente do que o Mensageiro recentemente lhe contara: que Blackspell uma vez fora derrotado por Drizzel e teve que retroceder três níveis. *Nesse meio tempo ele com certeza já os recuperou. De qualquer forma, Drizzel deve ser terrivelmente forte. Sarius não o desafiará de maneira alguma.*

Blackspell saca a espada que Sarius tanto inveja por parecer forjada de vidro vermelho, enquanto que Bahanior, saltando violentamente, causa a impressão de querer fugir por entre as fileiras de espectadores. Sua espada parece uma faca de manteiga ao lado da de seu adversário.

— Pelo que vocês querem lutar?

Bahanior, irresoluto, se apoia alternadamente em cada perna.

— Se eu ganhar, eu receberei um nível de Blackspell e... 20 moedas de ouro.

— Isso é muito pouco — replica o vampiro. — Dois níveis e 30 moedas de ouro.

Bahanior não responde. Pode-se perceber nele o amargo arrependimento pela escolha de seu adversário.

— Você está de acordo? — o mestre de cerimônias quer saber.

— Eu só tenho 25 moedas de ouro — admite Bahanior.

Eles concordam com o valor. Dois níveis, 25 moedas de ouro. Sarius está convencido de que isso é muito mais do que Bahanior pode se permitir.

— Lutem! — grita o Olho Esbugalhado.

Imediatamente Bahanior recua três passos. Blackspell persegue-o com o escudo desleixadamente pendendo para o lado, como se ele quisesse provocar o anão para o ataque.

Toc toc toc!

Um barulho de um outro mundo.

— Nick?

Droga, agora não! Não, por favor!

Sem retirar o fone dos ouvidos, Nick saltou da cadeira e olhou sobre os ombros para a maçaneta virando. Era seu pai — por que ele não podia deixá-lo em paz?

Nick tentou tapar o monitor com sua cabeça; ao mesmo tempo, ele se deu conta de qual imagem ele iria ter que passar. Com uma inspiração repentina, ele desligou o monitor e abriu seu livro de química, arbitrariamente, em qualquer lugar. Em seus ouvidos ecoava o tilintar das espadas.

— Sua mãe e eu queremos ir ao cinema. Ainda dá para ver um filme de tarde antes do meu turno da noite. Você vem? Faz muito tempo que não saímos juntos.

Pelos fones de ouvido penetravam os gemidos de dor. Era Bahanior, com certeza. Em seguida ouviram-se uma confusão de sons e um golpe.

— Rapaz, eu fiz uma pergunta! *Dá* para tirar esse negócio do ouvido ou você acha que eu acredito que você está estudando enquanto escuta essa barulheira? — O rosto de seu pai foi ganhando cor.

Maldição, maldição, maldição!

Nick tirou os fones de ouvido.

— Melhor assim. Então, cinema: sim ou não?

— Acho que não, pai. Eu tenho que estudar, está mais difícil do que eu pensava.

Descrente, William Dunmore sacudiu a cabeça.

— E você não pode fazer uma pausa por duas horas? Você nem perguntou que filme nós vamos ver.

Agora a luta provavelmente já acabou. Blackspell com certeza ganhou, mas quem poderia saber com certeza? E se o Olho Esbugalhado o tiver convocado como próximo desafiador e ele estiver parado lá na multidão? O que aconteceria? O que Nick mais desejava agora era mandar seu pai para o diabo.

— Tanto faz qual é o filme, pai. Eu vou ficar em casa, certo?

O olhar desconfiado de seu pai deslizou sobre a escrivaninha, o computador, o livro.

— Já está se achando muito crescidinho para ir ao cinema com seus pais, não é?

Mas para pagar tudo a gente serve, seria a próxima frase, *é dinheiro, dinheiro, dinheiro e nunca se tem um retorno.* De vez em quando seu pai ficava com esse humor, *mas por que hoje, por que justo hoje?*

Nick sorriu, o que lhe pareceu difícil como poucas vezes antes.

— Pode acreditar, eu adoraria ir ao cinema com vocês, muito mais do que ficar me esgotando com essa merda de trabalho de química. Mas o negócio está difícil pra caramba. Na noite passada eu dormi pessimamente.

A mais pura verdade.

Talvez tenha sido a vulgaridade que fez seu pai acreditar. "Quem xinga, não mente", dizia ele sempre.

Enfim, um erro constrangedor.

— Bem, se é sério assim, eu fico até meio admirado, tenho que dizer. Espero que seja notável o seu empenho no resultado também.

Infelizmente é improvável.

— É o que eu espero também.

— Então tá, divirta-se aí.

Bahanior desapareceu da arena, de Blackspell também não há vestígios.

Mas um deles deve ter ganhado, não? Agora um elfo negro está lutando contra uma mulher-lagarto, mas Sarius não conhece nenhum dos dois. Ele continua no mesmo local, ao lado de Xohoo, querendo perguntar-lhe o que ele perdeu. Ele tenta, mas não funciona. Parece que não se permitia conversas na arena. *Talvez também seja melhor assim.* Se ninguém notou sua falta, ninguém poderá reclamar dela.

A mulher-lagarto luta sem armas, mas lança raios contra seu adversário. *Será uma maga?* O elfo negro consegue desviar-se duas vezes e a réptil começa a retroceder, sem forças, precisando de uma pausa. O elfo percebe isso e a ataca com sua lança. A mulher-lagarto, no entanto, reuniu novamente magia suficiente para um novo raio com o qual ela abate seu oponente.

— A vencedora é Dragoness. Ela receberá de Zajquor um nível e 15 moedas de ouro.

Há um breve ruído e de repente Sarius vê sobre a armadura de Zajquor um número 2 aparecer. Já no caso de Dragoness nada muda na percepção de Sarius.

Os escolhidos sobre a plataforma certamente estão vendo algo. Um 4 virando um 5, por exemplo.

— Xohoo! — chama o Olho Esbugalhado.

O elfo negro ao lado de Sarius estremece. Ele hesita por um momento antes de agarrar firme sua espada e seu escudo e avançar. Os outros o deixam passar e Xohoo se posiciona no meio da arena.

"Boa sorte", pensa Sarius.

— Escolha seu adversário.

Parece que Xohoo já refletiu sobre sua estratégia, pois ele se vira imediatamente ao pequeno grupo de humanos.

— Eu desafio LordNick.

Como assim, seu idiota? Você nunca vai derrotá-lo! Contudo... quem sabe. Seu instinto pode traí-lo, ele não conhece o nível de Xohoo. *Por que estou tão tenso?*

Será que atrás de Xohoo se esconde alguém que Nick conheça? Que talvez saiba que Nick Dunmore não está vagando há muito tempo pelo mundo de Erebos e tenha concluído que seu nível não poderia ser assim tão alto?

LordNick passa o olhar brevemente sobre Xohoo antes de chegar à frente. Sarius estava com a mesma sensação incômoda da noite anterior.

A visão do lutador deixa-o confuso. Era tão familiar como uma imagem refletida no espelho, salvo o fato de ele não ter controle sobre ela.

Quem é você, hein? De repente fica claro para Sarius que todos os lutadores que já passaram por seu caminho fora do Erebos estarão convencidos de que por trás de LordNick está Nick Dunmore. Todas as porcarias que este autointitulado Lord fizer, serão creditadas a ele. *Seu babaca, quem lhe deu a permissão para isso?*

— Vocês querem lutar pelo quê?

— Por um nível e 20 moedas de ouro — diz Xohoo.

— Não é suficiente.

"Agora mesmo Xohoo já deve estar suspeitando de algo", pensa Sarius.

O elfo parece inseguro esperando a oferta de seu adversário. Como não vem nenhuma, ele mesmo dá a próxima sugestão.

— Um nível e 25 moedas de ouro.

— De jeito nenhum — esclarece LordNick. — Dois níveis e, por mim, 25 moedas de ouro. Mas em todo caso, dois níveis.

— Para mim isso é muito.

— Azar. Você não deveria ter me desafiado, então. Se você pode perder dois níveis sem morrer, você terá que aceitar. E isso você pode.

"Se LordNick ao menos não fosse um filho da mãe tão arrogante", pensa Sarius. *Ou se eu pudesse dizer na escola que eu não tenho nada a ver com ele. Mas isso é contra as regras.*

O Olho Esbugalhado levantou seu cajado.

— Lutem!

Como um raio, LordNick atira-se sobre Xohoo, que evidentemente não contava com um ataque tão rápido. A longa espada do guerreiro humano atinge-o na cintura, o sangue esguicha e prontamente ouvem-se de novo os gritos de "sangue, sangue, sangue!" dos espectadores.

"Calem a boca e lhe deem uma chance", Sarius gostaria de gritar, mas ele está condenado ao silêncio e, além do mais, isso não faria sentido.

O ataque que Xohoo tenta agora já está fadado ao fracasso. Ele vai arrastando uma perna e seu cinto já está preto em mais da metade.

"Diga adeus ao seu nível", pensa Sarius, tomado por compaixão. "Se eu pudesse fazer melhor desafiaria também a LordNick e arrebentaria sua cara."

A cada passo Xohoo fica mais fraco. Ele sangra em vários ferimentos e defende-se dos ataques contínuos de LordNick. No final bastou apenas uma batida no escudo e Xohoo foi ao chão.

— O vencedor é LordNick — anuncia o Olho Esbugalhado. — Ele receberá dois níveis e 25 moedas de ouro.

Sobre a armadura de Xohoo aparece o número 2 em algarismos romanos. Como se o choque ao notá-lo lhe desse novas forças, ele se restabelece e enfia sua espada na perna de LordNick. A vítima, que não contava com isso, salta para trás, deixando uma poça de sangue na areia. Após um breve momento de espanto, ele estica sua espada e golpeia a barriga de Xohoo com sua lâmina. Dois golpes. No cinto do elfo já não se vê um traço sequer de vermelho. Ele sucumbe inerte sobre a areia. Começou uma zombaria ensurdecedora dos espectadores. LordNick recua um passo, seu peito levantava e abaixava com pesadas respirações.

Mas Xohoo morreu mesmo? A frieza invade Sarius. *Com toda certeza ainda deve haver um último fiapinho de cor no cinto de Xohoo, o bastante para curá-lo.*

— Você tem apenas uma chance para jogar este jogo — alguém sussurra no ouvido de Sarius.

Terá ele ouvido isso mesmo? Ou sua percepção lhe estaria pregando peças?

Tanto faz, Xohoo não se movimenta mais, nem mesmo quando o mestre de cerimônias cutuca-o com seu cajado, primeiro suavemente e então com força. Um sorriso se esboça em seu rosto. Ele olha para o público e passa o dedo em seu pescoço, em um movimento de que indicava que estava morto.

Onde é que está o Mensageiro? Ele não está na fileira dos bárbaros, nem próximo aos lagartos... E se ele tiver encontrado seu lugar bem atrás dos elfos negros? Sarius vira a cabeça, procura nas fileiras de assentos e recua assustado ao avistar o homem-aranha, mudando rapidamente a direção do olhar. De repente ele o vê. Na terceira fileira, entre uma mulher com cabelos de cobras e um homem com três olhos, senta-se a familiar figura esguia. Seu rosto está coberto pela sombra de um capuz, mas seus olhos iluminam-se como tremulantes velas fúnebres. O Mensageiro não move um só dedo por Xohoo.

Eles o levam. Dois guardas pegam uma perna cada um e arrastam o cadáver pela arena, deixando para trás um largo rastro de sangue.

Perturbado, Sarius os vê sair. *É tudo tão real. Tremendamente real.* Seu medo de não deixar a arena com vida volta com o dobro de intensidade e, quando o mestre de cerimônias aparece novamente, ele quase reza para não ser chamado. Seu desejo se realiza. Quando o Olho Esbugalhado cita o próximo lutador, pode-se perceber como todos seguram a respiração.

— BloodWork.

O convocado carrega um machado, uma espada e um escudo atravessados sobre as costas. Por um momento insano Sarius pensa no que fará se o bárbaro o escolher, mas isso não pode acontecer. Ele é apenas um 3, e BloodWork provavelmente é um maldito 95 ou algo assim.

O bárbaro e o mestre de cerimônias seminu têm quase a mesma altura. BloodWork está quase explodindo de tanta energia, ele não consegue ficar parado por um só momento. As armas em suas mãos balançam como se elas tivessem vida própria.

— Escolha seu oponente.

BloodWork não hesita nem um segundo.

— Eu desafio Beroxar. E reivindico seu lugar no Círculo Interno.

A arena prendeu a respiração como se fosse um gigantesco animal em forma de anel. *Seria possível ouvir uma agulha caindo se não houvesse tanta areia.* Na plataforma de ouro levanta-se um dos dois bárbaros.

"Nada lógico", pensa Sarius. "Em seu lugar eu teria escolhido o homem-gato ou a elfo negra."

Os adversários têm praticamente a mesma altura. Beroxar carrega uma espada curvada e um escudo com as dimensões de um tampo de mesa. Seu elmo lembra a cabeça de um tubarão e estende-se até os ombros, protegendo até mesmo parte das costas.

— O que você exigirá de BloodWork, caso ele seja derrotado?

— Trabalho escravo por duas semanas e seis de seus níveis.

Seis! Mas se BloodWork está impressionado, não deixa transparecer. Ele acena brevemente a cabeça e coloca-se em posição. Para ensaiar, Beroxar talha o ar à sua frente com um golpe de sua espada, que zumbe como um enxame de abelhas.

Nos minutos seguintes, Sarius não pôde formular qualquer pensamento claro. A luta o faz esquecer de tudo, inclusive de seu próprio medo. Em nenhum momento os bárbaros demonstram fraqueza. Eles circundam um ao outro, realizam ataques breves, rápidos como raios e defendem-se com a mesma habilidade. A espada curvada de Beroxar desenha padrões prateados ao redor de seu oponente, e o machado de BloodWork circula sua cabeça enquanto ele procura os pontos fracos de Beroxar com sua espada. *O que, aparentemente, não há.* A luta é como uma dança, cuja condução se alterna constantemente. Até que BloodWork repentinamente se vira, ficando de costas para Beroxar. A espada curvada canta, atingindo o ombro de BloodWork. A violência do golpe a crava bem no interior da madeira do escudo que BloodWork carrega afivelado a si. Com um giro rápido a espada presa é arrancada da mão de Beroxar.

Sem armas, Beroxar não tem qualquer chance. Uma machadada na perna e uma espadada no flanco o levam ao chão.

— O vencedor é BloodWork.

O bárbaro lança os braços para o alto e gira em círculos, acompanhado por uma música magnífica e pelo júbilo do público que, em um solavanco, saiu de seu estado de choque. Com aplausos e batidas de pés, eles clamam o nome de BloodWork.

O grande Olho Esbugalhado chega ao centro da arena e silencia a massa com um movimento de sua mão. Ele abaixa-se diante do bárbaro ao chão e toma seu colar. Uma corrente de ferro em cuja extremidade pende uma argola vermelha como rubi e do diâmetro de um fundo de garrafa. O lado interno apresenta uma ponta cuja forma lembra um espinho de uma rosa ou um V curvado que aponta para o centro da argola. O mestre de cerimônias coloca a joia em BloodWork. Uma nova salva de palmas se faz ouvir e não diminui enquanto Beroxar volta a ficar de pé e, seguindo a instrução do mestre de cerimônias, toma sua posição entre os bárbaros reunidos.

Sarius não percebeu o Mensageiro chegar ao centro da arena, no entanto, lá está ele agora, estendendo sua mão ossuda a BloodWork.

— Seja bem-vindo ao Círculo Interno. Nós todos esperamos que você se prove digno desta condecoração.

BloodWork o reverencia e sobe na plataforma de ouro, sentando-se no lugar de Beroxar. O círculo vermelho sobre seu peito brilha como uma queimadura em brasa.

O Mensageiro dirige-se ao bárbaro.

— Para Beroxar continuará valendo seu voto. Isso ele não deve esquecer de maneira alguma. Traidores morrem rápido. Logicamente lhe será permitido recuperar seu lugar no Círculo Interno em uma oportunidade apropriada. Assim como está aberto a qualquer um de vocês — a larga extensão de seu gesto abrange todo o terreno — lutar por um lugar no Círculo Interno.

O guerreiro seguinte interpreta esse encorajamento literalmente e desafia Wyrdana, a elfo negra do Círculo Interno. Ela, mais que derrotá-lo, o faz em pedaços. Sua chuva de bolas de fogo, descargas elétricas e lanças certeiras não duram mais que um espirro. Pouco depois, seu desafiante jaz na areia e deixa a arena como um triste nível 1.

Uma ova que elfos negros não servem para nada. Quero ver alguém fazer igual a ela. Sarius quase sente crescer em si um tipo de orgulho. *Não me admira que Blood tenha preferido apostar em um dos outros brutamontes.*

As três lutas seguintes não são nada espetaculares e os pensamentos de Sarius se perdem. Sua atenção desperta brevemente quando, pela primeira vez, luta-se por um cristal de desejos — nem LaCor, o vampiro, tampouco Maimai, a mulher-gato, possuem um, mas estão ambos bastante ávidos por ele. Com sua mágica, o Olho Esbugalhado faz surgir um e o oferece como recompensa. A mulher-gato o obtém sem merecê-lo, enquanto LaCor perde um nível. *Para quem? Para ninguém. E foi isso.*

— Feniel!

Até então não a havia visto no grupo de elfos, mas agora ela passa por ele desfilando. É uma grande pena que os escorpiões não a tenham agarrado, com aquela sua cara idiota e seu nariz empinado. Sarius a vê posicionando-se no centro da arena e espera que faça uma escolha realmente ruim. *Drizzel talvez, ou um outro que lhe arranque seus níveis na pancada.*

— Escolha seu adversário.

Antes mesmo de a resposta sair, Sarius sente seu coração dar um salto. Ele já sabe qual será sua escolha.

— Eu desafio Sarius.

Na mesma hora voltam o medo e a imagem de Xohoo morto, sendo carregado da arena. Mas não há tempo agora para isso. Ele não consegue ver o nível de Feniel e ela tampouco o dele, do contrário ela não poderia desafiá-lo. *Portanto ela é uma 3. Sarius deverá conseguir.*

Os protestos impacientes do público o fazem perceber que continua parado como que petrificado entre os outros elfos negros. *Então vamos lá!*

Feniel não tem como saber que ele é um 3. Então por que ela o escolheu? Por ela ter conseguido tomar o seu lugar na luta contra o escorpião? Provavelmente.

Ele abre caminho entre os outros elfos, sem olhar para os lados. Ele precisa de uma tática para enfrentar a alabarda de Feniel. Dessa maneira, ela manterá distância dele, sem dúvidas. Sarius já se vê, ineficiente, golpeando o ar com sua espada, enquanto sua adversária enfia a ponta de sua arma entre suas costelas.

— Pelo que vocês querem lutar?

Feniel não pensa por muito tempo.

— Por um nível e 20 moedas de ouro.

Todos têm ouro, menos Sarius. No entanto, ele possui ainda as vasilhas e pratos do violador de tumba que ainda não vendeu, e dos quais tinha se esquecido. Por que só agora ele se lembra disso, agora quando o pensamento apenas o atrapalha?

— Eu não tenho ouro e eu preferiria lutar por um cristal de desejos — diz ele, sem grandes esperanças.

De perto, o Olho Esbugalhado é de uma feiura difícil de suportar. A pele cor de terra apresenta fissuras e rachaduras como se fosse tinta pintada sobre uma tela velha. A sensação de que o mestre de cerimônias não pertence a este lugar se solidifica na cabeça de Sarius.

— Cristais de desejos não podem ser escolhidos — explica o homem.
— Vocês lutarão por um nível. Isso deve bastar.
— Ele levanta seu braço para mostrar que eles podem começar.

O segredo deve ser se esquivar da lança de Feniel. Sarius salta para lá e para cá. Não devia ser muito lento. É só não ser um alvo fácil. Infelizmente seus saltos não deixam Feniel nem um pouco nervosa: ela parece ter todo o tempo do mundo, parada calmamente com a alabarda nas duas mãos e a ponta, obviamente, virada para ele. Sarius ensaia um pseudoataque e salta imediatamente para longe de seu alcance. Nada acontece, só que a ponta da alabarda quase o fere. Mas no momento em que ele abaixa ligeiramente sua espada, mais por falta de jeito que por exaustão, Feniel realmente explode. Dois saltos e ela está junto a ele, com a ponta de sua arma apontando diretamente para o seu peito. Ele lança seu escudo para cima, mas já é tarde demais... ela o atinge, e o som estridente começa, mas com um golpe de espada ele afasta a alabarda dela para o lado.

Giz no quadro, garfo na porcelana. Serrote no nervo auditivo.

Desta vez o som não desperta em Sarius nada além de coragem. Sem atentar para sua defesa, ele bate mais uma vez com a espada contra a alabarda e a detém com toda sua força. Deixa seu escudo cair e agarra o longo cabo, mantendo-o afastado de si.

— Sarius, Sarius, Sarius!

Eles estão torcendo por ele? Aquilo é mais um cochicho do que um grito de várias vozes, como chamados de fantasmas. Eles o estariam hipnotizando?

Ele pisa sobre seu escudo e quase tropeça, mas não larga a arma de Feniel. Seu corpo está desprotegido; se hesitar agora ele é um idiota, então ela vai meter-lhe um golpe certeiro, e o som irá quebrar seus tímpanos como se fossem de vidro...

Ele crava sua arma no peito de Feniel, puxa-a novamente, e crava-a outra vez em sua barriga. O sangue esguicha de ambos os ferimentos, as mãos de Feniel escorregam da alabarda e ela cai no chão. Ele continua, seu cinto já está praticamente sem cor, só mais um golpe, uma estocada e...

— Sarius é o vencedor.

A voz o arranca de seu êxtase de combate. Feniel não se mexe mais, nem um pouco. Ele abaixa a espada e, no mesmo instante, o som de ferimento se silencia e a música recomeça.

Uma música imponente, como em um filme, quando o herói ganha a batalha decisiva. Foi assim com BloodWork, mas com nenhum dos outros lutadores. "Por quê? Porque só eu a posso ouvir, porque ela é parte de minha recompensa, assim como o 4 que agora certamente encontra-se em minha armadura, e o 2, que repentinamente aparece no colete de couro de Feniel."

Sua adversária é carregada dali, não pelas pernas como Xohoo, mas com cautela e rapidez. Então é bem provável que ela ainda esteja viva e uma conversa minuciosa com o Mensageiro a aguarde.

Ele, por sua vez, é um 4. Um 4 vitorioso e intacto. Sarius coloca-se novamente no canto dos elfos negros. Ele olha ao redor e agora pode reconhecer claramente os de nível 3, e desses há aos montes. A mulher-lobo, por exemplo, que o mestre de cerimônias está convocando.

— Galaris!

Um momento. Galaris, esse nome Sarius conhece. *A caixa de madeira. Totteridge. O viaduto Dollis Brook. Teria Galaris escondido a agourenta caixa sob o teixo?*

Ele não pode perguntar-lhe agora, pois ela está ocupada escolhendo um adversário. Além disso, Sarius tem certeza de que sua curiosidade não é estimada pelo Mensageiro e seus gnomos. Galaris, cujo cabelo castanho-escuro brilha no sol como chocolate derretido, decide-se por uma bárbara chamada Rahall-LA. *Corajosa. Ou estúpida.* No final valeu a pena: ela luta com arco e flecha e Rahall-LA, também uma 3, sequer se aproxima dela.

Em seguida lutam alguns dos níveis mais altos entre si; as lutas demoram e são disputadas com enorme vigor. Sarius tenta fixar os nomes e detectar eventuais fraquezas dos oponentes, mas logo ele desiste. Em toda a parte se sente uma perda de interesse pelo público. Alguns daqueles que já possuem uma vitória na arena se retiram. Sarius os segue para o interior do local após testemunhar a luta entre Drizzel e Keskorian, na qual o bárbaro perde três níveis. "Drizzel é um trapaceiro", lembra-se Sarius.

Na sala de espera dos elfos negros ele encontra Lelant e Arwen's Child.

— ... óbvio que é idiota lutar novamente depois de já ter perdido — diz Lelant.

— Eu gostava do Xohoo — declara Arwen's Child após uma breve pausa. — É triste ele ter morrido. Acho que ele merecia mais uma chance.

Sarius pensa da mesma forma. Xohoo pelo menos era simpático. *Por que isso não aconteceu com Lelant, esse covarde linguarudo.*

— E você não luta, não? — pergunta-lhe Sarius.

— Isso é da sua conta? — bufa Lelant.

— Ele nunca luta nos duelos, sempre espera pela grande batalha no final. Assim se arrisca menos e pode ganhar mais — informa Arwen's Child no lugar dele.

— Escute, você tem mesmo que ficar espalhando tudo por aí? — reclama Lelant.

Ele ainda carrega a mesma arma do labirinto, nenhum armamento novo até onde Sarius consegue perceber. E se ele ainda tem o cristal de desejos? Será que Sarius poderia lançar-se sobre Lelant e vasculhar seus pertences? Provavelmente não.

— Batalha no final? — pergunta ele em vez disso, virando as costas para Lelant intencionalmente.

— Cara, você não tem ideia de nada mesmo — alfineta ele antes que Arwen's Child possa responder.

— Sim, no final de cada torneio há uma grande luta, todos contra todos. É bastante perigosa, pois lá os de nível mais alto também podem surrar você. Mas, em troca, você também pode tomar as coisas mais valiosas dos outros.

— Cristais de desejos? — pergunta Sarius, olhando Lelant de relance.

— Bem, sim... se alguém estiver andando por lá com um. Mas isso é improvável.

Para ser sincero, uma grande batalha no momento não lhe parece uma boa ideia. Ele acabou de ganhar um nível, e poderia perdê-lo rapidamente. Por outro lado, quem disse que estava descartado conseguir mais dois ou três?

— Muito legal mesmo o Xohoo já estar debaixo da terra — Lelant muda de assunto.

O imbecil não dá sossego. Espere só para ver, Colin.
— Ele era um idiota. Não calava a boca nunca. E nunca iria conseguir ficar entre os últimos, então deu no mesmo. Ele era molenga que nem você, Sarius. Acho que vou acabar com você de uma vez, quando a batalha lá fora começar. Vá se despedindo de Arwen.
— Eu me chamo Arwen's Child, seu retardado.
— Quem se importa?

Era como se todos estivessem esperando por um tiro de largada para começarem uma corrida em várias direções e, de certa maneira, era bem isso mesmo. O grande Olho Esbugalhado posicionou-se às margens da arena, sustentando seu cajado no alto. Sarius corre a multidão com seu olhar mais uma vez. Não muito distante dali, encontra-se um 2, um vampiro, que seria uma presa fácil. Bem ao seu lado está LordNick, que aguarda impaciente, e de quem Sarius, por sua vez, deve manter distância. O mestre de cerimônias explicou com clareza: quem já está lutando não pode ser atacado por nenhuma outra pessoa.

Então tinha que encontrar uma vítima que valesse a pena, uma vítima fácil, antes que algum 9 ache que Sarius possa ser um bom alvo.

O 2 vampiro é perfeito e está realmente perto. O Olho Esbugalhado baixa seu cajado, Sarius sai correndo e imediatamente avista Lelant. Ele fechou o visor de seu reluzente elmo esverdeado e agora lembra um sapo de aço sobre duas pernas. A espada de Lelant está apontada para Sarius, mas correndo ele não pode mirar direito, o golpe não acerta e passa apenas de raspão pelo braço de Sarius. A pancada não causa mais que um rangido, como o de um portão de jardim muito oxidado. Mas isso faz a fúria crescer em Sarius, como um ardente sol vermelho.

Se é isso que Lelant quer ter, é o que vai ter. Sarius pôde golpeá-lo com o escudo em suas costelas como um aríete e, sobretudo, pôde atingi-lo com a espada: primeiro em seu elmo, depois contra a armadura. O principal é que ele não tenha tempo para recuperar o equilíbrio.

Desta vez Sarius não precisa de música solene para se sentir como um capitão. Basta observar Lelant recuando, defendendo-se desajeitado, tropeçando, perdendo o escudo. Observá-lo cair e jazer sobre o chão com a espada para o alto, como se fosse um ferrão de abelha e sobre o qual Lelant estivesse esperando que Sarius caísse.

Após dois vigorosos golpes, a espada também se perde. Com satisfação, Sarius vê o sangue no ombro e no peito de Lelant. Os ferimentos devem ser o bastante para um som realmente terrível.

Ele aponta a espada para a garganta de Lelant, bem na junção do elmo com a armadura e resiste à tentação de simplesmente apunhalá-lo. *Mas e agora?* Conversar eles não podem aqui.

Como sempre, um gnomo traz a solução. Um largo sorriso se estende sobre seu rosto azulado.

— Vejo que aqui foi Sarius quem ganhou — grasna ele, e exibe os itens de Lelant.

— Livre escolha para o vencedor.

Obviamente Sarius procura primeiro por *seu* cristal de desejos. Porém, ele não está mais lá, lógico.

Quem vai saber o que Lelant fez com aquilo. Quem vai saber o que é que se faz com aquilo.

Mas, pelo menos, Lelant tem guardadas 130 moedas de ouro. *Esplêndido.* Sarius as agarra e é imediatamente detido pelo gnomo.

— Não mais que a metade.

Tudo bem. Sessenta e cinco moedas de ouro já é uma boa grana. Além disso, Sarius encontra um par de botas cheias de esmeraldas, um punhal e um frasco de poção curadora. Ele leva tudo sem o gnomo protestar. Este só volta a se pronunciar após Sarius guardar suas aquisições em segurança.

— É ganancioso mesmo, o rapaz aqui. Não é preciso nem dizer que não pode mais pegar quantos níveis quiser. Dois ainda pode pegar, se deixar o derrotado com seus armamentos.

Sarius prefere os níveis ao armamento de Lelant. Para seu enorme contentamento, aparece o cinco em algarismos romanos sobre a armadura do derrotado.

Então ele era um 7 e eu, como um 4, presa fácil para ele. Ou não. Você se saiu mal, Lelant, seu idiota. Mas agora ele mostrou a Lelant, o idiota, com quantos paus se faz uma canoa.

Ele o observa levantar-se vagarosamente, mancando, da mesma maneira como se retiram alguns outros lutadores derrotados. Agora era um 6. Sarius finalmente obtém um panorama melhor: ele consegue reconhecer o nível de mais ou menos um terço dos combatentes. Entre eles, infelizmente, não estão muitos rostos conhecidos. Blackspell, Lord-Nick, Keskorian e Arwen's Child continuam superiores a ele, ou pelo menos iguais a ele. Uma pena. Já Sapujapu aparece como um 5, assim como Nurax. Ambos continuam envolvidos em suas respectivas lutas. Na outra ponta da arena Sarius descobre Drizzel, que tenta arrancar BloodWork da plataforma do Círculo Interno.

— Você está preparado para mais uma luta? — o gnomo azul quer saber.

Ele está? Ele não sabe com certeza. Seria muito tentador ganhar mais alguns níveis, mas ele não quer abusar da sorte.

Começar o dia como 3 e terminar como 6 realmente não é nada mal.

— Não. Por hoje já basta.

— Então deixe a arena.

É o que ele faz. Ele toma o mesmo portão pelo qual entrou, lança ainda um olhar para a sala dos elfos negros — onde não há ninguém, realmente ninguém — e marcha em direção à saída. Quando foi a última vez em que se sentiu tão bem? Ele não sabe. Deve ter sido há muito tempo, um ano talvez ou dois. Animado e com ouro aos montes, Sarius chega à rua.

Vejamos o que mais a Cidade Branca nos reserva.

12

Do lado de fora da janela estava escuro, da sala se ouvia o noticiário da noite. Nick massageava suas têmporas doloridas. Sarius havia trocado todos os seus tesouros por ouro, inclusive o punhal de Lelant, que havia lhe dado um lucro inesperado. Depois ele voltara ao Último Corte, de onde foi expulso por Átropos sem mais nem menos. O porquê ele não sabia e ela tampouco estava disposta a dar-lhe uma explicação.

A noite foi caindo sobre a Cidade Branca, em toda parte tinham acendido tochas e cestas de fogo.

A noite era um horário promissor no mundo do Erebos. A noite era a hora do Mensageiro. Mas não se podia vê-lo em lugar algum.

Os olhos de Nick ardiam como se ele tivesse nadado por horas em água com cloro. Provavelmente eles estavam vermelhos como os rubis no punhal de Lelant.

Fazer uma pausa parecia ser uma boa ideia.

Comer parecia ser uma boa ideia.

Ele iria levantar-se e dar uma volta na cozinha. *Mamãe já fez a janta, sem dúvidas.* Ele fitou o monitor, as ruas da cidade, seu ego élfico. Não conseguia sair. Algo lhe dizia que a qualquer momento alguma coisa iria acontecer. Um ataque de orcs, uma tarefa do Mensageiro, uma missão, um enigma. Algo que ele perderia se se desconectasse.

Que tal uma horinha? Uma hora para comer, pra trocar algumas palavras simpáticas com mamãe e papai... para ir ao banheiro. Só agora ele percebeu a urgência daquilo e como ele estava retorcido na cadeira para manter tolerável a pressão em sua bexiga.

Ande logo, vamos! Mas primeiro ele precisava fechar o programa. Nick passou o cursor do mouse sobre o monitor. *Onde posso salvar e fechar o jogo?* Até agora, percebeu, ele nunca o havia feito. O jogo ou o havia expulsado ou obrigado a fazer uma pausa; por vontade própria ele nunca havia saído. *Provavelmente tal coisa sequer está prevista.*

Nick avaliou suas opções. Ele poderia simplesmente desligar o computador, mas era arriscado. Se isso não agradasse ao Mensageiro, ele provavelmente passaria a mão em seus níveis penosamente conquistados. Ou poderia ocorrer algo ainda pior.

Uma outra alternativa era deixar o computador rodando e desligar apenas o monitor. Nesse caso, Sarius ficaria como que parado no meio da rua e qualquer nível 1 que passasse poderia tomar-lhe seus pertences. Também não era uma boa ideia.

Nick sentia sua bexiga perto de estourar. Ele precisava ir ao banheiro, não tinha jeito. Mas antes ele só teria que colocar Sarius em segurança. Mas onde?

A ideia veio como que caída do céu — ele ainda tinha o quarto alugado! Andou com seu elfo nas ruas já escuras da Cidade Branca como se o grande Olho Esbugalhado em pessoa estivesse atrás dele. *Era por aqui?* Ele se lembrou de uma escada estreita, que subia ao lado de uma padaria; ali ele tinha que continuar subindo e depois virar à direita. Mas, *onde está a maldita escada?*

Ele fez Sarius andar, andar e andar. A barra azul de energia ficava cada vez menor — e isso apesar de ele ser um 6! Se não se orientasse logo, ele iria largar aquilo e simplesmente ir fazer xixi. *Mas não aqui, nesta esquina sombria, por onde rondam figuras suspeitas.*

Padaria. Escada. Finalmente. Ele fez Sarius passar correndo sobre a soleira da hospedaria, subiu os degraus rangentes até seus aposentos, fechou a porta, desligou o monitor. *E agora rápido, por favor, rápido...*

Nick deu um salto, correu como se perseguido por cães selvagens e irrompeu pelo banheiro. E por pouco não conseguiu.

— Nick? — seu pai gritou da sala. — Se você bater assim com a porta mais uma vez, você vai ver só.

Havia lasanha de legumes com tofu em vez de carne, mas desta vez Nick não reclamou. Ele mal sentia o gosto do que comia. Seus pais conversavam sobre o filme que eles haviam visto no cinema e se contentaram com um eventual "hum" ou "ahã" lançado por ele. Eles só se assustaram, porém, com a quantidade de comida que Nick devorava. Ele mesmo estava espantado, até perceber que ele não havia comido nada desde o café da manhã.

Mas agora precisava se apressar. Ele deixara Sarius sozinho na hospedaria, desprotegido e conectado. *E se houvesse um incêndio? Ou um assalto? E se Lelant o encontrasse?*

"Eu devia ter desconectado a internet, pensou Nick. Apesar de eu não ter ideia do que pode acontecer. Será que os gnomos vão me levar a mal e contar ao Mensageiro?"

Já se levantando, ele colocou o último pedaço em seu garfo.

— Obrigado, estava bom mesmo! — sorriu para sua mãe, que sorriu de volta. Estava tudo bem, apenas seu pai fez uma careta novamente.

— Não me diga que você vai estudar de novo. Não dá para acreditar.

— Não, por hoje já chega — disse Nick, bocejando intencionalmente. — Eu vou ler um pouco e dormir, já estou mais para lá do que para cá.

— A última vez que você foi dormir a essa hora você tinha oito anos.

— Eu já não disse que vou ler antes? — respondeu Nick, com mais agressividade do que queria. — Desculpe. Química me deixa meio irritado.

Seu pai resmungou algo incompreensível. Nick não perguntou nada. Ele precisava cuidar de Sarius.

A lua, que reluz através da janela da taverna, está na mesma fase minguante que a lua sobre Londres. Mas Londres está bem longe.

Sarius está deitado em sua cama, com os braços cruzados sob a cabeça e o olhar voltado para o teto. Em algum momento alguém deve ter trazido uma carta; o selo amarelo de cera que a lacra possui a forma de um olho. Antes de abri-lo, ele verifica seus pertences e se acalma: tudo continua lá. O ouro e a poção curativa.

Ele abre a carta, que é curta e pouco esclarecedora:

> Os outros já se foram. Você era necessário e negou sua ajuda. Estamos decepcionados, Sarius. Sua negligência não poderá ficar sem consequências, entendeu?

A carta é assinada novamente com uma mancha amarela em forma de olho — mais que isso nem seria necessário. Sarius estragou tudo.

No momento em que ele larga a carta, o castiçal sobre sua mesa se apaga, no instante seguinte a lua se apaga. O mundo do Erebos torna-se escuro e silencioso. Sarius está preso e, por alguns pavorosos segundos, ele pensa que dessa vez será para sempre. Mas isso obviamente não faz sentido, ele hoje se saiu fantasticamente bem. O Mensageiro disse que procurava o melhor dos melhores. Sarius poderia ser um deles. Ele sabe. Ele sente.

A lasanha de legumes caiu mal no estômago de Sarius. *Se você tivesse comido menos, se você tivesse comido mais rápido, você não teria perdido a missão. Desesperador, isso.* Nick fitava o monitor negro. Não era justo. Mas como sempre, a escuridão permanecia implacável e resistente às reiniciações, aos pedidos e aos xingamentos.

Onde é que os outros estariam agora? Estaria Lelant junto deles? Será que ele o alcançaria esta noite? Maldição, maldição, maldição. E tudo por Nick não saber como se pausa esse jogo direito.

Desanimado, ele verificou seus e-mails sem encontrar nada que melhorasse seu humor. Mais por curiosidade do que por uma necessidade real, Nick acessou a página de Emily no *deviant*ART e encontrou um novo poema.

Noite
Em minha cama
faço vigília
atrás de uma paliçada
de travesseiros e cobertores.
Com os olhos bem abertos
eu espreito as criaturas sussurrantes
que intimidam a luz do dia,
gêmeos escuros de meu pensamento.
Com os braços abertos
eu tateio o conhecido
e não encontro sequer a mim mesma.
Apenas a roda de orações matraqueia na minha cabeça
constante, ininteligível, louca
e eu rezo por um cessar-fogo
entre o dia e a noite,
pelos grãos de areia nos olhos
e a primeira luz da manhã
que é pálida como você.

Havia algo no poema que desviou Nick brevemente de sua frustração. Ele o fez achar que seria bom falar mais uma vez com Emily. Perguntar-lhe, por exemplo, se ela estava bem ou se andava com problemas. Ele pensou rapidamente e se desfez no mesmo instante da ideia. Eles não se conheciam bem o bastante e ele só iria se ridicularizar.

Oi Emily. Eu só queria perguntar se você está bem. Ou... hã... se anda com problemas.
Não ando, não. Por quê?
Eu só pensei nisso porque eu li esse seu poema...
Ah, onde?
No deviantART.
Ora. Como você ficou sabendo meu nome de usuário?
Então, eu ouvi uma vez quando você estava conversando com Michelle sobre isso. Sinto muito. Sério.
Eu também. Fique longe de mim, Nick. Na internet e na vida real.

Isso que iria acontecer, não seria diferente. Provavelmente o poema era apenas arte e não tinha absolutamente nada a ver com a vida emocional de Emily.

Nick deu um empurrão em seu mouse, fazendo-o escorregar pela escrivaninha inteira, e ajeitou seu rabo de cavalo. Ele poderia, em todo caso, tentar mais uma vez rodar o Erebos. Já haviam se passado uns bons dez minutos, possivelmente isso já bastava como castigo para o Mensageiro. Talvez ele só quisesse avaliar a persistência de Nick para entrar novamente.

Não funcionou nem da primeira, nem da segunda, nem da quinta vez.

Droga, isso não era justo mesmo. A noite estava arruinada. O único conforto foi a expressão de espanto de seu pai, que, ao olhar rapidamente para dentro do quarto, encontrou o filho realmente lendo.

21h:34, anunciavam os luminosos dígitos vermelhos do rádio relógio. Há dez minutos Nick havia decidido ir dormir cedo. Ele queria armazenar sono, pois se ele se saísse melhor amanhã, poderia jogar a noite inteira e recuperar tudo o que acabara de perder. Segunda opção: fingir que está doente e deixar a escola pra lá. *Colin já tinha feito isso*, com toda certeza. Assim como Helen, Jerome, Alex e — ah, provavelmente todos os outros.

Mas Nick sabia que ele não iria matar aula, principalmente amanhã. Seria seu primeiro dia de aula após Brynne ter lhe dado o DVD. Amanhã ele iria ver todo mundo na escola com outros olhos. Seus adversários de carne e osso. Ele queria falar com Colin e tentar descobrir quem se escondia atrás de cada personagem. Ele queria descobrir quem era LordNick.

Quem sabe o que estarão fazendo agora. Talvez estejam tendo o melhor desafio. Sem mim. Merda.

Nick virou-se para a esquerda, depois para a direita, e o sono não vinha. Mal fechava os olhos, via as batalhas do dia anterior mais uma vez diante de si: o grande Olho Esbugalhando brandindo seu cajado e vindo ameaçadoramente em sua direção, Xohoo sendo carregado da arena pelas pernas, sobre a areia ensanguentada...

Com um suspiro pesado, Nick cruzou os braços sob a cabeça. 22h13, indicava o relógio. Já estava perto de seu horário normal de ir dormir, mas ele estava desperto como em raras vezes. *Como será que Xohoo aguentou sua eliminação? Será que o reconhecerei amanhã?* Isso, claro, se ele estudasse no mesmo colégio que Nick. *Claro que não, que ideia ingênua.* Obviamente nem todos os jogadores do Erebos seriam seus colegas de escola. Ele fechou os olhos novamente.

Quantos haviam estado hoje na arena? Cerca de quarenta ou cinquenta elfos negros, trinta vampiros, vinte anões. Bárbaros? Também vinte, aproximadamente. Lobisomens um pouco menos — quinze? Sim, mas ou menos. A quantidade de criaturas felinas e répteis era mais ou menos a mesma. E ainda havia os três seres humanos. Muito bem, isso tudo somava uns... 160 ou 170 lutadores. Um volume considerável, mais uma ninharia comparado à quantidade de jogadores de outros videogames virtuais. Ainda que logicamente nem todos os jogadores do Erebos estivessem reunidos na arena, mas com certeza uma grande parte, sim. E esse detestável Círculo Interno. Os campeões. Será que Drizzel conseguiu arrancar algum deles de seu pedestal de ouro? Nick esboçou um sorriso. Provavelmente não. Provavelmente Drizzel arrumou foi uma pancada na cachola. Bem feito.

22h21. *E se eu tentar mais uma vez?* Poderia bem ser que o banimento já tivesse sido cancelado. Em todo caso, Nick não conseguia dormir. Tinha que tentar pelo menos mais uma vez.

Ele acendeu o abajur, foi para o computador e o ligou, com uma sensação de aperto do peito. *Não fique nervoso, seu idiota.*

Clique duplo sobre o E vermelho. *Nada.* Mais uma vez. De novo, nada. Sem pensar muito, Nick foi para a página do Google. Se ele soubesse mais sobre o jogo, certamente encontraria uma maneira de rodar o programa novamente. Se bem que o Mensageiro havia ficado sabendo da primeira tentativa de Nick. *Não sei como isso foi possível.* Uma segunda tentativa provavelmente iria contrariá-lo.

Nick teve a ideia repentina de acessar a página da Amazon. Se o jogo era uma cópia pirata, tinha que haver um original. Ele digitou "Erebos" no campo de busca e clicou em ENTER, esperando receber uma nova advertência que iluminaria de vermelho seu quarto escuro. *"Não foi uma boa ideia, Sarius. Foi uma ideia estúpida, para ser exato. Uma ideia morta."*

Mas a Amazon listou uma relação de CDs de ópera: *Orfeu e Eurídice* em várias versões. *Por quê? Ah sim, havia uma ária com o título* Chi mai dell'Erebo, *seja lá o que isso significasse.* Infelizmente, saber disso não o levou nenhum passo adiante. Não existia um jogo chamado Erebos. Nem mesmo um anúncio. *Como podia então haver uma cópia? E quem, no mundo inteiro, possuía o original?*

Nick examinou as diferentes pinturas sobre as capas dos CDs de ópera. A maioria eram partes de pinturas e lembravam Nick de alguma coisa. Ele demorou alguns minutos até descobrir. Elas o faziam lembrar do grande Olho Esbugalhado.

22h57. De novo para a cama — já era mesmo o bastante para Nick. Se não era possível jogar, ele queria pelo menos dormir. Estava desalentado.

Um jogo que não se pode comprar. Um jogo que fala com você. Um jogo que te observa, te recompensa, te ameaça e te impõe tarefas.

"Às vezes eu acho que ele está vivo", Colin havia dito. Colin não era nenhum candidato ao Prêmio Nobel, mas ingênuo ele não era. Não, claro que esse jogo não está vivo. Mas ele era fora do comum. Até demais.

Sarius está deitado no chão, LordNick está parado sobre ele, sorrindo-lhe com seu rosto assustadoramente familiar.

— Eu estava aí primeiro — diz. — Você não é nada além de um imbecil.

Ele estende uma sacola para Sarius cheia de cabeças dentro: de Jamie, Emily, Dan e de seu irmão.

— Escolha um, ou você vai querer ficar para sempre com essa fuça de elfo?

Sarius odiava LordNick; quer saltar e sacar sua espada, mas ele não consegue se movimentar e, além disso, o lugar está escuro como em uma cripta.

— Podemos lutar, o que você acha? — profere. — Lutar por dois níveis. Mas você tem qué deixar eu me levantar.

— Por níveis? Sem chance, Sarius. Lutaremos por anos. Dez anos de vida, o que você acha?

Sarius percebe estar realmente ouvindo a voz de um de seus adversários pela primeira vez. *Como assim? E como assim anos de vida? Ele não pode estar falando sério, isso é impossível.* A ideia lhe causa medo.

— Não quero, isso é uma aposta ruim. Ele também ouve sua própria voz, ela soa chorosa e alta.

— Tudo bem — diz LordNick e joga para o lado a sacola com as cabeças. — Então você está eliminado.

Ele pega sua espada com ambas as mãos, levanta-a e o apunhala. Ele prega Sarius ao chão como uma borboleta.

Sarius grita e berra. Ele não quer morrer...

Foram seus próprios gemidos que acordaram Nick. Seu coração batia tão rápido como se ele tivesse andado correndo. A escuridão de seu sonho continuava ao seu redor, talvez ele sequer estivesse acordado.

Lá estava o rádio relógio, que felicidade. 3h24. Nick jogou-se sobre seu travesseiro e tomou fôlego. Seu próprio grito ainda ressoava em seus ouvidos. Nick desejou que só tivesse gritado em seu sonho, do contrário a casa inteira já teria sido acordada por ele.

Mas o apartamento permanecia calmo, nem sua mãe e tampouco seu pai vieram espiar para saber por que o filho estava gritando a plenos pulmões. Que sorte.

Ele fechou os olhos e os abriu outra vez. A ideia de dormir novamente ainda era inquietante. Era bem possível que LordNick estivesse a postos para outro ataque no mundo dos sonhos com a sacola cheia de cabeças e a espada.

Ir fazer xixi é uma ideia melhor. Ele partiu lentamente em direção ao banheiro, tomando cuidado para não acordar seus pais. Ele tentou lembrar-se da voz de LordNick, mas ela era simplesmente uma voz qualquer; não podia relacioná-la com nada.

Por que não podemos conversar ao vivo durante o jogo? Falar de verdade uns com os outros, como em qualquer outro videogame virtual?

A resposta estava na ponta da língua a essa hora da madrugada: porque os jogadores não deveriam se reconhecer. Porque eles não deveriam saber com quem na vida real eles estavam lidando. Mas será que todos realmente mantinham a boca fechada?

Nick apertou a descarga delicadamente e foi na ponta do pé até o quarto. Ele não estava nada cansado. *Nem um pouco.* Ele poderia realmente tentar mais uma vez iniciar o Erebos. Se funcionasse, ele iria aliviado em algumas horas à escola.

Na calada da noite os ruídos do computador iniciando lhe pareceram horrivelmente altos. Só o chiado do disco rígido e o barulho do *cooler* já deveriam acordar seus pais.

Sem grandes esperanças — ainda que com uma grande ansiedade — ele clicou sobre o E vermelho. Com uma incrível surpresa, descobriu que o mundo de Erebos voltava a se abrir novamente para ele.

Sarius não está mais no quarto do albergue, ele está no meio da floresta. Quase como no começo, quando ele ainda era um Sem Nome. A floresta está escura e Sarius sozinho. Um rumor de música paira no ar, zumbindo, como se anunciasse uma desgraça se aproximando.

Entre as árvores serpenteia um caminho estreito, quase invisível na escuridão. Sarius não precisa tatear por muito tempo pelas trevas, pois a trilha o conduz até uma clareira.

À primeira vista ele vê do que se trata: um cemitério, cercado por uma alta grade de ferro. Lápides brilham sob o luar; algumas estão tortas, outras cobertas por heras. Elas parecem estar esperando por ele.

Apesar de preferir dar meia-volta, Sarius entra na clareira. Uma coruja pia e ao mesmo tempo a música muda: uma voz feminina entoa seu triste lamento sem palavras.

"O Mensageiro sempre recompensa a coragem", pensa Sarius, e dá mais dois passos. "Pode ser que os outros estejam por perto. Ou que eu receba uma tarefa só para mim. Talvez haja um segredo escondido neste cemitério."

Ele se aproxima da primeira lápide e lê o epitáfio:

> Aurora, mulher-gato
> morta por falta de atenção.

Aurora? Não demora nada até Sarius reconstruir a imagem: a mulher-gato ferida no labirinto. Atrás dela apareceu o escorpião com o ferrão levantado. Mas ela não o vê, ela não o escuta. Sarius até o põe para fugir, mas ele já a picou. *Eu não sabia que ela iria morrer. Eu pensei que o Mensageiro...*

"*Falta de atenção*", isso quer dizer *má vigilância dela ou a solidariedade insuficiente dele? Isso não consta na lápide.* Ele espanta seu remorso e prossegue.

> Rabelar, elfo negro
> morto por tagarelice.

Sarius nunca se deparou com o nome Rabelar. Mas tagarelice parece ser uma causa frequente de morte. Ela também vitimou Charmalia, vampira, e Vhahox, bárbaro.

Os lamentos ficam cada vez mais angustiantes. Na imaginação de Sarius surge uma mulher ajoelhada ao chão com as mãos sobre o rosto; ela curva-se para frente e para trás. Seu rosto esconde-se atrás de um véu e ela canta...

Espanta a visão e segue adiante, buscando uma lápide específica. Sarius se detém em frente à seguinte.

> Kaskaar, vampiro
> morto como traidor.

A lápide é uma daquelas que se encontram tortas. Alguém rabiscou uma horrível careta sarcástica nela.

A grama farfalha sob os passos de Sarius, mas ele segue. Adiante.

> Ogalfur, anão
> morto por preguiça.

>   BERENALIS, ELFO NEGRA
>   morta por tagarelice.
>
>   JULANO, HUMANO
>   morto por desobediência.
>
>   TROJABAS, VAMPIRO
>   morto por desatenção.

E então, apesar de ele esperar que não fosse assim:

>   XOHOO, ELFO NEGRO
>   morto por descontrole.

Então Xohoo está morto mesmo. Lamento muito. Muito mesmo.
    A escuridão e a soluçante voz feminina, o fato de ninguém mais, exceto ele, sentir muito por Xohoo, tudo isso parece difícil de suportar.
    Sarius desfaz-se da visão da lápide e segue adiante.

>   AIRDEE, ELFO NEGRA
>   morta por curiosidade.

"Uma causa de morte que poderia ser perigosa para mim", pensa Sarius, aflito. Involuntariamente ele acelera seus passos, passando ao longo das fileiras de lápides.
    "JOSTABAN, LOBISOMEM, desatenção."
    "GRUNALFIA, ANÃ, curiosidade."
    "RUGGOR, BÁRBARO, preguiça."
    "GROTOK, BÁRBARO, desobediência."
    Para Sarius já chega. Não há aventura aqui para enfrentar e nem missão para resolver. O cemitério lhe parece medonho. Ele espera que a qualquer momento mãos mortas saiam da terra fofa e tentem pegar suas pernas. Quer sair dali.
    Não pode continuar lendo os epitáfios seguintes das lápides, para ele tanto faz se lá estão nomes conhecidos ou não, *ainda que encontrar Drizzel ou LordNick valeria a pena.*

No entanto, querer sair e poder sair são duas coisas diferentes. Atrás das fileiras de tumbas se vislumbram os arcos em ferro fundido de um portão de saída, mas atrás deles não havia nada mais que uma floresta. Uma floresta qualquer. Provavelmente a quilômetros de distância da Cidade Branca.

O vento fresco sopra e dá vida a novos ruídos. Os galhos agitados das árvores acenam chamando Sarius. Ou o estariam afugentando? Ele não sabe. Preferiria encolher-se e enterrar o rosto em seus braços, mas alguém certamente o está observando.

Morto por covardia, morto por calafrio. Certo, assim não vai dar. Agora ele tinha que se controlar, não se deixará desnortear nem pela escuridão e tampouco pelo canto desesperado. Ele tinha que buscar uma saída. O portão é um bom começo.

Ele vai em sua direção, passando por outras covas. Alguns dos epitáfios estão completamente cobertos por vegetação ou tão desgastados que ele não consegue decifrá-los. *Mas tanto faz, vamos sair daqui.*

O canto fica mais baixo assim que ele sai pelo portão. *Graças a Deus*. Agora para onde ele deve ir? Ele não arrisca simplesmente sair do Erebos. Sabe-se lá onde ele se encontrará da próxima vez... isso se ele se encontrar.

Então ele ouve algo. Pulsações. Golpes. Como se saídos de uma mina. Ele saca sua espada. O som é pavorosamente alto na floresta escura, assim como cada um de seus passos. Quanto mais Sarius se aproxima, mais altos e nítidos tornam-se os golpes que, para seu alívio, vêm acompanhados por um feixe de luz.

Evidentemente é mais um dos gnomos do Mensageiro. Ele estava sentado com as costas voltadas para Nick. Estava sob um alpendre de madeira, diante de uma lápide que ele trabalha com martelo e cinzel. Agora Sarius sabe de onde as inscrições vêm.

Se eu ficar atrás dele, olhando-o por cima de seus ombros, provavelmente ele vai gravar meu nome na pedra, só para me assustar.

Sarius aproxima-se furtivamente e olha o gnomo por trás de seus ombros. *Equívoco.* A pedra leva um outro nome: Schiyzo. Melhor assim, Sarius não o conhece. Então no momento em que ele está bem atrás dele, o gnomo lhe vira seu rosto horrível.

— Que hora incomum para uma visita, Sarius.

— Eu sei. Na verdade eu não queria estar aqui.

O gnomo ri regougando.

— E quem é que quer?

— Você poderia me dizer como eu volto?

— Voltar para onde?

Sim, para onde? Sarius escolhe suas palavras com cuidado.

— Eu gostaria de sair do Erebos por uns instantes, mas sem me prejudicar por isso.

O gnomo martela sobre sua pedra, parecendo pensar.

— Isso não é tão simples.

Se fosse, eu não precisaria de você. Sarius contém-se para não falar isso. Ele espera pacientemente enquanto o gnomo coça atrás de sua orelha.

— Está bem, então vá. Estaremos esperando você amanhã de tarde. É bom não nos decepcionar.

— Sim, claro — diz Sarius, aliviado.

— E diga a Nick Dunmore o seguinte: ele não deve esquecer as regras, porque nós ficaríamos sabendo. E deve manter os olhos abertos.

— Sim, tudo bem. Pois, afinal de contas, eu não quero que você tenha que fazer uma dessas para mim — diz Sarius, apontando para a peça de pedra que o gnomo estava lavrando.

— Ah, mas isso eu já fiz. Há muito tempo. Para vocês todos. A maioria de vocês vai precisar um dia, não é mesmo?

O gnomo ainda sorria quando a tela escureceu novamente.

04h42. Muito cedo para levantar, muito tarde para dormir direito. Sem muita esperança de cair no sono, Nick deitou-se novamente, cobriu-se até as orelhas e fechou os olhos. Tentou respirar lentamente, mas nos seus pensamentos bailavam as lápides.

Será que os outros já estavam a caminho? Em algumas horas ele iria perguntar a Colin. Não, não iria, porque não era permitido. *Maldição.* Mas, pelo menos, ele iria poder reconhecer em seu rosto a frustração de Lelant sendo espancado na arena. Com este sentimento consolador, Nick finalmente adormeceu.

13

A noite mal dormida, incluindo a visita ao cemitério, não havia passado sem deixar rastros em Nick. Já no caminho para a escola, ele sentiu uma leve pressão sobre as têmporas, como a de um resfriado se aproximando. A sensação o acompanhou o dia inteiro, ainda que, de vez em quando, ela acabasse sendo empurrada para segundo plano por outras coisas. Por exemplo, pela visão que ofereciam Jamie, Emily e Eric Wu cochichando em frente ao portão da escola.

Eric curvou-se para Emily, falando-lhe energicamente. Ela não recuou e apenas sorria. Jamie permanecia ali, em pé, com os braços cruzados, e acenando com a cabeça. Nick fingia procurar algo em sua mochila enquanto observava os três de relance. Nesse momento, Eric deve ter dito algo engraçado mesmo, pois os três riram. Nick se deu conta de que poucas vezes... havia visto Emily rir e como desejava ter sido ele, e não Eric, a razão disso.

"Se Eric pelo menos não fosse um cara tão pedante", pensou Nick, quase se esquecendo de cutucar em sua mochila.

Era esse o tipo de homem que deixava Emily caidinha? Desajeitado, meio asiático, com cabelo de Príncipe Valente e óculos de nerd? Um esquisitão do clube de literatura? Não, ele é asqueroso. Não, não pode ser, ela não aceitaria presentes dele. Meu Deus do céu!

Nick daria dois... não, um de seus níveis para poder escutar sobre o que eles estavam falando. Se ele não tivesse brigado com Jamie ontem, ele poderia simplesmente ter aparecido ali.

— Dunmore, não fique no meio do caminho como um idiota!

Jerome passou esbarrando com força nele, quase fazendo cair a mochila das mãos de Nick.

—Pelo menos peça desculpas! — berrou Nick.

Melhor teria sido correr atrás dele, agarrado-o pela gola da camisa e socado seu nariz, pois Emily, Eric e Jamie já tinham visto Nick. Jamie lhe lançou um breve olhar e deu meia-volta. Emily levantou o braço em uma saudação apática. Curiosamente, Eric foi quem pareceu o mais simpático de todos.

Nick saiu dali e caminhou em direção à escola. De onde vinha essa coragem? Com certeza de sua noite quase passada em claro.

A aula de matemática parecia calma para uma manhã de segunda-feira, mas Brynne deteve Nick logo na porta.

— E aí? — murmurou.

— E aí?

Ele colocou um dedo em seus lábios. Que bom que era proibido falar sobre o jogo. A expressão facial de Brynne mudou de radiante para uma de compreensão e cumplicidade.

— Eu sabia que você iria amar — disse.

— Sim, sim. — Nick forçou um sorriso.

Brynne também parecia exausta. Nick constatou sem problemas, ela havia se esforçado demais para cobrir seu cansaço com maquiagem. Uma tentativa que não teve o menor sentido com Helen. Sua aparência nunca fora agradável, mas hoje ela tinha se superado. Seu cabelo estava despenteado, seus olhos quase fechados, enquanto sua boca permanecia entreaberta... daqui a pouco ela iria começar a babar. Jerome e Colin não tiravam os olhos dela e imitavam sua expressão, ficando quase vermelhos de tanto rir.

Helen não percebeu nada. Ela tinha o olhar perdido e agora começava a cambalear um pouco. Algo como empatia aflorou em Nick. *Talvez ela fosse um dos personagens que estavam no cemitério. Talvez fosse a Aurora, que eu deixei para trás no labirinto.*

Ele foi em sua direção.

— Helen?

Ela mal reagia, apenas franzia levemente as sobrancelhas. Colin e Jerome morriam de rir.

— Helen? Está tudo bem com você?

Ela levantou os olhos, ambos sombreados por olheiras escuras.

— O quê?

— Se está tudo bem com você. Você está parecendo... — "horrível", ele quis dizer, mas mordeu os lábios — doente.

Da garganta de Helen saiu uma risada áspera.

— Ah, vá cuidar da sua vida, Dunmore!

— Tudo bem. Então continue aí babando e sendo motivo de piada. — Ele apontou na direção de Colin e Jerome. — Pelo menos eles estão se divertindo.

Por que ele teve que fazer papel de bom samaritano justo com Helen? "Você sabe muito bem o porquê", diz uma vozinha maliciosa dentro dele. "Ela poderia ter lhe contado algo interessante. Por exemplo, sobre a noite anterior no jogo. Ou sobre a morte dela. Então teria perguntado seu nome, não é? E iria poder apagar um dos nomes desconhecidos da lista.

Nick esfregou seu rosto com as mãos. *Céus, estou morto*. Mas, pelo menos, tinha conseguido fazer Helen parecer um pouco mais normal. Ela estava sentada ereta em seu lugar, de boca fechada e punhos cerrados.

— Nick, seu *mané* — Colin o cumprimentou. — O que é que você queria com a Helen?

— Cale a boca, Colin. Ela parecia acabada e por isso fui falar com ela... não se comporte como um garoto de 12 anos.

— Tudo bem. E então? Novidades?

— Não — Nick examinou Colin de cima a baixo. Obviamente ele não tinha o aspecto *pálido*, sua pele tinha um doente tom de cinza.

— Foi um dia incrível ontem — disse Colin.

— Acho que se pode dizer isso. E uma noite esplêndida.

Pelo menos podia fingir que tinha sido. Fingir que estivera junto com eles e não no cemitério, quase fazendo xixi nas calças.

— Sim, a noite — avaliou Colin. — A noite foi do caramba. Eu não pensei que seria daquele jeito. E você?

— Eu também não.

Ah vamos, me dê alguns detalhes, por favor!

— E foi só o começo — disse Colin. — Isso você pode apostar.

— Sim, claro. Eu estou ansioso pelo que virá. O que você acha?

Colin deu de ombros.

— Acha que eu sou vidente?

Não faz sentido. Mais do que insinuações superficiais Nick não iria conseguir de seu colega. Mas talvez ele tivesse vontade de fazer algumas suposições.

— Eu gostaria de saber por trás de que nome Helen se esconde — sussurrou baixinho, de maneira que ninguém, exceto Colin, pudesse ouvir.

— É, isso seria interessante. Só que ninguém anda no jogo com seu próprio rosto. No lugar de Helen eu também não andaria.

Nick entendeu a deixa e abriu a boca, mas logo a fechou novamente. Colin sorriu.

— Não precisa se preocupar. Eu sei que não é você. Ele já está há muito tempo no jogo. Mas eu acho que poucos apenas se deram conta disso.

Ele se calou quando Jerome se aproximou.

— Conversa confidencial? — perguntou.

— Você está maluco? — revidou Colin. — Você acha que eu não conheço as regras?

— Bem que poderia ser.

Com um sorriso malicioso, Jerome retirou-se. Helen o seguiu com um olhar triste.

— Ele tem razão — disse Colin. — O melhor é manter o bico fechado. Mas o próprio Jerome já andou tagarelando, então ele não pode fazer nada — sorriu —, e, de mais a mais, eu não vou ser eliminado mesmo.

Quando o sinal bateu a primeira aula, Nick contou ao seu redor. Alex estava lá, Dan faltou. Aisha foi, Michelle faltou. Olhando de perto, viu que Aisha estava pálida: o lenço em sua cabeça estava preso de qualquer maneira e ela não parava de piscar.

Jamie estava lá, claro, e Emily. Rashid faltou. O Greg caladão estava lá e, evidentemente, fazia o mesmo que Nick: examinava as fileiras e fazia anotações mentais. Então o sr. Fornary começou a aula de matemática, colocando um fim abrupto nas investigações de Nick.

A máquina de café era a última salvação, mas de longe Nick conseguia ver a comprida fila que havia se formado diante dela. *Maldição*. Ele precisava urgentemente de algo que o fizesse aguentar mais três horas de aula.

Junto à janela estava Jerome, amassando sua lata vazia de Red Bull. *Espertinho, o Jerome*. Amanhã Nick também iria abastecer-se com bebidas energéticas. Bocejando, ele se jogou sobre um dos bancos da sala de aula. Pela primeira vez em muito tempo ele passava o intervalo totalmente sozinho. Jamie conversava com Eric Wu; pelo menos dessa vez Emily não estava junto. Colin tentava chamar a atenção com seu silêncio e andava pelos corredores observando. Da última vez que Nick o vira, uma menina de alguma série abaixo havia sido o objeto de seu interesse. Ela se chamava Laura, se Nick não se enganava. E ela carregava um pacotinho consigo.

Ele olhou para o relógio. Ainda faltavam cinco minutos para a próxima hora, tempo suficiente de ir ao banheiro.

O sanitário era o palco de uma discussão acalorada. Nick, que já estava com a mão na maçaneta, recuou um passo.

— ... eu não posso e você sabe disso. Deixe-me em paz.

— Mas não tem lógica! Copie para mim de novo e eu posso pelo menos tentar, eu não vou contar a ninguém.

— Eu disse não.

— Nossa, como você é chato! Não vai acontecer nada e você sabe!

— Não e não. Por que eu deveria violar as leis por sua causa? Você sabe que ele descobre. Ele sempre descobre.

A porta se abriu com violência e um garoto, cujo nome Nick não sabia, saiu correndo. Logo atrás dele veio um dos alunos mais novos, Martin Garibaldi, com os óculos tortos e o rosto vermelho como tomate.

— Espere, por favor! — gritou ele, correndo atrás do outro.

Nick olhou os brigões abrindo caminho entre os outros alunos pelo corredor. Era bastante fácil reconhecer quem era jogador e quem não:

quem não jogava parecia surpreso, já os jogadores sorriam e davam de ombros. Ao retirar-se, Nick descobriu que Adrian McVay estava ao seu lado, esperando para ser percebido.

— Oi, Adrian — a imagem do garoto sempre o tocava de maneira estranha. Ele havia sido muito maltratado pela vida e isso se percebia nele. Faltava-lhe um muro protetor, uma fachada mais traquila. Alguma coisa em Nick queria sempre abrir os braços para Adrian.

— Posso te perguntar uma coisa, Nick?

— Claro.

— O que tem nos DVDs que vocês andam trocando?

Nick tomou fôlego e disse a primeira coisa que lhe veio a cabeça.

— Nós não andamos trocando nada.

É bem verdade. Nós copiamos e distribuímos, e isso é bastante diferente, não?

— Tudo bem. Mas o pessoal aqui anda passando DVDs entre si. Você sabe me dizer o que há neles?

— Por que você está perguntando justo a mim?

— Também não sei.

Adrian levantou os cantos dos lábios em um leve sorriso.

— Na verdade você não é o primeiro a quem eu pergunto.

— E os outros não te deram nenhuma resposta?

Ele negou com a cabeça.

— E parece que você tampouco me dará uma, hein?

— Não posso. Sinto muito mesmo. Desculpe.

Colin passou cumprimentando-os, com as sobrancelhas levantadas em sinal de interrogação. "Não", pensou Nick, "não estou falando o que não devo". Meu Deus, será que Colin o estava vigiando? Será que agora em todas as conversas que ele tivesse alguém iria pensar que ele estava violando as regras?

Adrian examinava pensativamente suas próprias mãos.

— Vocês todos dizem que não podem. É isso mesmo? Ou são vocês que não querem?

— Eu ouvi dizer que alguém já lhe ofereceu o DVD. Por que você não o aceitou, já que está tão curioso?

A pergunta apagou o sorriso do rosto de Adrian.

— Porque comigo não pode. Por isso.

— Mesmo você nem sabendo do que se trata, o que há nele? Desculpe, mas não dá para entender isso.

Demorou alguns segundos até Adrian responder. Sua voz estava baixa.

— Infelizmente eu não posso te explicar. É idiota, eu sei. Eu não posso aceitar o DVD, mas para mim seria muito importante saber o que há nele.

Bateu o sinal da próxima aula. *Que sorte.* Essa conversa estava se tornando mais desagradável a cada palavra e Nick estava contente por conseguir ir embora com um sorriso e algumas palavras que não diziam nada.

Quase dormiu durante as aulas de física e psicologia.

— O que o pequeno McVay queria com você? — perguntou Colin no intervalo anterior à aula de literatura inglesa.

— Nada de mais — mentiu Nick, mais uma vez com o impulso inexplicável de ter que proteger Adrian. E, aliás, a si mesmo. — Ele só queria papear.

Colin se satisfez com a resposta mesmo com as sobrancelhas ceticamente levantadas, mas não importava. Nick não tinha que prestar-lhe contas, principalmente por ele ficar bancando o guardião das regras, *aquele imbecil.*

Com a menção do sobrenome McVay, Emily havia se virado brevemente e olhado Nick de maneira examinadora. Quase com desdém. Por que fazia isso assim, de repente?

Mas logo ele entendeu. *Claro, Jamie deve ter lhe contado que eu agora estava entre os possuidores do agourento* DVD. Dessa forma, ela deve ter imaginado por que ele lhe telefonara ontem e que aquilo não tinha nada a ver com o telefone de Adrian. *Merda. Por que Jamie não podia apenas calar a boca?*

Sr. Watson entrou na sala de aula com uma pilha de livros sob o braço. Seu olhar também era examinador e a Nick pareceu que ele contava os lugares vazios e assentia com a cabeça como se conhecesse a situação.

— Como vão vocês? — perguntou, não se satisfazendo com o burburinho genérico como resposta.

— Faltam seis alunos, se não me engano. Vocês sabem por quê? Nas outras turmas também houve muitas ausências por uma doença. Mas, segundo o médico do colégio, não há nem uma gripe, tampouco infecções gastrointestinais se alastrando.

— Nem ideia — disse Jerome.

— Mas semana passada você esteve doente, não foi? O que você teve?

Jerome calou-se surpreendido.

— Dor de cabeça — disse, após pensar um pouco.

— Dor de cabeça, muito bem. E a dor já passou?

— Sim, senhor.

— Então peguem seus livros. Espero que vocês tenham lido, como combinamos, o soneto número 18: *"Shall I compare thee to a summer's day..."*.

Eles remexeram em suas mochilas. Nick obviamente havia se esquecido de ler o poema e esperava que o sr. Watson não o chamasse. Uma interpretação relâmpago ele não iria conseguir hoje com sua cabeça já turva.

O grito o arrebatou como um choque elétrico e não só a ele, também a classe inteira: todos estremeceram como se tivessem recebido uma chicotada.

Aisha levou as mãos trêmulas à boca, e o rosto pálido, como se estivesse a ponto de desmaiar.

— O que aconteceu?

Sr. Watson, tão assustado quanto os outros, aproximou-se dela, fazendo-a acordar imediatamente de sua paralisia. Às pressas, ela puxou algo de entre as páginas de seu livro e o amassou dentro de sua mão.

— Não é nada — ela disse rapidamente. — Eu pensei ter visto uma aranha. Mas está tudo bem.

Sua voz vacilante e as lágrimas, que ela rapidamente secou dos cantos dos olhos, denunciavam a mentira.

— Você poderia me mostrar o que tem nas mãos?

Sr. Watson caminhou em direção a Aisha.

Muda, ela balançou a cabeça. E, então, correram livremente abundantes lágrimas por suas bochechas.

— Por favor, Aisha. Eu quero ajudá-la.

— Mas não é nada. Eu só me assustei. Sério.

— Mostre-me.

— Não posso.

Sr. Watson estendeu a mão.

— Ficará só entre nós dois. Prometo.

No entanto, Aisha persistiu em sua negativa.

Sr. Watson mudou sua tática, deixando Aisha em paz e voltando-se para a turma.

— Aisha não quer falar sobre o que a está atormentando, mas talvez algum de vocês pudesse fazer isso. Assim vocês a ajudariam, caso ela esteja obrigada a calar-se por motivos que eu desconheço — olhou atentamente para cada aluno. — Nós somos uma comunidade. Se um de nós está com problema, não podemos ficar indiferentes.

No início ninguém respondeu. A turma estava silenciosa como em poucas vezes. Aisha fungava ruidosamente. Greg lhe ofereceu um lenço de papel, que ela pegou sem olhá-lo.

— Talvez ela só esteja naqueles dias — disse Rashid.

Ouviram-se algumas risadas aqui e ali.

Rashid sorriu.

— Poderia ser.

Sr. Watson fitou-o longa e inexpressivamente, até Rashid abaixar os olhos. De repente Nick entendeu por que algumas das meninas estavam retocavam o batom antes da aula de literatura inglesa.

— Foi tolice da minha parte ter perguntado a vocês — constatou o professor. — Mas, para ser sincero, eu gostaria de dizer a vocês que eu me esforçarei o máximo para descobrir por que Aisha está tão perturbada. Eu espero sinceramente que nenhum de vocês tenha algo a ver com isso.

Ele sentou-se à mesa do professor e abriu seu livro.

— Rashid, por favor, leia o soneto número 18 e nos dê sua interpretação da leitura. Após sua explicação, apenas espero que alguém mais queira falar sobre o soneto.

Após o final da aula, Jamie espreitava Nick na porta da sala.

— Você tem ideia do que é que houve com Aisha?

— Não, por quê? Tenho tão pouca ideia quanto você sobre o que a assustou.

— Não é disso que estou falando. Me refiro a tudo que tem a ver com este assunto. Trata-se do DVD, não acha? Do jogo.

— Sei lá — murmurou Nick, querendo forçar passagem por Jamie, mas este segurou sua manga.

— Mas é que tem algo realmente muito estranho em toda esta situação — disse. — Vamos, Nick. Será que não podemos conversar normalmente? Aisha não é a única que eu vi chorando hoje. Com uma menina da sétima série aconteceu algo parecido. Ela achou alguma coisa na bolsa dela e ficou absolutamente arrasada, e não quis falar nem mostrar a ninguém o que era por nada neste mundo.

— Sim, e daí? — perguntou Nick.

Ele puxou sua manga da mão de Jamie e, apesar disso, permaneceu parado. Colin e Rashid não estavam por perto, e o barulho da sala estava tão alto, que ninguém iria escutá-los.

— Vai me dizer que você acha que a Aisha está dizendo a verdade? — O rosto de Jamie refletia mais divertimento do que espanto. — Uma aranha, sei. Você viu tanto quanto eu: ela escondeu um papelzinho na mão.

— Talvez com uma foto de uma aranha — gracejou Nick, sentindo-se um bobão na mesma hora, e deixou a ideia de lado. — Está bem, eu também vi o papelzinho. Mas não tenho ideia do que há nele. Talvez tenha sido apenas seu namorado terminando com ela por carta.

Jamie sorriu discretamente.

— Sério, pare de se fazer de idiota. Há dez dias as coisas andam muito estranhas. Desde que esse jogo está rolando. Você deve ter ficado sabendo de algo.

— Você tem é mania de perseguição.

Jamie olhou-o pensativo.

— Que pena — disse. — Eu devia ter aceitado sua proposta ontem e pego esse DVD. Aí agora eu teria algo para mostrar ao sr. Watson.

— Bem, azar o seu. Mas sabe, você está com uma ideia bastante errada — disse Nick. *O jogo é mesmo muito mais esperto do que você, Jamie Cox, e ele teria enganado você direitinho.*

Estava cheio na cantina, apesar dos muitos casos de doença. Graças à sua altura e por não estar se sentindo particularmente educado, Nick em cinco minutos conseguiu um prato de salada e uma tigela de um macarrão indefinido. *Mas e agora?* Normalmente ele se sentava ao lado de Jamie ou Colin, mas neste momento isso estava fora de questão.

Ele olhou ao redor e começou a cambalear um pouco junto com sua bandeja ao descobrir Emily em uma mesinha. Ela o cumprimentou acenando e ele quase deixou tudo cair para acenar de volta, mas isso teria sido desperdício. Não era para ele que ela acenava, e sim para Eric, que diretamente foi rumo à sua mesa. Em segundos eles se envolveram profundamente em uma conversa como se a tivessem interrompido ainda agora.

Nick perdeu o apetite. Ele largou sua bandeja no primeiro lugar livre que encontrou e fitou a comida. *A gororoba do refeitório*. Ele devia era tacar aquilo na cabeça do Eric.

— Este lugar aqui está livre?

O universo odiava Nick Dunmore, estava claro. Sorrindo com afetação, Brynne colocou sua tigela de salada sobre a mesa e um copo de água ao seu lado.

— Hum, espaguete! — falou, como se nunca tivesse visto algo do tipo. — Bom apetite!

Agora a comida não estava tão ruim. Nick podia encher sua boca com ela e assim se poupar de responder às perguntas tontas de Brynne.

— Que confusão que Aisha aprontou! Você conseguiu ver o que ela tinha na mão?

Nick negou com a cabeça e enrolou mais macarrão em seu garfo. O molho branco no qual ele nadava tinha um remoto sabor de champignon.

— Eu também não estou nem aí. Mas eu, pelo menos, não me comportaria daquele jeito.

Ela esperou um consentimento, mas Nick estava concentrado em sua salada banhada em vinagre.

Por que ele não podia ser que nem Colin? Ele teria simplesmente falado "Quer saber, minha chapa, por que não cai fora?" e ficado em paz. Mas Nick ficaria horrorizado com a expressão magoada que ele veria no rosto de Brynne e também com seu próprio remorso.

— Oiê! Tem alguém aí?

A mão de Brynne fazia movimentos de limpador de para-brisa diante de seus olhos.

— Sim, desculpe. O que você disse?

Eu sou um covarde asqueroso.

— Eu fiz uma pergunta — disse, enfatizando sua última palavra.

— Ah, perdão, eu estou meio cansado. O que você quer saber?

— Se há algo que você tenha que me dizer.

Como é? Que ele tivesse que dizer algo a ela?

— Você está dizendo que eu deveria agradecer? Por aquele negócio? Tudo bem, obrigado. Satisfeita?

O sorriso de Brynne se desfez. Ela jogou seu cabelo para trás e contraiu os lábios.

O que foi agora? Ele havia sido educado com ela!

— Eu andei me perguntando o que está havendo entre você e Jamie — começou Brynne após alguns segundos em silêncio.

— O que é que deveria estar havendo? Absolutamente nada.

Ela lançou um olhar de cumplicidade.

— Uma ova. Vocês andaram se estranhando por causa do... você sabe... por causa daquela *coisa*. Não foi?

Nick não respondeu, o que Brynne tomou como um consentimento.

— Não ligue, não. Você tem um monte de amigos, você não precisa dele. Ele não está mesmo entre as pessoas mais legais aqui, digamos. Você viu os sapatos que ele está calçando hoje?

Ela deu risadinhas com toda seriedade. Ela o estava alugando — também com toda seriedade — para falar do mau estilo de seu melhor amigo. Ele jogou o garfo no macarrão insosso e puxou a cadeira.

— Acho que já estou satisfeito. E da próxima vez que você estiver a fim de falar mal de Jamie, procure outra pessoa.

— Ei, não é para tanto...

Ele não ouviu o resto, já estava indo para o lado de fora, mas teve ainda que passar por Emily, que sequer o notou. Com o queixo apoiado nas mãos e a cabeça levemente inclinada, ela escutava Eric, que falava como se tivessem lhe dado corda.

"Para casa", pensou Nick. *Surrar os adversários até o disco rígido queimar.*

O problema era que, após o almoço, duas aulas ainda o esperavam. Ele poderia escapulir. Ele ficava tonto só em pensar no progresso que as pessoas que faltaram hoje estariam fazendo.

Mas se ele aguentasse hoje até o final, talvez pudesse dar-se o luxo de uma pseudodoença amanhã. *Não, droga,* amanhã ele teria que entregar o trabalho de química. *Amanhã!*

Bem, pelo menos hoje já estava claro como passaria seu descanso do almoço. Ele pegou sua mochila e procurou na biblioteca um lugar calmo junto à janela.

Ele pegou dois livros na estante e começou a copiá-los, ainda que alterando as palavras das frases o máximo possível. *Veja só! Até que não está nada mal.* Meia página já estava pronta. Havia ainda um gráfico que poderia colocar ali junto e que daria ao trabalho um aspecto mais profissional.

Ele copiou, continuou escrevendo, e completou duas páginas. Elas com certeza não estavam boas, mas elas *existiam*. Satisfeito, Nick olhou para o pátio da escola molhado de chuva como se existisse a chance de encontrar ali inspiração para mais duas páginas. Mas tudo que viu foi Dan, que na verdade havia faltado hoje. Mas agora estava lá embaixo, sozinho. *Por que a irmã tricoteira não está em seu computador?*

Nick observou Dan abaixando-se atrás da cerca viva que separava o estacionamento do pátio. Ele segurava algo na mão. Um binóculo? Não, era uma câmera fotográfica.

Nick franziu os olhos para enxergar melhor. Dan estava fotografando alguma coisa que se encontrava no estacionamento. Infelizmente Nick não conseguia reconhecer o que era: a ala direita do prédio da escola estava no caminho.

Pouco tempo depois, Dan baixou a câmera e olhou ao redor. Foi vagueando até o meio do pátio, observando as janelas das salas ao nível do chão. Ele parou em uma das janelas e bateu mais algumas fotos antes de entrar na escola e desaparecer do campo de visão de Nick.

Nick teve vontade de dar um salto e sair correndo escada abaixo para surpreender Dan e perguntá-lo o que ele estava fazendo ali. O problema é que Dan não iria dizer a verdade.

Não seria problema tirar-lhe a câmera e dar uma olhada nas últimas fotos. Não, isso ele não iria fazer. Não.

Em vez disso, Nick voltou à página na qual estava prestes a continuar o trabalho.

Na página da esquerda escreveu DAN e em seguida desenhou um sinal de igual. Quinze minutos depois já tinha anotado um monte de equações. Não estavam exatamente relacionadas à matéria atual de matemática, mas sem dúvida eram bem mais interessantes.

> DAN = Sapujapu? Não, ele é muito legal. Drizzel? Possível. Talvez até Blackspell.
> ALEX = nem ideia. Um lagarto, talvez? Gagnar? Ou um elfo negro: Vulcanos? Pode ser qualquer um. Tudo pode ser.
> COLIN = Lelant. Mas ele hoje estava muito feliz. Sente-se invulnerável. Mas quem vai saber o que aconteceu de madrugada? Pode ser então BloodWork? Ou Nurax?
> HELEN = Aurora? Então ela está morta. Tyrania? Seria possível. Arwen's Child? Aí eu vou morrer de rir.
> JEROME = LordNick? Mas por quê?
> BRYNNE = Feniel, provavelmente, por ser uma chata antipática. Ou Arwen's Child. Ou Tyrania.
> AISHA = provavelmente morta e por isso está tão arrasada. Aurora?
> RASHID = Drizzel? BloodWork? Blackspell? Xohoo?

Irritado, Nick jogou o lápis sobre a mesa. Todas essas suposições deviam possuir uma interrogação. Não era possível relacionar inequivocadamente nenhum personagem. Também era possível que ele não tivesse encontrado Colin nem uma única vez durante o jogo, assim como muitas pessoas que jaziam no cemitério, ou como os membros do Círculo Interno. Por exemplo, quem eram Beroxar e Wyrdana?

Não, não fazia sentido. Ele devia parar de quebrar a cabeça com aquilo. Era melhor estudar mais um pouco agora e mais tarde, com a consciência tranquila, mergulhar novamente no Erebos.

Nick pegou outra folha de papel e continuou escrevendo sem entender completamente do que se tratava. Já tinha três páginas e meia prontas quando bateu o sinal da aula. Não estava nada mal, o resto ele iria fazer hoje de noite e depois digitar tudo rápido no computador. *Vai dar certo. De alguma forma.*

A cada dia que passa minha realidade vale menos. Ela é intensa e desordenada, imprevisível e penosa.

O que é que ela pode fazer, a realidade? Tornar-nos famintos, sedentos, insatisfeitos. Ela causa dor, transmite doenças, obedece a leis ridículas. Porém, principalmente, ela é finita. Sempre leva à morte.

O que conta e tem força são outras coisas: ideias, paixões, até mesmo loucura. Tudo que se subleva contra a razão.

Eu tiro da realidade a minha aprovação. Eu lhe nego minha cooperação. Eu me devoto às tentações do escapismo e me lanço com todo meu coração à perpetuidade do irreal.

14

— Eu já o esperava.

O Mensageiro está sentado em uma cadeira no quarto da taverna quando Sarius chega no final da tarde. O sol está baixando e lança raios cor de mel através dos vidros das janelas.

— Estão dizendo que o dia foi interessante. Fale-me a respeito, Sarius. Houve algo anormal?

Um "não" o Mensageiro não iria aceitar como resposta, isso estava claro.

— Uma menina chamada Aisha teve algo como um ataque de nervos.

— Você sabe por quê?

— Não exatamente. Ela achou alguma coisa em seu livro de literatura inglesa e se assustou. Não consegui ver o que era.

A resposta pareceu satisfazer o Mensageiro.

— E o que mais houve?

Bem, o quê?

— Eu vi Dan Smythe tirando fotos furtivamente. De algo no estacionamento.

— Muito bem. E o que mais?

Sarius pensa. *O que mais deve contar?*

— Conte sobre Eric Wu. Ou Jamie Cox — o Mensageiro o ajuda. "Ele já sabe de tudo", compreende Sarius. "E está me testando."

— Eles conversaram um com o outro.

— Sobre o quê?

— Não faço ideia.

— Que pena.

Com um ágil movimento, o Mensageiro levanta-se de sua cadeira. Na minúscula saleta ele aparenta ter uma altura sobre-humana. Junto à porta, ele se vira mais uma vez como se tivesse acabado de lembrar-se de algo.

— Estou preocupado — diz. — Erebos tem inimigos e eles estão ficando mais fortes. Alguns deles você conhece, não?

Os pensamentos revolvem-se na cabeça de Sarius. Ele não falará de Emily e Jamie. *De maneira alguma. Talvez sobre Eric?* Não, melhor não. Mas ele deve falar algo, e rápido, pois o Mensageiro parece impaciente.

— Acho que o sr. Watson desaprova o Erebos. Apesar de ele com certeza não saber muito a respeito, mas ele está tentando perguntar às pessoas.

— Uma informação valiosa. Obrigado.

O sorriso do Mensageiro é quase caloroso.

— Agora se apresse. Quem me trouxer uma pena do falcão dourado será generosamente recompensado.

— Que falcão dourado? — Sarius quer saber, mas o Mensageiro lhe virou as costas e deixa a sala sem mais palavras.

Sarius se informa. Na padaria ele descobre que deve ir para o sul e tomar cuidado com as ovelhas. "O primeiro erro neste mundo", pensa Sarius. "Ovelhas!"

Uma mendiga a quem ele dá uma moeda de ouro lhe revela que ele deve procurar um arbusto cor-de-rosa. A busca demandou muito tempo e esforço. Porém, depois de pouco mais de uma hora, Sarius reúne informações para seguir o caminho correto. Pelo menos assim esperava. Imediatamente ele é interrompido, e como sempre, é o mundo externo que o incomoda.

Seu celular.

Jamie.

Sarius ignora. Ele tem coisas a fazer, precisa sair da cidade. Sarius espera que sua espada seja robusta o bastante para conter um falcão dourado.

Depois de mais uma hora ele já está mais bem orientado. Caminhou na direção que o guardião do portão lhe mostrou no muro da cidade. *Para o sul.* Ele anda, anda e não encontra nem ovelhas, tampouco um falcão dourado. Pelo contrário: é o falcão dourado que o encontra.

De surpresa e sem qualquer aviso, um enorme pássaro reluzente como ouro irrompe do céu com a luminosidade de um meteoro. Sarius se protege, mas não tem chance. Ele está em campo aberto e o falcão pega-o com suas garras, sobe um pouco com ele no ar e o deixa cair. A maior parte de seu cinto fica cinza, e em seguida preta.

É preciso sair arrastando-se dali, rápido, antes que seja tarde demais. Os gritos estridentes da ave e o zumbido torturante causado por seus ferimentos se multiplicam. Sarius morde os lábios. Ainda tem a poção, apenas precisa chegar à sua bolsa antes que o falcão o agarre pela segunda vez.

Mas seu adversário não lhe dá tempo, voou até o céu como um dragão resplandecente e já se prepara para um novo mergulho. Sarius saca sua espada enquanto vê o falcão caindo em sua direção, claro e brilhante. Sarius não resistiria a mais um ferimento.

O impacto é severo e metálico, o som de ferimento torna-se insuportável, mas pelo menos continua lá; isso é bom, isso significa vida. Mas o falcão já se prepara para o terceiro ataque, que será o último. Bastaria uma mordida de mosquito para matar Sarius em sua condição atual.

Não, por favor, por favor, não. Às pressas ele abre sua bolsa; tinha que encontrar a poção, pois a ave voltava a atacar. Talvez ainda houvesse tempo, se se apressasse...

Mas a poção demora a fazer efeito. Pouco a pouco sua cor volta, o barulho torna-se mais baixo, muito lentamente. Enquanto isso, o falcão já ganhou altura suficiente e coloca-se em posição de ataque. Apesar de ser inútil, Sarius tenta arrastar-se até a árvore mais próxima enquanto o falcão irrompe sobre ele, ocupando uma parte cada vez maior de seu campo de visão.

— Eu devo detê-lo?

O Mensageiro. Surgido do nada, como sempre.

— Sim, por favor, rápido!

É surpreendente, Sarius sobrevive e sabe que no Mensageiro pode confiar.

— Mas você terá que fazer algo por mim.

— Claro. Com prazer.

Sarius concordou, mas por que o Mensageiro não afugenta a criatura? O falcão vem caindo em sua direção e está bastante rápido...

— Você promete?

— Sim! Sim! Sim!

Com um rápido movimento, o Mensageiro levanta o braço e o falcão executa uma virada brusca para a esquerda, batendo várias vezes as asas, e voa para o alto, afastando-se cada vez mais de Sarius.

— Então venha comigo.

A poção já começa a fazer efeito. O cinto de Sarius está recuperado quase por completo e o barulho é pouco mais que um murmúrio. O Mensageiro o leva até uma árvore próxima e eles se colocam sob sua sombra.

— Quanto mais você ascende de nível, mais complexas ficam as tarefas que eu lhe imponho. Isso é plausível, não?

— Sim.

— Desta vez é uma tarefa que Nick Dunmore terá que cumprir. Se ele fizer bem, você virará um 7. Com isso você já faria parte da elite.

— Ótimo.

— Esta é a tarefa: Nick Dunmore deverá convidar Brynne Farnham para sair. Ele deverá garantir que ela se sinta bem e que tenha uma bela noite. Deverá fazê-la acreditar que ele gosta dela.

Brynne? Mas como assim? O que isso tem a ver com o Erebos? Sarius hesita para responder. Não entende o propósito da tarefa e a ideia lhe causa aversão. *Todo mundo ficaria sabendo. Emily ficaria sabendo, sem dúvidas, pois Brynne iria espalhar a notícia...*

— E então? Por que você não responde?

— Acho que não estou entendendo isso direito. Por que Brynne? Qual o objetivo disso?

É como se uma nuvem tivesse se colocado diante do sol. O mundo se tornou cinza.

— Você não está negociando de maneira inteligente, Sarius. Eu odeio a curiosidade.

— Certo, tudo bem — apressa-se a dizer Sarius. — Eu farei. Combinado.

— Não volte antes que sua tarefa esteja cumprida.

Como da última vez ao espantar o falcão, o Mensageiro levanta a mão e a escuridão põe-se no horizonte.

Brynne! Nick esfregou o rosto com as duas mãos e resmungou. *Por que não poderia ser pelo menos Michelle? Ou Gloria? Alguma das meninas legais, discretas. Não, teria que lidar com Brynne e seu modo afetado.*

Se ele fizesse o que lhe estava sendo pedido, jamais se livraria dela, isso era óbvio. Além disso, Brynne iria fazer fofoca, como de costume, e Emily iria se afastar dele. Apesar de que, para isso, ela teria que primeiro se aproximar dele.

Confuso, Nick fitava a tela escura do computador. O que poderia ganhar o Mensageiro ao impor-lhe uma tarefa tão sem sentido e incômoda? Ele queria penalizá-lo? Ou apenas testar sua obediência?

Ele teve que aceitar. *Que tipo de encontro deveria ser? Sentar em um café e conversar sobre amenidades? Comer hambúrgueres no McDonald's? Um passeio pelo Tâmisa, incluindo mãozinhas dadas? Ah, não, Deus me livre.* Tampouco iria ao cinema, onde lhe estariam excluídas todas as possibilidades de fuga e ele desmaiaria com a nuvem de perfume de Brynne.

Certo: café com amenidades. Lá haveria pelo menos uma mesa entre os dois. Ele a deixaria tagarelando, acenaria com a cabeça e talvez até desse um sorriso. *Para que ela se sinta bem e passe uma bela noite.*

Para isso, um nível como recompensa era muito pouco, pensou Nick. Ele pegou seu celular e constatou espantado que ele realmente tinha o telefone de Brynne armazenado. Ele clicou em "ligar", mas desligou enquanto a ligação era estabelecida. Não tinha vontade de falar com ela. Amanhã ainda daria tempo. Por que deveria estragar a noite de hoje?

E se, em vez disso, ligasse para Jamie? Exato, para ele aporrinhá-lo com suas teorias sobre o Erebos.

Não.

A única coisa que realmente queria fazer era jogar, e isso ele podia esquecer por hoje, de novo.

Nick pegou seu iPod, colocou os fones de ouvido e pensou em Emily. *Um encontro com ela, isso sim seria uma tarefa.*

A questão com Brynne bloqueava os pensamentos de Nick de tal maneira, que o trabalho de química ficou totalmente em segundo plano. Só depois do jantar Nick lembrou que teria que entregá-lo amanhã. Sentou-se ao computador, digitou as páginas escritas à mão, procurou na internet as informações que faltavam e conseguiu algumas fotos, que anexou no final. Depois imprimiu tudo e esperou, contra a própria razão, que a sra. Ganter avaliasse sua embromação com um A. Ele detestava química.

E Brynne, não se pode esquecer. Ele a odiava também.

No dia seguinte à aula de química, ele esperou por ela, tomando cuidado para que Emily não estivesse à vista.

— Oi — disse ele. Seu rosto inteiro doía por causa do sorriso falso. — Eu queria lhe perguntar uma coisa.

Os olhos de Brynne eram dois grandes faróis azuis cheios de expectativa.

— Sim? — falou baixinho.

— O que você acha de nós dois hoje depois da escola... nos encontrarmos? A gente poderia, por exemplo, ir tomar um café.

— Ah. Sim, claro. Que incrível.

Nick teve a impressão de que as duas últimas palavras ela havia dito mais para si mesma do que para ele.

— Por exemplo, ir ao Café Bianco. A gente poderia ir para lá logo depois da escola — sugeriu Nick.

— Bem, na verdade eu preferia ir antes para casa me trocar e tal.

Ah, inferno. Ela iria ficar se pintando por duas horas e se apertando na saia mais curta e justa que encontrasse.

— Sabe, Brynne — disse, sorrindo de orelha a orelha —, acho que você não precisa mesmo disso. Vamos direto. Se eu for para casa — ele virou os olhos — pode ser que eu caia na cama de cansaço. Não tenho dormido muito nos últimos dias.

Será que isso colou como desculpa? Com certeza não.
Ela deu uma risadinha e piscou com cumplicidade.
— E você acha que eu sim? Dormir é uma palavra que eu não conheço mais.

Eles combinaram de se encontrar na estação do metrô após a aula de artes. Nick esperava que ninguém os visse no tumulto.

Três minutos depois ele viu Brynne gesticulando muito e falando com Gloria e Sarah antes do tempo de física. Sobre o que se tratava seria óbvio mesmo se ela não tivesse ficado olhando para ele sem parar.

Mais tarde, Nick sentava-se sozinho no canto de trás do refeitório e engolia sem muito apetite um sanduíche de atum quando Jamie veio em sua direção. Ainda não haviam se falado e, Nick podia admitir, ele era o principal culpado disso. O trabalho de química e a saída com Brynne lhe haviam caído tão mal no estômago que não estava particularmente animado para uma discussão com Jamie.

Mas quem é que disse que haveria discussão? Eles eram velhos amigos e, só por não concordarem com alguma coisa, não precisavam arruinar sua amizade. *Certo, isso vou esclarecer agora.*

Jamie estava pálido e parecia sério.
— Pena você não ter ligado de volta ontem — disse.
— Eu estava cheio de coisas para fazer.
— Sim, claro.
— E então... novidades? — Nick tentou levar a conversa a um terreno seguro. — Já falou com Darleen? Era o que você estava planejando.
— Não. Nick, eu queria lhe mostrar algo.

Mostrar? Isso era bom. Não soava como se Jamie fosse novamente dissuadi-lo do jogo.

— Certo, o quê?

Do bolso de sua calça, Jamie tirou um pedaço de papel dobrado duas vezes e colocou na mão de Nick.

— Eu achei isso ontem preso no bagageiro da minha bicicleta.

Nick desdobrou o papel e acreditou, em um primeiro momento, estar tendo um déjà-vu. No bilhete estava desenhada uma lápide, não com muito capricho, mas reconhecível. O epitáfio era:

Jamie Gordon Cox
morto por curiosidade e interferência indesejada.
Descanse em paz.

Junto às letras, o autor havia desenhado rastros de sangue, gotas grandes que escorriam pela lápide.

— Piada meio idiota — disse Nick. — Você não tem ideia de quem fez isso?

— Não. Acho que você é que está mais familiarizado com essa turma.

Ele não iria se deixar provocar pela alfinetada de Jamie.

— Eu não conheço essa letra, não posso sequer dizer se é de uma garota ou de um...

— Isso é uma ameaça, está entendendo? — interrompeu Jamie. — Uma ameaça de morte e bastante clara, aliás. Eu não devo interferir e devo manter o nariz fora do jogo de vocês, senão... — ele fez um gesto como que cortando a própria cabeça.

— Você não está levando isso a sério, ou está? — perguntou Nick. — Isso é uma brincadeira de mau gosto! Quem é que iria matar você?

Jamie deu de ombros. Ele parecia mesmo aborrecido.

— Quem me garante que isso não tem algo a ver... bem, você sabe com o quê? Não tem como você ter certeza.

Infelizmente o próprio Nick não tinha certeza. A obra de arte duvidosa seguramente foi feita por alguém que fizera um passeio noturno pelo cemitério do Erebos.

— Eu não sou idiota — esbravejou Jamie. — Do que mais isso poderia se tratar? O que você acha, o que eles querem dizer com "interferência indesejada"? Que eu fui reclamar na cozinha da escola da falta de sal na água do macarrão?

— Certo, mas você não vai levar isso a sério, não é? Isso é bobeira, nada além disso! Alguém está querendo assustá-lo e você realmente se deixa amedrontar. Isso é desnecessário, sério.

Jamie o observou por algum tempo antes de voltar a falar.

— O que é que houve com Aisha? Por que ela gritou no outro dia? E a menina da sétima série, Zoe? O que houve com ela?

— Sei lá. Pergunte a elas.

Jamie sorriu com amargura.

— Foi exatamente o que eu fiz. Falei com as duas e perguntei o que as tinha assustado tanto. E adivinhe: elas não disseram nada. Ficaram mudas como portas.

— Talvez por elas já terem entendido que alguém estava querendo fazer um brincadeira imbecil.

— Não. Elas estão com medo. Ontem eu encontrei duas pessoas que foram eliminadas do jogo. Elas não querem falar sobre o assunto, nem mesmo agora. Mas eu acho que uma delas está pensando a respeito. Talvez ela vá falar com o sr. Watson, pelo menos foi o que eu lhe sugeri.

"Não me fale sobre isso", pensou Nick. "Por favor, fique em silêncio. O que eu vou fazer se o Mensageiro me perguntar sobre você?"

Olhou ao seu redor com agitação. Será que alguém os escutava? Não, as mesas mais próximas estavam desocupadas e as pessoas sentadas mais longe dali estavam todas concentradas em suas próprias conversas.

— Está vendo? Você também está com mania de perseguição! — gritou Jamie. — Por quê? Explique!

— Fale baixo! — cochichou Nick involuntariamente. — Eu não tenho nenhuma mania de perseguição. Você simplesmente não entende. É tudo muito complexo e empolgante, mas é possível arruinar tudo com facilidade e isso seria uma pena. Talvez por isso algumas pessoas estejam reagindo de maneira exagerada quando alguém quer acabar com a diversão delas.

— Diversão? — sussurrou Jamie, segurando o desenho diante do nariz de Nick. — Isso... é diversão?

Ele dobrou novamente o papel e colocou-o no bolso da calça.

— Eu vou dar isso ao sr. Watson. Ele anda muito preocupado desde o incidente com Aisha, já falou com alguns alunos e logo entrará em contato com os pais. Talvez esse borrão aqui o ajude em algo. Talvez ele reconheça a letra.

— Não seja assim tão exagerado!

Por que Jamie não entendia que era tudo um jogo? Justamente por ele toda hora remeter à realidade é que era tão fascinante, mas não é por isso que algum dos jogadores chegaria perto de tocar em um fio de cabelo seu.

— Eu gostaria de saber se posso contar com você se o pior acontecer — disse Jamie. — Ainda somos amigos?

— Claro que somos. Mas esse pânico por causa de um ou dois idiotas que escrevem cartas pseudoameaçadoras é realmente ridículo. Pode acreditar em mim. Se você der esse papelzinho ao sr. Watson, ele fará uma tempestade em copo d'água e só haverá aborrecimento.

Jamie colocou a mão no bolso.

— Se o aborrecimento atingir as pessoas certas, tudo bem — disse e se levantou.

Antes de ir, ele se inclinou em direção a Nick.

— Você não prefere sair disso? Pare com o jogo. Não está saindo nada de bom daí, isso eu posso pressentir.

Nick balançou a cabeça.

— Você está fazendo muito mais drama do que o necessário por causa... disso. Eu me divirto com ele, é uma aventura, sabe?

— Você não pode nem mesmo dizer abertamente que é um jogo.

Nick o fitou furioso, mas sem palavras. *O que Jamie sabia das regras? Ser discreto era parte importante do jogo! Se ele tivesse aceitado o Erebos e pelo menos dado uma olhada, ele estaria empolgado como todos os outros!*

— Emily também ficaria contente se você largasse isso. Ela que disse.

— Emily deveria continuar cuidando do Eric — disparou Nick — em vez de se meter nos meus assuntos.

Jamie suspirou.

— Droga, Nick — disse ele, virou-se e foi embora.

15

Apenas três mesas estavam ocupadas no Café Bianco, e entre os rostos não havia nenhum conhecido. Nick respirou aliviado. A viagem dos dois de metrô já havia sido cansativa, pois Brynne tinha falado pelos cotovelos. Agora os dois iriam tomar algo juntos, Nick iria pagar a Coca-Cola de Brynne e depois correria para casa. Para realizar a próxima missão como um 7.

— ... estava com os nervos à flor da pele. Acho que ela saiu meio depenada da última luta.

De quem ela estava falando? Nick perguntou e recebeu um olhar fulminante.

— Você não está me ouvindo? Zoe, a gorda da sétima série. Com certeza estava chorando, porque ficou com o rosto todo encatarrado — Brynne fez cara de nojo. — Então Colin cochichou algo em seu ouvido e ela se tranquilizou.

Ultimamente Colin parecia meter seu nariz em tudo.

Uma garçonete com três *piercings* nos lábios anotou seus pedidos. Para surpresa de Nick, Brynne pediu uma cerveja.

— Eu adoro cerveja, você não? — declarou ela.

— Hmm — disse Nick, olhando para o lado.

Quanto tempo mais teria que ficar sentado aqui para que o Mensageiro considerasse aquilo como um verdadeiro encontro? Os cinco minutos que ele já havia cumprido provavelmente eram muito pouco. Droga.

— Colin é um cara realmente legal — disse Brynne, de maneira forçadamente pensativa. — Quase tão legal quanto você, Nick.

Um suspiro de agonia escapuliu e Nick tentou imediatamente compensá-lo com um largo sorriso. Ela deveria *sentir-se bem*, esse era o trato. Mas talvez Brynne também se sentisse bem caminhando sobre gelo fino.

Ele verificou mais uma vez se não havia entre os clientes um rosto conhecido. *Não*. Então era válido tentar.

— Eu gostaria de saber — disse lentamente — com qual nome Colin joga. Você tem ideia?

— Ah, Nick — disse Brynne, colocando uma mão quente e úmida sobre seu braço. — Eu não sou tola o bastante para isso.

— Como assim?

— Não violo as regras. Eles sempre descobrem e aí a coisa fica feia. Você já sabe disso.

Nick resistiu ao impulso de puxar seu braço de volta.

— Mas aqui ninguém está nos ouvindo.

— Nunca se sabe.

As bebidas chegaram e Nick pôde retirar seu braço do alcance de Brynne sem chamar atenção.

— O que você quer dizer com "a coisa fica feia"? A pessoa é eliminada. Óbvio que isso é uma droga, mas...

— Você já esteve lá quando eles pegam um traidor? — Brynne o interrompeu. — Eu já. Eles o apanharam e... o executaram. Isso acontece com todos que lutam ao lado de Hortulano.

Ela bebericou sua cerveja sem tirar os olhos dele. Nick fixou o olhar no fundo escuro de seu copo de Coca-Cola.

— Você sabe quem é Hortulano? — ele perguntou. — Sobre isso nós podemos falar, não?

— Você está vendo algum fogo por aí?

Aparentemente ela estava completamente louca.

— Fogo? Do que você está falando?

Em vez de uma resposta, Brynne puxou um papelzinho amassado de sua bolsa.

— Eu quase sempre estou com o regulamento, veja, aqui diz: "Você pode falar com os jogadores junto às fogueiras, quando estiver jogando."

Ela pegou um isqueiro, e fez a pequena chama surgir.

— Agora a gente só precisa jogar — cochichou e passou os dedos sobre o dorso da mão dele. A sensação era agradável, contanto que Nick esquecesse que ela estava sendo causada por Brynne. Ele fechou os olhos.

— Eu imagino que Hortulano seja um mágico — revelou Brynne em seu ouvido. — Ou um dragão de três cabeças. De qualquer maneira ele é muito forte. Os jogadores do Círculo Interno recebem uma formação especial para terem uma chance contra ele.

Se não fosse pelo perfume de Brynne, Nick poderia ter imaginado que era Emily quem o acariciava. A ideia doeu na hora, pois ele tinha a imagem de Emily acompanhada por Eric por todos os lados. Nick abriu os olhos. O isqueiro ainda queimava e Brynne o observava cheia de expectativa.

Não, eu não vou beijá-la.

— Bem, vamos esperar pela surpresa — disse alto e pegou seu copo.

Por um momento Brynne pareceu insegura, mas prosseguiu imediatamente.

— O que houve com Jamie? Hoje ele estava com uma cara... bem, seu rosto não é nenhuma visão agradável, mas hoje... — ela olhou para Nick com malícia. — Ele te disse qual o problema dele?

— Não.

— Ah. Eu pensei que vocês fossem bastante próximos. Não é bem assim, é? Acho bom. Ele é realmente irritante.

"Brynne tem que se sentir bem", repetia Nick. "Sentir-se bem, a idiota."

— Jogador ele também não é. Você viu como ele anda com Eric o tempo todo? Colin sempre o chama de Sushi, e eu já lhe expliquei que *sushi* na verdade é uma palavra japonesa, mas ele acha isso engraçadíssimo mesmo assim. Dizem que agora Eric está namorando Emily, aquela chata. Sério, Colin diz que também nunca viu uma mosca morta como ela. Nunca abre a boca e está sempre com uma cara como se o seu bichinho de estimação tivesse acabado de morrer. — Brynne gargalhou.

Sentir-se bem, ela deve sentir-se bem.

— Na verdade é questão de gosto quem a gente considera chata — disse ele, forçando um sorriso em seu rosto. — Colin e eu temos tipos bem diferentes de garotas.

Desta vez Brynne lhe devia uma resposta. Nick presumia que a ficha de Brynne havia caído, mas não podia se preocupar com isso agora. Era difícil para ele engolir a informação de que Eric e Emily poderiam estar namorando. *Será mesmo? Se sim, como Brynne sabia?* Que péssimo ele não poder perguntar a ela. Que péssimo ele ter tentado atraí-la para o Erebos. Era de arrancar os cabelos, aquilo.

— E se nós estivermos perdendo algo importante? — ele murmurou quando o silêncio começou a ficar desagradável.

— Sempre há algo importante — disse Brynne. — Não importa, esteja você entrando ou saindo, sempre perde alguma coisa. Isso me deixa nervosa também. Espero que não estejam divulgando agora a data para a próxima luta na arena.

— Você esteva lá na última vez?

Brynne franziu os lábios.

— Será que você não está querendo me enganar e me caguetar depois? Você sabe como são as regras. Se eu disser que estive lá, que lutei duas vezes e ganhei um nível, não seria nada difícil descobrir quem eu sou. Ou quem eu não sou. O Mensageiro me explicou isso. Ele não acha a menor graça nisso.

— Está bem, já entendi.

— Está feliz por eu ter dado o Erebos a você? — pergunta, sem olhar para ele.

— Claro, com certeza. É incrível.

Com exagerada lentidão, Brynne colocou uma mecha de cabelo atrás da orelha.

— Você não o acha sinistro às vezes?

Terrivelmente sinistro.

— Mais ou menos. Acho que é para ser assim mesmo.

— Sim — ela girou o copo entre as mãos, primeiro para a direita, depois para a esquerda e novamente para a direta. — Eu só queria poder entender como ele consegue ler meus pensamentos.

"Ler os pensamentos, isso foi exagero", pensou Nick ao voltar para casa no metrô. Brynne havia saltado na estação anterior, não sem antes abraçá-lo e dar-lhe um beijo quase na boca.

O jogo não pode ler meus pensamentos. Pelo menos não todos. Excluindo-se o fato inexplicável de ter sido presenteado com uma camisa do Hell Froze Over por seus serviços leais. E o jogo havia falado com ele sobre Emily sem que Nick jamais a tivesse mencionado antes.

As portas do trem se abriram deslizando para os lados com um chiado e Nick desceu. Do lado de fora já anoitecia; *tomara que haja algo em casa para comer.* Não esperaria muito pela comida de qualquer maneira, já negligenciara o Erebos por tempo demais.

— Um 7, Sarius. Você cumpriu sua missão. Eis sua recompensa.

O Mensageiro aponta um dedo ossudo para um canto da escura sala abobadada onde eles se encontravam. Ela lembra o porão da taverna Ao Último Corte, mas é mais estreita e parece que há anos ninguém pisa ali. Teias de aranha pendem entre os arcos, e nos cantos cresce um mofo esverdeado.

No local indicado pelo Mensageiro, Sarius encontra uma nova espada e botas de cano alto com biqueiras de metal. A espada possui um brilho dourado; Sarius quase tem a impressão de que um feixe de luz sai dela.

— Obrigado.

— Eu que agradeço. Há novidades que você gostaria de relatar?

Sarius hesita. Sobre os planos de Jamie com o sr. Watson ele não falará nada, de maneira alguma. A carta ameaçadora com a lápide deveria ser mencionada? *Melhor não.* Ele vasculha algo em sua memória que tanto Jamie quanto Brynne lhe haviam contado.

— Dizem que uma menina chamada Zoe teve um ataque de nervos um dia desses. Não fiquei sabendo de muitos detalhes.

— A mim interessaria mais o que Eric Wu anda fazendo — diz o Mensageiro. — Eu ficaria contente se você pudesse prestar mais atenção às ações dele. Segundo o que chegou até mim, ele não nos é favorável. Agora vá.

Com sentimentos confusos, Sarius toma o caminho da saída, que passa por um corredor tubular e conduz ao lado externo do porão. Ele não tem a mínima vontade de observar Eric grudado em Emily. Mais essa agora? Ele saiu com Brynne e isso já era ruim o suficiente.

O corredor escuro se torna mais largo e termina em uma parede iluminada por tochas onde se encontra um portão aberto que conduz ao ar livre.

"Finalmente", pensa Sarius, e detém-se no mesmo instante, como se estivesse enraizado ao chão.

A parede! Ele recua alguns passos para se assegurar. Não, não é um erro.

Alguém pintou uma imagem na parede que ocupa quase toda a superfície. Quase lembra uma pintura antiga, dessas que se encontram em igrejas: um afresco. A imagem exibe duas pessoas sentadas a uma mesa com as cabeças muito próximas. A menina está com um isqueiro aceso em uma mão, a outra pousa sobre o braço do menino sentado em frente a ela. Ele é bem alto e seu longo cabelo escuro está preso em uma trança que cai sobre suas costas...

"Alguém deve ter tirado uma foto. Só assim seria possível", pensa Sarius. "E estamos parecendo dois namorados."

Ele se vira e sai tropeçando porta afora. Sente-se estranhamente despido e ameaçado. Aquilo é só uma imagem. Mas algo nele teme que essa imagem em tamanho real possa um dia ser exibida no muro de sua escola.

— LordNick encontrou um cristal de desejos.
— Legal! E disse o que fará com ele?
— Claro que não. Ele não é tolo.

O grupo sentado ao redor do fogo consiste quase que apenas de rostos conhecidos: Drizzel, Feniel, Blackspell, Sapujapu, Nurax e, como convidado de honra e a alguma distância dos demais, BloodWork. Uma imensa argola, vermelha como rubi, balança ostentosamente em um colar que pende de seu pescoço e o identifica como membro do Círculo Interno.

O crepúsculo se estende com suas faixas vermelhas e azuis sobre o horizonte; em pouco tempo escureceria. Sarius senta-se com os outros junto ao fogo e percebe dois jogadores novos. Sharol é uma elfo negra de nível 1, e Bracco um homem lagarto de nível 2. Eles se mantêm em segundo plano enquanto Drizzel e Blackspell conduzem sua conversa vampírica.

— Eu bem que estou precisando de um cristal de desejos. Os dois últimos que encontrei valiam ouro — diz Blackspell.

— Cale a boca — BloodWork o interrompe. — Temos iniciantes aqui que precisarão aprender por si próprios, e seu papo furado só irá confundi-los. Entendido?

— Claro. Mas desde quando você é tão cuidadoso, Blood?

— Não interessa — diz o bárbaro gigante.

Ele está usando um novo elmo que cobre seu rosto até o nariz e cujas frestas dos olhos lhe conferem uma aparência mais demoníaca que nunca.

— Apenas faça o que estou dizendo. Andam falando demais por aí. O Mensageiro não está satisfeito.

— Oh, o Mensageiro não está satisfeito — zomba Blackspell. — Eu também não estaria se eu fosse um esqueleto de olhos amarelos como ele.

BloodWork levanta-se um pouco e ameaça pegar seu machado, mas então parece ter mudado de ideia.

— Conheço vários idiotas que vivem dando com a língua nos dentes, e agora conheci mais um.

— Ooh, que medo — diz Blackspell.

A conversa aborrece Sarius, assim como o fato de que aparentemente todo o mundo já encontrou um cristal de desejos alguma vez, só ele que não.

— Nós não temos nenhuma missão, não é? Ou vamos mesmo ficar enrolando aqui?

— Finalmente alguém com a cabeça no lugar — diz BloodWork.

— Estamos esperando uma mensagem. Não deve demorar muito.

A mensagem não vem. Em vez disso, irrompem dos arbustos orcs armados até os dentes. Estão em considerável maioria e têm o elemento surpresa a seu favor. Sarius dá um salto e gira sua espada dourada. Ele derruba três dos orcs sem sofrer um só arranhão. BloodWork, colérico como um selvagem, faz seus inimigos em pedacinhos. Drizzel novamente luta com magia de fogo. O pior acontece com um dos novatos, Bracco: ele jaz inerte no chão com um ferimento na cabeça sangrando horrorosamente.

A lâmina de Sarius canta quando ele a gira no ar. Nunca foi tão bom lutar. Ele se sente mais forte, habilidoso e ágil desde que se tornou um 7. Aquilo é uma festa.

Ele mata seis orcs até ser anunciada a vitória, permanecendo incólume como nunca antes. É o que também constata o Mensageiro satisfeito, ao aparecer ali pouco depois.

— Sarius, você está se saindo muito bem. Eu o recompenso com 50 moedas de ouro.

Os demais recebem isso e aquilo; Bracco, o lagarto ensanguentado, arrasta-se pelos restos mortais dos orcs e o Mensageiro o puxa para cima do cavalo.

— Quem ainda tiver forças pode ir procurar algumas ovelhas que escaparam — o Mensageiro ordena. — Nós já temos quatro pastores mortos.

Com essas palavras ele enfia as esporas no cavalo e sai cavalgando dali com Bracco, que balança logo atrás sobre a sela.

— Eu vou procurar ovelhas — anuncia Sarius.

— Eu também.

— Eu também.

Sapujapu e Nurax o acompanham, ambos eram de nível 6. Isso significa que desde as lutas na arena eles ganharam um nível cada, mas Sarius estava acima deles.

Drizzel também caminha entre eles em silêncio. Seu corpo pálido de vampiro é mais alto que o de Sarius por mais de um palmo.

— BloodWork, você vem com a gente? — pergunta Sarius, pois o bárbaro não se mexe; permanece mudo, fitando as chamas da fogueira.

— Blood?

— Deixe-o — diz Drizzel. — Ele provavelmente está adormecido.

Eles andam por um descampado. A noite já avançou e a visão fica cada vez pior, mas quase não há obstáculos no caminho e eles avançam depressa. Sarius gostaria de conversar com os outros para saber, por exemplo, que tipo de missão é essa — procurar ovelhas! Mas, sem fogueira... sem conversa. Em sua lembrança bruxuleia um isqueiro, e ele estremece.

Eles andam ao longo de uma cerca viva repleta de flores rosa-claras. A cor é bem reconhecível apesar da escuridão; no entanto, antes que Sarius consiga admirá-las, descobre outra coisa, algo pendurado na cerca e que deixa as flores completamente em segundo plano.

Um morto.

Como que sob um comando inaudível, o grupo inteiro para, e só agora Sarius percebe que Feniel e Blackspell o seguiram. Então, pelo menos, eles eram seis, o que, tendo em vista o cadáver desfigurado na cerca, é uma sensação reconfortante.

O morto está pendurado como se fora estendido para secar. Alguma coisa o comeu, ou melhor, algo o devorou quase até o fim. Mal há carne nos ossos. No chão, abaixo do cadáver, encontra-se um cajado curvado.

"Aqui temos um pastor morto", pensa Sarius, e, no mesmo momento, encontra a primeira ovelha. Um animal robusto com lã branca encardida, pastando sob uma árvore seca.

Por experiência, Sarius sabe que é tolice dar a precedência a outras pessoas. Sua ovelha, sua presa. Ele irá capturá-la conforme o Mensageiro ordenou, só que não vê nenhum pasto cercado onde poderia encurralá-la.

A ovelha continua pastando com toda a calma enquanto Sarius se esgueira pela escuridão, o que estava muito bem pois isso facilitava a tarefa. Ao aproximar-se, ele descobre algo estranho... manchas vermelhas e marrons na lã, como de sangue fresco e seco. "Com certeza do pastor", pensa; no entanto, só se dá conta do perigo quando a ovelha nota sua presença e levanta a cabeça.

A cabeça era um pesadelo. O focinho da ovelha é largo e protuberante. O animal arregaça os lábios, como um tubarão antes do ataque, revelando dentes metálicos, pontudos como agulhas e longos como facões de carne.

Sarius, que não estava psicologicamente preparado para uma luta, nem sequer sacou sua espada. Só a pega quando a ovelha começa a correr em sua direção. Entre seus dentes, Sarius vê um farrapo do manto do pastor.

A primeira espadada atinge o ar, a ovelha desvia e abocanha o braço esquerdo de Sarius... *Droga*. Ele esqueceu de tirar o escudo das costas e todo o seu lado esquerdo está desprotegido.

Atrás de si, Sarius ouve os primeiros golpes de espada e também sons de pancadas que poderiam ser do machado de Sapujapu. Devem ter aparecido outras ovelhas, mas não lhe sobra tempo para verificar, pois a horripilante ovelha que o enfrenta exige sua total concentração. Ela é tão assustadoramente rápida e sua dentadura tão medonha, que ele mal pode desviar o olhar. Finalmente sua espada consegue atingir o alvo, mas só corta sua lã. Mais uma vez, a ovelha ataca seu lado esquerdo desprotegido. Sarius desvia, avança contra o animal e acerta uma de suas orelhas, que começa a sangrar. Mas percebe que não está conseguindo se concentrar. Nem os escorpiões, nem os orcs, nem os trolls o deixaram tão desequilibrado quanto essa bizarra ovelha mutante. Sarius a atinge novamente. O sangue corre de sua orelha ferida até o focinho, onde brilha sua dentadura de aço.

Como Sarius não quer mais vê-la, como simplesmente quer liquidá-la, na esperança de que ela não o persiga até em seus sonhos, ele desiste de todas as estratégias. Corre de encontro ao animal e fura seu peito com a espada; os dentes pontudos o abocanham de raspão em seu quadril. Ele puxa a espada e a enfia novamente no corpo do animal, tornando a atingi-lo mais duas vezes. Um canto baixo em seus ouvidos lhe revela que está ferido, ainda que levemente.

A ovelha cambaleia, mas não morre. "Porque ela não é uma ovelha", conclui Sarius, "e sim um monstro, uma besta infernal, um demônio". Ele levanta sua espada o mais alto possível e a enterra na nuca do animal. Três golpes são necessários para a cabeça sair rolando pelo chão.

Ele sente nojo. Desejava que o cadáver simplesmente afundasse no solo, sem deixar vestígio. Mas a terra somente absorvera o sangue. E a lâmina de ouro de sua espada estava manchada com ele. Sangue e lã de ovelha. Uma nova onda de nojo o assalta e, como se pudesse combatê-la dessa forma, Sarius açoita o corpo da ovelha com toda força, e continua batendo, como se isso fosse capaz de desintegrar o cadáver.

Ao se afastar, Sarius as vê. Faíscas verdes emanavam dentre as costelas de seu adversário morto. Ele vence sua aversão e se inclina. Coloca a mão dentro do corpo e retira uma pedra verde, que brilha por dentro. *Finalmente.*

Rapidamente olha ao seu redor, não procurando outras ovelhas, mas para verificar que nenhum dos outros lutadores havia percebido algo. *Não, ninguém.* Eles continuam todos envolvidos em suas escaramuças. Esconde a pedra em sua bolsa, e o regozijo com seu achado leva embora o resto de seu nojo.

Drizzel também consegue vencer sua batalha e sistematicamente despedaça a ovelha abatida. "Em vão", como Sarius percebe com grande satisfação.

Blackspell e Nurax ainda lutam; dividem um adversário enquanto Sapujapu, com seu longo machado, mantém uma ovelha negra como piche presa pelo pescoço.

Atrás dele, deitada ao chão, encontra-se uma elfo negra imóvel. Era Feniel. "Finalmente a pegaram", pensa Sarius com maldade. "Isso acontece quando se tenta sempre passar por cima dos outros."

Um traço vermelho e da finura de um fio era o que restava na faixa de Feniel. O som de ferimento com certeza era infernal.

Por um momento fugaz, Sarius pensa nos seus poderes de cura, que de forma alguma usaria em sua companheira de espécie. Sapujapu ele ajudaria. Talvez. *Mas não essa fedelha estúpida.*

Ele se afasta e observa Drizzel e Nurax arrematando a ovelha deles. *Finalmente*; ele mal pode esperar que o Mensageiro apareça. Negociará seu cristal de desejos, quem sabe quantos níveis se consegue por um desses. Pontualmente, com o último suspiro da última ovelha, ele ouve o tropel do cavalo.

— Eu os felicito. Não foi uma tarefa fácil — diz o Mensageiro, saudando-os.

— Foi só uma bobagem.

— Então só uma bobagem há de bastar-lhe como recompensa. Três peças de carne de rato para Drizzel.

Sarius não consegue conter sua satisfação com a má sorte alheia. Primeiro Feniel, agora Drizzel, não podia ser melhor.

— Sapujapu, como recompensa eu melhorarei o seu armamento — prossegue o Mensageiro, dando ao anão uma espécie de elmo viking de metal negro com chifres vermelhos-brilhantes. Aparentemente, essa coisa possui a magia dos relâmpagos.

Um a um eles recebem ouro, poções ou armas. Sarius é o penúltimo a ser contemplado pelo Mensageiro.

— Intensificarei sua magia de fogo, Sarius. De agora em diante, você não só poderá criar fogo, como também lutar com ele. Mas a maior recompensa você mesmo obteve, não foi?

Sarius se cala, incomodado. Na verdade, não queria revelar nada sobre seu achado na frente dos outros, mas o Mensageiro parece não se importar com isso.

— Sim — diz Sarius finalmente.

— Muito bem. Então pense em um desejo para o seu cristal.

Por último, o Mensageiro se dirige a Feniel.

— Você quer morrer ou vir comigo?

Hesitante, ela levanta a cabeça.

— Ir com você.

— Era o que eu pensava. Então venha.

Ele a levanta com um puxão para cima do cavalo e parte, sem sequer olhar para trás.

"E meu cristal?", Sarius quer perguntar, mas já é tarde demais. Desapontado, ele se reúne aos outros junto ao fogo.

— Sarius encontrou um cristal de desejos e não disse uma palavra. Que reservado ele, não? — debocha Drizzel.

— Eu nunca achei um — reclama Sapujapu. — O que estou fazendo de errado?

— Você precisa despedaçar por completo seu adversário morto — explica Sarius. — É repugnante, eu sei. Este também é meu primeiro cristal de desejos. Uma vez quase peguei um, mas o Lelant, aquele babaca, arrancou-o de mim bem diante do meu nariz.

Não foi bem assim, mas não importa. Lelant é um babaca. Essa é a pura verdade.

— Que desejo você fará? — Blackspell pergunta, curioso.

— Ainda não sei. Além do mais, não vai ser a você que eu vou contar.

— Deixa a gente ver? — Nurax estende sua pata de lobisomem, fazendo Sarius automaticamente recuar um passo.

— Pode esquecer.

A conversa esfria. Eles estão à toa, esperando ao redor do fogo.

— Talvez seja melhor que eu vá dormir — diz Sapujapu de repente. — Estou morto de cansaço.

Agora que Sapujapu falou, Sarius percebe sua própria exaustão, como se ela fosse um animal que levanta a cabeça quando chamado. Mas não irá dormir antes de saber o que é possível fazer com seu cristal de desejos.

— Você vai é perder tudo se sair agora — diz Nurax. — As missões mais legais são sempre à noite!

— Não vai adiantar nada se eu ficar aqui caindo de sono e me massacrarem — revida Sapujapu. — Sério, gente, estou realmente morto.

Sapujapu mal termina a frase e surgem da vegetação dois dos gnomos, frenéticos como sempre.

— Alarme! Hortulano está enviando novos monstros para cima de nós, eles estão atacando os ferreiros no sul! Precisamos de reforços, sigam-nos!

Drizzel sai imediatamente em disparada, Nurax logo depois. Blackspell não tira os olhos de Sarius. *O que ele está esperando? O momento oportuno de me roubar o cristal de desejos?* Por segurança, Sarius desembainha sua espada, fazendo o vampiro se afastar e juntar-se aos outros.

— Você não vem mesmo, Sapujapu?

Sarius e o anão são os dois últimos a permanecerem junto à fogueira.

— Não, desculpe. Eu mal consigo manter os olhos abertos e tenho realmente medo que um desses monstros acabe comigo. Talvez nos vejamos amanhã, certo?

Sapujapu parte em direção ao roseiral, cujas flores, mesmo à noite, são pontos luminosos na paisagem. Era uma pena, ele realmente gosta de Sapujapu, ao contrário dos outros panacas que ele agora, bem ou mal, terá de seguir.

Ele começa a caminhar. Os outros estão fazendo tanto barulho que logo os inimigos conseguirão rastreá-los. Se ele se apressar um pouco, talvez possa alcançá-los.

Um grito rouco o faz estremecer. No céu escuro ele descobre uma mancha dourada movendo-se em círculos como um gigantesco astro voador. Quando ouve o próximo grito, ele percebe que se tratava do falcão dourado e se abaixa instintivamente.

— Não se preocupe, ele não está caçando.

Sarius grita assustado. Diante dele encontra-se o Mensageiro, acenando com sua mão ossuda e chamando-o para perto de si.

— Qual o seu desejo mais sincero, Sarius? Você achou um dos cristais. Utilize-o com sabedoria. O que você deseja?

"Tudo o que eu puder ter", pensa Sarius. Ele olha para seu interlocutor, diretamente para a luz amarela de seus olhos.

— Podem ser vários níveis, por exemplo? Ou um lugar no Círculo Interno?

O Mensageiro sorri.

— Um lugar no Círculo Interno é uma das coisas que se precisa conquistar. Assim como o amor de uma pessoa ou a confiança de um amigo. Mas, salvo esse tipo de desejo, ainda há muito que se possa pedir, provavelmente mais do que você imagina.

Sarius pensa. Ele tem um desejo a fazer, como em um conto de fadas. Só que essa fada é bem mais feia que as das histórias.

— Será que Nick Dunmore não teria um pedido? — sugere o Mensageiro.

— Um pedido especial?

"Nick Dunmore gostaria de transformar-se em um gênio da química", pensa Sarius com amargura. "Ele gostaria de tirar as melhores notas nas provas sem ter que se esforçar muito. Mas isso provavelmente também é uma das coisas que se precisa conquistar."

E, sinceramente, este nem é o seu maior desejo. Acima de tudo, havia... Emily. Mas isso não pode pedir. *Emily deve se apaixonar por Nick. Que piada! Isso o Mensageiro com certeza já excluiu de antemão.*

Mas... será que o contrário funcionaria? Se não se pode desejar que o amor surja, seria talvez possível pedir que ele acabe?

Sarius deve arriscar? Ele hesita. Não é correto. Mas de qualquer forma não funcionaria. Talvez fosse melhor pedir algo mais simples? *Não.*

— Nick Dunmore deseja que Emily Carver se separe de Eric Wu. Ele deseja que os dois terminem o namoro.

Silêncio. O Mensageiro, com um gesto pensativo, coloca seus dedos ossudos no queixo.

E aí? Hein? Diga logo, que não pode fazer isso!

O Mensageiro não se move. *Ele está pensando? Não, isso não demora tanto. Além disso, tudo está ficando cada vez mais escuro; por quê? Algo está quebrado? Por favor, não, justo agora, não!* Sarius tenta movimentar-se, mas isso também não é fácil. É como se ele estivesse atolado em melaço.

Quando Sarius já não acreditava que o desejo de Nick se realizaria, o Mensageiro finalmente respondeu.

— Emily Carver, você diz. Muito bem. Providenciarei que Emily Carver e Eric Wu não namorem mais.

As palavras do Mensageiro despertam em Sarius uma torrente de sentimentos. Primeiramente incredulidade, seguida por uma alegria triunfal, em cuja sombra esconde-se seu remorso.

— Sério?

— Você vai ver, Sarius. E agora vá. Os outros já estão muito à frente.

16

— Nick? Nick! Meu Deus, você está bem? Acorde!

Levantar as pálpebras já foi trabalho pesado, mas nada comparado ao esforço que lhe custou levantar a parte superior de seu corpo. Algo soava sobre a escrivaninha: era o teclado que havia grudado no rosto de Nick. Ele deu uma olhada rápida no monitor. *Tudo negro, ainda bem.*

— Você dormiu aqui? Sentado?

— Ah... é capaz. Provavelmente.

Ele sentiu a boca seca e suas têmporas pulsavam.

— Escute, você não está virando nenhum viciado em computador, está? O que é que você ficou fazendo esse tempo todo aí?

Arrancando pernas de aranhas gigantes.

— Fiquei conversando. Estava tão legal que perdi a noção do tempo. Sinto muito, mãe. Não vai acontecer de novo.

Sua mãe afastou uma mecha de cabelo de sua testa.

— Você vai conseguir ir à escola desse jeito? Deve estar morto de cansaço. Por que você faz isso, hein? Eu pensava que podia confiar em você. Você precisa dormir, Nicky, você não sabe que a escola é cansativa?

— Está tudo certo, eu estou bem — Nick a interrompeu. — Vou tomar um banho frio para acordar.

A proposta velada de matar aula, escondida no falatório de sua mãe, foi bastante tentadora, mas hoje não era o dia certo para isso. As aranhas haviam importunado tanto Sarius, que ele precisou novamente recorrer à ajuda do Mensageiro e recebeu outra missão. *Então nada de jogo sem ir à escola.* Além disso, estava morto de curiosidade. Ele queria ver Eric e Emily. Queria saber o que acontecera. *Se é que algo acontecera.*

No espelho do banheiro, Nick examinou as marcas profundas que o teclado deixara em seu rosto. Quando ele adormecera? Ainda se lembrava de sua missão e de como ele, com os olhos ardendo, procurou um papel para anotar as indicações do Mensageiro. Depois disso ele deve ter cochilado.

Ele abriu a água quente, a fria, a quente de novo e acabou ficando tonto. O cheiro de café que saía da cozinha misturava-se ao perfume do gel de banho, e a combinação fez o estômago de Nick quase virar do avesso. Era possível que ficar em casa fosse a melhor opção. Mas dias livres eram valiosos. Ele dobrou o papel no qual havia anotado sua missão e o guardou na carteira. Em seguida colocou sua câmera na mochila. Nem agora nem na madrugada passada ele conseguiu entender o sentido dessa missão. *Não importa.* Depois disso ele seria um 8.

A lembrança de seu desejo o acompanhou por todo o caminho até a escola. Apesar daquilo ser besteira, em alguns dias o Mensageiro iria chamá-lo e incentivá-lo a desejar outra coisa. Nick devia estar preparado para isso, iria pensar em alguma coisa boa. *Algo razoável.* Depois ele não precisaria sentir remorso.

Com esse pensamento ele virou na rua da escola, que estava estranhamente calma. Era como se alguém tivesse pegado um controle remoto e baixado o volume. Até zanzavam como sempre alguns alunos e grupinhos em frente ao prédio, mas o ruído era mínimo. Quem conversava o fazia em voz baixa. Nick viu duas meninas mais novas esperando no portão da escola e procurando estabelecer contato visual com todos que entravam. A linguagem corporal delas era claríssima: ainda não conseguimos.

Sob uma castanheira com folhas avermelhadas estava Emily. Eric não estava com ela, o que fez o coração de Nick querer sair pela boca. *Não seja ridículo. Isso não tem nada a ver com o seu desejo. Nada.*

Mas Emily não estava sozinha, conversava com Adrian. O pequeno McVay estava com os braços cruzados e não olhava para Emily enquanto falava. Ela escutava, acenava com a cabeça, e então passou a mão em seu rosto com um gesto repentino e olhou para longe.

O impulso de ir juntar-se a eles foi difícil de conter, mas Nick sabia que eles iriam interromper a conversa no momento em que ele se aproximasse.

Neste ínterim, uma das meninas no portão da escola obteve finalmente sucesso: um menino que, até onde Nick sabia, tocava saxofone na orquestra do colégio a chamou, cochichou algo em seu ouvido, ela acenou com a cabeça, ele prosseguiu e após algum tempo tirou de sua mochila um objeto achatado...

— Nick?

O calado Greg se aproximara furtivamente por trás. Nick virou-se bruscamente, seu coração batia novamente como se estivesse louco. Por que é que ele estava assim tão assustado?

— Você tem que me ajudar, Nick. Por favor.

O lábio inferior de Greg tremia levemente, assim como suas mãos, que seguravam um DVD virgem lacrado.

— Eu fui eliminado ontem. Mas foi um engano, sério, eu tenho que conversar com o Mensageiro de qualquer maneira e você precisa me copiar o seu jogo, por favor!

Involuntariamente, Nick recuou um passo, se distanciando do DVD que Greg lhe oferecia, mas ele se reaproximou de novo.

— Eu já estava bastante avançado, eu era um...

— Não quero ouvir! — gritou Nick.

Alguns alunos que estavam a poucos passos de distância viraram a cabeça para observá-los. Sem dizer mais nada, Nick marchou em direção à entrada, mas assim que entrou no corredor, Greg o segurou pela manga.

— Eu estou lhe dizendo que foi um erro! Eu fiz tudo o que ele quis, eu só me atrasei um pouquinho e aí ele simplesmente me... — Greg mordeu os lábios. — De qualquer forma foi um engano. Copie seu jogo para mim, por favor. Por favor!

"Morto por impontualidade", pensou Nick, angustiado.

— Não posso. Na verdade, você deveria saber disso — falou.

Era Colin ali atrás, olhando para ele?

— As regras são claras: você só pode jogar uma vez. Sinto muito por você.

— Sim, sim! Mas foi um engano mesmo! Por isso que é diferente. Ei, eu ajudo você da próxima vez também, certo? Vou estudar química com você. Ou eu pago pela cópia, certo? Vinte libras? Estaria bom?

Nick o deixou ali, parado. Lá atrás estava realmente Colin, encostado displicentemente em uma parede e observando a cena.

— Desgraçado — gritou Greg, que agora não tinha mais nada de calado. — Maldito desgraçado!

Colin sorriu quando Nick passou por ele.

— O que Greg queria com você?

— Não interessa.

— Parece que ele não teve êxito.

— Que espertinho você, hein.

"Eu deveria ter ficado em casa", pensou Nick ao parar diante de seu armário e repentinamente não saber mais do que precisava para a primeira aula. *Eram os livros de biologia? Ou os de literatura inglesa? Que dia era hoje mesmo?*

Ele bocejou e cumprimentou Aisha, que o encarou, paralisada, sem cumprimentá-lo de volta. *Pelo jeito, alguém mais dormiu mal.* Ela tentou várias vezes até acertar com a chave a fechadura de seu armário. Quando finalmente abriu a porta e pegou suas coisas, uma pilha inteira de livros caiu, espalhando-se pelo corredor. Alguém riu zombeteiramente.

Aisha manteve os braços junto ao corpo e não fez qualquer menção de recolher suas coisas do chão.

— Ei — disse Nick. — Você quer ajuda?

Ela negou vigorosamente com a cabeça e abaixou-se lentamente para pegar o primeiro livro, mas não se levantou de volta: permaneceu agachada no chão, com o livro pressionado contra o peito. Seus ombros tremiam.

— Você está passando mal? — perguntou Nick baixinho, sem receber uma resposta. Ele olhou ao redor em busca de ajuda. Onde estavam os outros? Jamie, por exemplo. Ou Brynne, que estava sempre à vista.

Por não saber o que mais poderia fazer, Nick juntou os livros e guardou-os de volta no armário.

Rashid aproximou-se bocejando, mas sequer olhou para Aisha e prosseguiu, com os livros de biologia sob o braço.

Então é biologia. Pela última vez, Nick procurou o olhar de Aisha, mas ela havia fechado os olhos. Aflito, mas ao mesmo tempo aliviado, ele agarrou seus papéis e correu atrás de Rashid.

Era difícil permanecer acordado, muito difícil. Nick apoiava seu queixo na mão esquerda e olhava fixamente o quadro à sua frente até os olhos lacrimejarem. Só não devia olhar para a direita, onde Greg estava sentado e o fuzilava com o olhar. Ou para a esquerda, onde Emily e Jamie dividiam um banco e cochichavam insistentemente. Aisha também estava ali, e parecia novamente sob controle. *Está tudo bem.*

Quando fechava os olhos, eles já não ardiam com tanta intensidade. Por pouco tempo, apenas. Isso lhe fazia bem. *Muito bem. Muito...*

Uma dolorosa pancada em suas costelas quase o derrubou da cadeira.

— Nada de ficar cochilando, seu idiota — chiou Colin. — Temos que tentar não chamar atenção. Você esqueceu?

— O quê? Não...

— Que seja. Agora fique direito.

— Não me bata de novo, ouviu?

Colin levantou as sobrancelhas, rindo.

— Sim, madame.

Nick lutava contra o sono durante essa aula e a posterior. Na pausa seguinte, ele foi para a fila da máquina de café. Alguém cutucou suas costas. Era Brynne que, enquanto ele se virava, lhe deu um beijo na bochecha.

— Foi ótimo ontem à tarde — sussurrou.

— Sim. Foi legal. — Nick bocejou indiscretamente para que ela confundisse mais facilmente sua falta de empolgação com cansaço. Mesmo assim, o sorriso de Brynne abriu-se ainda mais.

— Você também está precisando urgentemente de café? — perguntou Nick, procurando um tema inofensivo, mas Brynne não chegou a responder. Um grito retumbante silenciou todas as conversas.

Rodeada por um crescente amontoado de pessoas, Aisha encontrava-se no meio do corredor, abraçada com força a Emily. Diante das duas estava Eric Wu, com uma expressão perplexa.

— Não toque em mim! Nunca mais! — berrava Aisha.

Nick largou seu lugar na fila do café e abriu caminho pela multidão de espectadores, como se fosse um médico apressado para chegar ao local do acidente. Sua boca estava seca.

Aisha permanecia com o rosto escondido no ombro de Emily e soluçava.

— Estou segura de que você está se confundindo — disse Emily, baixinho. Ela passava a mão nos cabelos de Aisha, e, sem querer, empurrou o lenço de sua cabeça em direção à nuca. — Com certeza foi outra pessoa.

— Não, eu tenho certeza. Era ele. Depois do clube de literatura ele quis me acompanhar até o metrô, e disse que o caminho pelo parquinho era bem mais legal... — seus soluços ficaram mais altos.

Emily tentava, com os dedos trêmulos, colocar o lenço na posição original, mas logo desistiu.

— Ele ras...gou mi...nha blu...sa e me a...gar...rou... — as sílabas saíam picadas da boca de Aisha. Ela levantou uma das mangas e mostrou um hematoma no cotovelo. — Aqui! — apontou ela.

Nick mordeu os lábios até que doessem de verdade. *Isso não tem nada a ver comigo. Claro que não. Não assim, tão rápido.*

— Isso é tudo mentira — gritou Eric. Ele estava pálido e não parava de sacudir a cabeça, negando. — É simplesmente tudo mentira.

— Eu vi vocês irem embora juntos — disse Rashid.

— Eu também — Alex concordou.

Emily fitou a irmã tricoteira com olhos entreabertos.

— Que interessante... Vocês dois nem estão no clube de literatura.

— E daí? Há outras coisas que podem nos segurar na escola até depois da hora — respondeu Alex.

O olhar de Emily se revezava entre Alex, Eric e a soluçante Aisha.

— Ela está mentindo — disse Eric, desta vez mais alto.

Aisha rapidamente virou-se para ele.

— Isso é o que os homens sempre dizem, não é?

— E o que é que os homens sempre dizem? — o sr. Watson abria caminho por entre a aglomeração de alunos e colocou na mão de Alex uma garrafa térmica e um sanduíche mordido ao passar por ele. — Aisha? O que aconteceu? — ele colocou uma mão sobre o ombro dela, mas Aisha esquivou-se e abraçou Emily ainda mais forte.

— Não me toque.

— Como quiser, me desculpe. Os outros poderiam, por favor, ir para as suas salas? A próxima aula já vai começar.

Ninguém tirou o pé do lugar, apenas Eric deu um passo à frente.

— Aisha está afirmando que ontem eu a... agarrei no parque. Ela está com um hematoma no cotovelo e diz que fui eu quem o causou. Mas nada disso é verdade.

Aisha chorou mais alto.

— Ele tentou me estu... me estuprar. Ele rasgou minha saia e me jogou contra o chão.

— Eu simplesmente não consigo imaginar que isso seja verdade — sussurrou Emily.

Cautelosamente, porém decidida, ela soltou de sua camiseta os dedos contraídos de Aisha e se distanciou da menina chorosa. Aisha, privada de seu escudo humano de proteção, agachou-se e escondeu o rosto em seus braços.

Não era isso que eu queria. Nick fechou suas mãos frias como gelo. *Dessa maneira, não. Eu não tenho nada a ver com isso, honestamente.*

E se fosse verdade? Poderia ser que Eric houvesse realmente molestado Aisha e que o Mensageiro tivesse descoberto ontem mesmo. Isso explicaria por que ele pôde fazer uma promessa tão difícil.

O sr. Watson, que havia ficado atônito, começou a recobrar a calma.

— É uma acusação muito grave, Aisha.

— Nenhuma palavra é verdadeira! Eu juro! — pela primeira vez se percebeu um tom de desespero na voz de Eric. — Isso é uma maluquice completa!

— De qualquer maneira nós não vamos esclarecer isso aqui na frente de todo mundo — disse o sr. Watson. — Aisha, Eric, vocês vêm comigo.

Os dois o seguiram, prestando atenção para manterem a maior distância possível entre si.

Mal eles haviam ido embora, começaram discussões acaloradas no saguão do intervalo.

— Eu acho que ela está mentindo!

— Por que ela mentiria?

— Eric não é nenhum santinho, eu sempre achei isso.

— Ele queria pegar na turquinha por debaixo da saia.

— Aff, ela está doida.

— Que escândalo!

— Será que o Watson vai chamar os policiais? Há alguns dias que eles não passam por aqui.

Enquanto isso, Nick não tirou os olhos de Emily. Ela ficou ali parada, perdida em seus pensamentos e alisando a mancha molhada de choro em seu ombro.

"Eu deveria ir falar com ela agora", pensou Nick. "Envolvê-la em uma conversa, consolá-la."

Mas antes de juntar coragem suficiente para dar o primeiro passo, ele viu Jamie indo na direção de Emily e chamando-a. Eles trocaram algumas palavras e subiram juntos a escada.

A próxima aula era de matemática; tudo de que Nick precisava. Mas pelo menos ele havia se lembrado da aula na hora e já nem se sentia mais cansado. A cena de Aisha havia sido mais eficiente que um expresso duplo.

No intervalo do almoço, Jamie o esperava na frente do refeitório.

— Tudo bem?

Agora sim. Essa era a primeira frase normal que Jamie lhe dirigia havia dias. *Isso é uma armadilha*, ele apostava.

— Muito bem. E você, como está?

— Eu ando preocupado — disse Jamie, fazendo a expressão facial apropriada. Com todas as rugas possíveis na testa. — Aquilo hoje com o Eric... O que você acha? Será que foi Aisha quem armou aquilo para cima dele? Ele está arrasado, o sr. Watson o mandou para casa.

Nick conteve o impulso de sair correndo.

— O que ela armou para cima dele? Deixe-me pensar... talvez levantar a saia para ele colocar a mão embaixo?

— Você não pode acreditar nisso.

— Você acha mesmo que Aisha simplesmente iria falar mal dele assim? Você viu como ela estava chorando? E o hematoma dela?

— Eu acho que alguém está interessado em acabar com Eric. Ele não é nenhum fã desse jogo de vocês, lembra?

— Que imbecilidade! — Nick forçou passagem por Jamie. — Desde aquela cartinha da lápide você está cheio de manias de perseguição.

Nick pegou uma bandeja da pilha e de repente sentiu uma mão em seu ombro. Jamie tinha ido atrás dele e estava com cara de quem começaria a chorar a qualquer momento.

— Você sabe o que mais aconteceu? Alguém escondeu um revólver e munição no pátio do colégio. Atrás das caçambas de lixo. O diretor está dizendo que com certeza não foi nenhum dos alunos, mas só porque ele não quer a imprensa no caso.

Nick pegou uma porção de peixe frito com batatas. O prato parecia sem cor e insosso.

— Mas Jamie com certeza está sabendo de tudo, não é mesmo? — acusou ele. Jamie sabe que o jogo de computador malvado está por trás disso.

Ele mordeu os lábios e bateu a garrafa de Coca-Cola sobre a bandeja. *Chega desta conversa.*

— Não, eu só encontro algumas coisas esquisitas — respondeu Jamie com notável calma. — Eu falei com o sr. Watson e ele disse que um profissional teria agido com mais competência. Teria camuflado o revólver melhor em vez de simplesmente enfiá-lo em uma caixa velha de charutos atrás das caçambas.

— Aha. Talvez o sr. Watson na realidade seja o dr. Watson. E você está bancando o Sherlock Holmes. Deixe-me em paz, Jamie. Eu não estou nem aí para revólveres e estupros.

— Além disso, alguém escreveu um tipo de código ou mensagem na caixa — prosseguiu Jamie como se não tivesse ouvido nada. — Isso bate com esse tipo de jogo. Alguns números e uma palavra estranha, algo parecido com Galaxis.

Crash!

Nick se assustou com o barulho tanto quanto as outras pessoas no refeitório. Ele não percebera que havia largado sua bandeja.

Galaris.

Tudo batia. A caixa de charutos, a palavra, os números que eram a data de seu aniversário. Por favor, não.

A caixa era pesada e o objeto dentro dela, pequeno... Poderia ter sido um revólver? Sim. Com certeza.

— Dá para você prestar mais atenção? — bradou a cozinheira de trás do balcão. — Você mesmo quem vai limpar! Deus do céu!

— Claro — murmurou Nick e pegou pá e vassoura. Ele sentia o olhar de Jamie colado a suas costas como mingau de aveia, mas não virou de frente para o colega.

Um revólver? Por que isso? Por que o Mensageiro o mandara esconder um revólver no viaduto Dollis Brook?

— Você sabe algo a respeito — constatou Jamie atrás dele.

— Não, não sei.

Será que haveria uma imagem daquilo? Assim como a foto dele e Brynne no café? Ele estava de joelhos no chão, varrendo suas batatas fritas para dentro da pá e continuou varrendo ainda que não houvesse mais nada ali, mas ele não conseguia parar. Diante de seus olhos dançavam pontos pretos.

— Eu vi, Nick. Você quase morreu de susto. Você está sabendo de algo.

— Cale a boca — sussurrou Nick e ergueu-se com esforço. Os pontos pretos condensaram-se em uma parede disforme. Ele devolveu a pá à cozinheira e apoiou todo o seu peso sobre o balcão.

— Vem comigo falar com o sr. Watson. Ajude a esclarecer este assunto, e você vai se sentir muito melhor. O que está rolando aqui é uma baita de uma sujeir...

— Cale a boca! — gritou Nick.

Emily, Eric, um revólver, Aisha, Galaris... tudo isso era demais. Ele já não podia acompanhar. Os odores da cantina embrulhavam seu estômago, e logo iria vomitar no chão na frente de todo mundo. Se existisse uma foto e ela chegasse às mãos da escola, ele estava ferrado. *Tão certo quanto o azul do céu.*

Saiu às pressas da cantina, à esquerda e à direita passou esbarrando nas pessoas, que revidaram indignadas, encontrou uma janela aberta e esticou o pescoço para fora. *Ar puro, graças a Deus.*

Precisava pensar. Talvez falar com o Mensageiro. Ele com certeza ficaria grato se Nick o mantivesse informado. Talvez fosse até mesmo lhe explicar do que se tratava o revólver. Mas agora ainda tinha a missão que deveria cumprir. *Essa missão inacreditavelmente sem sentido.*

17

Era pouco antes das 17h quando Nick desceu na estação Blackfriars e foi andando ao longo da New Bridge Street. O estacionamento encontrava-se em Ludgate Hill — achá-lo não seria o problema. Entrar nele sem ser notado é que seria difícil. Ele tentou parecer o mais normal possível e balançava seu chaveiro como se já estivesse procurando a chave do carro. Mas seu medo mostrou-se infundado. Ninguém o deteve quando ele entrou no estacionamento, ele não tinha sequer certeza de que o vigia, que lia o jornal em sua cabine, havia reparado nele.

Nick procurou o papelzinho dentro de seu bolso. LP60HNR era a placa do carro que deveria encontrar.

— Caso não o encontre — o Mensageiro havia dito —, você irá voltar lá. Voltará lá todos os dias entre 17h e 18h, até você ter cumprido sua missão.

Ao chegar no segundo andar Nick teve sorte. Contemplou o carro e assobiou. LP60HNR era a placa do Jaguar prata que se sobressaía entre os demais: brilhava como as joias da coroa. Nem uma manchinha em todo o carro.

Nick tremia segurando sua câmera e batia algumas fotos. Elas não seriam o bastante, ele sabia, mas já eram um começo.

Agora precisava de um lugar onde pudesse ficar à espreita. De maneira que mantivesse o carro à vista, mas não pudesse ser notado. O melhor que encontrou foi uma fresta estreita entre um Ford antigo e o muro do estacionamento. Se ele se deitasse no chão e ninguém olhasse para lá, estaria invisível. Nick desativou o flash da câmera e ajustou o sensor de luminosidade no máximo. Em seguida, se acomodou na medida do possível sobre o chão frio da garagem. 17h12. Havia apenas o silêncio.

Quando seu celular repentinamente começou a tocar e a anunciar ruidosamente que tinha recebido um SMS, o coração de Nick quase parou. Não havia desligado o som do celular, *como podia ser tão idiota?*

Em sua desconfortável posição horizontal, imprensado entre o carro e a parede, quase não pôde alcançar seu bolso. Quando ele finalmente conseguiu e viu de quem a mensagem era, seu coração começou a bater mais forte: *Emily.*

> *Oi Nick! Eu queria te encontrar e aproveitar para te apresentar a alguém. O nome dele é Victor e ele talvez possa ajudar a nós todos. Por favor, me ligue. Emily.*

O nome "Victor" não dizia absolutamente nada a Nick. E poderia continuar assim. E o que significava que ele poderia ajudar "a nós todos"? O provável era que Emily desejasse, sobretudo, ajuda para Eric, que estava com problemas até o pescoço. Mas ela queria se encontrar com ele. *Emily.* Então não importava o motivo do encontro.

Blam! Uma porta se fechou. Passos se aproximavam.

Nick prendeu a respiração e tentou comprimir-se contra o chão de cimento. Ele segurava a câmera apontada para o Jaguar para poder começar a fazer fotos assim que o dono aparecesse. Duas pernas em um par de calças pretas tornaram-se visíveis, passaram pelo Jaguar e se aproximaram. Seria um vigia que o vira pela câmera? *Por favor, não!* Também desejou que não fosse o motorista do Ford que lhe servia de cobertura.

Quando o homem se aproximou de seu esconderijo sem enxergá-lo, Nick respirou aliviado. Pouco depois, um Mazda vermelho passou em direção à saída. Novamente silêncio.

Apenas cinco minutos se passaram. Nick largou cuidadosamente a câmera. Novos passos se aproximaram, porém logo pararam, muito antes de chegarem a Nick. Uma porta de carro bateu, um motor partiu.

Cinco minutos depois a perna direita de Nick começou a formigar. Ele tentou ignorar a dormência e se concentrou nos ruídos do estacionamento. No barulho do ar. Nos sons abafados da rua no lado de fora. Mais uma porta de metal abrindo e fechando. Uma mulher ria, um homem a seguiu na risada. Sapatos de salto batendo sobre o cimento. A trava acionada por controle remoto de um carro distante a alguns metros de Nick. As luzes do Jaguar se acenderam.

A pulsação de Nick se acelerou. Ele levantou a câmera e direcionou o visor para o automóvel. O homem e a mulher se aproximaram e ficaram visíveis. O homem emanava nervosismo como um forno de alto calor.

Clic!

A mulher poderia ser a atriz principal de um seriado vespertino de televisão. Brincos brilhantes, casaco de pele, cabelo preso em coque. O homem era alto e de cabelos escuros, já grisalho nas têmporas. Ele vestia terno e gravata. *Talvez fosse médico. Ou advogado.*

Clic!

O homem abriu a porta do carro e colocou uma bolsa no banco traseiro.

Clic! Clic!

— Da próxima vez nós vamos ao Reffetorio — disse a mulher. — Vivian disse que o cordeiro lá é excelente.

— Como quiser, querida.

Clic!

A mulher entrou no carro.

Clic!

O homem deteve-se repentinamente e olhou ao redor. *Ele ouviu a câmera?* Nick tentou fundir-se com seu canto escuro.

— O que foi, amor?

— Nada — o homem passou a mão sobre a cabeça. — Nada. Eu devo ter me enganado. Sabe, ultimamente...

O resto Nick não ouviu, pois o homem havia entrado no carro e batido a porta. Ele balançou a cabeça e levantou os ombros em um gesto de impotência e depois deu a partida no motor. Meio minuto depois o Jaguar deixou o estacionamento.

Missão cumprida. Nick se abraçou à câmera. *Agora fora daqui, rápido. Não, primeiro preciso verificar se as fotos podem ser utilizadas.* A resolução está um pouco ruim, meio granulada, mas não poderia ficar melhor sem flash.

De qualquer forma se podia reconhecer tudo. A mulher, o homem, a placa do carro. Doze fotos aceitáveis.

Na multidão no metrô, Nick tirou o celular do bolso e leu mais uma vez o sms de Emily. "Victor... ajudar a nós todos." Isso não parecia um encontro romântico. Parecia mais que ela queria salvar Eric daquela confusão. Nick começou a digitar uma resposta, achou-a boba, apagou-a e fechou os olhos.

Se viesse à tona que ele tinha algo a ver com a caixa "Galaris", Emily também ficaria sabendo. Ninguém iria acreditar que ele não sabia o que estava escondendo. Os jornais iriam escrever sobre planos de um massacre escolar que pôde ser evitado a tempo. Ou algo do tipo. Seu pai iria matá-lo.

Nick abriu os olhos novamente e encarou os rostos cansados das pessoas ao seu redor. Todos eles adorariam ver sua foto no jornal.

Emily iria ver sua foto no jornal. Mais uma vez ele digitou um sms, apagando-o logo depois sem enviá-lo. *E se Victor fosse da polícia?*

Nick fechou os olhos. Ele precisava ter certeza de que o Erebos continuaria tratando-o sem hostilidade.

— Recebi as fotos — diz o Mensageiro. Ele está sentado sobre uma pedra às margens de um pântano, com suas longas pernas esticadas e uma expressão de satisfação.

Sarius relaxa. O *upload* das fotos para o servidor informado não transcorreu exatamente sem problemas, duas vezes a conexão caiu.

— Você já jantou?

— Já.

Desde quando isso é relevante para o Mensageiro?

— Você conversou com seus pais? Passou-lhes uma impressão alegre e normal?

— Acho que sim.

Eu fiquei falando feito um maluco para que eles não tivessem a ideia de me perguntar sobre meus deveres de casa.

— Muito bem. Nós temos que ser cautelosos. Anda-se falando muito fora do Erebos. Nossos inimigos estão se formando. Temos que cuidar para que não apresentemos qualquer área vulnerável. Portanto, eu gostaria que você fosse diariamente à escola e se comportasse com discrição. Não dê a ninguém motivo para suspeitar de seus modos.

— Tudo bem.

— Agora você é um 8. Aumentarei sua resistência e sua magia de fogo. Mas antes de ir, responda-me: seu cristal de desejos já começou a surtir efeito? Você conseguiu o que desejou?

"Não sei", pensa Sarius. "Aquilo não tinha nada a ver comigo. Não acredito que aquela cena horrível tenha sido obra minha."

— Você não quer me responder?

— Não tenho certeza. Talvez. Pode ser que sim. Que ele esteja começando a surtir efeito.

O Mensageiro assente, satisfeito.

— Está vendo? Espere. Isso continuará e o resto cairá em suas mãos.

Ele não consegue perceber que estou com medo, ou sim? É impossível que possa notar isso em mim.

Ele espera que o Mensageiro finalmente o dispense, porém ele continua olhando-o e estende-lhe seus dedos ossudos.

— Não seria ruim se Aisha tivesse uma testemunha — diz. — Alguém que pudesse confirmar suas acusações. Você tem ideia de alguém, Sarius?

"Ele não pode estar falando sério", pensa Sarius. "Isso eu não vou fazer. Que droga, por que ele está me pedindo isso?"

— Eu estava ontem àquela hora com Brynne no café. Isso significa que eu não sirvo como testemunha.

— Eu sei. Eu perguntei se você tem ideia de alguém, não que você mesmo testemunhasse.

— Ah, sim. Sinto muito, não tenho ideia de ninguém.

— Então vá.

O Mensageiro acena para que ele parta e Sarius, feliz por poder fugir do campo de visão dos olhos amarelos, obedece o gesto. Nenhum deles tocou no assunto da caixa "Galaris", mas sem dúvida o Mensageiro já está sabendo de tudo a seu respeito.

Sarius consegue ver de longe a luz da imensa fogueira. À direita encontra-se o pântano, à esquerda uma construção arredondada eleva-se contra o céu escuro. Entre os dois lados estende-se uma campina na qual não há nada além de arbustos espinhosos e algumas árvores retorcidas.

— Oi Sarius! — Arwen's Child é a primeira a notá-lo. Ela está sentada diante do fogo ao lado de LordNick, que refletia em seu novo colete metálico. Ambos ainda devem estar acima dele, pois continua não vendo seus níveis. Um pouco mais à frente está sentado Lelant; ele se recuperou de sua última luta e voltou como um 7.

— Você já se inscreveu para a próxima arena? Ali, olhe! — Arwen's Child apontou para o edifício redondo.

— Essa é praticamente a única coisa que você pode fazer no momento. Não está acontecendo nada. Estamos sentados aqui há mais ou menos meia hora.

Sarius não estava sabendo nada sobre uma nova luta na arena, mas claro que ele quer participar. Com o que ele não contava era que o Olho Esbugalhado em pessoa fizesse sua inscrição. Ele está de pé na areia da arena escura, rodeado por gnomos e parecendo gigantesco, quase com o dobro da altura de Sarius. Mais uma vez o aspecto do gigante o incomoda, não se parece com ninguém aqui. E está praticamente nu.

— Registre-se aqui — diz ele, apontando com seu bastão peculiar para a lista pendurada no muro.

— Dentro de sete dias, duas horas antes da meia-noite, as lutas terão início.

Sarius escreve seu nome embaixo do de Bracco. *Veja só, ele ainda está vivo.* Blackspell estava na lista, junto com BloodWork, Lelant, LordNick e Drizzel. Sarius não consegue ler mais que isso, pois o mestre de cerimônias o expulsa dali.

— Não seja curioso, pequeno elfo. Junte-se aos outros.

Ao sair da arena, Feniel vem em sua direção. Ela devia ter jogado dia e noite, pois na última vez que Sarius a viu, ela era um 4 gravemente ferido, e agora nem sequer pode enxergar o seu nível. *Então, no mínimo, é um 8.* Todo o seu armamento é novo e ela carrega duas espadas. Algo lhe diz que desta vez ele perderia caso os dois se enfrentassem novamente.

Ao redor da imensa fogueira predomina um clima de reunião. Sapujapu está agachado no meio de uma horda de anões comparando seus machados, mas ele cumprimenta Sarius imediatamente.

— Nenhuma missão para hoje?

— Parece que não.

— É bom para variar um pouco.

Eles conversam sobre a luta na arena que Sapujapu também quer disputar e depois Sarius continua seu caminho. Ele vê BloodWork sentado sozinho sobre um tronco, fitando as chamas. A argola que ele leva pendurada a uma corrente no pescoço brilha como rubi à luz do fogo. Sarius hesita um instante, e então dirige a palavra ao bárbaro.

— Você sabe o que acontecerá hoje?

— Não.

— Tudo bem, desculpe. Tenha uma boa noite.

BloodWork levanta a cabeça.

— Eu estou cansadíssimo.

— Não me surpreende. Acho que nós todos temos dormido muito pouco.

— Você não tem nem ideia.

Sarius dispensava esse tipo de presunção agora.

— Então dê um tempo por hoje e se jogue em sua cama de bárbaro — diz ele, porém o bárbaro novamente não está com um bom humor.

— Saia daqui, elfo de merda — diz, erguendo seu imenso corpo. Ele se aproxima dos outros bárbaros e de um homem-gato que estavam meio afastados. Nos pescoços deles também pendia o círculo vermelho.

O homem-gato não era nenhum dos que estavam na plataforma na última luta na arena, Sarius tinha certeza.

— Não tenha muitas esperanças.

Drizzel apareceu ao lado de Sarius, esbarrando com força nele.

— Você nunca estará no Círculo Interno, seu molenga. Eu sim, quer apostar? Tenha cuidado e espere até a próxima arena.

Ele exibe seus longos caninos num sorriso.

Sarius quis sacar sua espada por precaução, mas algo desvia sua atenção.

Um gnomo com pele verde-clara parou sobre uma rocha próxima ao fogo.

— Os guerreiros do Círculo Interno estão sendo esperados no ponto de encontro secreto. Há novidades.

BloodWork, seus dois interlocutores e a maga elfo chamada Wyrdana levantam-se e vão para a parte esquerda do bosque, que parece um muro de sombras. O quinto escolhido não está ali, até que Blackspell se desprende das trevas ao lado da arena e segue os outros quatro. A medalha vermelha reluz sobre sua capa preta.

— Blackspell pertence ao Círculo Interno? — pergunta Sarius surpreso.

— Bosta. Eu também não sabia — responde Drizzel. — Mas melhor assim. Vou transformá-lo em mingau na arena!

Sarius já estava secretamente ansioso para ver isso. Não importava quem ia transformar quem em mingau, ele não gostava de nenhum desses vampiros.

Blackspell também desaparece no escuro do bosque e Sarius precisa se conter para permanecer ali no fogo. Ele adoraria saber o que era falado no Círculo Interno.

O gnomo verde continua sentado sobre a rocha, pois tem um novo aviso a fazer.

— Guerreiros! — ele começa. — A última batalha está se aproximando. Ainda falta algum tempo, porém, mais do que nunca, é preciso desde já separar o joio do trigo.

Ele faz uma pausa considerável.

— O campo onde estamos não está muito longe da fortaleza de Hortulano. Estamos nos aproximando dele, passo a passo. Meu amo acredita que Hortulano já consegue nos sentir. No entanto, ele não nos atacará. Ele *não pode* nos atacar, porque não tem ideia de quem somos.

Novamente uma pausa significativa.

— Outros, por sua vez, andam tentando arruinar nossa missão. Eles nos espionam, nos difamam, tentam nos prejudicar. Se nós não nos unirmos, eles se infiltrarão. Destruirão nosso mundo. Mais do que nunca é necessário silêncio. Manter a calma. Guardar segredos. Tratar os inimigos como inimigos.

Após isso, o gnomo desce da rocha e cambaleia com suas pernas tortas até a arena.

Durante as horas seguintes os guerreiros sentam-se juntos. Eles continuam esperando que algo aconteça, mas ninguém lhes impõe uma tarefa, ninguém os ataca, nenhum dos monstros de Hortulano irrompe contra eles. Então se mantêm tranquilos. Eles arriscam no dado moedas de ouro e carne, o clima está descontraído, ninguém tem vontade de investir contra a pessoa ao lado. Sarius mal percebe o tempo passar. Quando se despede dos outros, já são duas horas da manhã e ele está exausto. Nunca antes se sentiu tão acolhido e em casa no Erebos como agora.

18

De: Frank Betthany <fbetthany@gmail.co.uk>
Para: Nick Dunmore <nick1803@aon.co.uk>
Assunto: Treino

Nick, você não imagina como estou decepcionado com você. Com vocês todos. Você faltou nos últimos treinos e achou que nem precisava me informar a respeito. Infelizmente você não é o único. Da última vez eu estava com apenas quatro homens no ginásio.
Vocês que façam outra pessoa de idiota. Mais uma falta não justificada e você está fora.
F. Betthany

— O que aconteceu com você?
— Você estava no hospital?
— Não parece muito bem.
Brynne e algumas de suas amigas cercavam o calado Greg, que tentava com esforço aparente retirar seus livros do armário.
— Eu caí na escada rolante — disse sem convicção. Pelo desânimo de sua voz, ele não estava contando a história hoje pela primeira vez. — Escorreguei e fui rolando. Mas é bem menos grave do que parece — ele apalpou a casquinha do arranhão em seu nariz e deu um meio sorriso.
"Bem menos grave continua sendo grave", pensou Nick. O pulso esquerdo de Greg estava enfaixado e ele mancava um pouco.
— Quer que eu carregue sua mochila? — ofereceu Nick, mas Greg recusou na hora.
— Não, não. Eu posso levá-la. Não é tão grave. Tchau.

Nick o viu afastar-se e expulsou o pensamento que, desde que Greg apareceu, ele não conseguia tirar da cabeça.

Besteira. O Greg mesmo disse que havia tropeçado. Como se isso jamais tivesse acontecido a Nick. Uma vez, após uma trombada no basquete, ele havia ficado com as costelas enfaixadas por duas semanas. *Pois então, isso acontece.*

— Nick?

Era Emily e estava sozinha. Sem Eric, sem Jamie, e nem mesmo Adrian estava por perto.

— Oi Emily, sinto muito por não ter respondido seu sms.

— Tudo bem. Não era tão importante — ela sorriu.

— Quem é esse Victor de quem você falou?

— Também não importa muito. Posso lhe perguntar algo?

— Claro.

— Vamos ali — com um movimento com a cabeça, ela apontou para a escada, onde os dois poderiam conversar sem serem incomodados.

Nick a seguiu. Ele sentiu o olhar de Brynne atrás dele, sorriu-lhe rapidamente e mentalmente se xingou por ser tão covarde.

— O que você acha — perguntou Emily com franqueza —, é verdade o que Aisha está falando sobre Eric?

"Ela sabe", pensou Nick e se sentiu ficando vermelho. "Ela sabe do meu cristal de desejos."

Mas no olhar de Emily não havia qualquer sinal de acusação, apenas o interesse sincero em uma opinião.

Ele fez com os braços um movimento dando a entender que não fazia ideia.

— Não sei. Pode ser. Digo, eu não o conheço tão bem... então... eu... — diante do olhar fixo dela, ele começou a gaguejar.

— Conhecer, de qualquer forma, é sempre relativo — ela completou. — Sabe, desde ontem eu venho pensando se não há mais coisas por trás das afirmações de Aisha. No início tudo me pareceu totalmente absurdo, mas vai saber...

Nick se sentiu quase que ofendido.

— Você acredita na Aisha?

— Não. Talvez. Não sei. As pessoas fazem as coisas mais inexplicáveis. Coisas que ninguém jamais imaginaria.

Bingo. O rosto de Nick estava quente, ele com certeza ficou vermelho nesse meio-tempo. *Ela sabe.*

Se Emily estava percebendo seu constrangimento, conseguia disfarçar muito bem. Ela olhou pensativa para os armários onde Brynne continuava parada, examinando-os insistentemente.

— Eu também não conheço Eric muito bem. Nós dois amamos literatura inglesa e é sobre o que conversamos na maioria das vezes. Ele é muito inteligente, eu gosto disso. Na verdade, ele é inteligente demais para fazer uma coisa dessas, mas agora apareceu uma testemunha dizendo ter visto...

— Quem?

Emily deu de ombros.

— Sei lá. O sr. Watson contou isso a Jamie hoje. Ele quase explodiu de raiva... acha que isso tudo é uma armação.

"Não seria ruim se Aisha tivesse uma testemunha." Nick fechou os olhos.

— Por que você está me contando isso tudo?

Emily olhou para o chão.

— O que você queria naquele domingo de manhã quando me ligou?

Nick não pôde deixar de sorrir involuntariamente. "Eu queria lhe dar um mundo", pensou. "Um mundo sensacional, incrível, emocionante. Empolgante. Místico. Apavorante. Aterrorizador. Tudo isso junto."

— Isso você provavelmente deve imaginar, não? Eu não queria o telefone do Adrian, era por causa...

— Eu já sei — ela assentiu com a cabeça. — Eu fui meio fria, eu sei. Mas não era nada pessoal. Hoje provavelmente eu agiria de outra forma. Sabe, se *você* acha esse negócio bom, é porque deve haver algo de interessante nele — ela sorriu mais uma vez e se foi.

Sem palavras, Nick a observou se afastar. Se aquilo era efeito do cristal de desejos, ele começava a ficar com medo de verdade. Algo assim simplesmente não ocorria. Além disso: Emily e Erebos? Por que assim, tão de repente? Ele passou a mão sobre a cabeça, admirado pelo fato desse pensamento o satisfazer tão pouco. Se era isso que ele queria! Uma

Emily gato, ou uma Emily elfo, ou talvez uma Emily vampira ao seu lado. Porém, ele já havia copiado o jogo para Henry Scott e não podia voltar atrás. Ele não poderia oferecê-lo a Emily, mesmo que ela quisesse.

— É realmente muito gentil de sua parte flertar com Emily comigo ao lado! — Brynne estava plantada atrás dele. A raiva elevava sua voz às alturas.

— Como?

— Nosso encontro não significou nada para você?

— Mas... eu...

Droga. Ele estava gaguejando de novo.

— Você acha que pode ficar cada dia com uma diferente? Acha que eu não tenho sentimentos?

— Mas eu não fiquei com Emily! — disse Nick, indignado. — Eu só estava conversando com ela!

— E me jogando para escanteio! Você acha que eu não vejo como você se derrete por ela? — com um gesto teatral, Brynne jogou os cabelos para trás dos ombros. — Estou tão decepcionada com você, Nick!

Ela o deixou ali parado. Nick esfregou os olhos e suspirou. Era um idiota. Ele realmente se justificou por ter falado com Emily.

Hoje era o dia das conversas estranhas, ao que tudo indicava. Em um dos horários vagos, o sr. Watson veio em sua direção e pediu para lhe falar rapidinho em uma sala vazia, o que fez o coração de Nick bater violentamente.

O revólver. Ele sabe que eu tenho alguma coisa a ver com o revólver.

— Eu queria falar com você porque eu o considero uma pessoa inteligente — explicou o sr. Watson. Ele colocou sua garrafa térmica sobre a mesa e olhou pensativo pela janela. — Mas acho que você está mexendo com coisas que não estão lhe fazendo bem.

Logo, logo ele mencionará a arma.

— Eu sei que um monte de alunos da nossa escola anda jogando um jogo de computador chamado Erebos. Acho que você está me compreendendo. Eu não tenho nada contra jogos de computador. Eu até pedi para uma das minhas turmas escreverem uma redação ambientada no *World of Warcraft*. Mas isso aqui é outra coisa. É perigoso e eu tenho que tomar uma providência contra isso.

Nick fitava-o calado. Colin, Rashid e mais alguns outros com certeza já haviam ficado sabendo que Watson o abordara. Ele não iria conseguir esconder isso do Mensageiro.

— Eu gostaria que você me ajudasse, Nick. Eu vou ser sincero: eu não tenho tido muito sucesso na minha luta. Alguns alunos que largaram o jogo falaram comigo. Mas o programa não se encontra mais no computador deles. Eu acho que os peritos da polícia teriam mais chances com isso, mas eu só posso acionar a polícia se algo acontecer — ele suspirou. — E tenho muito medo de que algo aconteça. Você não?

Nick deixou escapar um ruído indefinido, algo entre um bufo e uma tosse.

— O que é que poderia acontecer? — disse ele, já que o sr. Watson obviamente esperava uma resposta.

— Não sei. Diga-me você.

— Então, eu também não sei.

O sr. Watson o examinava nitidamente.

— Eu acho que aquilo que aconteceu com Eric já foi grave o bastante. Lógico que você pode dizer que ele mesmo é o culpado se molestou Aisha. Mas Aisha não quer ir à polícia. De jeito nenhum. Estranho, não?

Mais uma vez Nick deu de ombros, dessa vez apreensivo.

— Provavelmente ela se sente constrangida, isso eu entendo. Afinal, é assunto pessoal dela.

— Sim, claro. Cada um cuida de suas próprias questões, não é? Exceto seu amigo Jamie, que decidiu se envolver nisso aí. Você não reparou?

— Eu já posso ir? Não sei mesmo como eu poderia ajudá-lo.

O sr. Watson assentiu com a cabeça resignado.

— Você pode vir falar comigo se precisar de proteção, certo? Você e todos os outros.

Nick deixou a sala. Apressou-se para parecer descontraído e seguro, disso ele ainda tinha consciência. Mas não importava. O sr. Watson não havia mencionado o revólver. Isso era o que importava.

— Há novidades que você possa me contar?

Sarius está de frente para o Mensageiro em um local totalmente desconhecido. Nunca estivera aqui antes. É uma montanha sobre a qual se destaca uma torre em ruínas. A torre exerce uma atração desconcertante em Sarius. Ela desvela a grandeza do castelo ao qual outrora deve ter pertencido, ao mesmo tempo em que parece poder cair a qualquer momento. À sua esquerda, uma peculiar cerca viva estende-se mais uma vez pela árida paisagem. Ela é dividida longitudinalmente em dois: metade verde, metade amarela. O amarelo se deve às flores afuniladas que crescem com uma incrível abundância na metade esquerda da cerca, enquanto que na metade direita estão completamente ausentes.

Involuntariamente, Sarius pensa em um jardineiro maluco, semeando suas plantas estranhas no meio da terra cinza e rochosa e dando risadinhas como um louco.

Sarius não quer mencionar a conversa com o sr. Watson se ele não for obrigado. Ele tenta outra coisa. Algo positivo que o Mensageiro não consiga perceber.

— Eu tive a impressão de que Emily Carver está começando a se interessar pelo Erebos. Até então ela não estava muito empolgada, mas hoje deu a entender que isso mudou.

— Ah, muito bem, Sarius. Isso basta por hoje, é melhor você ir. Estamos nos aproximando da fortaleza de Hortulano, você deve saber. Aqui é necessário o máximo de cautela. Se você seguir a cerca viva na direção oeste, irá se deparar com um memorial. Um monumento, na verdade.

Ele ri baixinho, causando um arrepio na espinha de Sarius.

— Lá você encontrará guerreiros aliados, mas talvez alguns inimigos também, que devem ser derrotados. Boa sorte.

A cerca reluz no escuro, que prático. Ela avança pela região sempre reta, como uma faixa no asfalto. Por um momento, Sarius pensou reconhecer algo nela, como se fosse um efeito de ilusão de ótica. *Uma verdade escondida atrás do aparente.* Porém, a impressão desaparece tão rápido quanto veio.

O caminho parece muito longo para Sarius. Mas ele deve estar na rota correta, a cerca iluminada não deixa dúvidas.

Depois de algum tempo, estevê algo enorme a distância, provavelmente o monumento. Porém, este se move. Ao aproximar-se, Sarius reconhece o que era: uma famosa escultura grega: um homem, cujo nome ele não lembra, e seus dois filhos, sendo estrangulados por duas serpentes marinhas imensas. No alto de seu pedestal, os três homens de pedra lutam por suas vidas enquanto as cobras se enroscam em seus corpos.

Um grupo de guerreiros encontra-se ao redor do pedestal. Ali estavam Drizzel, LordNick, Feniel, Sapujapu. Um pouco mais distante aguardavam Lelant, Beroxar e Nurax. Todos esperam o que está por vir.

Sarius junta-se a Sapujapu e observam a cena angustiante que acontece sobre suas cabeças. Queria perguntar do que se tratava tudo aquilo, mas só havia uma fogueira pequena e que ardia bem longe dali para tornar uma conversa possível. A chama servia, porém, para lançar um tremular horripilante sobre a estátua retorcida.

Talvez a tarefa consista em matar as serpentes? Mas como Sarius poderia subir no pedestal? Os outros tampouco tentam fazer algo, pelo menos não agora.

Os movimentos das figuras de pedra têm algo de hipnótico. Sarius tem a impressão de ficar sem ar sempre que as cobras se enroscam com mais força nos três homens.

Então apareceu um gnomo com a pele branca como a neve. Era um dos mensageiros do Mensageiro.

— Que belo espetáculo, não? — diz, mostrando os dentes. — Vocês entendem o que significa?

Ninguém se pronuncia.

Isso é uma charada? Haverá uma recompensa para a resposta?

— Não, vocês não entendem nada. Exatamente como meu amo imaginava. Então vão, andem pela floresta e acabem com os orcs. Quem me trouxer três cabeças será recompensado.

Feliz por ter escapado daquela cena sinistra, Sarius corre em disparada. Como de costume, a música magnífica começa a tocar, dando-lhe a impressão de ser invencível.

Três cabeças é brincadeirinha de criança.

19

Póing! A bola bateu a trinta centímetros da cesta contra a tabela. Betthany praguejou e Nick deu um chute na parede. *Droga, tudo é uma droga.* Ele não tinha mais paciência para esse pula-pula sem sentido naquele ginásio fedorento; queria ir para casa e fazer com que Sarius finalmente voltasse a progredir.

Os últimos quatro dias foram a mais pura decepção. Uma luta contra um dragão de nove cabeças, contra crustáceos gigantes venenosos e ontem uma batalha contra esqueletos bastante vivos em uma cova escuríssima. Sarius superou tudo sem problemas, porém sem se destacar. Continuava sendo um 8. Com todos os seus esforços, não havia conseguido nada além de um pouco de ouro, poção e luvas novas. Nenhuma missão do Mensageiro. Nenhuma chance de mostrar sua capacidade.

Nick correu atrás de Jerome, tomou a bola e foi driblando pela quadra. Mirou. Arremessou. *Póing!* Mais uma vez, bola fora.

— Devo levantar você até a cesta, Dunmore, ou você precisa de uma escadinha? — berrou Betthany.

Não. Ele precisava de uma espada nova e de um *upgrade* em suas habilidades especiais. A luta na arena se aproximava cada vez mais, e enquanto os outros ficavam mais fortes, Sarius não avançava. Se o Mensageiro pelo menos lhe desse uma chance, uma tarefa, para que Sarius pudesse mostrar o quanto valia.

Jerome pegou novamente a bola e passou correndo por Nick. Quase que automaticamente, ele especulou sobre a identidade de Jerome no jogo. *Lelant? Nurax? Drizzel? Mais forte que Sarius? Mais fraco?*

— Você está dormindo, Dunmore? — gritou Betthany. — Quer fazer flexões até acordar de vez?

Nick ficou grato quando o jogo terminou. *Para casa*. Lá, um trabalho de inglês ainda esperava para ser escrito, mas aquilo seria moleza. Para que existia a internet? Era só copiar umas duas páginas e a coisa estaria resolvida. Depois ele daria novos rumos ao jogo, para finalmente acabar com aquela maré de azar. Pressentia que aquela noite isso poderia dar certo.

As trevas caíram opressivas sobre o campo, como se tivessem massa e peso. Os guerreiros corriam apressados. Ainda precisavam conquistar uma ponte para cumprir a tarefa passada pelos gnomos. O caminho por onde andam é azul-escuro, uma cor que lembrava águas profundas.

Sarius tenta ser mais rápido que os outros, e ultrapassa três de seus companheiros: Drizzel, Nurax e Arwen's Child. Junto com ele, e da mesma altura, corre LordNick, e um pouco atrás seguem Sapujapu, Gagnar e Lelant. O grupo que ficou para trás é formado por alguns novatos. Sarius não faz qualquer esforço para reparar em seus nomes. Eles são de nível 1 e 2, não poderão prejudicá-lo na arena.

Agora pode sentir que eles estão perto de seu objetivo. Sarius está tenso, porém é uma tensão agradável, repleta de curiosidade e sede de sangue. Serão orcs, escorpiões ou aranhas de quem eles deverão tirar à força a ponte? Para ele tudo estava bem. Desta vez ele lutará tão bem que o Mensageiro terá de recompensá-lo. No entanto, até a luta na arena ainda faltam três dias. Após isso, será no mínimo um dez.

A corrida há muito tempo já não lhe afeta em nada. Ele se lembra brevemente de como era quando ele, após cada montanha, tinha que parar e descansar. Agora pode correr morro acima e abaixo com toda velocidade, sem mostrar o menor sinal de exaustão. É bom ter força. *É bom estar em um nível mais alto.*

Uma leve subida regular encontra-se diante dele. *Regular demais para ser natural*. Sarius examina mais de perto e constata que o caminho se eleva sobre o chão, estendendo-se pela escuridão como um arco-íris azul-piscina. *Essa é a ponte, então.*

Mais à frente, no escuro, ouve-se metal batendo contra metal. *A luta já está acontecendo?* Sarius saca sua espada e vê LordNick fazendo o mesmo. Se fosse possível pelo menos ver o inimigo, mas tudo ali são silhuetas gigantescas. *Blam!* Um som como a batida de um sino. Algo desce pela ponte em disparada. *Algo ou alguém?*

Os sons de luta ficam mais altos e contornos brilhantes se delineiam no céu. Gigantes cavaleiros encouraçados em prata defendem a ponte. O entusiasmo de Sarius desaparece. Como diabos poderia vencê-los? Ele desacelera e vê como Drizzel desvia da espada de um dos cavaleiros, do tamanho de uma árvore, ela agitava-se de um lado para o outro mas sem acertar um golpe. Com Nurax não é diferente.

"Deve haver algum macete", pensa Sarius. "Uma área vulnerável, alguma coisa. Quando eu chegar mais perto, eu verei."

LordNick passa por ele, atira-se sobre o próximo couraçado e bate com sua espada no jarrete do gigante. A criatura sequer se assusta e LordNick tem que se esforçar bastante para evitar ser partido em dois em um só golpe.

Eu poderia tentar dar a volta neles. A tarefa é conquistar a ponte, não vencer os cavaleiros.

Vendo-os de longe, os inimigos são altos como torres. Seus movimentos são de uma força monstruosa, mas não muito rápidos. Sarius passa pelo primeiro, depois pelo segundo. O terceiro tenta detê-lo, e baixa a espada. Sarius desvia; ali estava a extremidade da ponte, era preciso ter cautela. *Blam!* O gigante dá mais um passo em sua direção, aponta a arma para ele e, a espada do gigante atinge Sarius de leve, de leve, apenas. Ela não o fere, mas o faz perder o equilíbrio. Sarius está consciente de que não vai conseguir. Não há nada onde ele possa se segurar, nenhum parapeito, nem mesmo uma borda mais saliente.

Ele cai. *Adeus aos cavaleiros*, adeus à ponte que, agora azul, se arqueava sobre ele. *Adeus a seu sonho de virar um 9 hoje.* O que havia abaixo dele ele não podia nem mesmo imaginar. Água seria bom, ou pelo menos um gramado macio. Porém, em pensamento, somente ele vê pedras pontiagudas e espinhos. O ar ao seu redor assobia. E ainda nada de tocar o chão.

Morto por estupidez.

Isso não pode ser, não agora. Assim não. Apenas por dar um passo em falso.

Mas o impacto chega e o som de ferimento começa a soar com uma intensidade tal que faz Sarius gemer. Por um momento ele não deseja nada além de que ele pare, imediatamente. Mas o chiado é um sinal de vida, de que ainda tem uma chance. Ele precisa apenas esperar. Apenas aguentar.

Então ele espera esforçando-se para movimentar-se o menos possível. Logo sua cabeça começa a doer, o som é uma tortura e se sobrepõe a todos os outros, inclusive os barulhos de luta na ponte. *Por que tanta demora? E será que ainda estão lutando na ponte? Provavelmente.* Porém, além dele, ninguém mais caiu.

— Essa não foi nenhuma jogada magistral, Sarius.

Finalmente. Nunca esteve tão feliz em ver os olhos amarelos.

— Suponho que você precise da minha ajuda.

— Sim. Por favor.

— Você deve compreender que eu estou começando a ficar chateado por ter que tirá-lo toda hora de apuros.

Sarius se cala. O que poderia responder? Mas o Mensageiro parece aguardar por uma resposta e Sarius não quis que ele se chateasse mais ainda.

— Sinto muito. Eu fui desastrado.

— Com isso eu concordo. Ser desastrado é perdoável no caso de um 2, mas com um 8 é uma vergonha.

"Agora ele vai me tirar um nível", pensa Sarius, triste.

Isso se não me tirar algo mais.

— Até hoje você pôde confiar em mim, não é?

— Sim.

— Posso confiar em você, Sarius? Mesmo se as coisas ficarem difíceis?

— Claro.

— Muito bem. Então eu o ajudarei de novo. Mas você terá que cumprir uma missão para mim e desta vez você não poderá ser desastrado.

O som de ferimento enfraquece e Sarius levanta-se lentamente. *Foi por pouco... Da próxima vez se concentrará mais, isso não vai acontecer outra vez. Em dois dias começará a luta na arena e queria estar em forma.*

— Eu cumprirei a missão. E pode ser difícil, sem problema algum.

O Mensageiro assente com a cabeça pensativamente.

— Fico contente em ouvir isso. Deixe-me primeiro fazer-lhe uma pergunta. O sr. Watson é seu professor de inglês?

— Sim.

— Dizem que ele anda sempre com uma garrafa térmica. É verdade?

Sarius pensa um pouco.

— Sim. Acho que com chá dentro.

— Muito bem. Então amanhã, cinco minutos antes de começar o terceiro tempo, você irá procurar o banheiro do primeiro andar. Aquele que tem o espelho da pia rachado. Na lata de lixo, encontrará um pequeno frasco. Você deverá despejar seu conteúdo na garrafa térmica do sr. Watson. Não interessa o conteúdo do frasco. Porém, sua destreza será necessária: ninguém deverá observá-lo nesse momento.

Sarius acompanhou a explicação do Mensageiro com crescente incredulidade. Por alguns instantes ele considerou simplesmente sair correndo e fingir que não ouviu uma palavra. Ele podia também ficar ali deitado esperando que o Mensageiro retirasse tudo o que disse e declarasse que aquilo tudo fora uma piada ruim. No entanto, seu interlocutor apenas permaneceu com os braços cruzados sobre o peito ossudo.

— E então? Entendeu tudo?

Sarius fez um esforço para responder.

— Sim.

— Você o fará? Como a tarefa é difícil, a recompensa será generosa. Um novo poder mágico e três níveis. E então você será um 11, Sarius. Como um 11, você já terá chances de ocupar um lugar no Círculo Interno e eu poderia informar-lhe quem é seu membro mais fraco.

Sarius respira fundo. *Isso é um jogo, certo? Provavelmente o Mensageiro só está exigindo uma prova de coragem e só há leite no frasco. Ou glicose.*

— Eu farei.

— Excelente. Aguardarei seu relato amanhã.

As trevas desta vez apareceram com rapidez e deixaram Sarius com uma sensação de desamparo até então desconhecida.

Criar. Preservar. Destruir.

Para cada uma dessas tarefas os hindus têm uma divindade. Eu darei conta disso tudo sozinho.

Eu consegui o que ninguém antes de mim conseguiu, mas o mundo não é minha testemunha e jamais será.

Então eu tentei preservar o que criei, com toda a minha força, com toda a minha vontade. Com dor, às vezes com lágrimas, de qualquer forma, com considerável sacrifícios de vítimas.

Agora eu destruirei. Quem irá me culpar? Se houver justiça, pelo menos isso eu irei conseguir.

Teria sido melhor continuar como criador e me alegrar com minha criação, preservá-la, dividir com os outros. Mas a destruição também nos apresenta aspectos positivos. O encanto está em seu caráter definitivo.

20

Nick não conseguiu se lembrar quando foi a última vez em que dormiu tão mal como na noite anterior. Ele havia revolvido a missão em seus pensamentos, alternado sensações de pânico e calma, tentado mil vezes imaginar o cenário do dia seguinte. Esforçou-se para elaborar um plano, porém quando chegava a hora de abrir a garrafa e despejar nela a substância desconhecida, o filme se rompia.

Mas agora era o momento. Há dois minutos o sinal do terceiro tempo havia batido. Nick subiu as escadas para o primeiro andar com o coração palpitante.

Ele tinha esse horário vago, uma das poucas vantagens de quando se está finalmente no sexto ano. Os outros que também não tinham aula agora estavam na biblioteca ou nas áreas comuns; Nick não achava que alguém o estivesse seguindo. Mas, mesmo assim, olhava o tempo inteiro ao seu redor, esperando secretamente que Dan, Alex ou qualquer um o estivesse gravando com uma câmera.

Nick deteve-se diante da porta do banheiro. Ele preferia estar em outro lugar, bem longe. Mas isso não adiantava nada.

Então vamos. Mãos à obra.

Abriu a porta. Deu uma olhada rápida no espelho rachado, no rosto pálido com olheiras profundas.

Lá, à esquerda da pia, havia uma lata de lixo. Estava meio cheia com toalhas de papel usadas, latas vazias de bebida, uma casca de banana, um pão mordido e algumas folhas de caderno amassadas.

Com as pontas dos dedos, Nick desamassou os papéis. Nada. Debaixo da primeira lata de bebida também não havia nada.

Por falta de opção, procurou mais para o fundo. Havia mais papel amassado. Um desenho malfeito exibindo uma menina nua. Nick colocou a mão um pouco mais para baixo. Se não houvesse nada ali, ele iria virar o lixo de cabeça para baixo e revolveria a sujeira como um porco. Ou, na melhor das hipóteses, poderia explicar ao Mensageiro que não havia nenhum frasco no lixo. Um rastro de esperança começava a se formar quando Nick a viu: uma caixinha azul e branca.

"Digotan®, 50 comp. 0,2 mg", Nick leu. Ele puxou a caixinha e sentiu que ela não estava vazia. *Que droga.*

Ele se trancou na última cabine e abriu a embalagem. Um frasco azul se revelou, cheio de pílulas brancas até mais ou menos dois terços.

Nick abriu o frasco, cheirou seu conteúdo e não percebeu nada de incomum. Os comprimidos pareciam inofensivos; eram pequenos, com aspecto de giz e tinham um entalhe no meio.

Ele havia guardado bem as palavras do Mensageiro: o conteúdo do frasco não interessava. Mas nada o impedia de dar uma olhada na bula. O componente ativo dos comprimidos brancos se chamava β-cetildigoxina e ajudava, segundo a descrição, em casos de insuficiência cardíaca.

> Digotan® melhora o funcionamento do coração, fazendo-o bater mais lentamente e com mais força, melhorando a circulação sanguínea do corpo.

Até aí a substância parecia confiável. Nick virou o papel e procurou os efeitos colaterais.

> Precaução: Medicamentos com glicosídeos cardioativos podem agir com demasiada rapidez devido a disfunções nas reservas minerais ou em caso de interações medicamentosas. Risco de vida em caso de superdosagem! Consultar um médico na ocorrência dos seguintes efeitos colaterais: enjoos, vômitos, distúrbios na visão, alucinações, arritmias.

Risco de vida. Nick viu a bula tremer levemente em sua mão. O medicamento poderia agir muito rápido, estava escrito. O que aconteceria se ele esvaziasse o frasco todo na garrafa térmica do sr. Watson? Bastaria apenas um gole de chá para envenenar o professor?

Com os olhos fechados, Nick se encostou na parede do banheiro. Sem chances de fazer aquilo. Ele não poderia matar alguém. Iria pedir uma outra tarefa ao Mensageiro, como tirar fotos de novo, por exemplo.

Mas isto aqui é maluquice. De mais a mais, aquilo provavelmente era um erro de programação e o Mensageiro ficaria feliz se Nick o avisasse a respeito.

Nisso nem você acredita.

Ele lembrou-se do que o gnomo branco tinha dito havia dois dias junto à fogueira: eles deveriam tratar os inimigos como inimigos. Àqueles que queriam destruir o mundo de Erebos. *Teria ele querido mesmo dizer que eles deveriam matá-los?*

Nick pesou o frasco em sua mão. Por um momento ele pensou em jogar o conteúdo na privada, mas não se atreveu. Talvez ele ainda fosse precisar dos comprimidos. Ele precisava pensar em algo.

O resto do tempo ele ficou vagueando inquieto pelo prédio da escola, como um fantasma. Precisava de uma ideia, e não podia ser qualquer uma, tinha que ser uma boa. Uma que permitisse que tanto Watson quanto Sarius continuassem vivos.

No intervalo seguinte, Watson estava como inspetor. Nick o observava sem conseguir tirar os olhos da garrafa térmica cromada que o professor carregava descontraidamente sob o braço.

Desse jeito, Nick jamais conseguiria se aproximar. *Era impossível.* A única opção era esperar que Watson a largasse. E isso ele faria provavelmente na sala dos professores, que estava sempre abarrotada de pessoas. Ele não poderia simplesmente entrar ali e jogar pílulas no chá dos outros.

Isso jamais iria dar certo!

Nick tateou o frasco em seu bolso. Não era justo. A tarefa não era realizável, mesmo se Nick pudesse se livrar de toda sua consciência, mesmo se ele...

— Nick?

Ele soltou um grito abafado

— Adrian, que droga, você precisa ficar se esgueirando por aí?

— Sinto muito.

Porém, Adrian não aparentava sentir muito. Ele parecia decidido, ainda que estivesse pálido e lambendo os lábios sem parar.

— O que você quer?

— É verdade que tem um jogo nesse DVD de vocês? Um jogo de computador?

Adrian olhava-o suplicamente, mas Nick não respondeu. O sr. Watson acabara de colocar sua garrafa térmica sobre o parapeito da janela para intervir em uma briga de duas garotas mais novas.

Infelizmente o corredor estava cheio de gente. Ele simplesmente não podia passar... E, além disso, de qualquer forma não o faria! Ele precisava, inclusive, parar de pensar nisso!

— Nick, é verdade?

Nick virou-se bruscamente para trás, viu Adrian roendo a unha do polegar e repentinamente sentiu uma raiva indescritível.

— Por que você não me deixa em paz? Por que você mesmo não vai experimentar? Eu não posso lhe falar nada a respeito e também não quero! Vá se danar!

Não muito longe dali encontrava-se Colin e, um pouco mais adiante, Jerome. Ambos se viraram para olhá-lo. No rosto de Colin se esboçou um sorriso discreto e Nick se arrependeu de seu acesso de raiva. Ele não queria que Adrian também acabasse caindo de uma escada rolante.

— Deixe-me em paz, está bem? — falou mais baixo. — Se está interessado, arrume você mesmo um DVD. Não é difícil. Do contrário, apenas esqueça isso.

— Se isso é um jogo — cochichou Adrian —, então largue isso. Sério. Largue isso.

Nick olhou para Adrian sem entender.

— Você pode me explicar o que quer dizer, por favor?

— Não. Por favor, simplesmente acredite em mim. Os outros não me dão crédito, nem mesmo os da minha turma.

— E por que deveriam? — Nick observava o sr. Watson voltando para o parapeito da janela e pegando sua garrafa térmica.

Droga.

Ele virou-se para Adrian novamente.

— Diga logo! Por que eles deveriam confiar em você? Você não sabe nem do que se trata! Por que você quer estragar a diversão dos outros?

Diversão. Acabara de dizer diversão.

— Não é isso o que eu quero. Mas minha intuição me diz que...

— Sua intuição — interrompeu Nick. — Agora eu vou lhe dar uma boa dica: pare de irritar os outros por causa de suas intuições. Você só vai arrumar problemas, e dos mais sérios, por sinal.

Que ótimo, agora ele havia advertido Adrian na frente dos outros jogadores. Se isso se espalhasse, o Mensageiro com certeza não iria achar graça, isso era fato. E ainda havia a questão dos comprimidos. Continuava sem ter nenhuma ideia brilhante.

Sem mais palavras, ele deixou Adrian para trás.

Uma hora depois, Nick estava a caminho da cantina. Não tinha a menor fome, mas precisava se ocupar. Simplesmente ficar por aí sentado suportando o intervalo do almoço iria deixá-lo louco.

Eric estava lá de novo. Nick o viu com três pessoas do clube de literatura. Eles estavam parados em um canto, discutindo animados. Ao se aproximar, eles abaixaram o tom, porém Nick ouvira claramente o nome de Aisha.

De Emily não havia qualquer sinal.

Nick avistou o sr. Watson, Jamie e uma menina gorda parados perto da janela em frente à sala de biologia. Nick examinou bem o professor. Nada da garrafa térmica, nem mesmo no parapeito da janela.

Sem pensar muito no que estava fazendo, Nick foi andando rumo à sala dos professores. Ele não iria cumprir a tarefa, claro que não, mas precisava saber se ela seria teoricamente possível. Depois contaria ao Mensageiro por que não havia dado certo. Isso se realmente não fosse dar certo.

A porta da sala dos professores estava entreaberta. Nick espiou pela abertura. Nas longas mesas dispostas em forma de U estavam sentados dois professores que sequer levantaram a cabeça quando ele deu um passo para dentro da sala. Um estava corrigindo tarefas dos cadernos, o outro lia o jornal e comia um sanduíche. Da garrafa térmica do sr. Watson, nem sinal.

Meio decepcionado, meio aliviado, Nick deu meia-volta imediatamente. *E agora?* Ele precisava pelo menos fingir que quis cumprir a tarefa, seguramente alguém o vigiava para escrever um relatório de tudo. Nesse momento Dan apareceu andando pelo corredor, e, ainda que sequer olhasse em sua direção, Nick estava convencido de que havia passado por ali apenas por sua causa.

Lentamente, Nick refez o caminho pelo qual ele tinha vindo, mas, após alguns passos, um pensamento o deteve. *Onde, além da sala dos docentes, os professores guardavam suas coisas?* No vestiário, claro. A saleta estava bem diante dele e na cabeça de Nick já pulsava uma certeza antes de abrir a porta. Ele viu a garrafa na mesma hora, como se ela tivesse atraído sua visão magneticamente. Ela chamava sua atenção de dentro de uma bolsa transversal de couro pendurada em um gancho entre casacos e sobretudos.

Rápido como um raio, Nick correu para dentro da sala e fechou a porta. Só isso já lhe podia causar problemas graves, pois os alunos não tinham motivos para andar ali. Entretanto, aqui ninguém poderia observá-lo, nem Dan, nem Colin, nem Jerome.

Nick puxou a garrafa de dentro da bolsa. Ela gorgolejava um pouco, com o chá mais ou menos até a metade. Ele sentiu seu coração bater até o couro cabeludo ao desenroscar a tampa. *Chá de menta.* O frasco de comprimidos fazia pressão em seu bolso, como se lhe quisesse dizer algo.

"Eu poderia fazê-lo", pensou Nick. "Agora. Rápido."

Não. Ele não era louco! O que diabos ele estava fazendo ali?

Nick fechou a garrafa com mais pressa ainda do que a havia aberto, limpou com seu suéter as impressões digitais da superfície cromada e colocou a garrafa de volta na bolsa de couro.

Mas ele estivera aqui. Alguém com certeza o vira entrando. Isso era o que importava.

Entretanto, sair do vestiário foi um sacrifício. E se ele desse de cara com o Sr. Watson? Porém, ninguém prestava muita atenção quando ele saiu da saleta e fechou a porta. Apenas Helen vagava pelo corredor na hora e lançou um olhar insondável.

Após a aula, ele jogou fora o frasco de comprimidos em uma lata de lixo perto do metrô, e na mesma hora se sentiu surpreendentemente leve. Ele agiu com astúcia, pensou cada detalhe. No vestiário ele podia ter feito tudo ao pé da letra, e ninguém poderia provar o contrário. O sr. Watson iria viver, Sarius também. Já era praticamente um 11.

21

"Uma catedral da escuridão", pensa Sarius, virado de frente para o Mensageiro. Eles estão em uma sala gigantesca com janelas de arcos pontudos pelas quais não entra luz, ainda que o vidro pareça se acender com cores pálidas. Estátuas de pedra duas vezes mais altas que Sarius, com faces de demônios e asas de anjos, encontram-se entre as janelas fitando o nada.

O Mensageiro está sentado sobre uma cadeira de madeira magnificamente decorada, uma espécie de trono. Atrás dela há uma fenda ainda mais escura que o resto do local: uma fissura na terra ou um abismo, Sarius não consegue reconhecer exatamente da posição em que está.

O Mensageiro tem os longos dedos dobrados sob seu queixo e examina Sarius em silêncio. Ao seu redor tremulam centenas de velas cinza em seus castiçais.

— Você tinha uma tarefa — diz o Mensageiro.
— Sim.
— Você a cumpriu?
— Sim.

O Mensageiro inclina-se e cruza as pernas.

— Conte-me a respeito.

Sarius relata brevemente, sem omitir nenhum detalhe importante. Ele conta sobre ter achado os comprimidos, sobre sua busca pela garrafa térmica e, finalmente, sobre ter despejado os comprimidos no chá.

— É tudo? — o Mensageiro quer saber.
— Sim.

— Muito bem. O que você fez com o frasco vazio?
— Joguei fora. Em uma lata de lixo perto da estação de metrô.
— Muito bem.

Novamente o silêncio domina. A chama de uma vela se apaga com um chiado, e um fio grosso de fumaça se levanta, tomando a forma de um crânio. O Mensageiro inclina-se para frente, seus olhos amarelos se colorem de vermelho.

— Explique-me uma coisa.

Eu fui tolo, ele sabe, ele sabe de tudo...

— Um de meus espiões encontrou o frasco. Ele estava cheio.

Sarius arde em pânico.

Uma explicação, rápido...

— Talvez o espião tenha encontrado o frasco errado.
— Você está mentindo. Outros espiões me contam que o sr. Watson goza de perfeita saúde. E continua na escola.
— Provavelmente o sr. Watson ainda não tomou seu chá. — sugere Sarius, às pressas. — Ou ele o jogou fora por causa do gosto amargo dos comprimidos.
— Você está mentindo. Eu não vejo mais utilidade em você.
— Não, espere, não é bem assim!

Sarius procura desesperadamente argumentos com os quais ele possa convencer o Mensageiro. Ele foi tão hábil, ninguém pode comprovar que não quis cumprir sua missão.

— Eu fiz tudo como foi combinado. Se o sr. Watson não bebeu seu chá, não é minha culpa. Eu...
— Indecisos, hesitantes, medrosos e moralistas não são úteis para os serviços de meu amo. Eles não servem para destruir Hortulano. Adeus.

Adeus?

Mediante um aceno do Mensageiro, dois dos demônios de pedra se desprendem de seus lugares entre as janelas e abrem suas asas.

— Não, pare, isso é um engano! — grita Sarius. — Isso não é justo! Eu fiz tudo direito!

Os dois demônios seguram seus ombros com suas garras e o levantam no ar.

Sarius defende-se com todas as suas forças, se retorcendo sob a força dos gigantes de pedra. *Por que o Mensageiro está fazendo isso? Até hoje ele sempre o ajudou... E agora, tudo por essa única vez, por essa única tarefa...*

— Esperem, isso foi tudo um mal-entendido. Eu tentarei de novo — grita Sarius. — Desta vez eu farei melhor, desta vez dará certo, eu juro!

O Mensageiro cobre todo o seu rosto com o capuz.

— Você não contará nada a respeito do Erebos. Você não se virará contra nós. Você deixará os demais guerreiros em paz. Se você se debandar para o lado de nossos inimigos, você se arrependerá.

— Pare, por favor! Eu já disse que farei, desta vez eu farei direito!

Eles o levam até a fissura que se abre no chão atrás do trono do Mensageiro. A fissura significa a sua morte, Sarius compreende. Ele luta em vão com todas as suas forças contra as garras dos demônios de pedra.

— Nick Dunmore. NickDunmore. Nick. Dunmore — ressoa baixinho pela catedral.

E então eles o deixam cair. O ar canta ao seu redor, ele acredita poder ouvir seu nome repetidamente. Ele segue caindo, caindo, caindo. Ainda há um resto de luz, ainda consegue ver os contornos de suas mãos, que esticou, cheio de medo.

E então veio o choque.

Um chiado curto e agudo do som de ferimento, com uma intensidade que nunca antes havia sentido.

Depois o silêncio. O escuro. O fim.

Nick golpeou o teclado, esmurrou o mouse. Bateu no monitor, no computador, na escrivaninha. *Sarius não estava morto, não podia estar morto!*

Certo, calma, devagar. Primeiro desligou o computador. Depois voltou a ligá-lo. Observou enquanto o sistema iniciava.

Quem o havia delatado? Quem havia pegado do lixo o maldito frasquinho com os comprimidos? Nick não vira ninguém, mas tampouco prestara atenção se havia alguém o seguindo fora da escola.

Seu idiota. Algum jogador devia tê-lo espionado. E provavelmente recebido como recompensa montes de ouro ou um nível a mais.

Mesmo assim, o Mensageiro não podia provar que Nick havia se recusado a cumprir a tarefa. Ele não podia simplesmente expulsá-lo sem provas! Não havia passado nem um dia que o Mensageiro lhe havia dito que Sarius seria um candidato ao Círculo Interno.

Pensar nisso doía. *Amanhã seria a luta na arena!* Ele queria, ele precisava estar lá. Iria conseguir... só precisava encontrar uma oportunidade de falar com o Mensageiro e esclarecer este mal-entendido.

Ele se lembrou de Greg. *Mais um mal-entendido. Só que no meu caso não foi nada disso.*

Mas ele não era Greg. Ele não iria simplesmente deixar que o expulsassem. Havia um caminho de volta, com certeza. *Com toda a certeza.* Nick precisava apenas de uma segunda chance. Precisava entrar novamente no jogo.

Impaciente, ele batia com os nós dos dedos no tampo da mesa. Por que seu computador demorava tanto para iniciar?

Presumindo que o Mensageiro lhe impusesse a mesma tarefa novamente, ele iria cumpri-la desta vez? Iria envenenar o sr. Watson? Estaria ele lamentando não ter aproveitado a oportunidade?

Sim, que inferno! Sim.

O que era o sr. Watson comparado a Sarius?

Nick fechou os olhos. Provavelmente não aconteceria nada. Watson teria bebido o chá, achado horrível e cuspido fora. *Nada demais.* Inclusive, provavelmente era essa a intenção original do Mensageiro: se todos os comprimidos se dissolvessem no chá, ele ficaria simplesmente intragável. Tudo sem qualquer perigo. Mas o tolo do Nick tinha mesmo que ter escrúpulos.

O computador finalmente funcionou: lá estava ela, a imagem normal da área de trabalho. Automaticamente Nick foi com o cursor até onde o ícone do Erebos se encontrava. Ou havia se encontrado. O E vermelho desaparecera.

Merda.

Agitado, Nick tirou o DVD do Erebos de sua capinha e o enfiou no *drive*. Lá estava a janela de instalação. Ok. Perfeito. Instalar.

Demorou como da primeira vez. Mas não havia problema, ele tinha paciência.

Bom, e agora? Onde estava o ícone?

Ele não o encontrou e tampouco achou o programa instalado. Vasculhou todo o disco rígido duas, três vezes. *Nada. Vamos instalar de novo.*

Espere, será que era preciso primeiro copiar o DVD*?* Era assim que as pessoas faziam quando repassavam o jogo.

Ele copiou e instalou duas, três vezes. Tomado por desespero, acabou esmurrando o computador. Tentou sete vezes no total, de todas as formas imagináveis. Simplesmente não dava certo. E ele sabia que não iria dar certo, mas simplesmente não conseguia parar. Se parasse, seria definitivo. Então realmente seria o fim. Ele conteve as lágrimas que começavam a surgir. Sarius era uma parte dele, ninguém deveria ter o direito de tirar-lhe um pedaço de si.

Instalar de novo. De novo.

Após mais de três horas, Nick desistiu. Ele havia arruinado tudo. Sacrificara Sarius por seu professor idiota de inglês, um cara que precisava de qualquer maneira meter o bedelho nos assuntos dos outros. Seria mesmo muito bem-feito para ele receber uma advertência. Mas Nick havia sido covarde demais.

Morto por covardia?

Pensar em sua lápide finalmente fez verter lágrimas em seus olhos. Estaria mesmo talhado "covardia" nela?

Ou desobediência? Indecisão?

Nem mesmo isso ele ficaria sabendo.

— Lasanha, Nick? — sua mãe equilibrava a embalagem de alumínio na mão enfiada em uma luva de cozinha. O cheiro era de queijo e ervas italianas, mas Nick estava sem apetite.

— Sim, claro. Mas não muito — disse, mesmo assim. Eles deveriam se comportar discretamente, o Mensageiro lhes havia ordenado. *Espere.* Para ele, isso não importava mais. Apoiou a cabeça nas mãos. Seus olhos ardiam.

— Está tudo bem com você?

— Claro. Só estou um pouco cansado.

— Deve ser o tempo. A sra. Bricker hoje quase dormiu fazendo permanente...

Ele deixou sua mãe falar. Deu alguns sorrisos e caiu na risada com ela duas vezes, apesar de já ter perdido o fio da meada há muito tempo.

Mais tarde, teve uma outra ideia: com certeza, em um outro computador, ele poderia instalar o jogo novamente. Poderia se registrar de novo, mas infelizmente não como Sarius. Ele queria isso? Bem, isso era melhor do que nada.

Ah, droga, se esquecera completamente de que no início era preciso informar o nome verdadeiro. Da última vez o jogo não aceitou mentiras. Enfim, de qualquer forma tinha pelo menos que tentar. O Mensageiro iria ver que Nick Dunmore levava o negócio a sério. Ele iria aceitá-lo novamente.

Sarius encontra-se no meio da arena, de seu pescoço pende uma argola vermelha: não é de rubi, e sim de fogo.

O público ao seu redor vibra, desta vez consiste apenas de homens-aranhas, cujas patas agitadas saem de suas cabeças. Sarius vira de costas; a seu lado está LordNick... com uma lança cravada em seu ventre.

— E aí? — diz ele e dá de ombros.

Então a lança se transforma em uma serpente que se retrai no corpo de LordNick através de seu ferimento, como se ele fosse uma caverna. O ferimento cicatriza. *Mágica.*

Sarius procura Sapujapu, mas não há nem sinal dele. Porém Lelant está lá, ele faz uma careta estúpida, mostrando a Sarius o dedo médio. Em seu cinto está presa uma garrafa térmica.

— Lutem — brada o Olho Esbugalhado. Ele bate com seu cajado no chão e uma fissura se abre na terra.

"De novo não", pensa Sarius, "justo agora que eu acabei de regressar". Ele olha para cima: o falcão dourado voa em círculos e, ao lado dele, dois demônios de pedra; que não podem vê-lo.

A fissura fica cada vez mais larga. Alguns pulam voluntariamente dentro dela, mas Sarius não faria isso, não era louco. Ele recua cada vez mais, mas logo o buraco toma toda a arena. Precisa escalar a mureta e ir para as arquibancadas, porém lá estão os homens-aranhas abrindo-lhe os braços como se ele fosse uma refeição bem-vinda...

Novamente ele cai, sem cessar. "Não tem problema", ele pensa, "pelo menos agora eu sei como voltar".

O barulho do despertador arrancou Nick de sua queda e num primeiro instante ficou extremamente feliz porque o Erebos estava novamente acessível para ele. No momento seguinte, a realidade reconquistava seu lugar e Nick enterrou o rosto em seu travesseiro, tentando voltar para seu sonho.

Era possível reconhecer aquilo em seu rosto? Nick teve a impressão de estar sendo observado assim que entrou na escola. Colin o examinou com sarcasmo, segundo lhe pareceu, enquanto Rashid o ignorou como se não fosse nada.

Os dois não iriam ajudá-lo, disso Nick tinha consciência. Ele precisava era de alguém como Greg. Alguém que já havia passado pela queda no abismo e estava à procura do caminho de volta para o mundo de Erebos.

No primeiro momento em que não se sentiu observado, ele tentou com Greg. Para isso teve que segui-lo quase até a cabine do banheiro.

— Posso fazer uma pergunta rapidinho?

Greg levantou os ombros incomodado. Os arranhões em seu rosto haviam escurecido e ele ainda usava uma bandagem no pulso esquerdo.

— Se não tiver jeito.

— Você já encontrou uma... solução para seu problema?

Greg franziu a testa e então começou a sorrir com sarcasmo. Era fácil descobrir as intenções de Nick.

— Não me diga que nesse meio-tempo também expulsaram você? Pois é, que azar, Dunmore. Prestativo como você foi no outro dia, eu jamais lhe diria como voltar, mesmo se eu soubesse.

Ele trancou a porta da cabine na cara de Nick.

Certo, isso não havia sido muito esperto, ir procurar justamente Greg. Mas quem mais ele sabia que com certeza havia sido eliminado? Ninguém. Alguém parecia particularmente deprimido ou reservado?

Lembrou-se de Helen. Helen, que andava olhando para o nada e falando menos ainda que de costume. Ele iria perguntar a Helen, apesar de ela não ir muito com a sua cara. Na verdade, ela não ia muito com a cara de ninguém.

Mas e daí? Na pior das hipóteses, ela iria falar alguma idiotice na sua cara e o mandaria para o inferno. Isso ele poderia suportar. Não tinha tempo para ficar escolhendo. *Quanto mais tempo Sarius ficasse morto, mais difícil seria trazê-lo de volta à vida. Agora ainda era possível*, Nick sentia.

Talvez Sarius ainda nem estivesse no cemitério e fosse possível resgatá-lo, deixá-lo continuar. Ele só precisava convencer o Mensageiro. De qualquer maneira.

Ele encontrou Helen no seguinte horário vago. Ela estava sentada no pátio sob uma tília, enroscando uma folha em forma de coração entre os dedos. Ela parecia estranhamente tranquila e Nick hesitou perturbar essa tranquilidade. *Ah, besteira, ele iria ser simpático.*

Ele se sentou a seu lado no banco.

— Helen?

Ela não se moveu, apenas franziu um canto da boca como se um pensamento desagradável tivesse passado por sua cabeça.

— Eu queria lhe perguntar uma coisa. Você... você jogava também, não é?

— Suma daqui.

— É que... — ele procurou as palavras certas. — Eu estou com um problema. Não consigo mais entrar e me perguntei se você talvez não pudesse me ajudar.

Ela sentiu com seu indicador as bordas dentadas da folha de tília.

— Eu tenho a sensação — Nick prosseguiu — de que você já esteve na mesma situação. Por isso...

Ela virou o rosto para ele. Tinha olheiras impressionantes e os olhos extremamente irritados. "Noites em claro jogando", pensou Nick. "Ela está dentro. Mas, ainda ou de novo?"

— O que passou está passado — disse Helen e jogou a folha fora. — É melhor me deixar em paz.

— Mas eu preciso de ajuda.

Ela pareceu achar isso engraçado.

— Como que você foi ter essa ideia de que eu o ajudaria?

Porque eu sempre fui um pouquinho mais legal com você do que os outros.

— Eu só pensei. Tudo bem — respondeu.

Mas não estava nada bem. Em algumas horas começaria a luta na arena e ele queria estar lá. Mais do que tudo, ele queria estar lá.

Durante o tempo de inglês, ele ficou sentado olhando hipnotizado para a garrafa térmica sobre a mesa do professor. O sr. Watson estava com ela na aula como se quisesse zombar de Nick. De vez em quando, Watson despejava um gole de chá em um copo e bebericava nele. Nick recobrou a consciência de que o professor fazia isso com frequência.

Emily sentava em sua diagonal. Hoje ela estava com o cabelo solto e, ainda que uma parte de Nick a achasse bonita como sempre, sua atenção girava em torno de um outro pensamento. Ela ainda podia receber o jogo de presente. Ainda não havia arruinado tudo. A grande aventura ainda estava por vir.

Ela deve ter sentido seu olhar, pois virou a cabeça e sorriu para Nick. Ele sorriu de volta, agitado. Será que ela já sabia de sua exclusão? Jamie também o havia olhado com uma simpatia incomum. Será que eles sabiam?

Como poderiam saber?

No intervalo do almoço ele ligou para seu irmão, que só atendeu ao telefone após o décimo toque.

— Desculpe, irmãozinho, mas eu estou com um cliente agora. O que foi?

— Finn, você pode me emprestar seu laptop antigo?

— Por quê? Seu computador está quebrado?

— Não, mas... é que eu estou precisando de um outro. Por favor.

— Bem, Becca não vai gostar muito, ela o usa às vezes para os desenhos dela. Mas tudo bem. Pode pegar.

— Obrigado — disse Nick, aliviado. — Posso pegá-lo hoje à tarde?

— Ih, vai ficar um pouco apertado — disse Finn. — Às três nós fechamos a loja e vamos a Greenwich, visitar uns amigos. Amanhã, talvez?

Não, a arena é hoje, pensou Nick, desesperado.

— Tudo bem. Amanhã. Até lá.

Ele passou o resto do dia na escola cismado e com a sensação de estar perdendo tempo. Precisava fazer algo. Precisava encontrar uma solução.

Na saída da escola, Jamie parou a bicicleta a seu lado e desceu.

— Aconteceu algo, não é? Você está muito abatido. Aconteceu algo sério ou tem alguma coisa a ver com o Erebos?

Nick oprimiu a necessidade de lhe dar um chega pra lá.

— Eu pensei que você levasse o Erebos tão a sério que já tivesse até declarado guerra a ele — disse Nick. Se Jamie queria briga, ele poderia ter. *E com prazer.* Nick precisava urgentemente de alguém em quem ele pudesse descarregar toda sua frustração.

— Exato. Mas são as consequências que eu levo a sério, não o jogo — Jamie empurrou sua bicicleta para perto de Nick, como nos velhos tempos. Como se não houvesse entre eles todo um mundo.

— Como vai Eric? — perguntou Nick, esperando que a resposta fosse "mal".

— Vai indo. Ele está tentando conversar com Aisha, mas ela só o evita. Também não quer falar com nenhuma psicóloga, não quer nada. Mas ela insiste com sua acusação. Não está sendo fácil para Eric — Jamie lançou um olhar enviesado para Nick.

— Por sorte ele tem uma namorada realmente ótima, que está com ele, não importa o que aconteça. Eu a conheci esses dia, ela estuda economia. Muito simpática. Você iria gostar dela.

Uma namorada. Uma universitária.

Foi como se uma pedra quente lhe caísse no estômago. Nick engoliu em seco, mas a pedra continuou lá. Por isso que o Mensageiro pôde com facilidade fazer uma promessa tão séria.

Mas por que então havia ocorrido o incidente com Aisha? Aquilo foi um prêmio adicional? Para que Nick se convencesse? Ou seria Aisha o comprimido no chá de Eric?

Ao pensar nessa última hipótese, Nick sorriu brevemente, o que Jamie imediatamente interpretou errado.

— Eu já sabia que você iria ficar contente. Ela se chama Dana e está nos ajudando em nossa ação contra o jogo. Reunindo material para informar os pais e coisas assim. Eu poderia ter lhe contado isso muito antes, se você tivesse me escutado por alguns minutos como uma pessoa normal.

Nick não estava suportando críticas agora, de maneira alguma.

— Normal, é? Quem é que tem mania de perseguição aqui? Normal uma ova!

Haviam chegado à entrada do metrô e Nick desceu as escadas sem se despedir e sem olhar para trás.

Material informativo para os pais! Jamie tinha sorte de ter falado sobre aquilo apenas com Nick. Um jogador ativo teria levado essa informação imediatamente ao Mensageiro.

Dez horas da noite. Nick estava deitado na cama com os braços cruzados sob a cabeça. Ele havia gastado mais duas horas tentando encontrar um acesso ao jogo, copiado o DVD duas vezes e reinstalado o jogo mais três. E não havia mudado nada.

Fechou os olhos. *Agora estariam todos no interior da arena, cada espécie em sua sala, os bárbaros, os vampiros, os homens-gatos, os elfos negros...*

Logo a entrada deles seria autorizada, o público iria ovacioná-los, o mestre de cerimônia chamaria o primeiro nome. E Sarius não estava lá.

Será que Drizzel iria desafiar Blackspell? Quem ganharia? Será que alguém morreria de novo como Xohoo? Ele jamais saberia, e isso o deixava desolado.

Pena que Nick não sabia quem fora Xohoo. Gostaria de conversar com ele. Nunca se sentira tão sozinho.

Ele dormiu mal aquela noite. Sentia falta de pelo menos em sonho poder ser Sarius novamente, mas quanto mais se esforçava, mais o sono se afastava dele.

22

O dia seguinte começou dourado e radiante, como se o mundo real quisesse atrair Nick com todo o encanto que o outono tinha a oferecer, porém Nick se sentiu apenas provocado. Neblina e chuva teriam certamente combinado mais com seu humor. Mas esta tarde ele iria pegar emprestado o laptop de Finn, reinstalar o jogo e, então, esperar pelas próximas instruções. Se preciso, ele começaria tudo desde o início.

Desta vez talvez como um vampiro. Ou como um bárbaro.

Ele passou o dia inteiro na escola caindo de sono. *Sexta-feira, que sorte.* No fim de semana ele poderia criar seu personagem e acelerar sua evolução nos níveis. *Pelo menos deveria ser um 4, afinal, agora ele tinha experiência.*

A última aula acabou e ele guardou suas coisas na mochila. Tinha pressa, a loja de Finn era do outro lado da cidade, iria demorar para chegar. E o metrô às sextas-feiras ficava ainda mais cheio que o normal.

Mas, como era de se esperar, Jamie o deteve mais uma vez assim que ele pisou do lado de fora da escola.

— Estão dizendo que você está fora do jogo. É verdade?

— Quem está dizendo isso?

— Não interessa.

— A mim sim.

Nick podia ver a alegria em Jamie e ficou com vontade de socá-lo no rosto. Claro que isso não seria justo, mas com Nick ninguém era justo. E se Jamie estava contente com algo que deixava Nick infeliz, *então... então...*

— Eu prometi não contar quem foi que me disse isso. Mas se for verdade, Nick, eu fico muito feliz! Você não tem ideia do quanto você mudou nas últimas semanas. Quero dizer, nós ainda somos os melhores amigos, poxa!

Nick ficou literalmente vermelho de raiva.

— Nós somos o quê? Você se mete o tempo inteiro nos meus assuntos e agora está fazendo uma festa porque algo deu errado para mim. Isso sem contar que o que lhe falaram é uma imbecilidade completa!

Jamie parecia atordoado.

— Você está entendendo tudo errado...

— Eu? Claro que não! Você está ofendido porque eu estou me ocupando com algo que não lhe interessa! Como se eu um dia tivesse proibido você de participar.

Jamie ficou pálido.

— Você está falando cada asneira, Nick. Eu só estou feliz porque você se livrou de uma coisa desprezível e perigosa.

— Tá, tá, tá, Jamie sabe-tudo! Jamie é espertalhão, Jamie está acima de tudo, não é? E Nick é tão burro para reconhecer isso! Vá para o infernos, sério. Desapareça daqui!

Sem dizer mais nada, Jamie deu meia-volta e caminhou em direção à sua bicicleta.

Nick o observou afastar-se, furioso por não poder continuar seu acesso de raiva, e ao mesmo tempo magoado porque... porque não sabia exatamente por quê. Por que Jamie não estava do seu lado?

Ele respirou fundo e dirigiu-se ao metrô, observando pelos cantos dos olhos seu amigo, que também parecia enfurecido. Jamie pedalou a toda velocidade e passou zunindo por Nick rua abaixo.

Nick tomou a direção contrária e não olhou mais para Jamie. Em breve estaria na casa de Finn, buscaria o notebook e colocaria as coisas em ordem. Num primeiro momento, Nick sequer escutou o baque, nem se deu conta de que tocavam a buzina. Só quando os carros ao seu lado pararam e um dos motoristas desceu, ele percebeu que havia algo errado. Ele se virou.

O engarrafamento vinha desde o cruzamento, que ficava a trezentos metros da escola, até a estação de metrô que Nick estava prestes a alcançar.

— Deve ter acontecido um acidente — disse o homem ao lado do carro.

Nick teve um mau pressentimento e suas entranhas receberam um golpe frio como gelo. Ele começou a correr sem perceber. Sua mochila escorregou pelo ombro e caiu na calçada. Correu a toda velocidade, como se estivesse dentro de um túnel, vendo apenas a rua, o cruzamento e a multidão que lá se encontrava.

— ... nem mesmo tentou frear.

— O sinal estava vermelho!

— ... não entendo.

— Que grave isso...

— Melhor não olhar, Debbie.

Ao correr, ele empurrou para o lado algumas pessoas que esperavam no ponto de ônibus. Bateu com o ombro em um poste, continuou em alta velocidade, ouviu as vozes preocupadas como se fossem ruídos abafados, o som de sua própria respiração se sobrepunha a tudo, era mais alto que as sirenes das ambulâncias que se aproximavam.

Lá estava o cruzamento. Lá estava a bicicleta. E lá estava, *oh meu Deus*, lá estava...

— Jamie!

Ele abriu passagem pela multidão, precisava passar, precisava alcançar Jamie, precisava endireitar sua perna...

— Jamie!

Quanto sangue. O corpo de Nick esmoreceu, e ele caiu de joelhos ao lado de seu amigo. *Jamie.*

— Afaste-se, menino. A ambulância já está chegando.

— Mas... — a respiração de Nick se dava em soluços espasmódicos. — Mas...

— Você não pode fazer nada agora. Não ponha a mão! Alguém tire esse menino daqui!

Mãos o seguram pelos ombros. Ele as afasta. Outras mãos o levantam com firmeza.

Ele se debate. Luta. Grita.

Chega a ambulância. O tremular da luz azul, as jaquetas amarelo-fluorescentes.

— Respiração fraca.

Trazem uma maca.

— Por favor... por favor, ele não pode morrer!

— Acho que esse aqui precisa de ajuda também, está em estado de choque.

— Por favor.

Ouviu-se um choro vindo de dentro da ambulância, de dentro de Nick. *Por favor.*

Sente mãos sobre seus ombros. Ele as afasta.

Sente afagos em seus cabelos. Ele olha para cima. *Emily.*

Deram-lhe de beber. Emily estava sentada com ele, sua mão tremeu um pouco quando ela tomou a garrafa dele. Ele tentou várias vezes perguntar algo a Emily, mas saía apenas um soluço seco de sua garganta.

Ele endireitou o corpo, ouviu seu próprio choro, e sentiu a mão de Emily sobre seus ombros. Ela não dizia nada, apenas mantinha-o levemente apertado contra si.

Ela não faria isso se soubesse a verdade.

Quando Nick voltou a perceber o mundo ao seu redor, os curiosos já haviam se dispersado. Emily ainda estava sentada a seu lado. Com todo o esforço, ele sorriu para ela.

Nick não sentia nada além de culpa. Ele o deixara enfurecido, por isso Jamie não havia freado no cruzamento. Nick se odiava.

Não queria ir para casa. A ideia de ficar por lá sentado, esperando, era cruel. Ficar aqui também não podia. Ir com a cabeça de encontro a uma parede, por sua vez, parecia tentador.

— Eu estou com as suas coisas, espero que esteja tudo aí.

De onde saiu Adrian? Ele estendia a Nick sua mochila imunda. Nick o olhou sem entender nada. Ele não queria sua mochila, ele não queria mais beber nada. Ele queria apenas uma coisa: voltar o tempo e conversar com Jamie mais uma vez. Não deixá-lo subir na bicicleta. Não ser um maldito babaca.

— Obrigada — disse Emily no lugar de Nick e pegou a mochila das mãos de Adrian.

— Vocês sabem como está o Jamie? — cochichou ele. — Alguém falou alguma coisa?

Nick não pronunciou uma só palavra. Ele pôde sentir Emily balançando a cabeça negativamente a seu lado.

— A polícia está ali na frente fazendo perguntas às testemunhas — disse Adrian. — Caso vocês tenham visto o que aconteceu, eles certamente ficariam contentes de ter essa informação.

— Eu não vi nada — sussurrou Nick. — Apenas ouvi e então... — ele parou de falar porque as lágrimas já brotavam novamente em seus olhos.

Adrian acenou com a cabeça. Seu olhar era difícil de decifrar, era compreensivo e ao mesmo tempo... profissional, como o de um psicólogo.

— Eu também não vi nada — disse Emily baixinho. — Mas acho que Brynne estava por perto na hora. Eles não podem interrogá-la ainda, porque ela tomou uma injeção sedativa e praticamente não consegue falar.

Eu estou com tanto medo. Tanto medo. Nick colocou as mãos sobre o rosto e cravou as unhas no couro cabeludo. A dor fazia bem, era muito melhor que a outra dor que Nick mal suportava. A dor boa trouxe consigo uma ideia.

— Alguém sabe para onde levaram Jamie?

— Acho que para o Whittington — disse Emily. — Sim alguém mencionou o Whittington. Mas talvez isso não tenha nada a ver.

Sem dizer mais nada, Nick deu um salto e cambaleou durante alguns instantes por estar vendo tudo escuro. Ele sentiu o braço de Emily o apoiando.

— Eu vou até Jamie — disse, com uma voz muito rouca. — Preciso saber como ele está.

Emily o acompanhou. Eles desceram do metrô perto de Archway. Nick estava congelando, e o caminho até o hospital pareceu uma eternidade. Estava feliz por Emily não perguntar nem dizer nada: ele precisava de todas as suas forças para colocar um pé na frente do outro. A cada passo seu medo crescia. Chegariam ao hospital e alguém lhes diria que Jamie não pôde ser salvo. Que ele havia morrido na ambulância. De repente, Nick teve a sensação de estar ficando sem ar. Ficou parado em frente à fachada de vidro da entrada com as mãos apoiadas sobre os joelhos. Estava tonto.

— Eles devem tê-lo levado para a emergência — presumiu Emily. — É mais lá atrás.

— Mas o balcão de informações fica aqui... vou perguntar.

Nick entrou no saguão. O percurso até o balcão foi como o caminho para o cadafalso. A mulher magra e loira que dava as informações decidiria o futuro de Nick. O pensamento lhe virou o estômago.

— Bom-dia. Alguém chamado Jamie Cox deu entrada aqui?

Ela o examinou através das lentes finas de seus óculos.

— Você é parente?

— Jamie Cox. Foi um acidente de trânsito. Eu preciso saber como ele está, você me entende?

A moça deu um sorriso discreto.

— Nós só podemos dar informações a parentes. Você é parente do sr. Cox?

— Nós somos amigos.

Melhores amigos.

— Nesse caso... sinto muito.

Nick saiu se arrastando do hospital com mais dificuldade do que quando entrou. Sua sentença havia sido adiada. Como ele poderia aguentar isso? Como alguém poderia esperar que ele aguentasse isso?

Emily o levou até o pequeno jardim que ficava um pouco afastado do hospital. O chão estava quente e um pouco úmido; Nick tirou seu casaco para ter uma proteção em cima da qual eles pudessem se sentar.

— Eu não posso ir para casa — disse ele. — Só quando eu souber como o Jamie está.

Eles ficaram calados por um tempo vendo os carros passarem.

— Nós poderíamos ligar para a escola — sugeriu Emily. — Talvez eles estejam mais atualizados.

— Não, a escola não — novamente o estômago de Nick se revira. — Será que os pais dele já sabem?

— Com certeza. Certamente os chamaram por telefone... se ele ainda estiver vivo — Emily puxou um pedaço de grama e olhou concentrada para o ponto de ônibus à sua frente. — Pessoalmente eles só vêm quando a pessoa está morta. Eles vêm em pares, acho que sozinho ninguém conseguiria fazer isso. Perguntam o seu nome e então dizem que sentem muito...

Nick a olhou calado. Ela sorriu com pesar.

— Meu irmão. Mas já tem muito tempo.

— Também foi um acidente?

O rosto de Emily endureceu.

— Sim. Um acidente. A polícia até disse na época que havia sido suicídio, mas isso é uma estupidez.

Mais um tufo de grama foi vítima dos dedos de Emily. Nick mordeu os lábios. Ele não sabia se perguntava mais ou se ficava em silêncio. Provavelmente os dois seriam ruins.

— Ele era um ótimo nadador — sussurrou Emily. — Ele não iria pular na água para se matar.

Nick colocou um braço sobre os ombros dela, sem medo de que ela o repelisse. Nenhum deles iria repelir o outro. Eles se abraçaram, não como apaixonados, mas como duas pessoas que precisavam de apoio.

Foi Emily quem viu o pai de Jamie sair do hospital. Ele parecia tão apressado que Nick hesitou em abordá-lo, mas Emily pensou diferente. Ela correu atrás do sr. Cox e o deteve. Nick olhava os dois conversando, mas não podia ouvir o que falavam. O sr. Cox esfregou várias vezes os olhos com as mãos e abriu os braços em um gesto de impotência que fez o coração de Nick afundar. Emily assentia várias vezes com a cabeça e se despediu do pai de Jamie com um longo e firme aperto de mãos antes de voltar para perto de Nick.

— Ele está vivo. O pai dele disse que na ambulância ele teve uma parada cardíaca e tiveram de reanimá-lo, mas agora ele está mais ou menos estável.

A expressão "parada cardíaca" fez o próprio coração de Nick vacilar.

— Estável, você disse. Isso é bom.

— Não exatamente bom. Os médicos o colocaram em coma artificial... ele está gravemente ferido, sua perna quebrou em vários lugares, seu quadril também. E está com traumatismo craniano — ela olhou para longe. — Pode ser que fique alguma coisa. Se ele resistir.

— Ficar alguma coisa o quê? O que você quer dizer com ficar alguma coisa?

Ela afastou o cabelo da testa.

— Que ele pode ficar com sequelas.

A onda de alívio que Nick sentiu por alguns segundos se desfez.

Sequelas. Não. De jeito nenhum. Ele afastou o pensamento da cabeça. Isso não iria acontecer, simplesmente porque não podia.

— Podemos visitá-lo?

— Infelizmente não. Ele está na UTI. Não está nem consciente e sequer iria notar que nós estávamos lá. Temos que esperar.

Isso foi o que Nick fez nos dois dias seguintes e foi como um inferno. *Sem fim.* Não importava o que fizesse — comer, estudar, conversar com outras pessoas —, ele esperava, na verdade, a notícia de que Jamie estava acordado e que ficaria com saúde. Porém, às vezes os pensamentos de Nick se desviavam e imagens passavam em sua cabeça: a arena e o Olho Esbugalhado, BloodWork e seu machado gigante e, na maioria das vezes, o Mensageiro. Sempre aparecia como da última vez, quando seus olhos amarelos ficaram vermelhos. Era torturante. Ele não devia pensar no Erebos enquanto Jamie estivesse em coma. Mas as imagens voltavam toda hora.

Era final de semana, e por isso nem mesmo a escola oferecia distração. A cada toque do telefone Nick estremecia, sentindo-se entre o pânico e a esperança. "Adeus" havia sido a última palavra que ele vociferara a Jamie; toda vez que pensava nisso, ele se culpava. *Não se vá, Jamie, por favor não se vá.*

Segunda-feira na escola, Jamie era o assunto número um, claro. Todo mundo vira ou ouvira alguma coisa e queria contar. Apenas os que realmente haviam estado no local se calavam aflitos. A começar por Brynne, que, sem maquiagem, quase não podia ser reconhecida. No dia do acidente ela também havia sido levada ao hospital por precisar de atendimento psicológico, segundo comentários.

Ninguém mais falava sobre Eric ou Aisha. Nick tinha a impressão de que o alívio de Aisha era maior que o de Eric.

A tarde na frente do hospital aparentemente não havia mudado nada entre Nick e Emily. Eles não se sentaram um ao lado do outro durante a aula e tampouco dividiram a mesa no almoço. Porém, havia diferenças agora: pequenos olhares, um sorriso um pouco mais demorado ou um aceno de cabeça animador. Tais gestos Emily jamais havia feito para Nick. Para ele, isso era o único ponto colorido de luz em um escuro e aparentemente infinito mar de esperas.

Na quinta-feira finalmente havia novidades; o sr. Watson as anunciou na aula de inglês.

— Os pais de Jamie ligaram, e disseram que ele não corre risco de vida. Mas continua em coma induzido. Por quanto tempo ainda, os médico não sabem. Mesmo assim, essa é uma notícia muito boa. Eu não posso nem lhes dizer o quanto estou feliz.

Em toda a sala de aula o alívio foi notório como uma rajada de vento. Alguns aplaudiram, Colin deu um salto e ensaiou uma dancinha. Nick teria preferido dar um abraço em Emily, mas se limitou a trocar um longo olhar com ela. Estava tomado por alegria, mas com uma ponta de insegurança. O sr. Watson não havia mencionado se o risco de sequelas estava excluído.

23

Foi no horário vago seguinte. Nick estava sentado em uma das salas de estudo tentando decorar fórmulas químicas. A porta para o corredor estava aberta e, ao dar uma olhada para fora, ele viu Colin passando. Em silêncio, com bastante cautela. Com tanta cautela que a curiosidade de Nick instantaneamente se despertou. Ele arrastou sua cadeira para trás e se levantou, quase sem fazer barulho. Viu Colin andando furtivamente ao longo do corredor. Agora, virou à esquerda. Nick o seguia. *Havia um encontro secreto em algum lugar?*

Colin desceu as escadas. Parecia que queria ir até o vestiário. O que não seria um lugar ruim para um encontro a essa hora. Nick se mantinha atrás dele, a larga distância, quase o perdendo uma vez de vista, mas encontrando-o novamente, como ele supunha, na escada para o vestiário. Viu Colin andando pelas fileiras de casacos e sobretudos procurando algo; finalmente, ele parou. De onde estava, Nick não podia enxergar bem o que Colin estava fazendo entre todas aquelas roupas, e não conseguiria se aproximar sem ser reconhecido. Ele semicerrou os olhos e viu um pano verde se mexendo. Apenas por um instante. Segundos depois, Colin pegou o caminho de volta e Nick saiu dali o mais rápido possível: se escondeu no banheiro mais próximo e contou até cinquenta. Depois disso, teve certeza de que Colin já teria ido embora.

Nick encontrou a roupa verde imediatamente. Era uma capa de chuva que devia pertencer a uma menina. *O que Colin fizera com aquilo?*

Nick observou com cuidado ao seu redor antes de colocar a mão no bolso da capa. Ele sentiu em seus dedos um pedaço de papel cuidadosamente dobrado. *Uma carta de amor?* Então isso não deveria interessar a Nick. Mas talvez fosse uma mensagem. Não importava, ele estava curioso demais para recuar. Puxou o papel e desdobrou.

Uma lápide:

> **DARLEEN PEMBER**
> morta por falta de bom-senso.
> Que descanse em paz.

Foi como se um interruptor tivesse sido acionado em Nick. Jamie também havia recebido uma carta dessas. *Talvez...* Nick espantou o pensamento imediatamente, mas ele voltou. Como um balão de ar que se tenta manter dentro d'água.

Talvez não tenha sido por raiva e desatenção que Jamie atravessou o cruzamento sem frear. Talvez tenha freado, ou pelo menos tentado frear. Ele havia mostrado a Nick o bilhete com a lápide. Uma ameaça que não tinha levado a sério, mas Jamie sim. E agora...

Entre cortar os freios de uma bicicleta e colocar uma superdose de Digotan em um chá, não havia muita diferença.

Colin. Colin estava distribuindo cartinhas com ameaças. Seria também responsável pelas mortes?

Sem pensar muito, Nick disparou escada acima, saiu correndo pelo corredor que levava à cantina, e um pouco mais à frente estava Colin, perambulando como se nada tivesse acontecido.

— Seu babaca! — Nick partiu para cima dele por trás, fazendo-o cambalear. Os dois caíram juntos no chão.

— Nick? Nick, você está maluco?

Em vez de uma resposta, Nick esfregou a carta no rosto de Colin, em suas bochechas, nariz e olhos.

— Você sabe o que é isso? Sabe? Já viu antes?

— Largue-me, seu idiota! O que é isso?

— Seu filho da mãe!

Eles faziam uma confusão tão grande que as pessoas da cantina começaram a se aproximar. Nick soltou Colin, e os dois se levantaram com dificuldade.

— Darleen Pember, é? Ela também sofrerá um acidente em breve?
Colin olhava a carta fixamente. Evidentemente havia compreendido.
— Passe isso para cá imediatamente!
— Eu acho que não.
— Você não pode simplesmente roubá-la... eu tenho que...
Ele partiu para cima de Nick, mas este, já prevendo a reação, se esquivou. Com satisfação, ele rasgou a carta ao meio, picou-a em pedacinhos e os colocou na mão de Colin.
— Tome. Pode botar isso de volta no bolso da capa da Darleen. Eu direi a ela de onde saiu.
O rosto de Colin refletia ao mesmo tempo ódio e impotência.
— Você não pode fazer isso.
— Agora você está com medo, é? Seu amiguinho de olhos amarelos não vai gostar nada disso.
— Cale a boca!
— E logo vai perder alguns níveis
— Pelo canto dos olhos Nick viu as irmãs tricoteiras se aproximarem, atraídas pela briga como urubus pela carniça. Dan sorria de orelha a orelha enquanto Alex aparentava insegurança.
— O que aconteceu com Jamie foi culpa sua. Assuma. Você é o culpado, eu vi a sua cartinha para ele. Valeu a pena, pelo menos? Você ganhou um par de botinhas maneiras?
As narinas de Colin tremiam. Ele deu um passo na direção de Nick. Seus punhos estavam tão cerrados que Nick via as veias saltarem de seus braços.
— Você vai se arrepender por isso — disse ele, deu meia-volta e saiu.

Apenas à tarde, quando já estava novamente em casa, ele percebeu o tamanho do erro que ele cometera. Havia explodido e se declarado oficialmente inimigo do Erebos. E nem sequer pôde comprovar que o acidente de Jamie tinha algo a ver com o jogo.

Pegue o alicate que você encontrar embaixo do banco do estacionamento, perto do portão da escola, e corte os cabos do freio da bicicleta azul-escuro. A que tem um adesivo do Manchester United colado na barra central.

Ele conseguia ver isso claramente. *Rapidinho, resolvido. Mais um nível de novo.* Era bem possível que não tivesse sido o próprio Colin; e também podia ser que o sabotador não soubesse de quem era a bicicleta que tinha diante de si.

Naquela noite, Nick sentou-se ao computador, checou seus e-mails e pensou no que devia dizer a Darleen Pember. Se é que ele devia falar com ela.

Pensativo, ele dava voltas com o cursor do mouse no lugar onde antes se encontrava o E vermelho. Será que ele gostaria de estar agora em uma caverna, junto a uma fogueira? *Sim. Não. Sim.* Gostaria de conversar com os demais? *Sim. Não. Sim.* Sobretudo ele tinha uma vontade imensa de despedaçar o corpo ossudo do Mensageiro.

No horário vago na quarta-feira, Emily parou Nick em frente à biblioteca. Eles estavam sozinhos, já que os outros perambulavam ociosos do lado de fora para aproveitarem um dos últimos belos dias de outono.

— Tenho novidades — disse Emily.

— Sobre Jamie?

— Não.

A alguma distância, passavam as irmãs tricoteiras. Não falavam entre si, mais pareciam estar fazendo uma ronda. Ao notar Nick, Alex o cumprimentou com um aceno, enquanto Dan fez uma careta furiosa com seu rosto de porquinho.

Nick conduziu Emily à biblioteca, onde eles se recolheram em um canto no fundo do prédio. Emily literalmente vibrava de alegria.

— Então, pode falar.

Ela sorriu, abriu sua mochila e tirou de dentro uma capinha de CD na qual alguém havia escrito "Erebos" com letras arredondadas.

Sentimentos contraditórios dentro de Nick promoviam uma luta acalorada. Rejeição. Preocupação. Cobiça.

— Você quer mesmo entrar nisso?

— Sim. Acho que agora é o momento certo.

Nick examinou o DVD que ele até pouco tempo desejava ardentemente. Emily iria explorar o Erebos, vaguear por todas as belas e bizarramente assustadoras paisagens. Viver aventuras. A pontada de saudade em sua barriga se espalhou. Ele sacudiu a cabeça involuntariamente.

— Jamie tinha razão, você não está mais nisso, não é?

Ele apenas negou com a cabeça.

— Fui eliminado — disse, rouco.

— Ah, que pena. Então não poderemos jogar juntos.

— Não. — Nick mordeu os lábios. *Está bem.* Ele sabia que estava tudo bem. Toda a agitação, a tensão, o suspense... Ele não precisava mais daquilo. — Como assim... qual a razão para você ter mudado de ideia? Antes você não queria nem saber desse jogo.

— É mesmo. Mas eu quero entender o que fascina tanto vocês — ela olhou pensativa para o lado. — Jamie estava convencido de que este jogo não é simplesmente um jogo. Ele tinha sua própria teoria — ela girava a capinha nas mãos. — Jamie acreditava que por trás de um jogo assim deveria haver algo mais. Um objetivo, sabe? Todas essas coisas que acontecem na realidade, elas devem estar sendo úteis para alguém, você não acha? Mas eu só posso descobrir se eu mesma der uma olhada no Erebos. Por isso que eu andei comentando por aí que eu estaria interessada em uma cópia.

Nick lembrou. Ele mesmo havia dado ao Mensageiro a notícia e alguns outros jogadores com certeza também o haviam feito.

— O único objetivo do jogo, que eu saiba, é destruir um vilão chamado Hortulano — disse Nick. — O que acontece na vida real serve apenas para proteger o jogo daqueles que têm algo contra ele.

— Assim como Jamie? Então nós deveríamos tentar detê-lo.

Detê-lo. Nick pensou no acidente e na poça de sangue e soube que Emily tinha razão. Mesmo que Nick jamais pudesse andar novamente pela Cidade Branca ou participar das lutas na arena. Ele suspirou.

— Não sei como vamos fazer isso. Mas podemos tentar.

A porta da biblioteca foi silenciosamente aberta e novamente fechada. Nick fez um gesto para que Emily ficasse quieta, mas era apenas o sr. Bolton, o professor de religião.

— Nós temos que ficar extremamente atentos — cochichou Nick. — Se eles perceberem, pode ser que... então, as coisas fiquem realmente perigosas. O jogo é insanamente aliciante. Eu não estou totalmente seguro de que ele queria tirar Jamie de seu caminho, mas sei o que ele pretendia com o sr. Watson. — Emily levantou as sobrancelhas de maneira interrogativa.

— Eu lhe conto outro dia — disse Nick. — Enganá-lo será mais difícil do que você pode imaginar. E assim que você se tornar suspeita ou falhar, estará eliminada antes mesmo de poder contar até cinco.

Em sua cabeça, um demônio de pedra abriu as asas. Nick o espantou.

Emily sorriu com malícia, uma expressão que Nick jamais havia visto nela.

— Eu vou ter cuidado. E me pergunto... — desta vez ela olhou com preocupação ao seu redor e abaixou a voz até um sussurro — se talvez você poderia me ajudar. Eu não entendo muito de jogos de computador, eu só jogo paciência.

À cabeça de Nick veio imediatamente a regra número dois: quando você estiver jogando, certifique-se de estar sozinho.

O que aconteceria se eles estivessem em dupla? O jogo iria perceber? Nick respirou fundo. Ele tinha que pelo menos arriscar.

— Claro que eu a ajudo, com prazer. Você vai progredir bem mais rápido se eu lhe der umas dicas.

— Perfeito — ela estava radiante. — Passe lá em casa depois da hora do chá, certo? Cinco e meia estaria bom.

Nick foi pontual até demais. Dez minutos antes do horário combinado ele estava em frente à casa de Emily em Heathfield Gardens, perguntando-se qual seria a janela dela.

Ele fora cauteloso. Após o incidente com Colin, esperava que alguém fosse segui-lo, porém isso não aconteceu. Nick olhou ao seu redor. A rua estava quase deserta. Ninguém sabia onde ele estava.

Ainda não queria tocar a campainha, pois soaria como empenho em excesso. Então deu uma volta pelas belas e bem-cuidadas vielas vizinhas.

Ele se lembrou de que não havia trazido nada consigo: um presente espirituoso teria sido uma boa oportunidade de mostrar que ele era um cara original e atencioso, mas agora era tarde demais. Entretanto, se ele não se comportasse como um tolo, poderia haver uma próxima vez.

Às cinco e meia em ponto ele apertou a campainha e Emily abriu. Seu quarto ficava embaixo da inclinação do telhado. Não era um desses quartos rosas e fofinhos com bichos de pelúcia na cama e pôsteres de astros do cinema nas parede, e sim um quarto bastante adulto, Nick achou. Duas estantes de livros, uma cama baixa e um sofá em L com uma mesa de centro, sobre a qual também se empilhavam livros. Sob a inclinação do teto encontrava-se uma escrivaninha extremamente arrumada onde esperava um notebook aberto. Se Emily um dia fosse lhe fazer uma visita, Nick teria que começar uma grande ação de limpeza e arrumação.

— Nós temos que ficar em silêncio, minha mãe foi se deitar há cerca de meia hora. Pode ser que hoje ela nem saia mais do quarto.

Nick não perguntou a respeito, apesar de lhe parecer esquisito que uma mulher adulta fosse dormir a essa hora da tarde. De qualquer forma, isso era ideal para a intenção dos dois.

— Nós não vamos fazer barulho. No início, o jogo é silencioso. Depois é melhor você usar fones de ouvido. Por várias razões. Eu já vi gente morrer por não estar escutando direito.

— Fones de ouvido — Emily acenou a cabeça. — Certo. Podemos começar?

Ela pegou o DVD em sua mochila e colocou no *drive*.

— Eu instalo o programa normalmente no Arquivo de Programas, não é? Há algo que eu tenha que prestar atenção?

— Não. Ainda não.

A janela de instalação se abriu. Lá estava tudo outra vez. A torre em ruínas, a paisagem em chamas. A espada cravada na terra seca com o lenço vermelho na empunhadura. "Erebos" encontrava-se escrito em letras vermelhas no céu.

Nick sentiu o nervosismo pulsando em seu estômago. Ele enxugou suas mãos úmidas na calça.

— Posso?

— Claro.

Ela clicou em "Instalar". A barra azul começou a avançar, lenta como sempre.

— Agora vai demorar — disse Nick, sem tirar os olhos da barra de progresso. *O que acontecia agora mesmo? A floresta. Sim, isso, e logo ele iria vê-la.* Cada avanço da barra o aproximava do Erebos. Como se ele estivesse em um trem indo para casa.

Emily o olhou de lado.

— Você está inquieto com alguma coisa?

— Como? Não! Eu só estou... só estou ansioso para saber o que você vai achar.

— Até agora, mais lerdo do que qualquer outra coisa — disse Emily, e apoiou o queixo nas mãos.

Eles esperaram um tempão sem dizer nada. Nick examinava alternadamente o porta-lápis sobre a escrivaninha, o monitor do notebook e o perfil de Emily. Em nenhum lugar do quarto ele viu um de seus desenhos. *Que pena*, pois eles poderiam conversar a respeito.

— Sua mãe vai dormir sempre tão cedo? — perguntou, quando o silêncio já estava longo demais. Imediatamente em seguida ele se achou grosseiro e desejou poder retirar sua pergunta.

— Ela está passando por uma fase ruim no momento. Aí ela dorme muito, come pouco e fala menos ainda — Emily fitava o indicador de progresso mais fixamente do que antes. — Tem sido assim desde que Jack morreu. Melhora e piora, eu já me acostumei, como às estações do ano.

— E seu pai?

— Casou-se de novo, tem dois filhos, Derek e Rosie. Jogo novo, sorte nova — ela moveu o mouse como se esperasse que assim a instalação andasse mais depressa. — Não me leve a mal, eu não estou chateada com ele. Não dava mais para aguentar aquela situação, e ele de fato não aguentou. E estou muitíssimo feliz por ele ter os dois filhos. Eu só queria ter podido dar o fora como ele fez.

Nick demorou um pouco para digerir essas informações.

— Você nunca falou sobre isso na escola.

— Com você não, é verdade.

Mas com certeza com Eric. Por um momento, o velho ciúme se reacendeu. Mas agora Emily estava aqui com ele. Conversando com ele.

— E você? Você tem irmãos? — ela quis saber.

— Sim. Um irmão. Ele é cinco anos mais velho que eu e já saiu de casa.

— Vocês se dão bem?

— Sim, muito — Nick pensou em Finn, tentando imaginar como seria perdê-lo, mas parou imediatamente. Ele não sabia como Emily pôde suportar isso. — Mas infelizmente ele está brigado com os meus pais. Com meu pai, para ser mais específico. Eles não se falam mais.

— Por quê?

Nick tomou ar.

— Então... meu pai sempre quis ser médico, mas os pais dele não puderam bancar seus estudos. Hoje ele é enfermeiro no hospital Princess Grace. Não sei se ele um dia vai se conformar com isso. De qualquer forma, sempre esteve decidido que pelo menos Finn viraria médico.

— Mas ele não quis.

— No início, sim. Ele meteu a cara nos estudos e suas notas teriam sido, inclusive, boas o bastante. Mas então ele mudou de ideia. Ele conheceu a Becca e pronto, adeus medicina.

Emily olhava Nick pelos cantos dos olhos.

— Mas por que isso?

— A Becca tinha acabado de assumir um estúdio de tatuagem. Finn ficou em polvorosa. Ele fez uns cursos e agora tatua e faz *piercings* como um mestre. Meu pai disse que nunca mais lhe dirigiria a palavra.

No rosto de Emily surgiu um discreto sorriso, que desapareceu logo depois.

— E você também terá que ser médico?

Ela havia decifrado seu pai sem conhecê-lo.

— Pois é, ele ficaria feliz e eu tenho interesse.

Por fim, ela virou o rosto para ele e o encarou, como se quisesse verificar se ele estava falando a verdade.

— Isso significa que você não está chateado com seu irmão por você agora ser responsável pelos sonhos do seu pai?

Em vez de uma resposta, Nick se virou e afastou sua trança da nuca.

— Não, eu não estou nada chateado com ele.

Ainda que mal os enxergasse, Nick sabia exatamente como eram os dois corvos voando que Finn havia tatuado nele, bem embaixo da raiz de seus cabelos. Como uma brisa, Nick sentiu as pontas dos dedos de Emily sobre a tatuagem. Ele engoliu em seco.

— Por que corvos?

— No começo era porque minha mãe costumava nos chamar de "irmãos corvo", por causa de nossos cabelos escuros. Mas Finn diz que eles também trazem sorte e disso nós dois podemos precisar. Além disso, eles são tipo… um carimbo. Um sinal de que nós dois estamos juntos.

Emily retirou suavemente sua mão, para o pesar de Nick. Sua trança deslizou de volta para o lugar de costume.

— Ele sabe das coisas, o seu irmão. É muito bonita.

A instalação se aproximava lentamente de seu fim. Emily ainda foi à cozinha buscar uma garrafa de *Ginger Ale* e dois copos. Ao voltar, a tela estava escura.

— É assim mesmo?

— Sim. No começo eu também pensei que algo tinha dado errado. Espere mais um pouco.

Preto. Preto. Preto. E então apareceram as letras, vermelhas e pulsantes.

"Entre.
Ou volte.
Isso é Erebos."

— Então tá — disse Emily, e clicou em "Entre".

Uma floresta escura, o luar. No meio da clareira, o Sem Nome agachado. Ele era igual ao personagem de Nick antes de virar Sarius. Nick lutava contra uma ponta de nostalgia enquanto observava Emily se familiarizando com os controles de seu Sem Nome.

— Fazê-lo andar é fácil — disse ela. — Ele pode fazer mais alguma coisa?

— Sim! Escalar, lutar… tudo! Depois haverá teclas de atalho para as habilidades especiais, mas isso é só mais tarde.

Emily moveu seu Sem Nome para cima e para baixo na clareira. Ela examinava tudo minuciosamente antes de decidir em qual direção seguir.

— Acho que eu vou para onde a floresta é menos densa, eu não preciso tornar as coisas mais difíceis sem necessidade.

Galhos estalavam, o vento soprava nas copas das árvores. Se fosse por Nick, Emily teria corrido por essa sequência com seu personagem bem mais rápido, mas ele se esforçou para disfarçar sua impaciência. Ela se mostrou, aliás, bastante ágil, considerando-se que era uma novata em jogos de computador. Ao contrário de Nick, ela não saiu perambulando com o Sem Nome até a barra de energia ficar no limite, e sim administrou bem sua força. Após vinte minutos de caminhada errante, virou-se novamente para Nick.

— Existe uma meta? Ou isso é uma prova de paciência?

— Existe uma meta. Em algum lugar aqui há uma fogueira e alguém com quem você pode conversar.

O que para Nick antes fora uma árvore sobre a qual ele conseguira ter uma visão geral do local, para Emily era um rochedo alto. O Sem Nome a escalou, e no início o indicador de energia reduziu-se um pouco. Porém a vista foi compensadora o suficiente. Ao seu redor, um mar de copas de árvores, e à direita uma montanha com pontos de luz que indicavam a existência de povoados.

— Ali! — gritou Nick, apontado com o dedo para uma fraca luz dourada entre as árvores. — Você tem que ir para lá.

Foi pelo olhar espantado e entretido de Emily que ele se deu conta do quão agitado ele devia estar parecendo.

— Então... lá atrás continua, se lhe interessar.

No caminho até a pequena fogueira, Emily se deparou com um obstáculo. Não era uma fenda no chão, como no caso de Nick, e sim um aterro impossível de ser escalado, pois toda vez que o Sem Nome se segurava nele para subir, pedras e terra se desprendiam dele em suas mãos.

— E agora? — perguntou Emily após a quinta tentativa em vão.

— Você precisa aprender a resolver esse tipo de problema. Isso será preciso muitas vezes mais. Você tem que imaginar que isso é real. O que você faria neste caso? — Nick comportou-se como um professor idiota, mas ele queria que Emily compreendesse como tudo aqui era incrível e realista.

E Emily compreendeu rápido. Ele fez o Sem Nome levar pequenas pedras até o aterro, observando sempre sua barra de energia e permitindo-lhe pequenas pausas, até conseguir concluir a escalada sem problemas.

Do outro lado eles já puderam ver o tremular da fogueira. Nick reconheceu também as sombras escuras que se delineavam perto dela. Sua pulsação acelerou. Ele não iria mais dar dicas a Emily agora. Ela deveria ver por si mesma todo o potencial do Erebos.

O homem junto à fogueira não se moveu quando o Sem Nome se aproximou devagar. Porém, as letras cinza-prateadas apareceram na margem da tela.

— Salve, Sem Nome. Eu já o esperava.

Isso ele não dissera antes a Nick. Ele o elogiara por sua rapidez. E por sua criatividade.

Emily aproximou seu jogador do homem, tentando espiar embaixo do capuz negro. Foi quando ele mesmo levantou sua cabeça. O rosto fino e a boca pequena quase haviam sido esquecidos por Nick; aquele homem jamais tornara a aparecer no jogo.

— Você é curioso. Isso pode ajudá-lo ou destruí-lo, Sem Nome. Disso você precisa estar ciente.

Emily lançou um olhar inseguro para Nick.

— Você quer continuar? — perguntou o homem. — Apenas se você se aliar ao Erebos, você poderá enfrentá-lo. Isso você tem que saber.

Emily continuava olhando confusa entre Nick e o monitor.

— Ele está esperando uma resposta — disse Nick, apontando para o teclado.

— Sério?

— Sim. Tente, você vai ver.

Emily colocou seus dedos sobre as teclas; de início hesitou, e então digitou.

— O que significa aliar-me ao Erebos?

O homem cutucava o fogo com seu pedaço de pau. Faíscas luminosas esvoaçaram pelo ar.

— Significa ultrapassar fronteiras, superar limites. O que isso no final realmente significará, depende de você.

Emily tirou os dedos do teclado e olhou para Nick, perplexa.

— Ele acabou de me dar uma resposta. Como funciona isso?

— Não tenho ideia — disse Nick. — Isso é uma peculiaridade desse jogo — ele conteve um sorriso, ao ver como Emily estava entusiasmada.

Agora se ouvia, também, uma suave melodia, algo com flautas e violinos, muito delicada, muito sedutora. O estranho era apenas o fato de Nick jamais ter ouvido aquela melodia na sua época de Erebos. *Nem uma única vez.*

— Você acha aconselhável eu me aliar ao Erebos? — digitou Emily. — Você me aconselharia continuar?

O homem olhou para Emily demorada e fixamente.

— Não.

— Por que não?

— Porque a escuridão é repleta de artimanhas e abismos. De alguns é possível sair ileso. Outros engolem você para sempre.

Para Nick parecia que Emily havia esquecido totalmente sua presença. Ela fitou as palavras do homem, suas mãos pairaram sobre o teclado e finalmente ela fez a mesma pergunta que Nick uma vez fizera.

— Quem é você?

— Eu sou um morto. Nada mais.

Emily respirou audivelmente.

— Se você está morto, o que está fazendo aqui?

— Estou esperando e vigiando. Você vai querer continuar? Ou vai voltar?

Os olhos dele eram verdes, Nick constatou, e eram tão realistas que Nick poderia jurar já tê-los visto uma vez. Em um rosto de carne e osso.

— Vou continuar — escreveu Emily. — É o que você esperava, não?

— Todos continuam — disse o morto. — Vá para a esquerda, seguindo o córrego, até encontrar um desfiladeiro. Passe por ele. Depois... você verá.

"Isso ele me disse também", lembrou Nick. Mas havia mais alguma coisa.

— E preste atenção no Mensageiro de olhos amarelos.

Nick advertiu Emily sobre os sapos hostis que tanto o haviam atormentado, mas ao alcançar o abismo, o inimigo veio do alto. Pequenos morcegos, porém agressivos, rodearam o Sem Nome e o mordiscaram com dentes pontudos. A barra vermelha de vida se reduzia continuamente.

— Você tem que usar seu pedaço de pau! Aperte o botão esquerdo do mouse! — Nick teve que se conter para não pegar o mouse da mão de Emily e matar ele mesmo os morcegos. — Com ESC você os espanta. Com a barra de espaço você pula.

Demorou algum tempo e custou ao Sem Nome bastante sangue, mas no final Emily acabou com os morcegos.

— A carne você pode levar — explicou Nick. — Mais tarde na cidade é possível vendê-la.

Emily deu de ombros e juntou os restos.

— E agora?

À sua pergunta se misturou o som do tropel que se aproximava. Nick se encolheu involuntariamente. O que o Mensageiro iria fizer se o visse aqui? No momento seguinte ele sacudiu a cabeça. *Ele não pode me ver. Ele só vê o Sem Nome. Estou alucinando.*

Emily continuou andando com seu personagem ao longo do abismo. Mais à frente encontrava-se o paredão de pedra em cujo centro a caverna se abria. Sobre a saliência à sua frente já esperava a figura familiar do Mensageiro sobre seu cavalo couraçado.

— Gente, como ele é feio — murmurou Emily.

O Mensageiro encarava o Sem Nome inerte; o cavalo parecia inquieto: batia os cascos no chão e bufava.

— Salve, Sem Nome. Para começar, você se saiu bem.

— Que bom — digitou Emily.

— Entretanto, você deve continuar treinando a luta, do contrário não lhe estará garantida uma longa vida.

— Certo.

O Mensageiro desviou o olhar do Sem Nome e fitou Emily, que recuou involuntariamente com sua cadeira.

— Está na hora de você receber um nome. Está na hora do primeiro ritual.

— O que eu devo fazer?

Ele apontou com seus dedos ossudos para a caverna atrás dele.

— Entre. Todo o resto se revelará. Eu lhe desejo sorte e que você tome as decisões certas. Nós nos veremos novamente.

Ele virou com seu cavalo e saiu galopando por uma trilha estreita, praticamente invisível, bem acima da cabeça do Sem Nome.

— Suponho que eu tenha que subir essa escada, não? — perguntou Emily.

— Isso. Subir a escada e entrar na caverna.

O Sem Nome desapareceu na escuridão da montanha e a tela ficou negra.

— Vai demorar mais um tempo de novo — disse Nick. — Agora não dá para ficar nervoso.

Emily agitou o mouse para lá e para cá, mas não se via o cursor em lugar algum.

— É bizarramente real — disse ela após algum tempo. — Eu tive a impressão de que esse Mensageiro estava realmente me vendo. Como se ele quisesse me mostrar que sabe exatamente que a questão não é o personagem, e sim quem o controla.

— Vai ser assim muitas outras vezes.

Eles observavam seus reflexos no monitor.

— E esse primeiro ritual é difícil? Que nem o dos morcegos?

— Não, é bem diferente. Você verá já já.

Tum tum! Tum tum!

— Parece um coração batendo. O que é isso?

— Isso significa que vai continuar. Clique em ENTER.

A tela negra produziu letras vermelhas.

— Isto é Erebos. Quem é você?

Será que Emily mentiria? Será que ela daria um nome falso?

— Eu sou Emily.

— Informe seu nome completo.

— Emily Carver.

Um murmuro fantasmagórico. "Emily Carver. Emily. Emily. Carver. EmilyCarver."

"Eles fazem isso como saudação e antes de jogarem você em um abismo", pensou Nick, com tristeza. Emily procurou o olhar dele e ele sorriu. Tudo estava normal.

— Bem-vinda, Emily. Bem-vinda ao mundo do Erebos. Antes de começar a jogar, familiarize-se com as regras. Se elas não lhe agradarem, você pode encerrar o jogo a qualquer momento, tudo bem?

— Isso eu não imaginaria — sussurrou Emily enquanto clicava em "OK". — A qualquer momento. Parece justo.

— Muito bem. Aqui está a primeira regra: você tem apenas uma chance para jogar Erebos. Se você errar, já era. Se seu personagem morrer, já era. Se você violar as regras, já era. Certo?

— Certo.

— A segunda regra: quando você estiver jogando, certifique-se de estar sozinha. Nunca mencione no jogo seu nome verdadeiro. Nunca mencione fora do jogo o nome de seu jogador.

Emily tirou os dedos do teclado e olhou para Nick.

— Isso significa que eu teria que expulsar você agora, não?

— É só digitar "sim" — disse Nick. — Você ainda pode precisar de alguma ajuda, por ora. — Será que ela realmente o expulsaria? Ele ainda não queria ir embora. Ele queria estar presente no primeiro ritual. Talvez até mesmo na primeira luta.

Um leve sorriso se esboçou nos lábios de Emily enquanto ela escrevia "OK".

— Muito bem. E a terceira regra: o conteúdo do jogo é secreto. Não fale com ninguém a respeito dele. Principalmente com pessoas não registradas. Com os jogadores você pode conversar perto das fogueiras enquanto você estiver jogando. Não divulgue informações no seu ciclo de amizades ou para sua família. Não divulgue informações na internet.

— Já estou começando a entender algumas coisas — disse Emily.

— A quarta regra: guarde o DVD do Erebos de maneira segura. Você precisa dele para iniciar o jogo. Não o copie de maneira alguma, a não ser que o Mensageiro lhe peça.

— Tudo bem.

Uma luz irradiou dentro do monitor e quase saiu tela afora. Na clareira ensolarada encontrava-se sentado o Sem Nome e atrás dele o aguardava a torre em ruínas, na qual aconteceria o primeiro ritual.

Emily mal tocou seu personagem com o cursor do mouse, ele se levantou, arrancou o próprio rosto como se fosse uma casca e foi em direção à torre.

— Agora se trata de tomar decisões importantes — disse Nick. — Você não pode se precipitar. Eu ajudo você.

O Sem Nome estava diante da placa de cobre.

— Escolha um sexo.

— Aí não importa muito o que você escolher, apesar dos homens serem um pouco mais fortes...

Emily já clicara em "feminino". O corpo do Sem Nome se transformou, tornando-se mais delgado, seios e quadris se abaularam.

— Desculpe, Nick, mas esse será o *meu* personagem — disse Emily.

— Escolha um povo.

— Muito bem, não vou me intrometer, mas os bárbaros são melhores — disse Nick. — Eles simplesmente são fortes e têm muita resistência mesmo. Se eu pudesse escolher mais uma vez, eu seria um bárba...

Mas Emily já decidira.

Humano? Ele a olhou de lado, decepcionado.

Como assim ela pegou um humano?

— Sabe, com a minha própria espécie eu fico mais familiarizada — ela respondeu sua pergunta implícita. — Eu gosto de ser humana.

— Escolha sua aparência.

Emily colocou em sua humana cabelos ruivos e curtos que esvoaçavam bagunçadamente em sua cabeça, e a vestiu toda de preto: botas, calça, camisa e casaco. Apenas o cinto era vermelho, mas isso era com todos.

Com seus traços faciais ela se ocupou mais tempo, os deixou delicados, simpáticos e espirituosos, com olhos castanhos e sobrancelhas arqueadas.

— Escolha uma profissão.

— Nada disso parece me atrair muito — constatou Emily. — Se eu escolher um bardo, eu terei que cantar?

Nick não sabia. Ele havia sido cavaleiro, mas durante o jogo ele nunca precisara cumprir tarefas de cavaleiro.

— Acho que a profissão não é muito importante — explicou, e Emily escolheu "bardo".

Neste momento, o gnomo entrou na torre. Nick o havia esquecido completamente, essa visita desagradável durante o primeiro ritual.

— Um humano? Não, que engraçado. E ridículo, você não acha? — disse ele como uma saudação.

— Não, nem um pouco.

— Oh, oh, oh. E além disso é uma barda. Você não faz muita questão de lutar, não? Prefere ficar cantarolando por aí?

Emily ignorou o gnomo e procurou a próxima placa de cobre.

— Escolha suas habilidades.

— Curar é uma droga — disse Nick imediatamente. — Custa sua própria barra de vida. Foi a que eu escolhi e foi realmente um erro.

O cursor do mouse circulava pelas palavras: força, energia, maldição mortal, arrastar-se, poder de fogo, pele de ferro, escalar...

— Curar me parece ser o melhor deles — opinou Emily após um tempo durante o qual o gnomo saltitou ora para a direita, ora para a esquerda, fazendo caretas ferozes. — Joga-se com outras pessoas, não é? Uma vez eu curo alguém, na próxima alguém me cura. Acho muito prático.

— Mas não é assim que funciona! — disse Nick. — Você precisa principalmente prestar atenção no seu progresso. Se você fraquejar, não dará certo.

O gnomo virou o rosto.

— Você está sozinha, humana? Você está obedecendo à segunda regra? Responda!

— Claro que estou sozinha. Como assim? — digitou Emily.

Ela ficou pálida na hora e Nick gelou imediatamente. Como ocorreu ao gnomo perguntar tal coisa? Claro que ele não podia vê-los ou ouvi-los. Tampouco podia o Mensageiro.

— Eu estou demorando demais — sussurrou Emily. — Se eu estivesse sozinha, eu decidiria mais rápido. Por isso que ele está perguntando, acho.

Ela agora se apressou. Escolheu cura, velocidade, poder de fogo, pele de ferro, poder de salto. Após uma breve pausa, adicionou visão de longo alcance, energia, andar sobre a água, escalar e arrastar-se.

— Nada mal — declarou o gnomo — para um humano. Pena que você não viverá por muito tempo.

— É o destino — respondeu Emily, concentrada na escolha das armas. Ela pegou do baú um sabre fino e curvado com esmeraldas no punho. E depois um escudo de bronze.

— Muito bonitos, mas infelizmente são brinquedos — difamou o gnomo.

A última placa.

— Escolha o seu nome.

— Vai ser um nome bem feio de humano — escarneceu o gnomo. — Petronilla, Bathildis, Aldusa ou Berthegund? Hein? Estou esperando! Estamos esperando! Não é possível que nem um nome você saiba!

Emily hesitou por um momento.

— Eu até pensei em um. Vamos ver o que ele vai dizer.

— Hemera — digitou.

Nick ficou um pouco decepcionado. Hemera não soava exatamente bem. Para os ouvidos de Nick aquilo era um nome para aparelho de cozinha. O gnomo, por sua vez, se mostrou impressionado.

— Alguém aí ficou espertinha. Você pode chegar longe, hein. Hemera! Não vá estragar tudo com meu amo, humanazinha!

Ele se afastou saltitando e mancando em direção à saída da torre. Nick estava praticamente esperando que ele, para concluir, mostrasse sua língua inexplicavelmente longa, porém desta vez ele não estava a fim, conforme pareceu. Ele bateu a porta sem mais palavras. O reboco se desprendeu das paredes da torre.

— O que ele quis dizer com "ficou espertinha"? — perguntou Nick.

— Descubra por você mesmo. — Emily estava visivelmente se divertindo. — Da mesma forma como eu gostaria de descobrir eu mesma todo o resto aqui. Nós nos vemos amanhã, certo? A partir daqui eu continuo sozinha.

Mas agora é que vai ficar legal! A decepção afundou como chumbo no estômago de Nick.

— Escute, você está subestimando o negócio. Você vai avançar muito mais rápido se eu ajudá-la, e se ferir muito menos. Vá por mim, hein.

Emily puxou o fone de ouvido de seu iPod e o plugou em seu computador.

— Foi uma de suas dicas, não foi? Quando eu estou com isso nos ouvidos eu não ouço mais o que você diz.

— Mas...

— Já está bem, Nick. Você não viu como o gnomo ficou desconfiado naquela hora? Eu vou conseguir, ok? Eu vou basicamente seguir as regras como todos os outros e jogar sozinha.

Nick se deu por vencido.

— Se você for colher bagas agora, fique atenta — disse. Um último comentário codificado não poderia fazer mal. — E se você empacar ou precisar de ajuda, é só me chamar. Sério.

— Bom saber — disse Emily, sorrindo. — Obrigada, Nick.

Em casa, ele consultou o Wikipedia e ficou sabendo que Hemera era a filha de Erebos e, além disso, era o total oposto do seu pai. Hemera era a deusa do dia, da manhã, da luz.

Alguns dizem que para vencer é preciso ter nascido. Quanto mais eu reflito sobre isso, mas eu tendo a concordar. A decepção de não ser um desses escolhidos eu já deixei para trás há muito tempo, mas sinto que não suportaria uma nova derrota. Se eu vier a triunfar no fim, eu não estarei presente. Isso já está muito claro. Minha presença no final não será necessária. Os atores serão outros. Eles perseguirão meu objetivo com todas as suas forças.

Já é quase chegada a hora. Então minha parte estará feita e eu poderei ir. No fim haverá vencedores e perdedores. Quem serão os vencedores não vem ao caso. O mais importante são os perdedores e eu rezo para que a derrota atinja as pessoas certas.

24

Nick pensou imediatamente na deusa da manhã quando o despertador tocou no dia seguinte. Hemera. Ele mal podia esperar para ouvir o relato de Emily. O que ela havia feito, como havia sido, se ela já havia recebido uma missão. Ele iria ajudá-la e com certeza logo a assistiria jogando. Como ele não estava mais dentro do jogo, talvez fosse mais fácil reconhecer certos panos de fundo. Padrões. Ele tomava banho assobiando e se vestiu cantando. Iria ser um bom dia.

Quase sempre Emily chegava antes dele à escola e ficava junto de suas amigas ou com Eric, mas hoje ele não conseguiu encontrá-la em lugar algum. Em vez disso, viu Eric batendo papo com uma menina do décimo primeiro ano. Ele parecia mais relaxado que no dia anterior. O choque que Aisha lhe dera estava aparentemente superado. *Será que ele voltaria a agir contra o Erebos?* Nick duvidava. Eric provavelmente estava feliz em não ser mais o centro das atenções.

Então chegou Emily. Ela andava rápido, como se tivesse muita pressa. Eric acenou para ela convidativamente, mas ela devolveu o aceno apenas rapidamente e continuou correndo. Pouco antes do portão da escola, Nick a encontrou.

— Oi Emily!

— Oi.

Já era óbvio que eles não podiam falar sobre o Erebos aqui na frente de todo o mundo, mas uma piscada de olho, um sorriso conspirador... alguma coisa tinha que sair dali. Nick procurou esses sinais em seu rosto, mas ele estava inexpressivo como uma parede.

— Quarto tempo? Biblioteca? — sussurrou Nick, incomodado. Emily deu de ombros.

— Vamos ver. — Sem mais palavras, ela o deixou para trás.

Mais à frente estava Rashid com Alex, e Emily dirigiu-se aos dois. *O que queria com aqueles dois?* Nick já não entendia mais nada. Incrédulo, ele observava Emily atenta a cada palavra de Alex quando ele, com uma expressão misteriosa e gestos largos, começou a narrar algo. Ele se perguntava apenas do que se tratava aquela conversa, já que detalhes sobre o jogo ele não podia contar.

Pelo resto do dia ele manteve Emily sob vigia, porém ela se esquivava dele, desviava de seu olhar ou ignorava-o. Em nenhum momento ele a surpreendeu sozinha.

Provavelmente por estar tão concentrado em Emily, só foi perceber à tarde que Colin o estava seguindo. Não importava onde Nick estivesse, Colin estava por perto. Se o estava observando não se podia dizer, mas de qualquer forma ele estava ali como uma sombra. Nick considerou ir até ele e conversar, esclarecer a briga do dia anterior. Em todo caso, eles foram amigos um dia, isso até bem pouco tempo atrás. Mas só a ideia de que Colin fora responsável pela carta ameaçando Jamie e que inclusive talvez tenha sabotado sua bicicleta já deteve Nick. No primeiro comentário indevido, ele iria quebrar o nariz de Colin.

Quanto mais demorava a passar o dia pelo qual Nick estivera tão ansioso, mais perdido ele se sentia. Seu melhor amigo estava em coma, Colin e ele já não confiavam mais um no outro e Emily fingia que ele não existia. Pessoas das quais ele um dia fora mais ou menos amigo agora o olhavam com desconfiança, como Jerome. Aqueles que Nick sabia que haviam sido eliminados do jogo tentavam passar despercebidos por ele e não faziam questão de conversa, como Greg.

Em certo momento naquela tarde, Nick cruzou com a capa de chuva verde no pátio da escola. A menina que a vestia devia ser Darleen Pember. Ele a conhecia apenas de vista, mas se lembrou que Jamie havia andado de olho nela. E com Jamie, Nick ainda tinha muito pelo que se retratar.

Nick olhou ao redor tentando avistar Colin. De forma alguma ele iria falar com Darleen se seu perseguidor estivesse em algum lugar nas imediações. Mas Nick não encontrou nenhum sinal dele. *Então vamos lá, rápido.*

Ele a tirou de perto das duas meninas com as quais ela estava conversando.

— Escute Darleen, você encontrou algum papelzinho ontem no bolso do seu casaco? Ou em outro lugar, dentro dos seus livros, por exemplo?

Ela olhou para ele com um misto de medo e curiosidade.

— Não, por quê?

— Só para saber. Mas caso você encontre um, guarde-o. Entregue-o ao sr. Watson, mas de maneira que ninguém fique sabendo.

Ela mordeu o lábio inferior. Um desses papeizinhos iguais ao que Mohamed recebeu? Ou Jeremy?

Quem eram Mohamed e Jeremy?

— Que papeizinhos eram esses?

Ela deu de ombros.

— Eu não consegui ver direito. Eles não estavam escritos a mão, e sim digitados em computador, posso garantir. Depois disso Mohamed conseguiu dispensa médica; ele já não vem há dois dias. Você sabe o por quê disso?

Nick sacudiu a cabeça.

— Não exatamente. Posso lhe perguntar mais uma coisa?

O sorriso dela pareceu ansioso e Nick esperava que essa ansiedade não tivesse a ver com ele. Nick olhou ao redor.

— Dentro? Ou fora?

Ela não entendeu imediatamente. Nick fez alguns movimentos de espada.

— Ah! Fora, infelizmente. Mas comigo eles não podem fazer isso, eu já tentei pegar o jogo de novo, fui a algumas lojas e também...

— Deixe isso pra lá — disse Nick. — Tudo isso. Finja que esse jogo nunca existiu.

— Mas...

— Eu sei. Mesmo assim.

Ela olhou para ele com os olhos arregalados. Nick tentava imaginá-la com Jamie, sentados em um banco no parque, no cinema, em um campo florido. *Belas imagens.* Ele esperou que ela fosse lhe perguntar sobre Jamie. Porém ela não o fez.

À noite ele ficou sentado em seu quarto sem saber o que fazer. A única certeza era que não suportava aquela insegurança. Se pensasse bem, Emily havia agido de maneira lógica ao ignorá-lo. Claro. *A não ser... a não ser que o jogo tenha falado mal dele, de alguma forma.* Havia uma imagem em sua cabeça que o acompanhara o dia inteiro: o Mensageiro contando a Emily que Nick a espionava virtualmente. Que ele havia ajudado a levar uma arma até o terreno da escola. Para completar, apareceria ainda sua foto com Brynne e então Emily não iria mais querer saber dele.

Mas isso tudo era bobagem. Emily havia sido fria porque ela levava seu disfarce a sério. Ele iria ligar para ela e esclarecer isso. Agora.

Mas Emily não atendeu o celular, nem mesmo a caixa postal foi acionada. Após dez minutos Nick tentou outra vez e, meia hora depois, novamente. O resultado permaneceu o mesmo.

Pois é, provavelmente ela está jogando. Nessa época ele também nunca atendia o telefone.

Será que ele deveria ir até sua casa? *Isso, e de preferência tocar a campainha insistentemente e acordar sua mãe depressiva, pois com os fones de ouvido Emily não o ouviria à porta.* O mesmo provavelmente acontecia com o celular.

Ele se sentou ao computador e pensou. Nick acessou o *deviant*ART e procurou novos textos na página de Emily. Porém, desde *Noite*, o poema que ele já conhecia, não havia nada de novo escrito.

Ele passou o resto da noite com sua mãe e seu pai vendo televisão. Não conseguia se lembrar da última vez que fizera isso e seu pai estava visivelmente feliz por isso.

— Ficar só se matando de estudar não é o caminho — disse ele, dando palmadinhas na cabeça de Nick.

Naquela noite, Nick sonhou que estava no cemitério do Erebos, procurando desesperadamente a lápide de Sarius, porém todos os epitáfios agora consistiam de caracteres emaranhados que ele não conseguia identificar.

Durante vários dias, Emily não foi à escola. Nick estava na aula de química e fitava seu lugar vazio querendo chorar. Ele conhecia o padrão: o jogo havia ganhado, como com todos os outros, poder sobre ela.

Eu não podia tê-la deixado sozinha. Por que justo Emily haveria de ser imune? Mas agora era tarde demais. Não adiantava, ela não iria falar com ele, não o deixaria se aproximar e só iria querer cumprir suas missões. Ele devia ter lhe falado mais sobre o jogo; em vez disso, ele a deixara seguir desprotegida em direção a uma armadilha.

No intervalo ligou para ela, mas ela obviamente não atendeu. *Pois bem*. Então ele iria até sua casa depois da aula.

Após tomar essa decisão, ele se sentiu imediatamente melhor. Iria conversar com Emily e lembrá-la de seu plano em comum: parar o Erebos. Pelo menos essa era a ideia dela.

Seu alto astral durou até a aula de inglês, quando Nick abriu o livro e encontrou um papelzinho dobrado que ele com certeza não havia colocado ali.

Sua pulsação acelerou. Ele desdobrou o papel.

"Ao lado de Jamie ainda há uma cama livre", lia-se em letras de forma desengonçadas.

Nick respirou fundo. Ele esperou que ninguém tivesse percebido seu susto. Pelos cantos dos olhos ele procurou alguém que o estivesse espreitando e talvez observando sua reação, porém todos pareciam normais. Helen ora bocejava, ora coçava a nuca. Colin? Lia. Dan e Alex cochichavam, *será que foram eles?* Alex sorria para Nick com uma simpatia tão forçada que talvez fosse esse seu disfarce.

Ele dobrou novamente o papelzinho e o colocou em seu bolso.

Então havia uma cama livre ao lado de Jamie. Esses malditos. Com isso, eles tinham praticamente confessado. O acidente havia sido planejado, alguém sabotara os freios de Jamie. *Por causa de uma droga, uma droga de um jogo.*

De repente ele começou a odiar tudo com tanto fervor que teve vontade de saltar de sua cadeira e arrebentar a cara deles com ela. *Para que eles tenham ideia de como um traumatismo craniano é legal.* Ele olhou para Colin e de repente a necessidade de pular em sua garganta tornou-se incontrolável. Nick levantou-se.

— Sim? — perguntou o sr. Watson. — Aconteceu alguma coisa, Nick? *Eu estou ficando maluco.*

— Eu não estou muito bem. Acho que alguma coisa me fez mal.

Ele estava seguro de que o sr. Watson captara a ambiguidade de suas palavras. Era possível ver em sua expressão, mas ele não perguntou nada.

— Então talvez seja melhor você ir para casa.

— Sim, obrigado.

Nick não se importava que agora alguém estivesse pensando que o medo da carta ameaçadora o tivesse expulsado da escola. Isso era irrelevante. O importante era Emily, precisava conversar com ela, com certeza ainda não estaria tão envolvida naquilo a ponto de que os argumentos não tivessem mais influência sobre suas ações. Ele apenas precisava contar-lhe sobre a teoria de Jamie e mostrar-lhe a carta.

Agora. Rápido.

Ele tirou seu celular da mochila: ele iria tentar mais uma vez ligar para ela.

1 nova mensagem, revelou-lhe a telinha. Ele clicou em *ler*.

> *Não me mande e-mails de jeito nenhum e não tente falar comigo por* MSN *ou Skype. Se você tiver tempo, apareça às 16h em Bloomsbury, Cromer Street, 32, não fale uma palavra com ninguém e tenha certeza de não estar sendo seguido. Emily.*

Ele engoliu em seco e olhou agitado ao seu redor. Nick colocou os olhos novamente na telinha. Nada de e-mails, nada de MSN, *por quê? Emily sabia algo de novo?* Ele respirou profundamente e organizou seus pensamentos. Pelo menos lá estava o SMS indicando que Emily ainda contava com seus cinco sentidos. E ela queria vê-lo! Faltavam quase três horas para as 16h. Nick não tinha ideia de como dominaria sua ansiedade por tanto tempo.

Finalmente ele aproveitou o tempo para realmente, certificar-se de não estar sendo seguido. Ninguém jamais deu um desvio tão grande e pegou mais linhas de metrô para chegar a Cromer Street.

25

Em frente à casa número 32 havia um sujeito extremamente esquisito. Barba, longos cabelos vermelho-fogo. Ele devia estar esperando por Nick, pois foi em sua direção assim que o avistou.

— Você é o Nick, certo? A moça descreveu você muito bem. Eu sou o Speedy. Venha comigo.

Ele conduziu Nick até o segundo andar da casa por uma escada estreita. Lá, ele abriu uma porta de madeira verde.

— Pode entrar. Você quer água, cerveja ou *Ginseng Oolong*? Victor diz que o chá é bom para o cérebro. Com ele funciona.

Nick, que além de uma breve saudação ainda não dissera nada, pediu um copo d'água. *Por que Emily o havia mandado aqui? Ela também estava ali?*

Ele seguiu Speedy por uma cozinha maravilhosamente abastecida até uma sala grande preenchida por zumbidos polifônicos. Nick contou 12 computadores, excluindo o notebook de Emily. Ela estava sentada em uma baia perto da janela, usando fone de ouvidos e altamente concentrada em seu monitor.

— Melhor não incomodar — disse Speedy. — Está acontecendo algo frenético no momento. Venha, eu o levarei a Victor.

Ele o conduziu até uma gigantesca estrutura de equipamentos eletrônicos, atrás da qual encontrava-se sentado e totalmente encoberto um homem gorducho, todo de preto. Nick o viu apenas por um instante, seu olhar foi atraído imediatamente por um monitor de pelo menos 22 polegadas que exibia um homem-lagarto lilás e brilhante abatendo uma criatura semelhante a uma minhoca. Ele era incrivelmente ágil com a espada e se movimentava rápido como um raio. Os dedos gordinhos do jogador voavam pelo teclado e controlavam o mouse com a precisão de um bisturi. A minhoca gigante não tinha chance apesar de seus dentes pontudos como agulhas. Pronto, agora ela estava partida em duas metades. A da frente, a com os dentes, continuou lutando até o lagarto decapitá-la.

Speedy tirou um dos fones do ouvido do rapaz.

— Nick está aí!

— Ah, bem na hora! Você assume para mim?

— Claro. Aliás, Nick está bebendo só água.

— Não importa.

O homem levantou e se esticou. Sua altura batia no máximo no queixo de Nick.

— Você precisa pelo menos provar meu chá. Eu sou o Victor.

— Prazer.

— Vamos para a sala ao lado, lá nós podemos conversar sossegados.

Ele colocou seus fones de ouvido em Speedy, que já estava à procura de outros inimigos, e apontou para uma porta pintada com grafite. Nick já estava com a maçaneta na mão quando ele lembrou de algo.

— Despedace a minhoca — ele gritou para Speedy. — Desmembre-a nos menores pedaços possíveis, talvez você encontre algo!

Speedy levantou o polegar e começou a desmantelar seu adversário caído.

— Não tão rápido — disse Victor. — Ele vai perceber a diferença. Você tem que manter meu ritmo.

Um suspiro profundo escapou do peito de Speedy. O homem-lagarto agora cortava mais lentamente, ainda que com a rapidez e agilidade de um *sushi man*.

— Vá entrando — disse Victor. — Vou buscar chá para nós.

Atrás da porta grafitada encontravam-se três sofás imensos e o mesmo número de mesas de centro. Nenhuma peça combinava com a outra. Nick até que não era muito sensível, mas a combinação de cores lhe causou uma leve dor de cabeça. Ele se sentou no sofá mais horrível, verde-oliva com rosas amarelas e barcos à vela azuis, assim ele teria que vê-lo menos. Segundos depois entrou pela porta Victor, trazendo uma bandeja cuja visão esclareceu a Nick que a mistura de estilos seguia um sistema.

— Porcelana vitoriana de violetas ou os Simpsons?

— Como você se chama Victor, vou lhe deixar a vitoriana — disse Nick e pegou para si uma xícara na qual Homer posava sobre os dizeres: "Trying is the first step towards failure."

Enquanto Victor bebericava seu chá com os olhos fechados em êxtase, Nick teve oportunidade de examiná-lo melhor e lhe deu 22 ou 23 anos. À primeira vista, ele parecia mais velho, provavelmente por causa da barba. Uma barba de mosqueteiro, longa e curvada sobre os lábios e triangular no queixo. Victor parecia Porthos. Um Porthos gótico, pois ele usava nas orelhas brincos de caveira e em cada dedo pelo menos um anel de prata: neles, as caveiras também atingiam maioria parlamentar, seguidas de perto pelas cobras. Para equilibrar, pendia um anjo solitário em um dos colares em seu pescoço.

— Beba seu chá — disse Victor.

Nick o tomou por obrigação e se espantou com como ele era gostoso.

— Emily nos trouxe algo realmente incomum — constatou Victor após um grande gole de chá. — Saiba que eu entendo um pouquinho de jogos de computador. Mas eu jamais pus as mãos em algo como o Erebos.

— Mas ela lhe copiou o jogo assim, do nada?

— Não mesmo! Ela foi muito gentil em me dar o jogo em seu terceiro ritual. Eu sou o novato dela — ele enroscou sua barba entre os dedos e sorriu. — Eu também sou bem novo nisso, só comecei a jogar hoje à tarde — ele insinuou uma reverência. — Squamato, homem-lagarto. Na verdade eu queria me chamar Brokkoli, mas aí aquele encantador gnomo da torre quase me acertou com meu escudo de bronze. Não se podia caçoar do Erebos, ele me disse. Humor não é o ponto forte desse jogo. Ele baixou sua xícara. — Já interatividade... meu Deus!

— Ele fala com você, eu sei — disse Nick. — A pessoa pergunta e ele dá respostas lógicas e corretas. Você tem ideia de como isso poderia funcionar?

— Nenhuma. Primeiro eu pensei realmente que havia alguém em um terminal central se passando pelo Mensageiro ou por aquele cara morto. Mas não funciona assim. Emily disse que há uma grande quantidade de gente jogando. Quantas você presume?

Nick pensou na luta na arena. E olha que nem todos estavam lá.

— Mais ou menos umas trezentas ou quatrocentas. Talvez mais.

— Exato. Então seria preciso um exército de Mensageiros que ainda teriam de ter em mente as respectivas missões e interconexões. Uma capacidade de registro desse tipo um computador domina bilhões de vezes melhor que qualquer ser humano, mas conversas complexas geralmente não são sua praia.

A xícara de Victor estava vazia, ele colocou mais chá para si e completou a de Nick também.

— Conte-me um pouco sobre suas missões. Emily teve que vigiar ontem uma menina de 13 anos indo comprar spray de pimenta. Ela não conhecia a menina e vice-versa, pois provavelmente era de outra escola. Mas esse Mensageiro havia dado a Emily uma foto e o nome da menina e também o horário e endereço da loja. Maluquice mesmo. Como é que eram suas missões? Algo que possa resultar em um padrão?

Nick pensou concentrado.

— Não, infelizmente. Uma vez eu tive que levar uma caixa de madeira de Totteridge até o viaduto Dollis Brook. A caixa depois apareceu em nossa escola com um revólver dentro. No mais, eu uma vez fotografei um homem e o carro dele e... convidei alguém para ir a um café.

Victor bufou, entretido.

— Não soa mesmo muito ameaçador. Você tem alguma ideia por que você tinha que fazer isso tudo?

— Não. Só na última missão, aí eu tenho mais certeza. Eu teria que colocar Digotan no chá do nosso professor de inglês. Ele acha o Erebos... perigoso e está tentando fazer o pessoal sair disso. Um dos gnomos disse uma vez que nós deveríamos tratar os inimigos como inimigos e eu acho que é essa a ideia do jogo.

Victor parecia perturbado.

— No chá? — perguntou, como se isso fosse o mais reprovável na missão.

— Sim. Mas aí eu fiquei com medo e por isso fui eliminado — Nick se espantou com como lhe fazia bem falar sobre aquilo. De repente as coisas pareceram menos ameaçadoras.

— Você alguma vez já parou para pensar por que o jogo pede o que ele pede? — perguntou Victor, após uma breve pausa.

Não, não pensava nisso. Não a sério. Bem, algumas vezes lhe haviam passado pela cabeça perguntas semelhantes, principalmente sobre a saída com Brynne e a tarefa das fotos. *Quem saía ganhando com aquilo?*

O pensamento sempre fora rapidamente colocado em segundo plano. Eram apenas tarefas. Obstáculos que deviam ser superados para ter progresso, como em qualquer jogo de caça ao tesouro.

— Eu pensava que se tratava apenas de tornar o jogo interessante e emocionante — disse ele, e percebeu apenas agora, que ele havia falado em voz alta, o quanto aquilo era improvável.

— A não ser que eu esteja enganado, o jogo faz seus jogadores funcionarem em conjunto como uma máquina bem-lubrificada — disse Victor, contemplativo. — Um esconde isso, o próximo pega e leva até outro lugar. Um compra aquilo, um segundo o observa e emite um relatório para que o jogo possa calcular seus próximos movimentos. De acordo com o que Emily me disse, eu acho que vocês estão todos trabalhando juntos em algo que ninguém pode decifrar porque cada um conhece apenas uma parte irrisória da coisa. Uma ou duas pedrinhas em um grande mosaico — Victor gorgolejou. — Eu agora também estou nessa, mas eu quero ver a imagem toda, que droga!

"A imagem toda." Por uma fração de segundo uma imagem surgiu na cabeça de Nick, uma imagem colorida, familiar, porém ela desapareceu antes de ele saber o que era.

— Sabe o que ajudaria? Se eu pudesse ouvir mais histórias como a sua. Se nós soubéssemos que tarefas mais o jogo distribuiu. Nós poderíamos encaixar essas informações e, vai saber... — Victor esfregou as mãos. — Talvez nós descubramos no final que estamos procurando o Santo Graal ou algo assim, hahaha. — O bom humor de Victor era contagiante.

— Se você quiser, eu tento perguntar a alguns ex-jogadores — sugeriu Nick. — Mas pode ser que ninguém me conte nada. Ao ser expulso, recebe-se uma ordem de não falar nada.

— Uma tentativa é, em todo caso, válida. Enquanto isso, nós abriremos aqui nosso próprio laboratoriozinho de pesquisas. Espero que a hora do próximo ritual esteja próxima. Meu Squamato brilhante ainda está no nível 1, é de chorar.

— Você tem que colocá-lo em dificuldades. Quando ele está a ponto de morrer, vem o Mensageiro e salva você, lhe atribui uma missão e se ela for cumprida, você passa ao próximo nível.

Victor bateu a mão contra a testa.

— Isso significa que eu sou bom demais para avançar? Isso é perverso. Espere, eu tenho que falar com Speedy que ele deve cometer erros...

Victor desapareceu e voltou um minuto depois, dando risadinhas.

— Speedy está brigando com um esqueleto de tamanho descomunal. Você quer assistir?

A velha agitação se manifestou novamente no estômago de Nick. Sim, ele queria assistir, estar lá, claro.

Eles ficaram a certa distância atrás de Speedy, que, sem pensar, jogava Squamato para cima do guerreiro de ossos, cuja cabeça era adornada por uma coroa. Eles não podiam ouvir o que acontecia; graças aos fones de ouvido, os barulhos ficavam reservados a Speedy, mas viam o cinto de Squamato ficando cada vez mais cinza. Um golpe do rei esqueleto que ele defendeu mal, mais outro... e logo jazia ele lá, com um último resto de vida ainda pulsando, enquanto a fúria do combate ao seu redor continuava.

Nick cravou as unhas na palma da mão. Muitos dos guerreiros participantes ele não conhecia ou conhecia apenas da arena. Espere! *Lá estava Sapujapu! Então ele continuava vivo, isso era bom.* E lá atrás combatia, e isso era desagradável, Lelant. Nick continuava examinando o monitor e se pegou procurando por Sarius. *Que ridículo.* Ridículo também que sentisse falta de seu outro eu.

Minutos depois a batalha havia acabado e o Mensageiro apareceu. Involuntariamente, Nick recuou um passo, xingou-se de idiota e pôs-se novamente atrás de Speedy. As palavras do Mensageiro apareceram no familiar prateado sobre o fundo negro.

— Lelant combateu como um herói, a ele cabe a maior recompensa.

Ele estendeu ao elfo negro um saco de ouro e um escudo que brilhava como uma estrela. Sapujapu, levemente ferido, recebeu três garrafas de poção. *Isso era uma fartura.* Nick ficou feliz por ele. Os outros foram dispensados com coisas medíocres até que o Mensageiro finalmente se dirigiu a Squamato.

— De início você lutou com habilidade e maestria, repentinamente ficou muito fraco. Isso não me agrada.

— Ahá! — disse Victor.

— Sinto muito, eu me distraí. Mas isso não acontecerá novamente — Speedy digitou com pressa.

— É o que eu espero por você. Você está praticamente morto. Se você continuar aqui, morrerá. Siga-me, eu o salvarei. Qual é a sua escolha?

— Eu vou com você.

— Muito bem.

O Mensageiro puxou Squamato para cima de seu cavalo e eles saíram cavalgando. Nick lamentava muito não poder ouvir a música que certamente acompanhava sua cavalgada.

E então sucedeu o de sempre: em uma caverna, o Mensageiro colocou as cartas sobre a mesa. Squamato iria viver e virar um 2 se cumprisse uma missão.

— Esteja hoje às 19h no memorial Cavalry, em Hyde Park. Atrás do monumento há bancos de cor branca. Embaixo do terceiro à direita você encontrará um envelope com um endereço e algumas palavras. Vá até esse endereço e piche as palavras na parede da garagem. Em seguida, fotografe sua obra e o Erebos lhe dará novamente as boas-vindas, como um 2.

— Isso é pior do que parece — murmurou Nick.

— Acho que não estou entendendo. Isso não tem nada a ver com o jogo.

— Claro que tem, Squamato. Mais do que você imagina.

— Você se refere então ao Hyde Park e ao memorial Cavalry de verdade?

— Exatamente.

— E se eu não encontrar nada embaixo do banco? E se não houver nada lá?

— Então você voltará e me informará isso. Mas não minta para mim. Eu iria saber.

Speedy trocou um olhar com Victor, que parecia desagradavelmente impressionado.

— A tarefa não é exatamente legal — digitou Speedy. — E se alguém me pegar?

O Mensageiro cobriu ainda mais seu rosto com o capuz, os olhos amarelos brilhavam em meio à escuridão.

— Até agora pegaram você apenas uma vez. Seja ágil e não venha resmungar para mim. Nós nos veremos quando sua missão estiver cumprida.

E as trevas caíram sobre o Erebos.

— Isso é bem maluco mesmo — Victor constatou. Ele gesticulou para Nick e Speedy entrarem na sala ao lado, pois Emily parecia ter chegado em uma fase difícil do jogo. Eles ouviam como teclava freneticamente.

— O que ele quer dizer com "pegaram você uma vez"? — Nick estava realmente surpreso. — Pegaram fazendo o quê?

— Há alguns anos tive uma breve carreira como pichador — disse Victor. — Mas como o olho amarelo sabe disso... não faço ideia. Que chateação. Eu também preferiria transportar caixas de madeira por toda a Londres a arriscar ser denunciado por vandalismo.

— Mas vocês viram? — interrompeu Speedy. — Ele não percebeu que eu estava jogando no lugar de Victor. Ele só ficou irritado porque eu lutei de maneira desastrada no final.

— Sim, deu certo. Apesar disso, não correremos o risco outra vez. O jogo é tremendamente esperto. Enquanto não soubermos um pouco mais, sejamos cautelosos. Além disso, em breve você será meu novato. Está claro?

Speedy passou a mão nos cabelos ruivos.

— Assim espero. Ligue para mim quando chegar a hora, estou indo agora. Kate com certeza já está me esperando.

Depois que Speedy foi embora, Victor começou a revirar seus armários. Estava atrás de latas velhas de spray, supôs Nick. Emily continuava sentada em sua baia, totalmente concentrada no jogo.

Ele devia ir embora? Devia ficar e esperar Emily? Indeciso, Nick folheava uma das revistas sobre computadores que se amontoavam em todos os cantos, sobre as mesas. Ele ainda não estava entendendo bem Victor. *Aquilo ali era sua casa? Seu escritório? Ambos? Isso era seu trabalho?*

Não era o momento para perguntar-lhe a respeito, pois Victor lutava contra as montanhas de papel que queriam abrir caminho para sair dos armários.

Contra o quê Emily estava lutando?

Nick se aproximou bem silenciosamente para não incomodá-la, e deu uma olhada por trás de seus ombros. Hemera corria por uma espécie de túnel. Para uma 3, ela já dispunha de um colete de ferro bastante bom e de uma espada razoável.

À frente e atrás dela corriam figuras familiares: Drizzel, Feniel e Nurax. Hemera havia ido parar na mesma turma com a qual Sarius andara antigamente.

Capoff! Algumas pastas caíram pesadamente no chão. Victor havia perturbado o sensível equilíbrio de seu armário abarrotado e agora todo o seu conteúdo caíra em cima dele. De uma caixa de sapatos arrebentada derramaram-se sobre sua cabeça cartuchos vazios de impressora.

Emily olhou brevemente, voltando a concentrar-se em seu jogo logo depois. Ela havia saído do túnel e chegado à luz, e agora encontrava-se sob uma árvore gigantesca que continha uma coroa de ouro no meio de suas folhagens. Embaixo dela ardia uma fogueira e ocorria um diálogo descontraído.

Havia novidades? Não, a discussão girava em torno apenas da dificuldade de achar cristais de desejos.

Uma espiada no relógio revelou a Nick que já eram quase 18h. Era melhor ir agora, Victor também partiria em breve se quisesse estar pontualmente no memorial Cavalry.

A última luz do dia refletia no cabelo de Emily. Eles ainda não haviam trocado uma única palavra desde que Nick chegara, mas estava tudo bem, ela não podia se deixar distrair. Ela era tão bonita. Nick não podia simplesmente ir, tinha que levar uma lembrança. Se não fossem palavras, seria uma imagem. Ele tirou o celular do bolso e fotografou Emily diante de seu notebook. Ela nem percebeu. Cuidadosamente, Nick guardou seu celular como um tesouro. A partir de agora ele iria carregá-la consigo.

Victor havia finalmente encontrado suas latas de spray.

— Espero que elas não estejam todas duras — murmurou ele, e agitou uma com a etiqueta verde.

— Estou indo agora — disse Nick.

— Tudo bem. Lembre-se de que você não pode enviar e-mails suspeitos nem para mim, nem para Emily. Não tenho certeza, mas não me admiraria que o jogo tivesse acesso às suas mensagens. E ele entende o que escrevemos, não se esqueça.

Nick prometeu lembrar-se disso. *Que inferno, não conseguia tirar aquilo da cabeça. O Mensageiro lia seus e-mails?*

Voltando para casa no metrô, foi admirando a toda hora a foto que batera de Emily. Desejou beijar a tela do celular ali e agora, mas decidiu esperar até que estivesse sozinho.

26

— Pode esquecer — disse Greg. Apesar de já terem se passado quase duas semanas desde sua queda, ainda era possível ver nitidamente as escoriações.

— Só as missões — pediu Nick pela segunda vez. — Eu não preciso saber quem ou o que você era, apenas o que o Mensageiro lhe pediu, isso é importante.

— Para quê? Você não está fora? Você não vai entrar mais, não importa o que tente, acredite.

Era de enlouquecer! Desde o início da semana Nick vinha tentando encontrar ex-jogadores e interrogá-los, mas até agora o resultado era lastimável. Precisamente neste momento, Greg tentava dar o fora, mas Nick o segurou pela manga.

— Por favor! Poxa, ninguém está nos vendo. Eu lhe conto também sobre mim. Diga aí, vamos.

— O que é que eu ganho com isso? Tem coisas das quais eu não estou lá muito orgulhoso, não vou deixar você ficar sabendo, Dunmore. E agora me deixe ir. — Ele puxou de volta sua manga e desapareceu em uma das salas de aula.

Nick xingou alto, para quem quisesse ouvir, olhou à sua volta e viu Adrian sair correndo. *Como a culpa em pessoa.* Disparou atrás dele.

— Ei! Pare! Você estava nos espiando?

Adrian o olhou com o rosto pálido.

— Eu não ouvi nada. O que é que Greg não queria lhe contar?

Claro que era injusto Nick descontar sua frustração em Adrian, mas não havia mais ninguém ali.

— Pare de espionar! Você vai ver, qualquer hora dessas você vai levar uma porrada que não vai nem saber onde está.

— Deixe o menino em paz — disse uma voz penetrante atrás de Nick. Helen. Agora ele não estava entendendo mais nada.

— O que você tem a ver com isso? — gritou Nick.

— Eu disse para deixá-lo em paz. Se eu ouvir você o ameaçando mais uma vez, você não vai reconhecer mais essa sua fuça no espelho.

Perplexo, ele alternava o olhar entre Adrian e Helen.

— Eu não o ameacei — disse ele sem pensar. — Eu estava lhe dizendo algo. Você que está ameaçando, e a mim!

— Bem observado. Agora suma.

Notava-se em Adrian que ele estava tão espantado com a intervenção de Helen quanto o próprio Nick.

— Tudo bem, Helen, ele não me fez nada.

— Pois é — disse Nick. — Você sabe disso e eu também, mas Helen aparentemente pensa que você precisa de uma babá. — Ele deixou os dois para trás.

No tempo seguinte, Nick tinha novamente inglês. Ele observava o sr. Watson, sem exatamente escutá-lo, falando sobre o teatro elisabetano. Há dias não havia mais notícias sobre Jamie, o que pelo menos era melhor do que notícias ruins. *Mas será que lhe dariam mesmo notícias ruins?*

No final da aula, ele se dirigiu de maneira ostentosa e determinada à mesa do sr. Watson. Ninguém deveria pensar que Nick tinha algo a esconder.

— Você sabe como Jamie está? — a boca de Nick estava seca. — Eu quis ligar para seus pais, mas não consegui. Por isso eu pensei que talvez você pudesse me dizer...

— Ele continua em coma induzido — disse o sr. Watson. — Mas as coisas não estão mal. Seus quadris estão sarando bem. O que mais preocupa é a lesão na cabeça, essas coisas podem deixar sequelas, mas isso você sabe com certeza.

Nada novo. Nick agradeceu e saiu da sala enquanto lançava para Emily um breve olhar, que ela não respondeu. Ela batia papo com Gloria, acenou para Colin e ignorou Nick. Há dias que eles não trocavam mais nenhuma palavra e Victor também não entrou em contato. Nick checava seu celular toda hora na esperança de um sms com um convite para a Cromer Street. *Em vão.*

O próximo tempo era vago. Aquilo pelo qual ele tanto se alegrava no começo do sexto ano, as muitas horas vagas entre as aulas, agora o deixava aflito. Não havia ninguém com quem ele pudesse passar o tempo.

Por outro lado, talvez isso nem fosse verdade. Havia milhões de temas além do Erebos sobre os quais ele certamente podia conversar com os outros, fossem eles jogadores ou não. Jerome, por exemplo, que estava sentado mais à frente, agarrado a uma lata de Red Bull.

— Oi Jerome. Tudo bem aí?

— Hmm.

— Você foi ao último treino do basquete? Eu faltei, mas dessa vez mandei um e-mail para o Bethanny, para ele não dar ataque de novo.

— Bem esperto da sua parte — Jerome fechou os olhos e deu um gole na bebida.

— E então, você foi?

— Sim.

— E?

— Foi bacana.

Nick desistiu. Ir falar justo com Jerome não havia sido uma boa ideia, ele não costumava falar muito, mesmo. *Como se cada palavra lhe custasse dinheiro.*

— Então até logo — disse Nick e subiu novamente. Ele tinha que encontrar uma maneira de matar o tempo.

No caminho para a biblioteca, Eric o deteve.

— Você tem um minutinho?

Nick não podia evitar, só a visão de Eric já despertava ciúmes nele. Todo seu porte, tão sensato, tão adulto...

— Sim? — perguntou Nick.

— Eu estou preocupado com Emily. É possível que agora ela esteja jogando o jogo de vocês?

Nick sorriu. Ela não havia contado a Eric.

— Não tenho ideia. Na verdade eu não estou mais jogando, sabe.

— Ah, é? — Eric levantou as sobrancelhas. — Fico contente por você.

Nick tinha uma resposta atrevida na ponta da língua. *E a você, o que importa?* Mas a engoliu, pois talvez Eric pudesse ajudá-lo.

— Sim, é o que eu ando achando também. O problema é que eu queria falar com alguns... envolvidos. Sei que eu não sou o único ex-jogador aqui, mas eu não consigo ter acesso aos outros.

Eric franziu os lábios.

— Isso o surpreende? Por que eles deveriam confiar em você? Você não pode sequer provar que saiu do Erebos.

Havia alguma verdade nisso. Mas...

— Se você lhes dissesse que eles podem confiar em mim, com certeza eles o fariam.

— Talvez. Mas veja bem, Nick, eu mal o conheço. Eu sei pelo Jamie que você mudou muito. Não posso simplesmente colocar a mão no fogo por você.

Incrível. Eric era simpático até mesmo quando negava algo a alguém. Nick iniciou uma nova tentativa.

— Eu gostaria de fazer algo contra o Erebos. Eu estive lá, conheço os mecanismos. A maioria, pelo menos. Mas por trás do jogo há muito mais. Preciso descobrir o que é, e para isso eu preciso de mais informações.

Eric levantou os ombros com pesar.

— Eu entendo muito bem. Mas prometi às pessoas com quem falei que não diria nada e vou cumprir; você precisa compreender.

"Todos estão fechados como ostras, não importa em que lado estejam", pensou Nick.

— Tudo bem — disse ele. — Então cada um lutará por si mesmo.

A ideia de aparecer na casa de Victor com as mãos abanando da próxima vez o pressionava. Quem mais ele poderia procurar? *Darleen*. Já estava fora. Além disso, ela havia mencionado um Mohamed e um Jeremy que haviam recebido cartas com ameaças, mas isso não significava nada. Aisha também havia recebido uma e ela continuava jogando. Greg com certeza estava fora, mas não falava nada.

Nick iria apostar em Darleen. Ela não parecera intimidada ou fechada. Após procurar um pouco, ele a encontrou na cantina e a levou, sob as risadinhas maliciosas de suas amigas, para o corredor do lado de fora, onde estava mais silencioso e ele poderia ter uma visão geral do local. Nada de Colin, nada de Dan, nada de Jerome.

— Você de novo — disse ela e sorriu. — Kelly e Tereza estão mortas de inveja.

"Ela bem que combinaria com Jamie, mesmo", pensou Nick.

— Pode me escutar, Darleen? — aproximou-se cautelosamente. — Você disse que não está mais jogando. Você me faz um favor? Conte-me algumas das coisas que você fez enquanto estava dentro.

Ela parecia insegura.

— Mas você mesmo não disse que eu deveria fingir que o jogo jamais existiu?

Nick olhou novamente ao seu redor.

— Fale a respeito só dessa vez. Comigo. — Ele ouviu pessoas chegando, pegou Darleen pela mão e a levou a uma sala vazia. Fechou a porta e se recostou contra ela.

— O que quer saber?

— Quais missões você cumpriu, por exemplo. Alguma coisa especial nelas?

Ela pensou enquanto examinava Nick pelos cantos dos olhos, como se não tivesse certeza se poderia confiar a ele tais coisas.

— Você ainda se lembra dos notebooks roubados?

— Sim, claro.

— Eu estava lá. Eu dei cobertura. Se alguém tivesse se aproximado, eu teria que dar o alarme pelo celular. Mas não conte isso a ninguém, porque eu vou negar tudo.

Nick tentava assimilar a informação.

— Você sabe o que aconteceu com os notebooks?

— Não, mas eu posso imaginar. Acho que eles eram para as pessoas que não podiam entrar no jogo por não terem um computador próprio. Desconfio que Aisha tenha recebido um.

Isso fazia sentido, porém não ajudaria Victor como uma pecinha de seu quebra-cabeça.

— Algo mais?

— Meu Deus, como você é curioso — ela suspirou. — Sim, eu copiei uns documentos que eu retirei de uma lata de lixo em Kensington Gardens. Mas não me pergunte o que era exatamente. Coisa jurídica, um montão de papel. Eu não entendi uma palavra.

Nick daria tudo para poder ver a tal "coisa jurídica".

— Algo mais? Você ameaçou alguém alguma vez ou... destruiu algo?

Agora o olhar dela desviou do seu.

— Não. Mas eu sei a que se refere. Não, não fiz nada disso. O resto das minhas missões foram coisas inofensivas. Fiz trabalho de pesquisa para alguém, comprei cartão de celular, coisas assim.

— E por que você foi eliminada?

— Porque a doida da minha mãe bloqueou a internet por três dias. Depois disso, o Mensageiro achou que eu não lhe dava mais valor. Não é um desaforo? Eu ainda poderia chorar de raiva! Como se tivesse sido culpa minha.

— De acordo. Obrigado — disse Nick. — Você me ajudou muito, mas acho que é melhor ir agora antes que um dos vigilantes das regras nos encontre aqui.

Ela assentiu.

— Coisinha mais doida essa, não? Você acha que nós já nos encontramos alguma vez no jogo?

Nick sorriu.

— Não sei. Como você se chamava?

Primeiro ela hesitou um pouco, depois deu de ombros.

— Samira.

— Ei, então nós nos encontramos de verdade! Você era uma mulher-gato, não era? E você estava lá quando eu entrei pela primeira vez!

— Sério? Você era quem?

Nick ainda sentiu uma pontada, em algum lugar bem lá no fundo, ao se referir a seu outro eu do passado.

— Sarius — respondeu. — Eu era Sarius.

27

Por fim era final de semana. E com ele o convite de Victor chegara. Todos iriam passar a noite em seu estúdio, como ele chamava.

— Jogar, bater papo, tomar chá — disse ele ao telefone. — Você precisa vir de qualquer maneira. Eu descobri umas coisas ótimas!

— Que bom que você está andando com pessoas novamente — disse sua mãe quando ele lhe contou seus planos. — Nos últimos tempos você não tem saído da escrivaninha.

Com saco de dormir, esteira isolante e um enorme estoque de salgadinhos, Nick saiu. Ele devia parecer uma figura esquisita. Em cada cruzamento, cada esquina, olhava várias vezes ao redor para verificar se ninguém o perseguia, além de pegar desvios inacreditáveis no metrô para despistar eventuais seguidores invisíveis.

— Bem-vindo, amigo! — Victor abriu a porta e levou suas coisas. — Há tanto tempo que eu não dou uma festa do pijama! Espero que você diga sim para o chá e olá para Emily!

Emily estava sentada no mesmo lugar que da última vez. Quando Nick entrou, ela olhou rapidamente para cima, apontou para seu notebook como sinal de desculpa e concentrou-se novamente no jogo. Atrás dela havia um saco de dormir apoiado na parede. *Será que ela também iria passar a noite?*

Nos sofás multicoloridos já estavam Speedy e uma menina com cabelos tingidos de preto-carvão e raspados nas laterais da cabeça.

— Kate — Speedy a apresentou. — Minha noiva.

— Muito prazer.

Kate sorriu exibindo seus incisivos adornados com imitações de diamantes.

— Está na sua hora, Speedy — disse Victor. — E você já sabe, nada de bancar o campeão.

— Eu não sou idiota, não — resmungou Speedy e se retirou. Ele se sentou em um computador diferente do da última vez.

— Tem que ser assim — explicou Victor ao perceber o olhar de Nick. — A primeira coisa que o programa verifica com certeza é o endereço IP. Se ele o reconhecer, não deixará você ver nem mesmo o menor pinheirinho da sequência de abertura.

Então Nick não estava tão errado com sua ideia de pegar emprestado o notebook de Finn.

— Como foi sua missão-grafite?

— Ah. Foi bem, até — Victor colocou sobre a mesa uma xícara para Nick no formato de um polvo, que cruzava hostilmente dois de seus tentáculos formando uma asa. — Eu achei o papelzinho, fui até o endereço, pichei e ninguém me pegou.

Victor tirou do caminho algumas revistas de computador e puxou uma foto: um muro de uma casa onde se lia "Quem nossos sonhos rouba, a morte nos dá" em trabalhadas letras azul-escuras.

— É um ditado de Confúcio — explicou Victor. — Quem programou o Erebos gosta muito de ditados.

Nick deve ter parecido intrigado, pois Victor sorriu de leve.

— Familiarize-se com a ideia de que o Erebos não se inventou sozinho. Há alguém aí que escreveu um código fonte, como com qualquer programa. Só que esse aí é o campeão dos programas. Uma coisa inexplicavelmente incrível.

Nick poderia jurar que Victor estava com os olhos marejados.

— Você sabe há quantos anos se tenta escrever um programa que fale e pense como um ser humano? Quanto você acha que vale um programa desses? Milhões, Nick! Bilhões! Mas nós recebemos o jogo de graça, como um brinde de uma caixa de cereal! Por quê?

Nick jamais havia pensado por essa perspectiva. Desde o começo, o jogo parecera para ele uma pessoa viva sobre cujo valor financeiro ele não se perguntara.

— Por que... ele possui um objetivo? — retomou a pergunta de Victor e foi recompensado com um olhar exultante.

— Exato! Ele é uma ferramenta, a mais cara e sofisticada ferramenta do mundo! Eu me ajoelho com humildade e adoração diante de seu criador — ele tomou um gole de chá. — Alguém que realiza uma coisa dessas não faz insinuações por acaso. O que ele está nos dizendo então, ou melhor, dizendo ao desconhecido dono da garagem?

Quem nossos sonhos rouba, a morte nos dá.

— Que ele quer matá-lo? Ou que o outro o está ameaçando de morte?

— Exato. Para mim soa como uma advertência. Em todo caso, não é um ditado qualquer, assim como certamente não era um endereço qualquer.

Victor esmigalhava um biscoito enquanto Nick estava quase explodindo de impaciência.

— E? Quem mora lá?

— Pois é, infelizmente isso não tem nada de emocionante. Um contador, divorciado, sem filhos, gerente pleno de uma empresa de exportação de alimentos. Não se pode imaginar algo mais banal. Mas, obviamente, na vida privada ele pode ser um verdadeiro demônio.

Um contador. Isso realmente não era emocionante.

— E você encontrou peças que se encaixem? — perguntou Victor.

— Temo que não. Só achei uma ex-jogadora disposta a falar. — Nick relatou as missões de Darleen: o roubo dos computadores, os documentos copiados e o cartão de celular. Victor anotou tudo.

— Quem sabe, talvez um dia nós decifremos isso — disse. — Vamos nos dedicar às insinuações escondidas no jogo. Talvez elas nos revelem algo mais. Você é bom em história da arte?

Uia. Nick negou com a cabeça.

— Desculpe, mas você está falando com a pessoa errada.

— Tudo bem. Então comecemos com ornitologia. O que lhe diz a palavra hortulano?

— Hortulano é o inimigo que os jogadores do Erebos combatem — disse Nick, contente por finalmente saber uma resposta.

— Certíssimo — Victor enrolou a ponta de seu bigode entre os dedos, e agora ele parecia um mágico antes de tirar seu coelho da cartola. — Posso lhe mostrar uma foto do Hortulano?

Havia uma foto?

— Claro, quero ver — disse Nick.

Victor pegou um outro notebook que estava ali perto.

— Este aqui está totalmente livre do Erebos. Isso significa que com ele podemos acessar a internet sem que o programa perceba e puxe nosso tapete. — Ele abriu o laptop. — Pronto, e agora procure por hortulano — disse.

Nick digitou a palavra no Google. O primeiro resultado o levava até a Wikipedia e ele clicou no link.

— Mas que bobeira isso aqui — constatou.

Hortulano nada mais era que o nome de um escrivão, ou de um passarinho considerado iguaria na Itália e na França.

— Extremamente desconcertante, não? — murmurou Victor. — Infelizmente eu também não descobri o que o sr. Programador quer dizer com isso. Que ele quer nos dizer algo eu não tenho dúvida. Eu descobri mais uma coisa, tenho certeza de que você vai gostar.

Victor batia palmas como uma criança diante de uma torta de aniversário; colocou seus dedos cheios de anéis de caveira sobre o teclado, mas mudou de ideia.

— Não, primeiro eu quero lhe perguntar algo. Você esteve em uma das lutas na arena? Há uma marcada para amanhã de madrugada e todos os heróis já estão se mijando em suas calcinhas de malha de ferro.

Nick sorriu.

— Sim, eu estive em uma luta na arena. A segunda eu infelizmente não vi. É uma coisa emocionante, você verá!

— Excelente. Certamente você teve que se inscrever antes, não? Diga-me com quem.

Victor amava charadas, sem dúvidas.

— Na segunda vez, na arena mesmo, com o mestre de cerimônias. Na primeira vez com algum soldado na Taberna de Átropos.

O sorriso de Victor deu lugar a uma cômica expressão de perplexidade.

— Você está dizendo Átropos?

— Sim, e daí?

— Onde é que isso vai parar?! — gritou Victor com um desespero forçado. — As crianças não aprendem mais nada na escola! Diga-me pelo menos se algo lhe chamou atenção nesse mestre de cerimônias.

— Ele não se encaixava no jogo. Não parecia com os outros personagens, e sim... ele parecia falso, de alguma maneira. Eu o chamava de "o grande Olho Esbugalhado".

Victor se entretinha majestosamente.

— Muito bom, muito adequado. Mas ele não lhe pareceu familiar, o Olho Esbugalhado? — ele arregalou os olhos, tentando imitar a expressão do personagem.

— Não, desculpe.

— Então olhe aqui.

Victor digitou o endereço no navegador e a página do Museu do Vaticano se abriu. Mais dois cliques e ele virou o notebook de maneira que Nick pudesse enxergar melhor o monitor.

— Aqui está o seu Olho Esbugalhado. Pintado por Michelangelo pessoalmente.

Demorou alguns instantes até Nick se orientar. O que Victor estava lhe mostrando era uma pintura gigantesca, na qual centenas de figuras se acotovelavam. Ao centro estavam Jesus e Maria, e ao redor, sobre diversas nuvens, encontravam-se pessoas seminuas. Mais abaixo alguns anjos sopravam suas trombetas e outros anjos puxavam pessoas do chão para o céu. Na margem inferior, pessoas se contorciam na lama e ali, um pouco à direita do centro... ali estava ele. O mestre de cerimônias, exatamente como Nick o conhecia pelo Erebos. Nu, exceto pela tanga, com o estranho tufo de cabelo na cabeça e o longo cajado que ele brandia atrás de si, como se quisesse bater nas pessoas que viajavam em seu barco.

— Sim, é ele! — Nick gritou, agitado.

— Sabe como ele se chama?

— Não.

Victor se levantou e fez uma expressão importante.

— Este é Caronte. O barqueiro que, na mitologia grega, leva os mortos em seu barco pelo rio Estige até o reino de Hades.

Nick examinou melhor a foto e estremeceu involuntariamente. Nela, Caronte estava era *surrando* os mortos ao longo do rio.

— Vale citar também os pais do seu Olho Esbugalhado. Caronte é o filho de Nix, a deusa da noite... e de Erebos.

Nick sacudiu a cabeça.

— E o que isso tudo significa?

— Difícil dizer. Mas talvez nós cheguemos mais perto se examinarmos o título da obra-prima de Michelangelo. Veja! — ele indicou com o cursor do mouse as palavras embaixo da foto.

Michelangelo Buonarotti
O Juízo Final
Capela Sistina

— Em *O Juízo Final*, Deus separa os salvos dos condenados — disse Victor. — Não é exatamente uma bela imagem. E eu me pergunto se o jogo não faz algo semelhante. Uma seleção. Por qual outro motivo ele eliminaria tão impiedosamente aqueles que fracassam em suas missões?

— Isso não é meio louco?

Victor aumentou a foto com mais alguns cliques, de maneira que as feições de Caronte ficassem em destaque.

— Pode ser. Mas, sobretudo, isso foi pensado até o último detalhe. O que você disse antes? A loja na qual você se registrou para a luta na arena se chamava Taberna de Átropos?

— Na verdade ela se chamava "Ao Último Corte" — especificou Nick.

— Ah, rapaz, meu pobre rapaz cego! — Victor gritou teatralmente e digitou novamente algo. — Olhe aqui: Átropos é uma das três moiras, as deusas gregas do destino. Ela é a mais velha e a mais hostil, sua tarefa é cortar o fio da vida dos homens. "O último corte" — e, com um suspiro, Victor fechou o notebook. — O jogo nos dá dicas bem claras. O programador tem uma grande queda por mitologia grega. Isso, por um lado. Cada um dos símbolos que ele utiliza tem a ver com perdição e morte. Isso, por outro lado. Tudo combinado com a genialidade do programa e o caráter viciante que ele possui, ai, ai, ai. Um barril de dinamite embaixo do meu traseiro me inquietaria menos.

Contudo, Victor não parecia estar inquieto, e sim altamente satisfeito. Ele preencheu sua xícara de chá e recostou-se novamente.

— Então tá — disse Nick após os dois ficarem em silêncio por algum tempo. — Mas o que faremos agora com nossas descobertas?

— Vamos curtir por sermos tão espertos — disse Victor. — E ficar atentos a outras dicas. Alguma hora surgirá uma com a qual nós possamos fazer algo.

Nick passou a meia hora seguinte assistindo Speedy tornar-se Quox, o bárbaro, na torre. Victor lhe havia disponibilizado um bloco e uma caneta e Nick anotava as informações que descobria na torre. As placas eram de cobre, *isso significaria algo?* Ele anotava cada frase que o gnomo proferia e buscava mensagens subliminares. Kate o ajudava apontando riscos na parede da torre. Nick os desenhava. *Estaria escondido ali uma imagem, um plano, um nome... algo?*

Victor estava sentado novamente em seu computador e movia Squamato com sua espada brandindo pela planície descampada. A cada dois passos surgiam do chão ao seu redor víboras da altura de homens, que tentavam dar botes e desapareciam novamente sob a terra. Mas Victor parecia dispor de um sexto sentido, pois sempre desviava delas e não foi mordido uma única vez.

Neste ínterim, Hemera se encontrava junto a uma fogueira com mais quatro guerreiros, entre eles Nurax, e conversava sobre a luta na arena que se aproximava. Nurax contava que estabelecera como meta pelo menos mais dois níveis e, se tudo corresse como planejado, ele tentaria inclusive batalhar por um lugar no Círculo Interno.

Emily se balançava inquieta em sua cadeira. Nick presumiu que ela ficasse nervosa com ele a observando pelas costas. Ele se retirou novamente para o quarto ao lado com suas anotações, sentou-se no sofá rosa com veleiros e abriu o notebook que Victor afirmara estar limpo. A ideia de que seu próprio computador, em sua casa, não estivesse, causou-lhe inquietação. *Terá sido por isso que Emily insistiu que ele não lhe enviasse e-mails de jeito nenhum?*

Se este computador aqui não estava sendo monitorado pelo Erebos, o que aconteceria se Nick procurasse por ele no Google?

Ele digitou "Erebos", e encontrou o link "Erebos — o jogo", que da última vez lhe havia exibido uma advertência, dedicada a ele pessoalmente. Ele clicou no link e o texto que apareceu era totalmente diferente.

> Alegria, mais belo fulgor divino,
> Filha de Elíseo,
> Ébrios de entusiasmo entramos
> Em teu santuário celeste!
> Teus encantos unem novamente
> O que o rigor da moda separou.
> Todos os homens se irmanam
> Onde paira teu voo suave.

Sacudindo a cabeça, Nick fechou a página novamente. Aquilo ele conhecia da sinfonia de Beethoven. O texto não fazia o menor sentido. Devia ser apenas um texto genérico para eventuais não jogadores que passassem por ali. Tanto fazia. Continuaria com a pesquisa.

Nick abriu o Google e digitou "placa de cobre", mas apenas encontrou um monte de empresas que fabricavam placas e lâminas de cobre; além disso, as placas de cobre tinham aparentemente algo a ver com a impressão de imagens em livros antigos. Aquilo foi, aparentemente, um tiro na água.

A combinação de "cobra" com "mitologia grega" foi a próxima que ele tentou. Na tela apareceu a Hidra com suas nove cabeças. As cobras de Victor, no entanto, só tinham uma. Havia uma cobra enroscada no cajado de Esculápio e outra guardando o Oráculo de Delfos. Nenhuma que saltasse de dentro do chão. *Por enquanto, as coisas iam mal.*

O que mais? Nick deu uma olhada na sala ao lado pela porta entreaberta. Todos estavam concentrados no jogo, apenas Kate fazia barulho na cozinha. Ele foi ver se ele poderia ajudá-la, mas ao chegar os dois tabuleiros com pizza já haviam desaparecido dentro do forno.

— Diga uma coisa, qual é mesmo o sobrenome de Victor? — ele perguntou.

— Lansky — Kate virou o botão de temperatura mais um milímetro para cima, suspirou e voltou a baixá-lo. — Fornos que eu não conheço são horríveis, minhas pizzas ficam cruas ou queimadas. Eu só espero que você goste de presunto italiano e cebola aos montes.

— Ah, com certeza. Obrigado. — Nick voltou para seu sofá e digitou "Victor Lansky" no Google, encontrando um Victor Lansky no Canadá e outro em Londres. *Bingo*. Victor era tudo menos uma figurinha desconhecida na cena de jogos de computadores: ele publicava inclusive uma revistinha de jogos que, apesar de sair irregularmente, possuía uma boa fama. *Ah*, e havia mais uma coisa: um certo Zobbolino escreveu em sua página que era amigo do famoso e notório Victor.

> Eu e Victor temos lembranças valiosas de uma época em que nenhum muro ou vagão de trem estavam protegidos de nossa arte. Pichar ou não pichar, essa nunca foi a questão. Nós éramos os deuses coloridos da cena do grafite e se não tivessem nos pegado dessa vez, nós teríamos continuado dando cores a Londres.

Nick leu todo o texto algumas vezes. Estava bastante claro que Victor já se envolvera com pichação e que fora flagrado. Erebos podia ler e exigia que todos se registrassem com seu nome verdadeiro. Provavelmente, ele realizava pesquisas sobre cada novato. *Uau*.

Erebos obtém informações na internet, anotou Nick. *Isso até agora não havíamos imaginado. Da internet inteira? Com toda certeza ele investigava o disco rígido e talvez até monitorasse as páginas acessadas na rede. Por isso que o jogo é tão onisciente.*

Se isso era verdade, ele devia ter lido também o histórico do messenger no computador de Nick e analisado sua conversa com Finn. Por isso que ele sabia também sobre a camisa do Hell Froze Over.

Nick gostaria de ter falado sobre suas considerações com Victor, mas Squamato estava muito ocupado no momento escalando um muro gigante. Impaciente, Nick bebeu duas xícaras de chá, que àquela altura já estava gelado. A terceira ele derramou ao pegar o bloco novamente para verificar suas anotações.

— Droga! — Tirou dali o notebook, cinco quilos de revistas de computador e seus apontamentos, que estavam molhados de chá.

— Ih. Problemas aqui também? — Emily estava parada na porta com um sorriso cansado, seus olhos estavam avermelhados.

— Sim, eu sou tão desastrado; espere, eu vou pegar um pano rapidinho. — Nick voou até a cozinha, procurou e encontrou um rolo de papel toalha e correu de volta. Com lenços de papel, Emily tentava evitar que o chá respingasse no chão.

— E como vai Hemera? — perguntou Nick, secando agitadamente.

— Ela está com um ferimento na barriga e outro na perna. O ruído estava quase impossível de aguentar com os fones de ouvido — Emily se jogou no segundo sofá mais feio e bocejou. — Eu preciso urgentemente de um café, mas Victor não tem em casa. Hoje eu ainda tenho que cumprir uma missão, por sorte nada difícil. Mas é algo que eu não gosto de fazer — ela bocejou novamente.

— Eu vou ali no Starbucks e trago café pra você — ofereceu Nick.

— Mas é muito longe — disse Emily, e ainda no mesmo fôlego — eu vou junto. Estou mesmo precisando de ar fresco. E de uma cabine telefônica.

— Para uma missão?
Ela assentiu.

— Qualquer cabine. Isso significa que pelo menos eu não precisarei atravessar Londres inteira.

Por cautela, Nick já havia espiado a escuridão pela janela, sem encontrar nada de suspeito; agora, na porta, ele olhava minuciosamente ao seu redor.

— Se há alguém aqui nos espiando, esse alguém está se escondendo muito bem.

Eles andaram ao longo da Cromer Street e viraram na Gray's Inn Road, que a essa hora ainda estava movimentada. Emily sempre olhava para trás quando grupos de adolescentes cruzavam seu caminho. A aflição os fazia avançar mais rápido. Eles alcançaram a estação King's Cross, e já se podiam ver as primeiras cabines telefônicas. Emily deteve-se pouco antes de chegar lá.

— Não posso fazer isso — constatou com sobriedade.

— Não pode o quê?

— Ameaçar alguém por telefone — suplicante, ela levantou os olhos para Nick, como se esperasse que resolvesse seu dilema. — Eu não posso sequer tentar soar simpática porque eu já recebi o texto escrito.

— Oh. Isso é desagradável mesmo — disse Nick com plena consciência de ter falado muito devagar. — Mas veja assim: isso é para fins de investigação. Você não quer dizer aquilo. Você está fazendo isso para podermos ir no encalço do Erebos.

— Só que minha vítima não sabe disso — sussurrou Emily.

— Pense em Victor e em seu ditado do Confúcio.

— Minha mensagem infelizmente não é de Confúcio. Com certeza não — com uma expressão sorridente, Emily se dirigiu até a cabine telefônica. — Deixe-me resolver isso logo — murmurou, e pegou uns trocados, seu iPod e um pedaço de papel em sua bolsa a tiracolo.

— Para que o iPod?

— Eu tenho que gravar a conversa. E enviar. Como se já não fosse ruim o bastante.

Nick olhou para ela discando e fazendo uma careta de desespero enquanto ligava seu iPod e o mantinha junto ao fone. Assim que o sinal de discagem soou, ela fechou os olhos. Nick ouviu quando alguém atendeu do outro lado.

— Ainda não acabou — disse Emily com uma voz cavernosa. — Você jamais terá paz outra vez. Ele não esqueceu nada. Ele não perdoou nada. Você não sairá dessa ileso.

— Quem está falando? — Nick ouviu um homem gritando do outro lado da linha. — Eu vou mandar a polícia atrás de vocês, seus malditos criminosos! — depois não se ouviu mais nada além de um "Malditos!" em voz baixa e o sinal de ocupado. Emily colocou o fone no gancho com a mão trêmula.

— Acho que não estou bem — disse ela, seca. — Que merda asquerosa. Eu jamais farei isso novamente. E agora preciso de um café.

Eles encontraram um cantinho calmo no Starbucks da Pentonville Road. Emily pediu um *cappuccino* duplo com dose extra de expresso. Nick fez o mesmo e pediu ainda dois muffins com gotas de chocolate; ficou felicíssimo por ela tê-lo deixado pagar.

— De onde você conhece Victor? — ele perguntou após ela ter comido metade de seu muffin e soprado sua xícara, pois o café ainda estava fervendo.

— Ele era um amigo de Jack — ela sorriu com pesar. — Victor diz com naturalidade que ele *é* um amigo de Jack, que um afogamentozinho não pode estragar uma amizade verdadeira.

Antes mesmo de saber quem exatamente ele era, Nick colocou sua mão sobre a de Emily. Ela não a afastou; pelo contrário, entrelaçou seus dedos nos dele.

— Victor me ajudou muito. Ele me adotou como uma irmã caçula.

— Ele é o máximo — disse Nick de todo o coração. Não pôde dizer mais nada, pois tinha a sensação de que a qualquer momento iria levantar voo e flutuar. Para disfarçar sua timidez, ele bebeu seu café, que finalmente havia atingido uma temperatura amena.

— Vamos ter problemas com Kate — ele constatou. — Estamos nos entupindo de muffins e ela está lá, fazendo pizza.

— Eu consigo comer muffins e pizza sem nenhum problema — disse Emily. — Aliás, Victor também. Não se preocupe. Mas mesmo assim, é melhor nós já irmos. Primeiro porque a essa hora lugar nenhum é muito confiável, segundo porque eu quero procurar o telefone da minha vítima no Google.

Lá fora, Emily segurou a mão de Nick, como se fosse o normal a fazer. Aquela região era realmente desapropriada para passeios românticos, mas no que dependesse de Nick, aquilo poderia durar a noite inteira.

Só haviam sobrado alguns pedaços da pizza quando eles chegaram ao apartamento de Victor.

Kate ergueu os ombros em um pedido de desculpas.

— Victor. Ele diz que um gênio precisa se alimentar. Alimentar-se muito. Mas ainda sobrou meia pizza. E vocês ainda podem cozinhar macarrão.

Eles recusaram com um gesto, pegaram o resto da pizza e abriram uma lata de amendoins. O sofá de rosas e navios havia se tornado repentinamente o lugar mais lindo do mundo. Nick abriu o notebook e digitou na ferramenta de busca o número que Emily ditou.

— Nenhum resultado. Infelizmente.

— Eu estava praticamente contando com isso — disse Emily. — É provavelmente um número secreto. Uma pena ele não ter dito seu nome ao atender, e sim apenas "alô".

A palavra "secreto" causou certa comoção em Nick. Havia algo que ele precisava contar a Emily. Agora.

Ele esperava que o sorriso no rosto de Emily não desvanecesse.

— Eu preciso lhe confessar algo. Eu leio já há alguns meses os textos do seu blog no *deviant*ART. Seus poemas também. Eles são lindos, assim como seus desenhos.

Ela tomou fôlego.

— Como você sabe que são meus?

— Disseram para mim um dia. Por favor, não fique brava. Você deve estar realmente constrangida.

Ela olhou para o lado.

— Que pena.

— Como assim "que pena"?

— Porque eu preferia ter lhe mostrado eu mesma o blog. Algum dia. — Ela encostou a cabeça em seu ombro e bocejou. Nick, que dançava por dentro de tanto alívio, reparou só agora que Victor estava na porta.

— Está havendo um abraço grupal lá na fogueira — disse. — Então pensei em ver como vocês estão. Mas aqui também está acontecendo um aconchego, hein? — Ele se largou no sofá à frente deles.

Emily contou sobre sua missão.

— Eu ameacei uma pessoa completamente desconhecida. Vai saber o que ela está pensando agora. Talvez ela não tenha nem ideia do que aquilo se tratava.

— O que exatamente teve que dizer? Você ainda se lembra?

Emily entregou o papelzinho a Victor.

— Ainda não acabou. Você jamais terá paz outra vez. Ele não esqueceu nada. Ele não perdoou nada. Você não sairá dessa ileso. — Victor literalmente vibrava de nervoso. — Que loucura. Bem, deixe-me resumir: um certo *ele* está muito furioso com seu interlocutor, Emily. Eu poderia apostar que ele gostaria de vê-lo no barco de Caronte ou de mandar Átropos cortar seu fio da vida.

Emily parecia confusa, o que deu a Victor mais uma vez a oportunidade de ostentar seus conhecimentos gerais.

— Infelizmente esse telefone não deve ser o do dono da minha garagem. Do contrário poderiam ter enviado a ele uma advertência simpática — Victor procurou chá na chaleira, não encontrou e fez beicinho. — Se perguntarem a mim, acho que o Erebos tem apenas um objetivo: vingar-se de alguém. De Hortulano, nosso passarinho cantor.

— Pois bem, garagens pichadas e telefonemas dúbios: não é bem isso o que eu entendo por vingança — observou Nick.

— Eu me admiraria muito se ficasse só nisso — disse Victor. — Acho que me lembro de você ter me contado algo a respeito de um revólver numa caixa de charutos.

Nick se sentiu ficando frio, quente e frio de novo.

— Você acha que o Erebos quer que atiremos em alguém?

— É bastante possível. Se eu não me engano, o jogo está formando uma tropa de elite para missões especiais. — Victor sorriu, mas dessa vez não parecia contente. — Seria bom saber quem são os membros desse Círculo Interno.

O Círculo Interno girou pela próxima meia hora na cabeça de Nick como uma roda de fogo. *Uma tropa de elite. Um comando de vingança. Mas com qual missão?*

Após Victor ter voltado para o jogo, Nick e Emily foram até a cozinha colocar mais água para fazer chá.

— Você já vai voltar, não é? — ele perguntou. — Agora que sua missão está cumprida.

— Amanhã cedo. Quero estar presente na luta e na arena... talvez eu possa chegar a algumas conclusões. Que droga não sabermos quem se esconde por trás dos nomes dos jogadores.

Ela despejou a água fervente sobre as deliciosas folhas de chá de Victor. — Aliás, tem alguém no jogo muito parecido com você.

— Eu sei. Aquilo me incomodava o tempo inteiro, mas o que eu posso fazer?

Emily sorriu.

— Eu acho a imagem dele bastante agradável.

De volta ao sofá, ele contou a Emily a história de Sarius.

— Ele era legal, sabe? Rapidíssimo com a espada e um ótimo corredor. A partir do nível 5 eu dei uma rasteira em todo mundo.

— Por que você foi eliminado?

— Por causa do sr. Watson e sua garrafa térmica. — Nick contou sobre sua tarefa e sobre ele quase tê-la cumprido. — Foi bem por pouco mesmo, eu estava muito tentado.

Emily se sacudiu como se estivesse com frio.

— O jogo se defende realmente bem de seus inimigos. Você acha que a história de Eric e Aisha surgiu assim também?

Nick a olhou de lado, mas não viu nada além de um interesse sério.

— É possível. Até mesmo provável.

— Temos que prestar atenção, Nick. Principalmente você. Colin no outro dia fez um comentário estranho. "Está na hora de cortar o barato de Nick", pouco depois de vocês terem brigado na cantina. Não o subestime.

"Sim", pensou Nick, "mas Colin também gosta de abrir demais aquela boca".

Ela colocou chá na xícara de Victor e a levou para ele até o computador. Squamato estava conversando com Beroxar sobre as vantagens dos machados em comparação às espadas.

Beroxar. Nick pegou uma caneta e um pedaço de papel. *Beroxar estava no Círculo Interno antes de perder seu lugar para BloodWork,* ele escreveu.

Victor levantou o polegar.

A noite entrou pela madrugada. Emily desfez sua mochila e entrou em seu saco de dormir. Eles conversaram sobre as pessoas da escola, tentaram chegar a um acordo sobre qual aluno se escondia atrás de cada personagem. Porém, na maioria das vezes suas opiniões eram diferentes.

Pouco depois da meia-noite, Victor entrou cambaleando.

— Por hoje chega. Estou exausto. Alguém ainda tem algo para comer?

Emily tirou uma barra de chocolate com creme de avelã de sua mochila e Victor, com um olhar de desculpa, pegou para si a metade. — Aí tem coisa, viu — disse ele, mastigando. — Gnomos por toda parte, todos tagarelando sobre um grande combate e que a hora da provação está se aproximando.

— Acho que amanhã haverá uma luta violenta pelos lugares no Círculo Interno — disse Nick. — Eu teria tentado uma vaga se não tivesse sido eliminado. O Mensageiro me disse que ele poderia me dizer quem era o lutador mais fraco no Círculo Interno. Ele provavelmente faria isso se eu... tivesse cumprido sua missão.

Victor assentiu com a boca cheia e levantou um dedo.

— Correto! Ele teria lhe dado conselhos para ter você por perto. Pergunta: por que ele iria querer mantê-lo por perto? Resposta: porque você teria provado que pelo Erebos você passaria sobre cadáveres. Ou que estava disposto a ir para o xadrez.

Nick e Emily trocaram um olhar. Alguém quase havia passado sobre o cadáver de Jamie. Será que essa pessoa estaria amanhã sobre a plataforma de ouro?

— Passar sobre o cadáver de um professor não é lá grande coisa — murmurou Victor e agarrou o resto do chocolate. — Em outra época eu teria vontade de fazer isso, sem que um Mensageiro precisasse me motivar.

Em um dado momento, Victor se recolheu em seu quarto. Em um dado momento, Speedy parou de jogar e se deitou com Kate em um imenso colchão inflável na sala dos computadores.

Em um dado momento, Nick e Emily juntaram dois sofás, formando uma grande cama, cujos encostos os protegeram do resto do mundo.

— Boa-noite — sussurrou Emily e deu-lhe um beijo incrivelmente suave e delicado. Seus dedos acariciavam a nuca de Nick. — Boa-noite, corvo.

E então ela deitou a cabeça em seu ombro e fechou os olhos. Nick sentia as cócegas dos cabelos dela em seu pescoço e escutava sua respiração cada vez mais profunda. Ele queria que tudo ficasse como estava agora. Ele queria ficar deitado ali para sempre. Ele queria que o mundo parasse.

28

Torrada, geleia e chá. Na manhã seguinte, Victor lhes trouxe o café na cama.

— Energia para a grande luta — disse ele.

Emily agradeceu bocejando enquanto Nick não sabia se o que o paralisava era o braço adormecido ou a imagem do roupão de banho de Victor, com a estampa do Snoopy.

Nick vivenciou a luta na arena como num transe. Ele alternava com velocidade seu ponto de observação entre Emily, Victor e Speedy, que estavam agrupados em distintas classes de espécies. Como sempre, a zona atribuída aos humanos estava quase vazia. LordNick e Hemera esperavam juntos no mesmo cômodo e Emily piscou o olho para Nick como se estivesse lhe dizendo algo.

Os bárbaros, por sua vez, formavam uma verdadeira multidão; Quox parecia ser o mais fraco entre eles. Ele continuava no nível 1, mas em face das capacidades de Speedy, Nick não se preocupava muito com ele.

O mesmo valia para Victor e Squamato. Mesmo se o homem-lagarto adentrasse a arena como um 3, ele provavelmente a deixaria com alguns níveis a mais.

Então, o grande Olho Esbugalhado apareceu. Agora que Nick conhecia sua origem, achou o mestre de cerimônias ainda mais sinistro. *Um enviado das profundezas.*

Com a maior das expectativas, Nick aguardava a chegada do Círculo Interno; segurou o fôlego quando o escudo dourado foi levado para a arena.

BloodWork continuava lá, parecendo mais imenso do que nunca. E também a elfo negra Wyrdana, que Nick conhecia da última luta. Um outro bárbaro, chamado Harkul, um lobisomem chamado Telkorick, e *Drizzel! Drizzel havia conseguido um lugar no Círculo Interno!* Surpreso, mas não espantado, Nick via balançar o símbolo redondo vermelho da corrente em seu pescoço.

Antes de começar, o mestre de cerimônias surgiu no centro da arena.

— Vejam só os guerreiros do Círculo Interno. Vocês ainda têm a oportunidade de ocupar seus lugares se provarem ser capazes e se quiserem no final descobrir os segredos mais profundos do Erebos. Alguns de vocês triunfarão hoje, outros comerão poeira. Que comecem as lutas!

Nick não se lembrava mais do quanto aquilo era rápido. Um jogador após o outro escolhia seu adversário. Já estava na vez de Quox, e ele foi desafiado por um outro bárbaro, que também era de nível 1. Speedy agiu rápido e com precisão e derrotou seu inimigo com facilidade.

Hemera derrotou uma mulher-lobo, mas saiu ferida; Emily sofria visivelmente com o barulho que saía de seu fone de ouvido.

Squamato precisou esperar bastante e sua luta foi muito difícil, pois havia desafiado um oponente forte demais e venceu a luta por um triz.

Por mais que Nick se esforçasse, não conseguia decifrar nenhuma mensagem secreta a partir daqueles eventos: das lutas, das palavras do Olho Esbugalhado, dos rostos dos espectadores. E tampouco descobriu outras figuras incomuns que justificassem uma busca por pinturas. A luta na arena era uma matança bastante habitual, nada mais, nada menos. Definitivamente não iria proporcionar novas descobertas a Nick.

No final da tarde, após todas as lutas já estarem decididas, Nick e Emily enrolaram seus sacos de dormir e tomaram o caminho de casa. Hemera havia chegado até o nível 6, Victor 7, Speedy ganhara mais três níveis e alcançou um 4, e sem ter tido que resolver uma só tarefa até agora

— Estamos empacados — constatou Victor enquanto acompanhava Emily e Nick até a porta. — Até que estamos nos saindo bem no jogo, mas continuamos sem entender os bastidores da história. Se houvesse mais tempo, eu tentaria chegar ao Círculo Interno. Mas acho que essa tal última batalha de que tanto se fala não tardará muito a acontecer. Não nos resta muito tempo.

No caminho para casa, em pé dentro do metrô, Nick não tirou os olhos de Emily.

— Como será a partir de amanhã? — perguntou ele. — Nós vamos poder... então, poder nos ver também quando estivermos na escola? Vamos almoçar juntos? Ou continuaremos como se não tivéssemos nada a ver um com o outro?

Emily pegou sua mão.

— Temo que a última opção. Mas só até tudo estar resolvido. Só para disfarçar, certo?

— Tudo bem. Você vai me manter informado por sms? Acho que com os celulares nós estamos seguros, contanto que fiquemos atentos para que eles não caiam nas mãos de outras pessoas.

— Pode deixar. Nós nos encontramos de novo quarta-feira, na casa do Victor.

Ainda que eles tivessem conversado a respeito e ainda que Nick já esperasse por aquilo, a indiferença forçada ostentada por Emily doía. Principalmente porque perante os outros — Colin, Alex, Dan, Aisha e até Helen — Emily agia de maneira particularmente alegre. Ela abraçou Colin e passou o intervalo com Aisha. Nick quase morreu de saudade. Em dado momento, ele observou como Eric a abordava e sendo deixado para trás após algumas palavras. As coisas também não iam bem para ele, *pelo menos isso*.

No horário vago depois de matemática, Brynne invadiu os pensamentos confusos de Nick.

— Posso falar com você rapidinho? — ele olhou para seu rosto pálido e esperançoso e suspirou por dentro.

— Certo.

— Eu desisti — sussurrou.

Isso sim era uma surpresa.

— Por quê?

— Porque... é malvado. Eu acho. E... me persegue, dia e noite — ela olhou para o lado. — Você também não está mais lá, não é?

Nick relutava para falar com ela a respeito daquilo.

— Que diferença faz?

— Uma diferença enorme. Nós poderíamos ir até o sr. Watson e contar-lhe nossa experiência. Eu sei que ele está morto de curiosidade. Nós poderíamos formar um movimento de oposição.

Ah, não. Brynne e Nick contra o resto do mundo, isso não iria acontecer.

— Procure outra pessoa para isso, tem um monte de ex-jogadores por aí. — Pelo canto do olho ele viu Dan, que andava cada vez mais lentamente conforme se aproximava. Eles estavam chamando atenção.

— O que é que você quer contar ao sr. Watson? — cochichou Nick.

— Que o Erebos é o responsável pelos incidentes na escola ele já sabe há tempo. Ele precisa é dos nomes daqueles que fizeram algo de mau. Se você os tem, procure-o. E em todo caso, me deixe fora disso.

Agora ela parecia perdida.

— Eu não aguento mais isso.

— Isso o quê? Você está fora, fim do problema.

Dan estava parado a três passos de distância deles de maneira marcadamente discreta, aparentemente concentrado no quadro de avisos da classe de balé. Nick precisava sair dali, não queria continuar sendo um alvo, não mais do que já era. Quanto mais discreto fosse, melhor seria para seu grupo de investigações.

Brynne não aceitou sua recusa calada.

— O Nickinho é covarde, é? — disse, tão alto que Dan certamente ouviu. E alguns outros alunos no final do corredor com certeza também.

— Ouça, não conte comigo. — disse ele, deixando-a para trás.

— Tudo bem! — ela gritou de longe. — Então eu vou fazer isso sozinha! Eu vou conseguir! Vocês não me intimidam!

Apesar de não querer, Nick virou-se e voltou para Brynne.

— Fique quieta! Você está querendo mesmo arrumar problema, é?

Ela riu e foi uma gargalhada medonha. Como se ela estivesse prestes a enlouquecer.

— Problemas? Nick, você não faz ideia... a menor ideia. Não tem como ficar pior, não mesmo.

O resto do dia Nick teve a sensação de estar caminhando com a cabeça encolhida entre os ombros, permanentemente na expectativa de que uma catástrofe ocorresse. Porém, não aconteceu nada. As coisas estavam até mais calmas do que o normal. A exaustão cobria a escola como um véu cinza.

Na aula de inglês, o sr. Watson chegou com uma novidade.

— O estado de Jamie melhorou tanto que os médicos irão acordá-lo nos próximos dias. Como ele ficará após recobrar a consciência, eles ainda não sabem. Portanto, vão com calma com as visitas.

Por um breve período a notícia levantou o ânimo da turma. Já Nick ficara estranhamente impassível; a palavra implícita *sequelas* estava muito cravada nele, como um gancho na carne, para que ele pudesse ficar contente.

Eles vão acordar Jamie e ele só vai conseguir balbuciar. Não vai mais me reconhecer. Não vai mais falar. Nunca mais vai contar piadas.

Nick esfregou o rosto com as mãos até ficar quente.

Isso não vai acontecer. Ponto.

À tarde, Nick ficou em casa olhando hipnotizado para seu celular. Victor havia dito que mandaria um sms, Emily idem. Por que ninguém entrava em contato? Que droga eles não terem marcado nada para hoje à tarde. Até quarta-feira ainda demoraria uma eternidade.

A terça-feira passou tão cinza e triste quanto a segunda; Nick não se livrava da impressão de que o tempo havia parado, de que estava empacado, esfarelando-se em pequenos pedacinhos. Mas tudo mudou de uma hora para outra quando, pouco antes do meio-dia, um sms chegou no celular de Nick:

> *Alerta! Precisamos de um conselho seu. Venha para cá o mais rápido que puder. Victor.*

Com isso, as aulas da tarde foram esquecidas. *Rápido, isto é, o mais breve possível.* Iria sair antes mesmo do almoço. Deveria informar a

Emily? Ele procurou e a encontrou no pátio, entretida com seu celular. Excepcionalmente, ela estava sozinha. Nick arriscou uma rápida troca de informações.

— Você recebeu também um sms do Victor?
— Sim.
— Você sabe o que aconteceu?
— Não.
— Eu estou indo para lá. Agora mesmo.
— Certo.
— Você vem depois?
— Não sei ainda. Talvez.

Victor abriu a porta. Em seu rosto não havia o menor indício de sua alegria habitual, e ele sequer ofereceu chá a Nick.

— Vou lhe mostrar algo agora e espero que você não enlouqueça. Pode ser que seja mentira, sabe? Mas eu e Speedy não sabemos o que fazer.

Eles se sentaram os três na sala dos sofás, e Nick foi imediatamente dominado pelas lembranças maravilhosas do final de semana.

— O que é que houve?
— Speedy recebeu uma missão. Ele deve pregar cartazes na escola de vocês nessa madrugada. Pelo menos dez e eles devem ter o maior tamanho possível.

Até o momento não parecia tão grave.

— E? — perguntou Nick.
— O problema é o texto. É... ah, eu também não sei. Na melhor das hipóteses é uma calúnia. Na pior, é caso de polícia.

Speedy entregou a Nick um pedaço dobrado de papel.

— Isso que eu devo escrever nos cartazes. Pelo menos eu não preciso pichar — completou, com um sorriso forçado.

Nick desdobrou o papel. Leu sem entender. Leu mais uma vez.

— E você acha que é verdade? — perguntou Victor.

Não. Ou sim. Talvez. Fazia sentido. Tomado por uma fúria impotente, Nick olhava fixamente o papel.

Brynne Farnham sabotou os freios da bicicleta de Jamie Cox.

— Se isso for pregado na sua escola, essa Brynne Farnham está perdida, tenha ela feito isso ou não — opinou Victor. — Speedy e eu estamos discutindo há horas sobre o que é o melhor a se fazer. Se não pregar os cartazes, ele será eliminado do jogo de qualquer jeito, não é?

Nick estava anestesiado, seus lábios também estavam dormentes e quase não eram capazes de formar um "sim". *Brynne. Por isso ela estava tão perturbada. Por isso ela havia saído do jogo.* Ele desejava não ter tomado conhecimento daquilo. Ele desejava que Emily estivesse aqui e que ele não tivesse que decidir aquilo sozinho.

— Eu vou ligar para ela. Ah, mas ela ainda está na escola agora.

Nick pegou seu celular e digitou um SMS: *Ligue pàra mim, é urgente.*

— Ela vai entrar em contato assim que puder, acho. Posso tomar um chá enquanto isso?

Victor sumiu rapidamente para a cozinha.

— Aliás, eu já recrutei Kate como novata — relatou Speedy. — Ela está se saindo bem. É uma elfo negra como você era antes.

Nick sorriu, mas até isso lhe custou forças. Ele agora não estava em condições de conversar. Em sua cabeça os pensamentos se cruzavam tão rapidamente, que ele mal podia acompanhá-los. Se tivesse sido Brynne, então o negócio dos cartazes seria bem-feito, óbvio. Só que ela parecia estar a ponto de pirar a qualquer momento. *A escola tem sete andares.* Nick podia imaginar Brynne se jogando de lá...

Se Speedy não cumprisse sua tarefa, estaria fora do jogo. De inúmeras testemunhas na escola de Nick, nenhuma saberia relatar nada de cartaz nenhum. *Quox ou Brynne. Brynne ou Quox.*

Nick apoiou a cabeça nas mãos. Por que Emily não estava lá? Ele não queria ser o único responsável pelo que aconteceria com Brynne. Sentia pena da garota e ao mesmo tempo a odiava quando pensava em Jamie. Como poderia tomar uma decisão apropriada?

Victor voltou com uma bandeja cheia de xícaras coloridas e um bule fumegante.

— Ontem foi um dia muito revelador. Nós montamos acampamento na sombra de um templo e um bando de gnomos nos disseram que devíamos estar prevenidos porque estávamos bem nas imediações da fortaleza de Hortulano. E então surgiram da vegetação, de uma vez só, todas as criaturas possíveis e vieram para cima de nós: orcs, zumbis, gigantes; o programa inteiro. Alguns se saíram dessa bastante mal — ele colocou chá nas xícaras; o aroma se espalhou por toda a sala. — Tenho a impressão de que as coisas estão se aproximando do final. Mas eu ainda não consigo decifrá-las. É de chorar. Amanhã eu vou tentar...

O celular de Nick tocou. Ele respirou fundo. Era Brynne.

— Oi Nick! Você mudou de ideia?

— Não.

Por que é que havia se juntado do nada tanta saliva em sua boca?

— Onde você está?

— No parque em frente à escola.

— Sozinha?

— Isso.

— Eu descobri uma coisa sobre a qual eu tenho que falar com você.

— Ah, certo. — Será que ela estava ouvindo a desgraça iminente na voz dele? Ou era mesmo totalmente ingênua?

— É sobre Jamie. Estou sabendo que o acidente dele não foi acidente algum. E sim que alguém sabotou sua bicicleta. Diga-me Brynne, foi você?

A pausa foi longa. Nick podia ouvir a respiração de Brynne.

— O quê? — ela disse, finalmente. — Como... como assim eu?

— Diga simplesmente sim ou não.

— Não! Que ideia é essa? Eu... não — sua voz vacilava e Nick sentiu sua raiva aumentar dentro de si, inevitável.

— Você está mentindo. Eu posso perceber que você está mentindo!

— Não! De onde que você tirou isso? Você só quer acabar comigo, e eu nunca lhe fiz nada!

Nick trocou um olhar com Victor, que parecia um ursinho de pelúcia aflito.

— Não é nada disso. Eu quero alertá-la. É bem possível que amanhã cedo estejam pregados cartazes na escola nos quais se lerá exatamente isso: que foi você quem sabotou os freios do Jamie. Que por isso ele sofreu aquele acidente.

— O quê? — ela estava soluçando, mas Nick percebia que tentava se controlar. — M-m-mas i-isso é m-mentira.

— Não é, não — disse ele, espantando-se com o quanto repentinamente ficou certo daquilo. — Ande. Fale. Amanhã todo mundo vai ficar sabendo mesmo.

— Não! Não fui eu! Como é... Por que você está dizendo isso? — o pânico em sua voz era denso como xarope.

— O jogo está dizendo e quem saberia isso melhor do que ele? Ele quer que todo mundo fique sabendo. — Nick se perguntava qual seria a vitória. A satisfação em pegar pelo colarinho a pessoa responsável pela situação de Jamie. Mas não era nada disso que ele sentia, tinha apenas pena e um pouco de nojo do culpado.

— Mas eu não queria fazer aquilo! — agora ela gritava. — No máximo, pensei que ele daria com a cara no chão, que torceria o pulso, mas nada mais! Nada mais — ela interrompeu a fala.

Nick presumiu que ela tivesse diante de seus olhos a mesma imagem que ele: Jamie com os membros retorcidos sobre um lago de sangue.

— Ele desceu a rua com tal velocidade, eu inclusive tentei gritar para que tivesse cuidado, mas ele não ouviu, foi acelerando cada vez mais...

"Essa é a minha participação na catástrofe", pensou Nick.

— Por que você fez isso? — ele perguntou rouco.

— Porque fui induzida. Porque o Mensageiro queria. Ele descreveu para mim a bicicleta e me disse como soltar os freios. Ele me deu inclusive umas instruções com figuras — ela deixou escapar uma risada breve. — Você não pode nem imaginar o quanto eu já desejei poder voltar no tempo. Eu só tenho medo, dia e noite. Eu sempre sonho que ele morre. E vem me visitar — mais uma vez ela riu, uma risada alta e descontrolada que deixou Nick arrepiado.

Ele olhou para Victor e Speedy.

— Escute — disse ele. — Talvez eu possa evitar a história dos cartazes.

Speedy assentiu.

— Claro — sussurrou. — Quox vai arrumar um lugarzinho no cemitério. Isso que é um verdadeiro herói, que prontamente se sacrifica por uma dama.

— Então — Nick esfregou a mão na testa —, ouça bem, OK? Você vai esclarecer isso. Na polícia ou para o sr. Watson, como você quiser. E principalmente para Jamie assim que ele acordar. Acho que assim as coisas ficarão menos ruins para você.

Brynne ficou um tempo sem dizer nada, e quando respondeu afinal, mal se podia ouvi-la.

— Não sei se posso. Tenho que pensar.

— Uma coisa está certa: vou contar a Jamie o que aconteceu. — *Se o cérebro dele estiver intacto o suficiente para me entender.*

— Sim, claro — agora ela quase parecia raciocinar de novo. — Vem vindo gente ali, Rashid e Alex, acho. Melhor desligar. Nick?

— Sim?

— Eu não queria nada disso. Quando eu lhe dei o jogo, eu só queria que você se divertisse.

— Eu sei.

— Você pode me dizer quem você era? Digo, seu personagem.

— Para quê?

— Só para saber, eu vivia me perguntando isso.

— Sarius.

— Sério? Nossa, nunca imaginaria — ela deu mais um breve soluço.

— Eu era Arwen's Child.

Duas horas depois, Emily chegou. Parecia cansada, mas sorriu quando Nick a abraçou. Ele contou todas as novidades sobre Brynne e ficou contente por todos terem achado boa sua decisão.

— É claro que pode acontecer de outra pessoa ser incumbida da tarefa dos cartazes — constatou ela. — Mas pelo menos Brynne ganhou tempo. Talvez ela seja esperta e vá realmente até a polícia. Mas por que é que o jogo quer atacá-la agora?

— Ela decidiu combater o Erebos e falou isso ontem em alto e bom som para toda a escola.

— Caramba. A situação está complicada. Tem um pessoal que não para de falar em um grande objetivo e que ele está próximo. Alex, por exemplo. Já Colin fica bancando o misterioso. Estou achando as coisas atualmente bastante cansativas.

Nick, por sua vez, estava achando tudo muito melhor, uma vez que Emily estava ali. Eles assistiram Victor jogando por mais uma hora antes de se despedirem.

— Digam adeus a Quox — suspirou Speedy. — Seu fim foi precoce. Uma lástima, ele era um rapaz tão bom.

— Amanhã de novo aqui, certo? — certificou-se Nick, ainda na porta.

— Assim que seus trabalhos da escola estiverem feitos. Titio Victor não quer ser o culpado se vocês terminarem como faxineiros de banheiro.

29

Nada de cartazes no dia seguinte e também nada de Brynne. Não era difícil entender por que ela havia preferido ficar em casa. *Ela não faria mesmo nenhuma besteira, ou faria?* Pensou em telefonar para ela, mas achou melhor deixar isso para o sr. Watson. Nick falou com ele no intervalo.

— Brynne Farnham não tem andado muito bem ultimamente. Eu só queria avisar, talvez o senhor possa falar com ela.

— Não me diga — a expressão de Watson estava séria e quase que repreensiva, como se ele soubesse que Nick estava contando apenas uma parte da verdade. — A mãe de Brynne ligou hoje de manhã dizendo que ela vai faltar essa semana e a que vem. Ela está muito mal psicologicamente. Parece que ela está pensando em mudar de escola.

"Obviamente isso também é uma alternativa", pensou Nick. "Fugir. Será que ela confessou o verdadeiro motivo à sua mãe?"

Emily tinha um aspecto bagunçado e parecia ainda mais cansada que ontem. Ela desviou os olhares curiosos de Nick, mas logo depois ele recebeu um SMS em seu celular: *Joguei ontem até as três da manhã, recebi uma missão insuportável. Logo vou estar fora, acho. Até logo, estou com saudade! Emily.*

As três últimas palavras Nick leu no mínimo vinte vezes. *Ela estava com saudades.*

Ele se esforçou para não ficar o resto do dia com um sorriso feliz estampado no rosto, mas se sentia leve, tão leve. Logo chegaria a tarde e então haveria chá na casa de Victor, possivelmente algumas novas teorias e, com certeza, Emily. Às vezes a vida ia tão perfeitamente bem.

Assim que acabou a última aula, Nick foi para o metrô. Hoje encurtaria um pouco seus desvios; talvez andar duas estações na direção errada, no máximo três, então descer e voltar de alguma maneira para King's Cross.

Tudo corria de vento em popa, ninguém estava atrás dele, prestava bastante atenção. Também teve sorte com as baldeações, mal precisou esperar entre uma condução e outra.

"Já, já", ele pensou em meio à multidão na plataforma da estação Oxford Circus, ouvindo o trem se aproximar. *Já, já eu estarei lá.* Só mais três estações até chegar a Emily e à coleção de xícaras de chá de Vic...

O impacto foi violento e veio de trás. Num primeiro momento, Nick não entendeu o que estava acontecendo: viu apenas o símbolo redondo do metrô na parede à sua frente vir em sua direção, ouviu a gritaria das pessoas ao redor e sentiu o chão sob seus pés desaparecer. Então ele viu, como em câmera lenta, seu pé pisando na borda da plataforma. Viu os trilhos. Percebeu que iria cair na linha de ferro. Ouviu o trem, lutou para se equilibrar e encontrou apenas ar. As luzes já brilhavam na escuridão do túnel. As pessoas gritavam.

"Já, já." O pensamento de antes ecoava na cabeça de Nick, com um terrível novo significado.

Então algo o puxou. *O metrô? Não, uma mão.* Puxou-o para trás, atirando-o no chão enquanto o trem entrava rugindo na estação.

Pessoas à sua volta, muitas, muitas vozes.

— Ele foi empurrado!

— Não, eu teria visto.

— Veio desse empurra-empurra.

— Não, foi de propósito! O cara saiu correndo!

Nick levantou-se com dificuldade. Um homem alto de uniforme azul o ajudou.

— Foi por pouco — o homem ofegou. — Meu Deus, eu já estava vendo você debaixo do trem.

Nick não pronunciou uma palavra. Ele cambaleava, e o homem lhe deu apoio. Com as mãos Nick se segurava em sua manga, percebendo os respingos de tinta branca sobre o tecido azul.

O trem seguiu viagem, e a maioria das pessoas havia embarcado. Então apareceu um policial de colete amarelo e fez perguntas. Nick reencontrou sua voz com esforço. Sim, ele acreditava ter sido empurrado. Não, ele não tinha visto por quem. Sim, o homem de uniforme o havia salvado. Não, ele não precisava de cuidados médicos.

O policial anotou tudo, inclusive os nomes e endereços das testemunhas, entre as quais uma dizia ter visto um adolescente com o rosto coberto por um capuz sair correndo dali, e prometeu entrar em contato se as câmeras de vigilância tivessem gravado imagens que permitissem o reconhecimento do culpado.

Nick embarcou no segundo trem que passou. Mal sentia suas pernas e colocava cuidadosamente um pé na frente do outro. Agora era só não pensar muito. Agora era melhor apenas respirar. Nick olhava fixamente para o mapa das linhas que pendia inclinado sobre sua cabeça na parede interna do vagão. Ele agradecia por qualquer distração. Aquela imagem familiar o tranquilizava e o fazia lembrar do jogo de adivinhação que ele costumava fazer com seu pai em todas as viagens. Linha central? Vermelha. Linha circular? Amarela. Linha Piccadilly? Azul-escuro. Linha Victoria? Azul-claro. Hammersmith & City? Rosa.

Ele sentiu seus batimentos se acalmarem e sua respiração tornar-se mais profunda. Ele não havia morrido. Tampouco estava em coma. Em todo o resto ele pensaria depois.

— Alguém tentou o *quê*? — Victor havia passado Nick para a sala dos sofás. Seu bigodão tremia e Nick quase começou a rir.

— Não aconteceu nada — ele olhava o rosto empalidecido de Emily.
— Mas eu ainda estou um pouco tonto. Posso tomar algo? Algo gelado?

Victor correu até a cozinha, onde se ouviu algo caindo de sua mão e espatifando-se sonoramente no chão. Ele xingou e resmungou baixinho, e começou a varrer.

— Nós devíamos ter vindo juntos para cá — disse Emily. Ela estava sentada bem próximo a Nick, abraçando-o.

— Não. Senão seu disfarce estaria perdido. Estou feliz por não terem você sob a mira deles.

— Meu disfarce daqui a pouco já era mesmo. A próxima missão eu com certeza não vou cumprir.

— E que missão é?

— Nada que eu queira falar agora, eu ainda estou muito chocada com a sua história.

Victor voltou com um copo gigante de chá gelado.

— Você viu quem foi? — perguntou ele.

— Não. E imagino que eu não o conheça, porque eu fiquei atento o tempo inteiro procurando por gente conhecida.

Por algum tempo, eles ficaram ali sentados, sem conversar. Nick viu como Victor estava pensativo e teve vontade de acalmá-lo. *Não vai acontecer nada comigo.* Mas ele ainda podia afirmar isso com a consciência tranquila?

Para distrair um pouco, ele perguntou por Speedy, que estava ausente.

— Ele está bem, só está esperando que Kate precise de um novato para voltar ao jogo. Com um nome falso, é claro — Victor apontou para o quarto dos computadores com o dedo indicador cheio de anéis. — Eu tenho seis IDs falsos na internet, entre os quais Speedy pode ficar com um. Tem que funcionar, pois meus outros *eus* virtuais têm até endereço para contato — ele levantou as sobrancelhas. — Agora que me lembrei: Nick se você quiser, é só esperar até que Speedy II recrute alguém...

"Ele queria isso?" Nick escutou sua voz interior. A resposta foi um sonoro não. Erebos não o atraía mais, pelo contrário. Ele estava contente por ser apenas um observador externo.

— Deixe para lá, Victor. Acho que não quero voltar. Mas eu gostaria de saber se há novidades. Como vão as coisas?

— Frenéticas. Tenho a impressão de que estão piorando. Na madrugada de ontem houve um combate contra monstros de terra que atiravam cabeças com seus canhões, um bando de gente se saiu mal. Isso significa um monte de novas missões.

— Como a minha — completou Emily. — Mas eu não estava nesse negócio dos canhões, eu tive que defender uma barragem contra espíritos do rio.

Monstros de terra, espíritos do rio. Cabeças saindo de canhões. Canhões. Nick sentiu pressão nas têmporas e um comichão em sua cabeça. Havia algo ali, alguma coisa, que sempre lhe passava desapercebida. Há pouco tempo ele havia ficado próximo da coisa, ele sabia, e hoje também, ainda que de maneira diferente.

— Você gostaria de jogar mais um pouco? — convidou-o Victor. — Eu gostaria de assistir. — É claro, um pouco não existe no Erebos. Se eu começar, vou ficar pendurado naquilo por algumas horas, você sabe. E aí acabou nossa conversa com chazinho e biscoitos — seu rosto se acendeu. — Por outro lado, vocês poderiam me dar comida! Isso seria o paraíso na Terra: jogar e comer!

Eles decidiram oferecer a Victor o paraíso e colocaram à sua disposição nozes, biscoitos, balas de goma e um bule grande de chá enquanto ele "acordava" Squamato, como ele mesmo dizia.

O homem-lagarto estava sozinho, no meio de uma planície cuja grama parecia ressequida. Não havia lutadores em lugar algum.

Dos fones de ouvido de Victor pulsava baixinho uma música. Nick escutava atento, a melodia não era a mesma que ele conhecia do jogo como Sarius. *Estranho.*

Squamato andava em direção a uma cerca viva, o que com certeza era uma boa ideia. Sempre que encontrava e seguia uma cerca viva, ela levava a locais interessantes; o mesmo com os rios. Aquela cerca pareceu familiar para Nick. *Sarius também havia caminhado por ali não muito tempo atrás.* Era de madrugada. As flores amarelas afuniladas reluziam e cresciam em apenas um lado da cerca. *Era como essa cerca de agora.* Nick franziu a testa.

— Balinhas, por favor! — Victor interrompeu seus pensamentos e abriu a boca para que Emily pudesse enchê-la com uma porção de balas de goma.

Squamato continuava andando. Mais à frente havia algo grande, branco e que se movimentava. Ele se virou.

— Eu já estive aí — gritou Nick. — Isso é um monumento... dois homens sendo estrangulados por cobras. Parece que é famoso.

Ele recebeu um olhar intenso de Victor.

— O Grupo de Laocoonte, meu caro. De novo relíquias gregas. Faz muito sentido, aliás.

Em volta do monumento havia também guerreiros, dessa vez. Nick reconheceu BloodWork com seu cintilante círculo vermelho no pescoço e, não muito longe, Nurax.

— Isso é um aviso, creio — disse Victor. — Laocoonte foi aquele que não quis deixar o cavalo de madeira entrar em Troia. Espero que conheça a história — adicionou ele, olhando Nick de lado. — Então, Poseidon enviou serpentes marinhas, que não só acabaram com Laocoonte, como também com seus filhos. O jogo tem muito a ver com um cavalo de Troia, eu acho.

Nick fez uma careta e Emily deu a Victor um punhado de nozes para interromper seu fluxo de palavras.

Havia sido algo que o Mensageiro lhe dissera antes de mandar Nick àquele lugar. Ele estava se divertindo, seus olhos se iluminavam mais que o normal. Teria sido a alusão a Troia que ele achara tão engraçada?

Nich examinou mais uma vez o Grupo de Laocoonte. Os rostos grotescos dos homens, suas tentativas desesperadas de se desvencilharem das cobras... logo atrás, a cerca verde e amarela, as flores plantadas de maneira tão retilínea, como jardineiro algum jamais conseguiria. Mais uma vez, Nick viu o jardineiro dando risadinhas diante dele.

"Se você seguir a cerca viva na direção oeste, você se deparará com um memorial. Um monumento, na verdade."

Por um instante, Nick viu tudo preto à sua frente. *Seria isso... seria possível... monumento...*

— Já sei! — Nick gritou. Ele levantou-se e saltou da cadeira, fazendo-a tombar. — Agora eu sei. Eu sei.

Victor o olhou com os olhos arregalados e tirou os fones da cabeça.

— Como? O que você sabe?

— O código! Eu sei onde nós estamos! É... olhe só... verde, amarelo e o monumento!

Emily e Victor trocaram um olhar intrigado.

— O que você está querendo dizer? — perguntou Emily calmamente.

— Eu sei onde nós estamos. Eu entendi o código. Verde e amarelo, vermelho e azul.

Eles continuavam sem entender.

— As cores representam as linhas do metrô de Londres. Essa aqui é a estação Monument, por ela passam a Linha Circular e a District Line. Amarelo e verde. Assim como a cerca viva, captaram?

O olhar perplexo de Victor alternava-se entre o monitor e o rosto de Nick.

— Sim — sussurrou. — Claro. Putz — com um gesto solene, ele estendeu sua mão a Nick. — Retiro tudo que eu disse sobre sua capacidade intelectual. Você é um gênio!

Nos momentos seguintes, Victor sofreu como um animal ferido, pois enquanto Emily e Nick vasculhavam todas as gavetas atrás de um mapa do metrô, ele tinha que cuidar de Squamato.

— Oooh, nada de luta agora, por favor! Vocês acham que eu posso sair rapidinho? Não está acontecendo nada agora. Nada! Mas se um gnomo vier me mandar de novo para a próxima batalha, eu vou ficar aqui empacado por horas. Ah, dane-se. O Mensageiro que vá plantar batatas — ele deu alguns cliques e se levantou.

Emily acabou encontrando um mapa e o abriu sobre uma das mesinhas na sala dos sofás.

— Você tem razão — disse ela sem fôlego e pegou na mão de Nick. — A primeira luta que eu tive foi perto de um rio vermelho, onde havia uns moinhos de vento em ruínas. Primeiro eu pensei no Dom Quixote. Tudo besteira. Holland Park na Linha Central — ela colocou seu dedo sobre o respectivo ponto no mapa e continuou procurando.

O rio vermelho. Nick lembrou-se de sua odisseia subterrânea e que o rio o havia levado finalmente à Cidade Branca.

— White City — disse ele. — Depois eu segui a cerca viva cor-de-rosa: ou seja, a Linha Hammersmith & City. Nela, a primeira estação: Shepard's Bush — ele olhou para cima. — Vocês nunca viram ovelhas tão nojentas como aquelas. Delas não sobrou muita coisa — ele continuou acompanhando com o dedo. — Goldhawk Road... o falcão dourado quase que acaba comigo.

— A cerca rosa — gritou Emily. — Eu estive lá também! Lá tinha aquela árvore gigante com a coroa dentro — ela apontou no mapa. — Royal Oak. Acho que eu vou ficar maluca.

Victor ainda não havia dito nada, mas literalmente vibrava de excitação.

— Ontem — começou ele — e também nos dias anteriores, ficaram nos dizendo várias vezes que nós estávamos perto da fortaleza de Hortulano, no local onde a batalha final acontecerá. Seu dedo indicador dava voltas sobre as Linha Circle e District. — Temple — disse. — Foi no templo que o nervosismo dos gnomos ficou mais forte. Hoje nós entramos pela Monument, e vejam só: Cannon Street está bem ao lado. No entanto, por que cabeças foram atiradas por aqueles canhões eu não sei.

Os três examinavam o mapa colorido das linhas.

"Knightsbridge", pensou Nick. "Ali foi o meu fim. Cavaleiros gigantes empurrando os outros de cima da ponte... como não percebi isso?"

— Então, em algum lugar perto da Temple está a fortaleza de Hortulano — pensou alto. — No meio da cidade de Londres.

— Com certeza não é uma fortaleza propriamente dita — disse Emily. — Alguém tem ideia de como poderíamos encontrá-la?

Este problema manteve Nick ocupado durante toda a madrugada. Eles eram apenas três, como poderiam controlar a entrada de cinco estações de metrô? E o que deveriam procurar? Se Victor tinha razão, o tempo era curto.

30

Pela manhã, um SMS bastante útil de Victor chegou: *Os gnomos estão falando de Hortulano e seus irmãos escuros. Pode ser uma referência à estação Blackfriars.*

Ele também havia informado Emily.

— O que há de peculiar na Blackfriars? — ela escreveu para Nick.

Não havia nada, além da Blackfriars Bridge, do teatro e daquela grande estação de trem. Será que a estação era a fortaleza? No mais, havia apenas prédios comerciais, restaurantes e... aquela garagem onde Nick havia tirado fotos! Ela era próxima à estação Blackfriars. O que possivelmente era uma coincidência, mas talvez não fosse!

Nick pensou nas alternativas disponíveis. A garagem e o Jaguar eram seus únicos pontos de referência. Eram sete e meia. E se ele ficasse vigiando o dia inteiro em frente ao estacionamento...?

Você está pirado.

Mas ele não conseguia pensar em nada melhor. Enviou uma mensagem a Emily dizendo que não iria à escola e arrumou sua mochila.

Quando chegou ao estacionamento, eram oito e quinze. O local era extremamente inapropriado para ficar esperando. Não havia um canto ou esquina onde Nick pudesse se esconder. Então ele andou para cima e para baixo, tentando ser o mais discreto possível enquanto mantinha-se observando os carros. O estacionamento era aparentemente popular entre os funcionários dos escritórios da região: um carro após o outro passava pela cancela amarela e preta. Mas nenhum Jaguar.

"Não se admire, Dunmore", ele mesmo se repreendeu. "Foi uma ideia de jerico a sua. Só porque o homem estacionou aqui uma vez, não quer dizer que ele o fará de novo."

Porém, o Mensageiro havia dito naquele dia que Nick deveria voltar aqui várias vezes até ter as fotos, e o Mensageiro sabia o que estava falando.

Novamente andou para lá e para cá. *Um Ford, um Toyota, uma Suzuki, mais um Toyota. Um Golf.* Nick percebeu que sua atenção diminuía. Tratou de retomar o autocontrole. Não podia ficar viajando nos pensamentos. Veio *uma Mercedes. Um Honda, outro Honda.*

Meia hora depois, Nick já estava exausto. Sua intenção de aguentar o dia inteiro ali não parecia mais sensata. Além disso, ele começou a sentir muito frio e se xingou por não ter trazido um casaco mais grosso. Resistiria por mais uma hora, ele devia isso à causa.

Um Jaguar prateado parou diante da cancela. *Era aquele?* Nick semicerrou os olhos para enxergar melhor: LP60HNR. Era a placa. A cancela abriu, e o Jaguar continuou avançando.

Victor tem razão, eu sou um gênio, um gênio, um gênio!

Agora ele tinha apenas que ficar atento para não perder o dono do Jaguar de vista quando ele saísse do estacionamento. *Onde era a saída de pedestres?* A de veículos ele encontrou, *mas e a de pedestres?*

Nick ficou parado durante um instante, virou-se mais uma vez e o avistou. Era sem dúvidas o homem que ele havia fotografado, e ia em direção à New Bridge Street. *Bom, agora só não podia deixá-lo escapar.* Ele o seguia com alguma distância; mal arriscava piscar por medo de perdê-lo de vista.

Eles desceram a New Bridge Street. *Será que o homem percebeu que estava sendo seguido?* Ele transmitia uma impressão inquieta; a cada dois passos, olhava agitado para trás ou para os lados. Como alguém que está com medo. Nick aumentou a distância entre os dois, ainda que isso lhe desse um frio na barriga. Ele não podia ser parado por nada agora, nem mesmo pelo casalzinho de turistas japoneses que perguntou-lhe sorridente como chegar à Catedral de St. Paul. Nick apontou, sem dizer nada, para a direção que lhe pareceu correta e continuou correndo.

Eles chegaram à Bridewell Place, onde ele entrou em um edifício comercial que estava sendo reformado. Um andaime bloqueava boa parte da visão da fachada branca e de vidro. Nick parou indeciso. Seu primeiro impulso foi entrar também, mas ele não queria chamar atenção de forma alguma, portanto observou apenas de longe seu alvo cumprimentar o porteiro e entrar em um dos elevadores brilhantes de metal.

Isso significava que seu escritório ficava em um dos andares superiores. *Claro, carro caro, terno caro, escritório caro.* A ideia de perguntar ao porteiro foi rejeitada na hora por Nick. Porém, havia placas das empresas pregadas na entrada, talvez elas fossem úteis.

Uma empresa de consultoria, uma agência imobiliária. A julgar pela aparência do homem, nenhuma das duas estaria fora de questão. *Uma companhia de produtos farmacêuticos e...* Nick tomou fôlego. A quarta empresa foi um acerto em cheio:

> Soft Suspense
> Jogos para PC, celulares e consoles
> Fazemos tudo pela sua diversão.

Por segurança, Nick tirou ainda uma foto da placa da empresa com seu celular. Ele deveria avisar Emily? *Não, ela ainda estava na escola. Victor!* Ele iria contar a Victor. Mas ele não atendia. *Droga.* Então Nick iria até ele.

Ele pegou o caminho de volta na estação de metrô, e foi provavelmente graças aos seus sentidos apurados pela perseguição do outro dia que ele imediatamente percebeu Rashid do outro lado da rua.

Ele o havia visto também? Parecia que não. Rashid andava pela rua lentamente com a cabeça abaixada e não olhava nem para a direita, nem para a esquerda. Apertada contra seu peito, carregava uma espécie de sacola verde-acinzentada cujo conteúdo interessou a Nick imensamente.

Obviamente Rashid ia rumo ao edifício comercial. Nick escondeu-se nas sombras da entrada de uma casa. Rashid parou, olhou para o alto da fachada e tirou a câmera do bolso. Ele tirou fotos do prédio: de perto, de longe, de distintos ângulos.

Nick havia fotografado o carro do homem e agora Rashid fotografava seu escritório. Provavelmente ele queria capturar a visão lateral também, pois deu a volta pela esquerda do prédio, com a máquina ainda a tiracolo.

Nick esperou ele reaparecer, mas nada aconteceu. Inquieto, Nick espiava da entrada da casa. Se ele fosse atrás de Rashid, poderia ser que um desse de cara com o outro. Não podia correr esse risco. Ele esperou mais cinco minutos, xingou-se de idiota e foi embora. Mesmo Rashid tendo escapado, o que descobriu já era de grande importância.

— Espero que você tenha um bom motivo para me tirar da cama no meio da madrugada — Victor estava parado na porta com seu roupão do Snoopy, bocejando e com os olhos semicerrados.

— Eu vou fazer chá para você — disse Nick —, e aí a gente conversa.

— Você está falando que nem minha ex-namorada — Victor caminhou bêbado de sono até a cozinha e se recostou na geladeira. — Aliás, hoje eu lutei até quatro e meia da manhã, em volta do templo. Meu armamento agora é de ouro, o que combina maravilhosamente com minhas escamas violetas de lagarto.

Nick ligou a chaleira elétrica e colocou folhas de chá no coador.

— O nome Soft Suspense lhe diz algo?

— Claro — bocejou Victor. — Fazemos tudo pela sua diversão. — *Os Amaldiçoados da Noite*, *First Shot* e *Falcão Real*, por exemplo, são deles. Todos são jogos legaizinhos.

— Eles têm escritórios perto da Blackfriars. Na Bridewell Place.

— Aham — Victor franziu a testa. — Sinto muito, mas eu não estou entendendo aonde você quer chegar.

Nick contou da sua missão das fotos, do Jaguar e do homem a quem ele pertencia.

— Para mim, essa foi a única coisa durante todo meu tempo como jogador que tinha algo a ver com a Blackfriars. Por isso que hoje de manhã eu fui lá e fiquei esperando em frente à garagem. O homem apareceu, eu o segui e você já deve imaginar qual era o destino dele.

— A filial da Soft Suspense — as rugas na testa de Victor se aprofundaram. — Mas a ficha ainda não está caindo. Tenho certeza de que a Soft Suspense não desenvolveu o Erebos. Eu já teria ouvido a respeito, já teria sido divulgado na mídia há muito tempo. Todo o mundinho dos jogos de computador o estaria aguardando e o receberia com prazer.

— O que mais você sabe sobre essa empresa?

— Na verdade, nada. Eu só conheço os jogos dela. E eu sei que absorveu algumas empresas menores de desenvolvimento de software. O que no setor é mais ou menos normal. Eles são bons nos negócios. Isso é tudo.

Pensativo, Nick colocou a água fervendo sobre as folhas de chá e inspirou o perfume que subiu.

— Deve existir alguma relação entre a empresa e o Erebos. Um de meus colegas da escola também estava na Bridewell Place tirando fotos do prédio.

— Sério? Seguindo o cara do Jaguar? — Victor sacudia a cabeça, agitado. — Isso está me confundindo muito. Meu cérebro ainda não está funcionando. Ele precisa dormir mais.

— Mas agora nós finalmente temos uma pista. Eu preciso saber quem é aquele homem.

— Sim, isso seria bom — murmurou Victor e fechou os olhos.

Por ora Nick havia desistido de querer arrancar observações sensatas dele. Ele o colocou em um dos sofás, o fez tomar o chá e juntou seus últimos trocados para ir comprar o café da manhã para os dois.

Enquanto esperava na fila da padaria, ele não conseguiu resistir e enviou um SMS para Emily. *Tenho novidades quentes. Estou na Cromer Street, queria que você estivesse aqui também.*

Ao voltar, um Victor pálido, mas bastante acordado o esperava.

— Não posso comer nada agora.

— Por quê?

— Enquanto você estava fora, eu fui procurar no Google. Você não vai acreditar.

Ele esperou até Nick colocar os croissants em um canto e o levou até o notebook.

— Veja só isso.

O site da Soft Suspense estava aberto; na página inicial havia o anúncio de um novo jogo chamado *Blood of Gods*. Os deuses, no entanto, não pareciam gregos, e sim feitos de aço. Nada em seu desenho gráfico lembrava o Erebos.

— E?

Victor colocou uma mão no ombro de Nick.

— Essa é só a tela inicial. Você tem que ir para a parte de notícias da imprensa.

Nick clicou em "Notícias" e leu:

> Soft Suspense está feliz em anunciar o recorde de vendas de *Falcão Real*. O jogo já conta com 600.000 vendas em seu primeiro mês de lançamento.

Embaixo vinha uma foto exibindo o motorista do Jaguar: posava em uma cadeira de escritório feita de couro e sorria para a câmera. "Isso", pensou Nick. "Minha pista estava certa." Em seguida ele viu a legenda da foto e trocou um olhar com Victor.

— Não! Será possível?

— Pode acreditar. Você descobriu uma mina de ouro. A câmara dos tesouros do Aladdin. Diabos, Nick, nós precisamos alertá-lo.

— Sim. Você tem razão.

Nick contemplou aquela expressão sorridente e despreocupada, mas todo o tempo sua atenção se voltava para o texto abaixo da imagem.

> "Nós colocamos toda nossa força e criatividade em *Falcão Real* e estamos contentes por nosso jogo estar sendo tão bem-aceito", disse o diretor da Soft Suspensa, Andrew Hortulano.

Passarinho uma ova.

— Nós devíamos ter pesquisado melhor — sussurrou Nick. — Nós o teríamos encontrado muito antes.

— Ou não. Tem um monte de gente com esse nome. Bem, não um monte, mas algumas.

Andrew Hortulano sorria imperturbável em sua foto.

Erebos teria sido mesmo criado apenas para... destruí-lo, como o Mensageiro havia dito? Por quê? Como podemos alertá-lo? E, sobretudo, contra o quê?

— Deixe isso comigo — disse Victor e chamou o número que havia achado na página da empresa.

— Alô? Eu gostaria de falar com o sr. Hortulano. Sim, por favor, transfira.

Pausa.

— Meu nome é Victor Lansky — disse Victor, agora aparentemente para outra pessoa. — Não, ele não está esperando minha ligação.

Nick não entendeu o que a secretária disse, mas ouviu sua voz alta recusando.

— Como queira — Victor continuou tentando —, eu sou da imprensa e há algo importante que eu preciso falar com o sr. Hortulano.

Outra vez uma resposta rápida e aguda de secretária.

— Escute — disse Victor com notável paciência —, tenho certeza de que seu chefe quer ouvir o que eu tenho a dizer. Não, não quero deixar recado. Como? Lansky. L-A-N-S-K-Y. Sim, ele pode retornar a ligação. E ele deve se apressar!

Ele desligou e esbravejou.

— Com certeza ele não vai entrar em contato. Aquela vaca da antessala sequer perguntou meu telefone.

— Talvez ela tenha visto no identificador de chamadas.

— Não, não. — Victor fisgou um croissant de chocolate de dentro da sacola. — Meu número é secreto, não aparece.

Nick pensou por um tempo e apertou o botão de rediscagem.

— Bom-dia, eu gostaria de falar com o sr. Hortulano.

— Vou transferir para a secretaria da direção.

Uma música de saxofone soou até que alguém atendeu do outro lado da linha.

— Escritório Andrew Hortulano, Anne Wisbourn — era de novo a voz desagradável de antes.

— Er, alô. Meu nome é Nick Dunmore e eu preciso falar com o sr. Hortulano. Urgente! É caso de vida ou morte.

— Perdão?

— De vida ou morte! É sério! — a boca de Nick estava seca de nervosismo. Como ele explicaria a situação para Hortulano sem passar por maluco?

O fone fazia ruídos, e Nick escutava vozes abafadas; provavelmente a secretária estava tapando o bocal do telefone. Então se ouviu um barulho como se algo tivesse explodido, os sons ficaram novamente nítidos e um homem vociferou ao telefone:

— Eu vou colocar um rastreador de chamadas! Isso é assédio telefônico! Eu vou descobrir vocês, seus criminosos, e vocês vão para trás das grades! Esse foi meu último aviso, entenderam? — Klang. Colocaram o fone no gancho.

O coração de Nick disparava como após uma corrida de cem metros.

— Ele pensou que eu o estava ameaçando.

— Eu sei. Ele falou alto o bastante.

Calcular dois mais dois agora era fácil.

— Aposto que ele tem recebido alguns telefonemas apavorantes ultimamente.

— Sim, de Emily por exemplo — disse Victor.

O café da manhã transcorreu em silêncio. Ambos absortos em seus pensamentos. Nick considerava as opções que eles tinham. Ele poderia ir mais uma vez até a Blackfriars e bater na porta do escritório de Hortulano até que ele o escutasse.

Mas você nem sabe por que o Erebos o odeia tanto. Algum motivo deve haver.

— Victor? Você conhece bastante o mundo dos jogos de computadores, não é?

— Com certeza.

— Você tem uma explicação para isso? Qualquer uma que faça sentido?

— Nem umazinha. Eu estou tateando no escuro. Acho que nós precisamos saber mais sobre o sr. Hortulano.

Quando Emily apareceu, mais cedo que o esperado, Nick e Victor não haviam avançado nenhum passo. Eles sabiam que Hortulano era membro do clube de golfe Wimbledon Park, que ele eventualmente promovia jantares beneficentes para a Unicef e que raramente dava entrevistas.

Emily, que ainda estava totalmente elétrica por causa da identidade verdadeira de Hortulano, se envolveu nas buscas com vigor renovado.

— Talvez não seja nada pessoal. Talvez não tenha nada a ver com o homem, e sim com a empresa — ela virou o notebook para si e digitou "Soft Suspense" no Google.

— Vai ser como procurar uma agulha no palheiro — profetizou Nick. — Até você ter fuçado todas as críticas de jogos e leilões no Ebay, já vai ser Natal.

— Tem razão — ela semicerrou os olhos. Emily digitou "Hortulano inimigo" e encontrou uma porção de informações sobre falcões peregrinos devorando passarinhos. — Droga. Tudo bem. Tentemos outra coisa.

Os termos de busca "Soft Suspense" e "vítima" tiveram como resultado sobretudo resenhas de *Falcão Real*, e o nome da empresa junto com "concorrência" trouxe diversos dados econômicos sobre o setor de jogos de computadores.

Emily xingou como um menino.

— Não estou entendendo lendo nada. Se ele é um concorrente querendo acabar com a Soft Suspense, nós não vamos desmascará-lo nunca — ela estava cismada com a listagem das diversas empresas de jogos. — Talvez essa empresa tenha feito algo de mal — disse ela, e fez mais uma busca.

"Crimes Soft Suspense." A lista de resultados não era longa, apenas quatro resultados. Os primeiros links ocupavam-se com o fato de que cópias piratas eram crime e que a Soft Suspense havia recentemente aperfeiçoado a proteção contra cópias de seus jogos. Emily rolou a tela e continuou clicando. Ela parou em um comunicado judicial de dois anos atrás.

> ... foi condenado por estelionato e roubo, sendo sentenciado a seis anos de prisão. O jogo, que contaria com uma tecnologia pioneira, foi criado pela empresa Soft Suspense, cujo...

Emily clicou no link. Era uma notícia de arquivo do *Independent*. Nick e Emily precisaram ler só as duas primeiras linhas para saber que não precisariam mais procurar. Aqui estava tudo escrito, preto no branco, e era pior do que Nick jamais poderia imaginar.

Programador de jogos condenado

Após dois anos, o processo sobre os direitos autorais do jogo *Fulgor Divino* terminou finalmente com uma sentença. Larry McVay, proprietário e diretor da empresa londrina de desenvolvimento de software Vay Too Far, foi condenado por estelionato e roubo, sendo sentenciado a seis anos de prisão. O jogo, que contaria com uma tecnologia pioneira, foi criado pela empresa Soft Suspense, cujo diretor Andrew Hortulano aclamou a sentença. "No jogo há anos de trabalho e milhões de libras", disse Hortulano. "Não é algo que se possa roubar assim."

McVay alegara desde o início do processo que teria sido ele o programador de *Fulgor Divino* e que este teria sido roubado pela Soft Suspense. No entanto, em momento algum ele apresentou as respectivas provas, o que justificou como consequência de supostos furtos, subornos e manipulações da parte da Soft Suspense. O diretor da empresa, Hortulano, negou todas as acusações. "Nós somos uma empresa completamente idônea, não uma organização fraudulenta, e estamos felizes que isso tenha sido reconhecido. O caso é que alguém está simplesmente querendo virar o jogo sem um mínimo de evidências para isso." McVay declarou sua intenção de esgotar todos os recursos judiciais e que "não se dará por vencido".

Nick abriu a boca, mas não saiu uma palavra. Ele olhou para Emily, que estava pálida e apertava os lábios com força.

Victor, que também havia lido, batia palmas.

— Muito bem! Emily, você tem um faro de Sherlock Holmes e Philip Marlowe juntos. Estupendo.

Nos pensamentos de Nick predominava o caos. Poderia ter certeza de que Larry McVay era o pai de Adrian? O sobrenome não era comum. Uma coincidência desse tipo não era possível.

— O que foi? — perguntou Victor, admirado. — Vocês não estão dizendo nada. E olha que avançamos um passo gigantesco. Esse Larry McVay pode ser uma peça do quebra-cabeça, já que perdeu um processo contra Hortulano. Ele com certeza está furioso. Talvez ele saiba algo sobre o Erebos. Nós deveríamos falar com ele.

Com algum esforço, Nick recuperou a voz.

— Isso não vai ser possível. Ele se matou.

Eles colocaram Victor a par da situação, lhe contando sobre Adrian e seu comportamento estranho nas últimas semanas.

— Ele toda hora queria saber o que havia nos DVDs; depois, quando descobriu que se tratava de um jogo, ele praticamente me implorou para deixar o jogo. — Por qual motivo, Nick continuava sem entender. O jogo tratado pelo processo não se chamava Erebos, e sim *Fulgor Divino*. "Alegria, mais belo fulgor divino", pensou Nick, enfurecido.

Victor pegou o notebook e leu o artigo mais uma vez.

— Acho que estou me lembrando desse caso. O interessante era que nenhuma das partes quis explicar exatamente o que havia de tão extraordinário no jogo. Eles só ficaram se agarrando àquilo como dois cachorros em um osso. O jogo não foi até hoje lançado no mercado.

Enquanto Victor continuava se aprofundando em suas leituras, Nick e Emily discutiam sobre o que poderiam fazer agora.

— Temos que falar com Adrian — Emily deu um suspiro profundo. — Ele é um garoto muito legal. Nós temos conversado mais ultimamente, ele é realmente maduro para sua idade e fala umas coisas muito inteligentes.

— Vamos conversar com ele — Nick concordou. Ele estava se lembrando do que Adrian lhe dissera há algum tempo: que ele não podia pegar o DVD, mas que precisava descobrir o que se encontrava nele. Em algum lugar da consciência de Nick, isso fazia sentido. Mas em qual, ele não sabia dizer. Ele iria colocar tudo em pratos limpos com Adrian. Contar-lhe tudo que ele queria saber e, em troca...

— Não! — o grito de Victor fez Nick e Emily virarem-se ao mesmo tempo. — Droga, gente. Isso já está ficando sinistro.

— O que foi?

— Programador comete suicídio — Victor leu em voz alta. — Na noite de 13 de setembro, L. McVay, proprietário de uma empresa de software, foi encontrado enforcado no sótão de sua casa no norte de Londres. De acordo com as primeiras investigações, a polícia exclui ação externa, tudo indica que o próprio McVay pôs fim à sua vida. Como razão para o incidente, alega-se a condenação a seis anos de prisão em um processo por estelionato decidido três semanas atrás. Ele encontrava-se em liberdade mediante o pagamento de fiança e havia informado a intenção de entrar com recurso.

— Isso nós já sabemos — disse Nick.

Victor lançou-lhe um olhar obscuro.

— E você conheceu Larry McVay? Vocês já se encontraram pessoalmente alguma vez?

— Não. Adrian só chegou em nossa escola após a morte dele.

— É o que eu pensava. Então se prepare para uma surpresa — Victor virou o monitor.

Um grito baixinho escapou de Emily e ela segurou na mão de Nick.

— Esse é... esse não é o....

— Exatamente — sussurrou Nick. Ele olhou no rosto de McVay, reconheceu os olhos, o rosto fino, a boca pequena. Larry McVay era o homem morto do Erebos.

31

Victor desligou o computador.

— Quem programou esse sujeito dentro do jogo? — perguntou com a voz fraca. — Quem teria uma ideia macabra dessas?

Ninguém respondeu.

Nick deu uma olhada no relógio, era pouco depois de uma da tarde. Adrian provavelmente estava no almoço. Depois ainda teria mais duas ou três aulas, portanto não fazia sentido ir até a escola agora.

— Temos que falar com ele ainda hoje — disse Emily, como se tivesse lido os pensamentos de Nick.

— Sim. Vamos à escola, talvez nós o peguemos em um dos intervalos. Não, que maluquice... Ninguém pode perceber que nós queremos algo com ele.

— Por quê não? — exclamou Emily. — Ninguém suspeita de mim. Eu sou oficialmente viciada no Erebos.

Isso era verdade. Agora eles precisavam apenas de um local de encontro no qual pudessem ter certeza de que ninguém os veria juntos.

— Aqui! — gritou Victor.

— Muito arriscado. Se alguém nos seguir, você será eliminado e é a nossa última conexão com o jogo. Você é o único que pode nos dizer o que está se passando no Erebos — contestou Emily.

— Espere aí. Mas você ainda está dentro.

— Só teoricamente — ela sorriu e olhou para seu relógio de pulso. — Em 17 minutos eu deveria procurar o sr. Watson e colocá-lo em uma situação que o incriminaria. Eu não estou pensando em fazer isso, portanto.... adeus, Hemera.

— Ah, muito bem — resmungou Victor. — É muita falta de consideração ficar dependendo apenas de mim. E se o jogo agora *me* pedir para seduzir esse sr. Watson? Então eu terei que fazer isso para não perdermos o acesso ao jogo?

Eles riram, a atmosfera tornou-se leve.

— Então ainda teremos Kate, mas ela não é tão brilhante como você — disse Nick. — Aliás, você deveria continuar jogando agora. Vocês estão tão perto da Blackfriars, a qualquer minuto podem chegar lá. E então nós saberemos, certo?

Victor fez beicinho e foi para a sala dos computadores.

— Então eu não vou saber o que Adrian McVay tem a dizer?

— Claro que vai. Nós lhe enviaremos um pombo-correio à prova de interceptação — disse Emily com um gesto de seriedade afetada. — Nick, onde nos encontramos? Em um café não é seguro, mas talvez em um parque? Algum lugar no Hyde Park onde possamos ter uma boa visão geral das redondezas?

— Não. Lá nós ainda poderíamos ser vistos. — Uma ideia passou pela cabeça de Nick. Ele escreveu para Emily o endereço em um pedaço de papel. — Aqui nós estaremos cem por cento seguros. Eu espero vocês lá.

Becca o abraçou primeiro, depois Finn.

— Maninho! Que surpresa boa! Quer café? Você veio por causa do notebook?

Nick negou ambas as perguntas.

— Eu precisava de um lugar calmo para um tipo de... reunião. Eu chamei dois amigos, eles estão vindo em uma hora. Tudo bem?

Finn colocou o braço sobre seus ombros, o que não foi muito simples de fazer, visto que Nick era meio palmo mais alto que ele.

— Você está tão nervoso. Está com problemas? Essa reunião de vocês por um acaso não é nada ilegal, não é?

— O quê? Não! — Nick sacudiu a cabeça, agitado. — Não. Muito pelo contrário. É muito complicado, mas com toda certeza não é nada ilícito.

— Então tudo bem. — Finn o levou até um dos três estúdios. As paredes estavam cheias de fotos de tatuagens recém-feitas em todas as partes imagináveis do corpo.

— Este aqui está bom para você? O estúdio maior eu vou usar hoje e Becca ainda está com um pessoal marcado para fazer *piercings*.

— Este aqui está perfeito.

— Muito bem. E com mamãe e papai, tudo bem?

— Sim, tudo ótimo.

Finn levantou as sobrancelhas — atualmente com seis furos em cada lado, como Nick notou —, provavelmente admirado com o laconismo anormal de seu irmão. Ele saiu, voltando três minutos depois com suco de laranja e biscoitos.

— Ninguém poderá acusar os Dunmores de serem maus anfitriões.

— Obrigado.

Os minutos se arrastavam. Nick tentava distrair-se analisando a galeria de Finn. Costas cobertas com rosas, um bíceps com um cenário dos Alpes e um tornozelo com golfinhos se beijando.

Será que Emily conseguiria convencer Adrian a vir junto? Aliás, por que ele não iria querer? Ele estava tão curioso para descobrir algo sobre o jogo.

Pronto! Os sininhos que Becca havia colocado sobre a porta da loja soaram. *Clientes? Ou Emily?*

— Olá, nós marcamos aqui com Nick Dunmore — era Emily.

Finn levou a menina e Adrian para dentro.

Nick não pôde deixar de notar o quão interessada Emily examinava seu irmão. Sua cópia um pouco mais baixa.

— Oi — ela lhe deu um beijo nos lábios que o fez flutuar por um momento. Atrás dela Adrian sorria, seu cabelo loiro arrepiado em um lado da cabeça, o que lhe conferia um aspecto de *kobold*.

— Que fotos incríveis essas — disse ele, apontando para as paredes.

— Acho que também vou fazer uma.

Finn ficou radiante.

— Então volte aqui e eu faço um preço especial. Agora eu vou deixá-los com a reunião secreta de vocês. Caso alguém precise, a cozinha é a segunda porta à esquerda e o banheiro, bem em frente — e então ele se retirou.

Adrian sentou-se naquilo que Nick chamava de "cadeira de tratamento" e olhou para ele ansioso.

— Emily disse que vocês tinham que falar algo comigo. É sobre o Erebos?

Ninguém poderia acusar Adrian de ser uma pessoa de fazer rodeios.

— Sim — respondeu Nick. — Primeiro de tudo: Emily e eu não estamos mais nele. Então você não precisa ter medo de nada.

— Certo.

Foi difícil para Nick saber como começar. Ele estava prestes a tocar e revolver em uma ferida antiga de Adrian. Ele afastou da testa uma mecha de cabelo inexistente.

— De alguma forma, o Erebos tem algo a ver com seu pai — ele viu os olhos de Adrian se arregalando e esbofeteou a si mesmo em pensamento. *Que sensibilidade, seu idiota.*

— Como você sabe disso? — sussurrou Adrian. — Não foi por mim. Eu não contei nada para ninguém.

Nick e Emily trocaram um olhar.

— Agora eu estou um tanto surpresa por *você* saber — disse Emily.

— Claro que eu sei. Só que por muito tempo eu não soube o que era — ele sorriu, parecendo que queria se desculpar. — Claro que eu pensei que fosse um jogo. Meu pai praticamente só programava jogos. Mas eu não tinha certeza.

Nick não entendeu nada. Ele teve que recomeçar do começo.

— Você recentemente me disse que não podia pegar nenhum dos DVDs, mas que precisava saber o que se encontrava neles. Por quê?

— Eu não podia pegar porque papai me proibiu.

Novamente Nick e Emily trocaram um olhar.

— Não estou entendendo — disse Emily. — Seu pai não está morto?

— Claro — ele virou o olhar, fitando as pontas dos seus sapatos. — Papai me deixou isso escrito. Ele escreveu tudo.

— O quê? O que ele deixou escrito para você?

Sem levantar os olhos, Adrian sacudiu a cabeça.

— Não, primeiro vocês. Eu quero saber que tipo de jogo o Erebos é.

Nick escutou seu próprio suspiro.

— É um jogo excelente e cativante. Quando você começa a jogar, não consegue mais parar.

Adrian sorriu para o chão.

— Todos os jogos de papai eram assim.

— Você está mesmo seguro de que seu pai o programou?

Agora Adrian olhava para cima, e em seus olhos havia uma leve indignação.

— Com certeza. Do contrário, ele nunca teria dito que o jogo era sua herança.

— Ele disse isso?

— Escreveu. Nessa carta. Que isso era herança dele e que eu deveria passá-la adiante — Adrian olhou de Nick para Emily e de volta para Nick, percebendo que os dois entenderam pouco de sua explicação.

— Papai morreu há dois anos — disse. — Dois dias após sua morte, o tabelião dele me ligou dizendo que estaria com uma carta para mim. No envelope havia uma mensagem do meu pai, e dois DVDs.

Nick tomou fôlego.

— Você distribuiu o jogo na nossa escola?

— Distribuí? Bem, eu dei um DVD a alguém da minha turma. O segundo a um menino que eu já conhecia e que estudava em outra escola. Papai não queria que os dois DVDs fossem parar na mesma escola. Além disso, ele queria que eu pensasse bem para quem eu iria dar o disco. "Dê a alguém cuja vida você ache vazia", ele escreveu. "E me prometa que você mesmo não abrirá os DVDs. Eles são uma parte da minha herança, mas essa parte não é para você."

Algo dentro de Nick pulsava dolorosamente.

— E você respeitou isso?

— Claro — murmurou Adrian. — Poxa, foi a última coisa que eu soube do meu pai. Eu não contava de ver ou ler algo dele outra vez... Eu fiquei tão feliz! — seus olhos estavam marejados.

E ele usou você.

— Agora é a vez de vocês. Do que se trata o jogo?

Para o alívio de Nick, Emily assumiu a explicação.

— Falando por alto, trata-se de um mundo sombrio no qual é preciso cumprir todas as missões e sobreviver a todos os perigos possíveis. As missões a serem cumpridas, no entanto, não se limitam ao mundo do jogo, e sim estendem-se até a realidade. Você precisa, por exemplo... fotografar pessoas ou fazer os deveres de casa dos outros.

Adrian parecia extasiado.

— Isso é o *Fulgor Divino*. O projeto preferido de papai. Ele queria que os jogadores se presenteassem ou, de outra forma, dessem as mãos na vida real. Que eles não ficassem apenas na frente do computador, que surgissem amizades. Ele me contou tantas vezes sobre isso antes de... — o olhar de Adrian desviou para o lado. — Então, antes de alguém querer roubar-lhe o jogo. Vocês repararam que ele é um pouco diferente para cada jogador? A música, por exemplo, orienta-se pelos arquivos de MP3 que você tem no disco rígido ou nas músicas que você escuta no *YouTube*. Quando o jogo já o conhece um pouco, ele sabe quais missões você mais gosta de fazer e as coloca no jogo. Papai integrou um software psicológico que adaptava o jogo totalmente a você — via-se que Adrian estava realmente mergulhado em suas lembranças.

Nick ficou com tanta raiva de Larry McVay que teve vontade de quebrar o estúdio inteiro.

— Poderia ser... digo, você considera possível que seu pai tenha alterado a programação do jogo? Que ele tenha adicionado alguns detalhezinhos? Porque o jogo não se chama mais *Fulgor Divino*. Ele se chama Erebos.

— Como? Ah, sim, é possível — o brilho no rosto de Adrian se apagou. — Alguém tentou roubar *Fulgor Divino* dele, disso vocês têm que saber. Então houve um processo que se arrastou por muito tempo... Nos últimos dois anos, papai andava... bem, diferente. Ele vinha falando pouco, então eu não sei se ele mudou algo. De qualquer forma, ele estava trabalhando bizarramente. Na verdade, ele só fazia isso. Ele se trancava no porão, mal comia, não dava uma pausa nem para tomar banho — ele olhou para Nick e Emily com pesar. — Mamãe acha que desde o início do processo ele já não era mais o mesmo. Ele não suportou ter sido acusado de roubo e estelionato. Sendo que os roubados havíamos sido nós. Quatro vezes. No escritório, em casa, e até os carros foram arrombados.

As conclusões que Nick tirou da história de Adrian não eram nada boas. Parecia o seguinte: a Soft Suspense havia sentido o cheiro do novo projeto de McVay e tentado se apropriar do programa. Isso não deu certo, pelo menos não de maneira satisfatória, e eles processaram McVay. E ganharam a ação. Isso seria possível?

— Escute bem — disse ele. — Eu vou lhe contar agora qual o objetivo do Erebos, entendido? — Apesar de sentir o olhar de Emily sobre si, ele não conseguia parar agora. — Um monstro tem que ser morto. Para isso são procurados os melhores, mais fortes e mais egoístas jogadores. Eles precisam voltar-se contra qualquer um que queira parar o Erebos e têm que se preparar para a última batalha. Essa última batalha vai acontecer muito em breve, e você sabe como se chama o monstro que deve ser destruído?

Ele viu nos olhos de Adrian que ele tinha pelo menos um palpite.

— Exato — disse Nick. — Ele se chama Hortulano.

Adrian soltou o ar perceptivelmente. Riu alto e ficou sério novamente.

— Sério?

— Sim, juro.

No rosto de Adrian refletiam-se várias sensações ao mesmo tempo: satisfação, tristeza, ódio.

— Você está dizendo — disse ele com a voz seca — que alguém está querendo matar Hortulano?

— Talvez. Algo desse tipo irá acontecer, acho.

— Algumas vezes eu já pensei em fazer isso eu mesmo. Na época em que papai ficou tão diferente e... mais tarde também — novamente ele sorria para o chão. — Depois de ter distribuído os DVDs e ver como as pessoas mudaram do nada... eu comecei a temer que papai tivesse cometido um erro. Um jogo que destrói os jogadores, sabem? No final ele já estava... ah, não importa. Ele estava completamente mudado. Assim como vocês. Por isso que eu fiquei com medo — disse, e levantou os olhos. — Mas ele não queria prejudicar vocês. Apenas Hortulano.

Ao falar, Emily foi bastante cautelosa e calma.

— Mas não foi assim, Adrian. O jogo levou os jogadores a fazer coisas horríveis. Alguém sabotou a bicicleta de Jamie.

Adrian levantou a cabeça bruscamente.

— O quê?

— Isso mesmo. Não foi um acidente. Aconteceu uma porção de coisas ruins apenas para pôr em prática o plano de vingança do seu pai. Ontem alguém tentou atirar Nick na linha do metrô.

Com o rosto pálido e perplexo, Adrian sacudia a cabeça.

— Se um dos jogadores matar Hortulano, estará com isso destruindo a própria vida — prosseguiu Emily. — É uma coisa que você tem que saber. E com toda certeza seu pai também sabia.

Adrian desviou seu olhar.

— O jogo falava mesmo com vocês? Vocês perguntavam e ele respondia? Ou o contrário?

— Sim — disse Emily.

— Era isso que Hortulano queria ter de qualquer maneira. A IA que papai havia desenvolvido. Inteligência artificial — explicou após o gesto intrigado de Nick. — Ele desenvolveu um programa que poderia aprender como um ser humano. Inclusive línguas. Papai dizia que quando o jogo estivesse pronto e amadurecido, ele iria ganhar o Prêmio Nobel por isso. Ele estava extremamente orgulhoso e se esforçava ao máximo para manter secreta sua invenção.

Lá estava de novo aquela fragilidade, aquela necessidade de proteção, que Nick tantas vezes havia percebido em Adrian.

— Mas um dos contadores da empresa de papai foi subornado. Hortulano deixava seu radar sempre apontado para as invenções alheias e, a partir do momento em que soube que papai tinha dado um grande passo na criação da inteligência artificial, não houve mais paz.

Nick estava quase certo de que o tal contador atualmente tinha uma garagem pichada.

— Primeiro, Hortulano quis comprar a ideia de papai, mas ele disse que não. Ele tinha sua própria firma e queria lançar ele mesmo seu programa. Foi aí que começou o horror.

Emily levantou de seu lugar e sentou-se do lado de Adrian.

— Isso tudo é horrível. Tão injusto que eu poderia gritar. Mas mesmo assim ninguém deveria se tornar um assassino por isso, não é?

— Não — sussurrou Adrian. — Você tem razão.

— Por isso que estamos tentando impedi-lo.

— Certo. Vocês precisam da minha ajuda? — isso soou como um pedido e Nick acreditou poder entender Adrian. Ele não queria novamente ser reduzido a um mero espectador.

— Com certeza — disse. — Você é como se fosse a chave deste enigma.

Enquanto esperava pelo trem, Nick ligou para Victor, que atendeu imediatamente após o primeiro toque.

— Finalmente! O que diz o pequeno McVay?

— Que Hortulano é um canalha.

— É mesmo? Pois é, no ramo há mesmo alguns desse tipo.

— É o que parece. Ele disse também que seu pai desenvolveu um tipo de inteligência artificial e a implantou no jogo. Algo bastante novo e que Hortulano queria ter a qualquer preço.

— Oh. Essa história não me surpreende. Minha nossa, isso o teria transformado em um homem bizarramente rico.

Inteligência artificial. Em casa, Nick ligou o notebook de Finn e tentou descobrir mais a respeito. Parecia que havia legiões de especialistas ocupados em descobrir uma maneira de ensinar aos computadores o pensamento humano em toda sua complexidade. O pai de Adrian conseguira. Seu software aprendia, podia ler e utilizar a informação lida. Ele avaliava o usuário do computador e lhe dava o que ele desejava no fundo de seu ser. Que loucura. Não era de se admirar que ninguém conseguisse mais se libertar do Erebos. O jogo agora era uma arma que havia tomado vida própria.

Nick continuou lendo, se informou sobre o Teste de Türing, o Prêmio Loebner, a IA simbólica e neural. Após duas horas, ele ficou com dor de cabeça e desistiu. Ele não conseguiria compreender, nem mesmo um pouco, o que Larry McVay realizara.

32

O sms de Victor chegou no meio da madrugada, o toque arrancou Nick do sono profundo. A tela de seu celular era uma ofuscante mancha branca na escuridão de seu quarto.

Ele deu um salto tão rápido da cama, que ficou tonto e teve que se apoiar com as mãos na escrivaninha.

1 nova mensagem.

Ele clicou em *ler.*

> *Parece que chegou a hora do Hortulano. Eles estão preparando o Círculo Interno para a batalha. Tochas, juramentos, togas brancas, a coisa toda. Acho que vai acontecer hoje. Por ora nós estamos cercando a fortaleza. P.S.: Há pouco eu encontrei um cristal de desejos (amarelo). Se tudo acabar mesmo em breve, eu não vou precisar disso para nada, não é?*

Victor havia enviado a mensagem às 3h48, agora eram 3h50. Junto com seu celular, Nick arrastou-se de volta até a cama e ligou para ele.

— O que você quer dizer com "cercando a fortaleza"?

— Oi! Então, a gente está só enrolando aqui em frente a ela. É uma construção branca grandalhona que reluz no escuro da noite e na qual escorre sangue de cima a baixo. Eca.

Nick não respondeu de imediato por estar bocejando forte.

— Eu acordei você, não foi? Sinto muito, mas eu queria mantê-lo atualizado de qualquer maneira. Podia ser que... ooops, agora estão atirando cabeças de novo!

Nick ouviu cliques frenéticos.

— Pronto, resolvido. Como eu ia dizendo: Podia ser que você quisesse fazer alguma coisa.

— Não sei, o que por exemplo? Alguém disse o que o Círculo Interior deveria fazer? Alguma dica para nós?

— Eles têm que derrubar Hortulano. Quando eles tiverem conseguido, sua torre irá desmoronar e todos nós seremos incrivelmente recompensados, foi o que o Mensageiro disse. Agora há muitíssima gente sentada aqui, esperando essa coisa tombar, embora os do Círculo Interno tenham acabado de partir.

— Eu queria ir até a Blackfriars agora.

— O metrô ainda não está aberto e os ônibus noturnos você pode esquecer. Além disso... você quer fazer o que lá? É melhor você ir se deitar, Nick.

Aquilo havia sido só uma piada. Mas Victor tinha razão, eles precisavam pelo menos do esboço de um plano.

— Vou pegar o primeiro trem até aí e então pensamos no que fazer.

— Certo. Eu também já estou ficando aflito. Acho que agora vai ser para valer, mesmo.

— Se acontecer algo de importante, entre em contato.

— Pode deixar. Vou me manter aqui no meu posto noturno, isolado e sem companhia. Exceto, é claro, pelos trezentos guerreiros cansados que estão ao meu redor.

Nick sentou-se em sua cama e olhou fixamente para o ponteiro de seu relógio. Ainda faltava mais de uma hora para sair o primeiro metrô. *E se a torre desmoronasse nesse meio-tempo?*

Ele não aguentava mais ficar sentado e começou a zanzar pelo quarto, fazendo um barulho excessivamente alto no silêncio noturno do apartamento. Mas não queria acordar ninguém. Achou melhor ir até a cozinha e escrever um bilhete dizendo que foi caminhar com Colin antes da aula. Com alguma sorte, seus pais iriam acreditar se acordassem dentro das próximas duas horas e meia.

Quando saiu de casa eram quinze para as cinco. Ele levou sua mochila para que sua mãe não a encontrasse por acaso, e a colocou logo em seguida no porão, junto com as bicicletas. Peso inútil ele estava podendo dispensar.

As ruas estavam escuras e vazias; na estação, as grades permaneciam abaixadas. Nick estava todo embrulhado em seu casaco e contava os minutos. O que ele iria fazer? Ele podia esperar Hortulano e obrigá-lo a ouvir o que tinha a dizer. Ou falar com a polícia: *Vocês sabiam que existe um jogo de computador no qual tudo indica que um gerente sórdido será assassinado hoje? Ah sim, ótima ideia.*

O celular tocou, invadindo seus pensamentos e anunciando uma mensagem nova.

> *Agora eu tenho certeza. Vai acontecer hoje. Recebi uma missão que tem a ver. Entre em contato!*

Ele ligou imediatamente para Victor.

— Se alguém me perguntar, eu vou ter que dizer que eu estava tomando café da manhã com um tal Colin Harris. Hoje, entre oito e dez horas.

Nick não entendeu na hora.

— Por que você haveria de tomar café da manhã com Colin?

— Eu tenho que ser o álibi dele, entende? Óbvio, a não ser que o peguem em flagrante. Você conhece esse Colin?

— Conheço.

— Não importa. Escute Nick, essa coisa toda está me deixando nervoso pra caramba.

— Eu já estou a caminho. E a torre, como está? Ainda de pé?

— Sim, sim. De pé, brilhando e sangrando.

Quando as grades da estação finalmente se levantaram, Nick correu escada abaixo, como se o Mensageiro em pessoa estivesse atrás dele.

Sem desvios desta vez, iria direto para King's Cross. Não demorou nem vinte minutos até ele estar batendo na porta de Victor.

— Veja só — disse Victor.

Lá estava a torre. Gigantesca e branquíssima na escuridão. O sangue escorria e pingava pelas janelas, pelas frestas e pelas rachaduras da parede. Na escuridão ao redor encontravam-se centenas de guerreiros de todas as espécies e níveis. Eles aguardavam. Nick podia imaginar o quão curiosos eles estavam. O quão curioso ele mesmo estaria se não soubesse os bastidores da história. Portanto, aquela imagem lhe causava apenas um leve mal-estar.

— Eu vou procurar Hortulano e avisá-lo. Não importa se ele é um babaca. Se ele não me levar a sério, pelo menos eu tentei — disse.

— Ou — adicionou Victor — nós podemos ir até o edifício comercial e ficar de tocaia. Assim que algum dos jogadores aparecer, nós o detemos. E informamos a polícia.

Isso soava bem. Iria funcionar.

— Certo — disse Nick. — Quem está neste momento no Círculo Interno?

Victor contou-os nos dedos.

— Wyrdana, BloodWork, Telkorick, Drizzel e... um momento... Ubangato, um bárbaro. Entrou no último torneio. Você tem alguma ideia de quem eles possam ser na vida real?

— Não — disse Nick. — Mas eu acho bastante possível que Colin seja BloodWork.

Pouco depois das seis eles partiram. Nick enviou um SMS para Adrian. Contra sua vontade, mas ele havia prometido que o manteria atualizado. Victor se comunicou com Emily, fazendo com que Nick tentasse arrancar o celular dele.

— Você está louco? E se as coisas ficarem perigosas?

— Eu tive que prometer isso a ela. Ela vai me esganar se eu não a mantiver informada — ele clicou em *enviar*. — Além disso, ela tem tanto direito de participar disso quanto eu e você. E Adrian.

Blackfriars. Eles desceram do metrô e foram rumo à Bridewell Place. Emily e Adrian iriam juntos encontrar com eles lá.

Chuviscava e Nick marchava em silêncio ao lado de Victor, prestando atenção o tempo inteiro em eventuais rostos conhecidos enquanto seus pensamentos giravam. *E se ninguém aparecesse? Se tudo fosse apenas um alarme falso? Se a torre sequer fosse o edifício na Bridewell Place, e sim um outro?*

Eles subiram a New Bridge Street. Pelo menos ele fora esperto o bastante para colocar um casaco com capuz; ao menos podia esconder sua trança, já que sua altura não era fácil de encobrir. Ele não queria de forma alguma ser descoberto pelos jogadores antes do tempo.

Por esse motivo, eles não podiam simplesmente ficar parados na Bridewell Place. Ali atrás havia um pub, mas ele só abria às onze.

— Ouça bem — disse Victor quando o edifício já estava visível. — Você fica aqui esperando. Sem chamar a atenção, claro. Vou dar uma volta para reconhecer o terreno, ninguém me conhece mesmo.

Victor partiu e Nick não tirou os olhos do prédio. O andaime obstruía a visão das janelas. *Saco.* Nick olhou mais atentamente. *Havia algo se movendo ali? Alguém? Não, era apenas imaginação.* E se alguém realmente estivesse ali, certamente seria algum operário.

Uma olhadela no relógio. Era pouco depois das sete e meia. *Droga, isso pode durar.* Ele olhou novamente para o andaime e no instante seguinte quase teve um treco quando uma mão se colocou sobre seu ombro.

— Eu disse sem chamar a atenção, sr. Dunmore. Você está tão discreto quanto um farol — Victor estava atrás dele com um sorriso de orelha a orelha.

— Precisa me assustar desse jeito?

— Ah, vamos, permita a um maluco solitário um pouco de alegria em sua vida. Agora vamos, temos que chegar mais perto.

Eles observaram a entrada por algum tempo sem que aparecesse qualquer pessoa familiar. Então o celular de Nick tocou, fazendo com que ele quase se jogasse na frente de um carro de tanto susto.

— Oi, sou eu, Emily. Adrian e eu já estamos aqui perto. Estamos comprando sanduíches. Você quer?

— Sanduíches? Agora? Não, obrigado.

— Eu preciso comer sempre que estou nervosa — disse ela. — Onde você está?

— Bem na frente do prédio da Soft Suspense. Victor já está aqui também. Até agora não aconteceu nada.

— Talvez vocês estejam chamando muita atenção aí. Em um instante estaremos com vocês!

Nick puxou Victor para trás de um carro de entregas que estava estacionando, *pois Emily obviamente tinha razão.* Eles não podiam estragar tudo.

Dez minutos mais tarde, quando Emilly e Adrian chegaram, ainda não havia acontecido nada. Embora pessoas toda hora entrassem no edifício comercial, não havia ninguém da escola entre eles.

— Com certeza é hoje — persistiu Victor. — O Círculo Interno foi mandado embora e Nick e eu vimos a torre que sangra.

Mais dez minutos se passaram. *Nada.* As costas de Nick começaram a doer porque ele tinha que se encolher atrás do carro de entrega para não aparecer. *E se o Círculo Interno tivesse amarelado? Justo agora que era tudo ou nada?*

— Lá vem Hortulano — disse Adrian. Ele falou com bastante calma, mas Nick via seus músculos do maxilar contraídos e seus punhos cerrados.

Agora os guerreiros do Círculo Interno tinham que finalmente se manifestar. *Quando, se não agora?* Mas ninguém apareceu. Em lugar algum havia alguém parado por muito tempo de modo suspeito. A cada minuto crescia em Nick a sensação de que algo estava errado. *Será que eles haviam abordado a situação de maneira demasiadamente direta? Será que o lugar estava errado? Estaria alguém no estacionamento instalando uma bomba no Jaguar de Hortulano?*

Mal concluíra seus pensamentos quando ouviu algo tilintar. Vinha do edifício comercial, do alto dele. *Uma vidraça?*

Nick olhou para o alto, porém não conseguiu ver nada por causa do maldito andaime... Mas o tilintar persistia, ou melhor, o som de um estilhaço...

— Nós somos uns idiotas — sussurrou ele. — Eles já estão lá dentro.

Eles se olharam e começaram a correr, como se seguindo a um comando.

Eles atravessaram correndo a rua, o pátio frontal, alcançaram o saguão de recepção.

— Agora devagar — disse Victor. — Do contrário não nos deixarão passar. E vamos pegar a escada, não o elevador.

O lugar era decorado por mármore cinza, com colunas, muito vidro e um balcão com uma mulher que lhes sorria. E lá estava Rashid, em um canto escondido do saguão, esperando quase invisível em uma poltrona de couro preto.

— Soft Suspense? — perguntou Victor, e sacou sua credencial de jornalista.

— Quinto andar. Um momento, eu vou anunciar o senhor.

Rashid olhava para Nick inseguro, ele aparentemente não contava que alguém aparecesse para causar problemas. Foi quando ele pareceu ter tomado uma decisão, levantou-se bruscamente e precipitou-se na direção deles.

— Muito amável, mas não será preciso anunciar — disse Victor.

Ali atrás estava a escada. Eles saíram correndo até ela, Nick nem ouvia mais o que a recepcionista lhes gritava de longe, apenas se perguntava se Rashid estaria com um revólver.

Primeiro andar. Até agora nada de anormal, ninguém em pânico, nenhum barulho. Mas aqui havia apenas uma imobiliária.

Segundo andar. Onde está Rashid? Nick deu uma olhada por cima dos ombros e atrás dele não havia nada além de uma escada deserta. Apesar disso, ele continuava inquieto.

Eles passaram pelo terceiro e quarto andares, onde não havia nada além de escritórios comuns, e por um breve momento Nick esperou, contra toda razão, que eles talvez estivessem enganados e que hoje não fosse acontecer absolutamente nada. Ele se agarrava a essa ideia enquanto subia as escadas para o quinto andar.

Assim que chegaram lá em cima, Rashid apareceu diante deles.

— Parados. Isso aqui não é da conta de vocês.

Pelo menos não tinha nenhum revólver nas mãos. Mas levava uma lata de spray que apontava para eles. *Spray de pimenta.*

A mão tremia, a voz de Rashid também.

— Fiquem parados, eu disse. Não quero fazer nada com vocês. Parados... ou melhor, voltem lá para baixo e então não acontecerá nada.

Ao responder, a voz de Emily estava totalmente calma.

— Você não precisa fazer isso, Rashid. Veja só, você pode simplesmente descer esta escada e ir embora. Ninguém vai lhe fazer nada. Nem nós, nem o Mensageiro, nem nenhum dos outros jogadores. Prometo.

O rosto de Rashid se contraiu.

— Cale a boca, você não tem a menor ideia do que está acontecendo. Sumam daqui agora.

Emily fez mais uma tentativa.

— Se você se apressar, estará fora antes de a polícia chegar. Temo que eles logo estarão aqui e aí você pode arrumar complicações sérias.

O dedo de Rashid sobre o botão do borrifador se moveu. Nick puxou Emily para trás.

— Nós não estamos ameaçando você — disse Nick às pressas. — Pelo contrário. Nós estamos querendo ajudar. Corra!

— Mas... então...

— Então você vai ser eliminado do jogo? Para ser sincero, acho que depois de hoje não vai haver mais jogo.

A mão com o spray de pimenta abaixou alguns centímetros.

— O Mensageiro vai me matar.

— Você está vendo algum Mensageiro aqui? Um orc? Um troll? Isso aqui é de verdade, Rashid, e você vai parar em uma cadeia de verdade por sua cumplicidade em um assassinato!

Agora seus braços pendiam bambos. Nick pensou se não deveria partir para cima de Rashid e arrancar dele a lata de spray, mas aquilo provavelmente não era mais necessário.

— Vocês não vão me entregar? — perguntou baixinho.

— Não. Com toda certeza.

Ele lhes lançou um último olhar tímido e começou a descer as escadas, primeiro devagar, depois mais rápido.

— Rashid! — Nick o chamou de longe. — Quantos mais estão aqui?

— Não sei — gritou Rashid de volta. — Os dois vigias do lado de fora já devem ter ido embora. De qualquer forma, pelo menos os cinco do Círculo Interno ainda estão do lado de dentro.

Depois disso só se ouviram seus passos pesados, como se ele estivesse descendo dois degraus por vez.

— Cinco pessoas e algumas armas — resmungou Victor. — A gente devia ao menos ter tomado o spray daquele garoto.

Nick lhe deu razão em silêncio, mas agora era tarde demais. Eles empurraram a pesada porta de vidro que separava a escada dos escritórios. Lá havia um outro tipo de recepção, mas sem recepcionista. Nos corredores não havia ninguém passando e as portas de todas as salas estavam fechadas.

— Por que não há ninguém aqui?

Eles foram andando cautelosamente pelo primeiro corredor e abriram com cuidado uma porta. Atrás dela encontravam-se duas baias, mas estavam desocupadas. *Na sala seguinte?* Também ninguém. Nick abriu uma porta após a outra, todas as vezes tomado pelo medo de que pudesse encontrar atrás de uma delas uma pilha de cadáveres.

— Estão todos de folga? — perguntou Victor.

— Estou ouvindo algo ali atrás — disse Adrian. Ele apontou para o final do corredor, para uma porta de madeira com detalhes em metal que se destacava consideravelmente do estilo moderno das demais salas do escritório.

Eles apuraram os ouvidos e, de fato, havia algo ali: uma batida surda e uma voz abafada gritando alguma coisa.

— Muito bem, agora pelo menos sabemos onde eles estão — constatou Victor. — Vamos entrar? Ou procuramos os tiras?

Nick não pensou muito tempo.

— Adrian, você entra em um dos escritórios e liga para a polícia. Nós vamos montar guarda aqui.

Após alguma hesitação, Adrian fez o que Nick disse. Emily, Victor e ele mesmo se reuniram em volta da porta de madeira.

— Nós também podemos entrar e apostar no efeito surpresa — disse Victor.

Nick negou com a cabeça.

— Acho que eu não quero surpreender ninguém com um revólver na mão — ele pressionou sua orelha contra a porta e ouviu vozes, mas não entendeu o que elas diziam.

— Eu queria que a gente tivesse perguntado a Rashid quem são as pessoas do Círculo Interno — disse Emily —, assim nós poderíamos ter uma ideia melhor...

No meio da frase de Emily, a porta se abriu com uma pancada e uma figura vestida de preto irrompeu de dentro da sala. Ela usava uma máscara: aquela com uma cara branca e a boca aberta distorcida do filme *Pânico*.

— Vou pegar água — gritou o mascarado, parando bruscamente ao descobrir Nick, Emily e Victor. — Tem... tem gente aqui! Ei, droga, de onde eles vieram? — ele deu meia-volta e correu para o escritório então aberto.

— Fiquem quietos — gritou Nick, agitado.

Oh, céus, isso não deu nada certo. Lá estavam um... dois, não, três mascarados com revólveres. Nick conseguira olhar para dentro do escritório. Um quarto garoto com máscara de diabo contorcia-se de dor no chão. *Colin, sem dúvidas.* Ao seu lado encontrava-se um taco de beisebol, dando a nítida impressão de que ele teria levado alguns golpes com aquilo. *Deve ter havido uma luta.* Duas das vidraças estavam quebradas. Com o quinto rapaz, o que saiu para pegar água, Nick não avistou nenhuma arma, mas isso não era grande consolo.

— Dunmore — disse uma voz grave sob a máscara de caveira. — Seu babaca miserável.

Nick recuou um passo. A voz era conhecida, assim como toda sua figura corpulenta. *Helen.* Ela mantinha uma arma apontada diretamente para Andrew Hortulano, que estava sentado com o rosto pálido em sua cadeira giratória e com as mãos amarradas postas sobre a mesa. Ao seu lado havia duas mulheres e três homens deitados no chão; suas mãos estavam amarradas para trás. Uma mulher chorava em silêncio.

Hortulano olhou para a porta.

— Quem está aí agora? Reforços? — a pergunta soou desdenhosa. Nick viu um arranhão ensanguentado em sua testa.

— Cale a boca — berrou Helen para ele. — E agora faça o que eu estou dizendo ou eu atiro na sua perna.

A perna no momento se encontrava atrás da mesa e não era, portanto, o alvo ideal. Hortulano riu discretamente.

"Não a subestime", pensou Nick. "Ela vai atirar. Ela é maluca".

— Talvez você devesse fazer o que ela está mandando — disse, com cautela.

— E você cale a boca também! — vociferou Helen. — E alguém vá buscar água, agora!

O sujeito com a máscara do *Pânico* tomou impulso novamente, forçou a passagem por Nick na porta e saiu correndo pelo corredor. *Tomara que Adrian tenha sido esperto o bastante para se esconder.*

Exceto pelo soluçar da moça, o local agora estava silencioso. Nick sentiu o suor escorrendo pela sua nuca. Colin gemia por trás de sua máscara de diabo. Ao seu lado estava ajoelhada uma menina, sua máscara de Gollum não enganava.

— Acho que ele já está se sentindo melhor — disse ela.

O último do bando era um menino, muito alto, robusto e com dedos gordos. Ele usava uma máscara de alienígena e não pareceu familiar a Nick. Aquilo que ele tinha nas mãos parecia uma escopeta de cano serrado. Apesar disso, era Helen quem aparentemente dava as cartas. Eles tinham que, antes de tudo, se entender com ela.

Apenas agora Nick percebeu que ela usava algo no pescoço: o símbolo do Círculo Interno, vermelho, com o espinho voltado para dentro. Ela era a única que o usava. Nick supôs que ele tivesse sido confeccionado com arame grosso.

O rapaz da máscara branca voltou com a água. Ele estendeu o copo para o menino ajoelhado no chão, sem dizer uma palavra. Então ele não havia visto Adrian.

Colin virou as costas para Nick, Emily e Victor ao levantar seu disfarce de diabo. Ele se ergueu um pouco, tomou alguns goles e tossiu.

— Está tudo bem? — perguntou Helen.

— Sim. Estou melhor.

— Ótimo. Então vamos continuar com o texto. Levante-se, Hortulano.

Ele o fez contra a vontade, podia-se perceber isso. Foi difícil para Nick avaliar se Hortulano estava com muito medo ou não. Das duas vezes que Nick havia olhado para o empresário, ele lhe parecera mais amedrontado. *Ele deve ter sentido que há algo sendo tramado ao seu redor. Mas até então ele não estava entendendo. Agora chegou a hora e ele está mais relaxado.*

— Você pagará por seus atos — disse Helen. Aquilo com certeza era um texto pronto. — Por sua ganância, seu egoísmo, suas mentiras.

Com um aceno de Helen, o alienígena corpulento escancarou uma das janelas. Bem diante deles encontrava-se a Bridewell Place. E a plataforma mais alta do andaime.

Hortulano estava entendendo.

— Eu diria que já paguei — precipitou-se. — E isso sem ser ganancioso, egoísta ou mentiroso. Vocês sabem muito bem o que vocês vêm fazendo comigo. Já chega, estão ouvindo?

Hortulano, assim como Nick, provavelmente teria dado tudo para poder ver as reações por trás dos rostos mascarados.

— Salte pela janela — disse Helen. Seu revólver estava apontado para Hortulano. Nem sua voz nem sua mão estavam trêmulas.

— Escutem — lançou Victor. — Nós não nos conhecemos e isso que eu vou dizer vai parecer superbatido, mas vocês estão cometendo um erro grave. O que vocês ganham se esse homem se jogar pela janela? Vocês vão para a cadeia! Deixem-no em paz e vão para casa!

Pela primeira vez a menina Gollum disse algo.

— Você é amigo dele? É cúmplice?

— Você está doida, eu nem o conheço — gritou Victor. — Mas eu conheço o Erebos. E eu garanto: o Erebos enganou vocês. Seja lá o que o Mensageiro lhes prometeu... vocês nunca vão conseguir. Saiam disso. Vão embora.

— Até agora nós temos conseguido — disse a máscara do *Pânico*. — Todas as vezes. Então não fale de coisas que você não entende.

— Isso aí — completou o alienígena gordo. — Vocês não são nada. Nós somos o Círculo Interno. E agora, voe por essa janela, Hortulano.

— Não posso.

— Então eu vou ter que atirar — disse Helen. Ela levantou o revólver e atirou na parede. O tiro passou por ele de raspão.

— Está bem! — berrou Hortulano. — Eu vou saltar. Vou saltar, está bem? Não atire de novo.

A moça no chão agora chorava mais alto, *tomara que ela não deixe ninguém do Círculo Interno nervoso*. O próprio Nick estava tonto de nervosismo. *Com certeza alguém havia ouvido o tiro e logo iria aparecer para ver o que estava acontecendo, e isso poderia piorar ainda mais as coisas.*

Andrew Hortulano subiu no parapeito da janela. A janela era alta, mas ele era grande e precisou se encolher para passar. Com as mãos amarradas, era difícil para ele se segurar. Ele lançou um olhar suplicante para dentro do escritório.

— Vá em frente — disse Helen.

— Por favor, não.

Ela levantou o revólver, o alienígena fez o mesmo.

— Não precisamos nem acertar você em cheio, basta um tiro de raspão para a grande decolagem — gritou ela.

Hortulano estava agora sobre o parapeito e subiu com a perna esquerda na plataforma do andaime, que era um pouco mais alta.

"Passe para o outro lado e desça", pensou Nick. "Isso tinha que funcionar. Chegará ileso na rua se controlar os nervos."

Mas as pernas de Hortulano tremiam e ele se agarrava na armação da janela. Percebia-se que ele sabia exatamente o que fazer. Segurar em outra coisa, pegar o mais rápido possível na barra de ferro do andaime. Mas ele parecia não poder colocar aquilo em prática.

— Nada de pedir por socorro, senão disparo — disse o alienígena.

As mãos amarradas de Hortulano prenderam-se na barra como as pinças de um caranguejo. Era um tormento vê-lo arrastando-se pelo andaime com o rosto branco como cal e os membros contraídos.

No momento em que ele conseguiu e engatinhava mais ou menos em segurança sobre a plataforma, Nick ouviu um barulho atrás dele. Adrian havia se reunido a eles novamente.

Sua figura provocou uma série de reações.

— Você? — disse Hortulano ofegante, quase perdendo o equilíbrio.

Helen, que parecia igualmente surpresa, abaixou um pouco a arma.

— O que você está fazendo aqui? — ela vociferou. — Desapareça.

— Você vai deixá-lo fugir? — perguntou Colin por trás de sua máscara de diabo. — Você ainda está regulando bem?

A pistola voltou-se em sua direção.

— Quieto. Ele é tabu.

— Quem disse isso?

— O Mensageiro! Quem mais?

Se eles começassem a lutar, Nick poderia aproveitar a chance e fugir com Emily, Adrian e Victor.

— Você chamou a polícia? — sussurrou ele na direção de Adrian, sem obter resposta. Toda a atenção de Adrian estava direcionada para o homem no andaime.

— Bom-dia, Sr. Hortulano.

A visão de Adrian fazia Hortulano segurar-se ainda mais forte em sua barra.

— Você está por trás disso tudo? — perguntou.

— Não — Adrian se aproximou da janela e olhou para baixo. — Que alto isso aqui.

— Não me diga — por um momento a raiva de Hortulano se impôs. — Peça a esses fracassados de máscara para me deixarem entrar.

— Por que eles me dariam ouvidos?

— Você tem sim algo a ver com isso. Não me faça de idiota. É só ver o que aquela menina está usando no pescoço para entender tudo!

Adrian virou-se para Helen e viu aquilo ao que Hortulano se referia. Sem hesitar, ele foi em sua direção. Ele pegou o símbolo do Círculo Interno e o examinou.

— Por que você está usando isso?

— Desapareça, você não vai entender! — a proximidade de Adrian dificultava que mantivesse Hortulano em seu campo de visão.

— Você mesma fez isso, não foi? Mas por quê?

— Porque eu estou no Círculo Interno e este é o símbolo dele. — Ela empurrou Adrian; foi um movimento com as mãos que pareceu quase de desculpas, mas que ao mesmo tempo teve força o suficiente para mandá-lo cambaleante até a outra ponta da sala. Emily o segurou antes que ele caísse.

— Na verdade — disse ele —, esse é o logotipo da Vay too far. A empresa do meu pai.

— Exato — disse Hortulano. A palavra terminou em um grito, pois uma rajada de vento começou a sacudir o andaime, fazendo seus suportes rangerem.

Além disso, o vento trouxe consigo um som. *Sirenes. Eram os carros da polícia?* Bem possível, e eles estavam chegando perto. O alívio no rosto de Hortulano ficou claro.

— Pule — disse Helen.

— O que disse?

— É para você pular.

Ela se aproximou da janela, levantou a arma e apontou o cano para o peito de Hortulano.

— Pule ou eu jogo você lá embaixo com um tiro.

As sirenes já estavam mais próximas, o alienígena e a menina Gollum trocaram olhares frenéticos.

— Temos que fugir — disse a menina. — Alguém chamou a polícia. Vamos, gente, rápido!

— Pule agora, seu canalha — disse Helen por trás de sua máscara de caveira.

Aquela imagem marcava os pensamentos de Nick como uma brasa inextinguível. Como se fosse a própria morte que estivesse falando.

— Seus amigos têm razão, a polícia está a caminho — o medo elevou a voz de Hortulano. — Eles vão flagrar vocês em um assassinato, você está entendendo? Se você atirar, você será uma assassina. Vai ficar presa para o resto de sua vida — ele não conseguia tirar os olhos do revólver. Helen estava muito perto, e se ela apertasse o gatilho, com certeza iria acertar e ele com certeza iria cair, vivo ou morto. Ele implorou por sua vida.

Em um dos cinco mascarados suas palavras apresentaram efeitos. O sujeito do *Pânico* caminhou passo a passo até a porta e saiu correndo. O alienígena e a menina Gollum pareciam estar com muita vontade de fazer o mesmo. Eles mantinham ambos os grupos, os em pé e os deitados no chão, sob a mira de suas armas sem mostrar muita convicção.

Victor deve ter percebido aquilo.

— Podem ir — ele encorajou os dois. — E sabem de uma coisa? Vou contar um segredo para vocês: o jogo acabou. Pouco importa o que vocês fizerem, o Mensageiro não irá recompensá-los. Vocês vão é ser punidos pela lei. O Erebos já era, ele...

— Feche o bico, você não sabe do que está falando! — gritou Helen. Seu revólver ficou apontado para Victor por alguns segundos, até que ela se lembrou qual era sua verdadeira tarefa e voltou a mirar em Hortulano. — Pule! — berrou ela, dando mais um passo em sua direção.

Por um momento pareceu que ele obedeceria. Ele deu uma olhada para baixo, como se quisesse calcular a altura ou as suas chances de alcançar o chão escalando. Foi quando Adrian colocou-se entre Helen e a janela.

Quase ao mesmo tempo, Nick e Victor correram para a frente, mas se contiveram quase que simultaneamente. Helen tinha que ficar calma, ela não podia atirar agora.

— Saia daí, Adrian — disse Nick.

Adrian não se mexeu. Nick reparou que Helen estava ficando nervosa: ela se inclinava de um lado para outro para poder ter uma visão melhor de Hortulano, sem, contudo, abaixar o revólver.

— Você não vai atirar em Adrian, vai? — perguntou Nick. — Ele não tem nada a ver com essa maluquice toda. — Uma sirene o interrompeu.

Naquele momento, a menina Gollum e o alienígena foram embora. Nick os viu pelo canto dos olhos, eles saíram correndo como se agora tivesse ficado clara a gravidade da situação.

— Não — gritou Colin para eles. — Não me deixem aqui! Levem-me com vocês, seus covardes filhos da mãe! — ele tentou se levantar, gritou de dor e tombou de novo no chão. A máscara de diabo deslizou um pouco e expôs sua pele negra.

— Sr. Hortulano — disse Adrian. — Diga aqui, diante de nós todos, que você tentou roubar o *Fulgor Divino* do meu pai. Se o senhor não fizer isso, eu vou dar um passo para o lado.

— Por que é que ninguém tira logo a arma dessa louca? — gritou Hortulano. — Não é possível que seja tão difícil!

Pneus cantaram na frente do prédio. Uma luz azul oscilava na parede em frente.

— Estou aqui em cima! — berrou Hortulano. — Tirem-me daqui!

Ele olhou novamente para a janela aberta.

— Chega, vou entrar. Acabou a palhaçada!

Adrian deu o passo para o lado conforme avisado, e o cano da arma agora alvejava Hortulano bem na cabeça.

— Não! Por favor! — ele abaixou-se em seu andaime, começou a cambalear, deu um grito e recuperou o equilíbrio.

— Diga! — repetiu Adrian.

— Para quê? Nenhum tribunal neste mundo iria considerar isso! Eu estou sendo ameaçado!

— Não me interessa. Diga. Nós dois sabemos que isso é verdade.

Cada vez havia mais ruídos na frente do prédio. Alguém gritava com um tom imperativo. Portas de carro batiam. Os funcionários amarrados do escritório se movimentavam inquietos. Nick rezava para que nenhum deles perdesse a calma, pois a paciência de Helen parecia estar no fim.

O suor escorria de dentro da máscara pelo seu pescoço. Nick percebeu a raiva dela aumentando, como se fosse a sua própria.

Adrian havia se colocado novamente na frente de Hortulano e o encarava.

— Seu pai foi um maldito de um gênio — gritou Hortulano — sem a mínima noção de negócios. Nós podíamos ter sacudido esse ramo, mas ele queria porque queria fazer tudo sozinho.

— Você roubou o programa dele?

— Roubei! Roubei, sim! E eu fiz a coisa certa, está entendendo?

— Você o chantageou, o roubou, o aterrorizou?

— Sim, se você quiser expressar assim. Mas não deu certo, está bem? Eu não achei em lugar algum uma versão completa de *Fulgor Divino*. Nada que me servisse de alguma maneira. Então fique satisfeito.

Adrian virou-se.

— Helen, deixe-o ir.

— Não, eu só o deixo pular! Saia da frente.

Adrian não se mexeu. Helen abaixou sua cabeça de caveira.

— Sinto muito mesmo — disse, desferindo então em Adrian um soco que o atirou pela sala, fazendo-o parar na parede do outro lado.

Nick e Victor reagiram ao mesmo tempo e se jogaram sobre ela por trás. Com seu peso, Victor a mantinha pressionada contra o chão enquanto Nick tentava imobilizá-la.

Helen se defendia com todas as forças.

— Larguem-me! Eu sou o último guerreiro que ainda pode vencer a batalha!

— Não tem batalha — disse Nick, ofegante. — Não tem mais Mensageiro e nem missão. Pare, Helen! Por favor!

— Traidores! — gritou ela.

O estampido ao lado de Nick foi tão alto que em um primeiro momento ele pensou estar morto. A tiros. No instante seguinte, ele percebeu que a bala havia acertado apenas a parede, mas o susto havia feito com que ele acabasse soltando Helen. Ela se virou e atirou em Hortulano, que estava prestes a entrar novamente no escritório pela janela.

Ela atingira seu alvo. Por um momento ele ficou parado, como se congelado em seu movimento, metade dentro, metade do lado de fora, tombando então lentamente para trás.

Nick viu uma sombra preta saltando em direção a Hortulano e agarrando seu braço. Victor. Ele puxou o homem para dentro do escritório sobre o parapeito e o deitou no chão. O sangue tingia a camisa de Hortulano de vermelho.

— Consegui — disse Helen, ofegante por trás de sua máscara. — Eu sabia que iria dar certo.

A expressão de choque no rosto de Nick se desfez, mas ainda demorou algum tempo até que ele reassumisse o controle sobre seu corpo. Ele arrancou a arma da mão de Helen e deu-a para Victor.

— O que vamos fazer agora? Olha como ele está sangrando... Precisamos de uma ambulância.

Um dos dois homens amarrados levantou as mãos.

— Por favor, corte essa fita adesiva e eu me encarrego do ferimento. Rápido!

Nick fez o que o homem disse. Ele estava se sentindo estranho, um pouco tonto. Como se fosse desmaiar a qualquer momento.

— Precisamos de uma ambulância — repetiu.

Sentar-se se fez subitamente importante. Diante dos olhos de Nick dançavam pontos pretos e brancos; os pretos tornavam-se cada vez mais numerosos. Ele foi tateando até a cadeira mais próxima, inclinou-se para a frente e esperou a tontura passar.

Ao olhar de novo para cima, ele viu Helen ao seu lado. Ela fitava suas próprias mãos. "Alguém precisa imobilizá-la", pensou Nick, "mas ela também não está tentando fugir".

Passos na escada. Um dos elevadores zumbia também. *Está chegando ajuda, pelo menos para alguns. Já para outros...*

— Helen? — perguntou Nick, tirando sua máscara de caveira. Sob o disfarce revelou-se seu rosto largo e ensopado de suor, porém satisfeito.

— Não me chame de Helen — disse. — Eu sou BloodWork.

Policiais, médicos, enfermeiros. O escritório estava cheio de pessoas falando umas por cima das outras. Primeiramente eles levaram o ferido Hortulano dali e cuidaram de Colin, que havia quebrado as costelas e talvez rompido o baço, segundo se supunha. Hortulano havia arrancado o taco de beisebol de suas mãos e golpeado sua barriga várias vezes com ele, contou um dos funcionários. Nick admirou-se por Helen não ter atirado em Hortulano na hora, mas talvez se devesse ao fato de ela nunca ter gostado de Colin.

Antes de levarem-no, Colin chamou o nome de Nick, que estava abaixado à sua frente. Colin pegou em sua mão.

— Você vai testemunhar ao meu favor, Nick? Com certeza vão me acusar e me meter no mesmo saco junto com Helen. Mas eu jamais teria atirado, por isso que eu escolhi o taco de beisebol. Por favor.

Foi difícil para Nick não afastar a mão de Colin.

— Ainda é... muito cedo para afirmar isso. Talvez. Sim. Por favor, me solte.

— Aquilo com Jamie também não fui eu. Juro!

— Eu sei — disse Nick.

Eles levaram Colin para a ambulância e Nick seguiu o policial para prestar depoimento na delegacia.

Desistir é fácil, uma vez tomada essa decisão. Eu olho à minha volta e tenho vontade de rir. Tudo isso em breve será passado e eu mesmo serei apenas uma lembrança, para uns dolorosa, para outros constrangedora.

Minha obra está concluída. O que acontecerá agora, eu não sei. Que bom. Assim eu não cairei na tentação de intervir e alterar seu rumo.

Inúmeras possibilidades encontram-se no futuro, esperando para tornarem-se verdade. Eu não tenho curiosidade. Se tivesse curiosidade, eu ficaria? Não sei. Estou cansado. Isso também torna fácil desistir.

33

A chuva densa dava ao Whittington Hospital o aspecto de um grande bloco marrom-acinzentado. Nick havia coberto todo o seu rosto com o capuz, mas ficou molhado mesmo assim. O pacotinho com o chocolate preferido de Jamie estava em segurança, escondido no bolso interno de sua capa de chuva.

O quarto era no terceiro andar. Quando ele já estava em frente à porta, Nick teve vontade de voltar. "Ele está acordado", foram as palavras do sr. Watson. "Mas ele ainda não está bem." Ninguém perguntara mais detalhes.

Nick bateu. Bateu de novo. Ninguém respondeu. Cheio de maus pressentimentos, ele abriu a porta.

Duas camas, uma estava vazia. Na outra estava Jamie. Ele parecia pequeno, frágil. Nick tomou fôlego.

— Oi Jamie. Sou eu, Nick. Eu soube que você estava melhor e aí pensei em dar uma passada aqui.

Jamie não se mexeu. Sua cabeça estava virada para a parede, metade dela estava raspada, parecendo com a de Kate, só que na de Jamie havia uma sutura passando por toda a parte careca.

— Eu lhe trouxe uma coisa — Nick tirou o pacotinho de sua capa e se aproximou lentamente. Agora ele via o rosto de Jamie. Ele estava com a boca entreaberta, olhando a parede fixamente.

Então, sim. Algo o sufocou bem acima de suas cordas vocais. Ele rapidamente desviou o olhar.

— Emily mandou um abraço. Ela vai vir visitar você em breve. Aconteceram muitas coisas nas últimas semanas.

O olhar inerte de Jamie continuava direcionado para a parede. Apesar de Nick acreditar ter visto um músculo de seu rosto palpitando. Talvez tivesse sido só impressão, mesmo.

— Jamie, eu gostaria muito de saber como você está. Sinto muitíssimo por tê-lo tratado tão mal naquele dia. Eu já desejei mil vezes ter agido de outra maneira. Mas o jogo acabou, talvez isso o deixe contente. Não só por mim, mas no geral.

Jamie sorriu? Não.

— Se você estiver me ouvindo, se você estiver entendendo pelo menos uma palavra do que eu digo, faça alguma coisa. Por favor! Pisque ou mexa os dedos do pé, sei lá.

Ele estava reagindo? Estava mesmo reagindo? Nick mordeu os lábios ao observar Jamie mover sua mão direita bem lentamente sobre o edredom, levantá-la um pouco e esticar os dedos.

— Isso, vamos, Jamie — balbuciou Nick. — Você vai ficar bem, tenho certeza.

A mão de Jamie pendia no ar. Seus dedos tremiam. Então ele os abaixou, um após o outro, exceto o dedo médio. Ele virou a cabeça, olhou para Nick e sorriu.

— Cox, seu filho da mãe, você quase me mata de susto! — gritou Nick, tendo que se conter para não lhe dar soquinhos em suas costelas ou pelo menos um abraço. — Você está bem, não está? Nossa, como eu estou feliz. Eu realmente pensei que você tivesse... partido.

— Se eu estou bem? Você enlouqueceu? Minhas dores de cabeça são de outro mundo e você não tem ideia de como é legal estar com o quadril quebrado — Jamie riu, e na mesma hora fechou os olhos de dor. — Mas estou tomando uns remédios ótimos para isso. Só por isso valeu a pena.

— Idiota. Eu vi você deitado no chão da rua e pensei que você estivesse morto. Nunca vou conseguir tirar essa imagem da cabeça.

Mais uma vez Jamie sorriu sem inibições.

— Mande-me uma cópia dela então.

Afinal, ele ainda se lembrava de tudo, exceto dos dois dias antes do acidente. Sua raiva do jogo continuava a mesma.

— Ele não está mais funcionando — disse Nick. — Nenhum dos jogadores consegue mais entrar. Após a batalha ter sido perdida, ficou tudo preto, para todo mundo ao mesmo tempo. Fim. Pronto. Acabou. Tem um pessoal que está passado com isso até hoje.

— Mas como assim? Alguém desligou o servidor?

— Não — Nick precisou se lembrar que Jamie não tinha ideia do que o Erebos havia sido e de tudo o que ele era capaz. — Ele era um jogo realmente fora do comum. Ele podia ler e entender o que lia. Minha teoria é que durante a batalha, ele ficou permanentemente buscando na internet a notícia de que... como eu posso dizer?, seu inimigo estava morto. A tal notícia não chegou, mas chegou outra. E então ele se desligou.

Jamie parecia impressionado.

— Que doideira.

— Sim.

O rosto pálido de Jamie se mostrou pensativo. Será que era muito cedo para contar-lhe toda a verdade? "Não", pensou Nick. "Quanto mais rápido resolvermos isso, melhor."

— Escute — ele começou. — O que aconteceu com você na verdade não foi um acidente. Alguém sabotou os seus freios, por isso que você foi correndo tão rápido até aquele cruzamento — ele respirou fundo. — Eu sei quem fez isso. Se você quiser, eu lhe conto.

A incredulidade tomou conta do rosto de Jamie. Ele abriu a boca, tornou a fechá-la e virou a cabeça para a parede.

— Eu não consigo me lembrar do acidente. Nem dos dias anteriores. O que aconteceu nesse meio-tempo eu gostaria de saber — ele tocou a cicatriz em sua cabeça. — A história do jogo teve algo a ver com isso?

— Teve.

— Entendo. Eu estou pensando. Talvez eu queira saber isso um pouco mais tarde — ele deu um meio-sorriso. — O que me interessa é: pode acontecer de eu me deparar com essa pessoa no pátio da escola e lhe dar metade do meu sanduíche por mera amizade?

Nick sacudiu a cabeça.

— Não.

Brynne havia mudado de escola, na verdade. Ela acabou nunca procurando a polícia, até onde Nick sabia.

— Até quando você tem que ficar aqui? — perguntou.

— Ainda pode demorar um pouco. Depois eu tenho que fazer fisioterapia, com todas as outras velhas que também quebraram o quadril. Estou ansioso para saber se elas vão gostar do meu penteado.

O cérebro de Jamie, inclusive a região do humor, estava intacto. Nick poderia sair dali cantando alto.

— Quando você estiver melhor, tenho que lhe apresentar alguém. Vocês vão se dar bem.

— É uma garota?

— Na verdade, não. Mas é alguém com um humor parecido e que gosta de chá ainda mais que você.

Um segundo encontro estava marcado para dois dias depois. Emily o organizara por acreditar que seria bom colocar um ponto final naquilo tudo.

— Para muitos, isso está sendo difícil — disse ela. — O jogo acabou tão de repente que deixou um vazio imenso.

Nick, que ainda podia lembrar-se muito bem de seu próprio vazio, concordou com ela. Além do mais, havia nisso uma ideia, um plano prático, que apenas em conjunto com os outros ex-jogadores poderia ser levado a cabo.

Com a ajuda do sr. Watson, eles haviam reservado o salão de reuniões de um centro recreativo e pregado avisos em todas as escolas nas quais eles sabiam, ou pelo menos suspeitavam, que havia ex-jogadores.

Nick, no entanto, não contara com tamanho público. Quando ele entrou no salão, todas as cadeiras já estavam ocupadas havia tempo e muitas pessoas estavam sentadas no chão. Ele tentou contar os presentes, porém desistiu antes de chegar à metade. De qualquer maneira, eram pelo menos cento e cinquenta. Apesar da tarde fria de novembro, eles logo iriam ter que abrir as janelas se quisessem ter ar suficiente.

Nick foi até a frente e esperou que a maioria das conversas cessasse.

— Olá — disse ele. — Eu sou Nick Dunmore, muitos de vocês me conhecem da escola. Como vocês, eu também jogava o Erebos e amava, sério mesmo. Apesar disso, e agora vocês terão que simplesmente acreditar em mim, é bom que o jogo tenha terminado. Mas antes de explicar o que realmente havia por trás daquilo, acho que nós deveríamos nos apresentar devidamente. As regras não valem mais. Então: no jogo eu era Sarius, um elfo negro, e fui eliminado como um 8.

Algumas pessoas riram.

— Sarius, sério? Você era Sarius?

Na mesma hora, os primeiros quiseram começar com seus próprios relatos, experiências e anedotas. Nick só conseguiu pará-los com muito esforço.

— Um momento! Primeiro nós temos que discutir algo importante. Escutem: vocês todos devem ter lido no jornal o que aconteceu. Hortulano não era nenhum monstro, e sim uma pessoa de verdade. Uma pessoa não muito legal, mas uma pessoa. Em alguns dias, ele terá alta do hospital e provavelmente vai continuar agindo como até agora tem feito — eles o escutavam atentamente, *incrível*. — O Erebos tinha o único objetivo de pagar na mesma moeda as canalhices de Hortulano. Não deu certo, o que por um lado é bom. Por outro lado, ele não pode sair ileso dessa história.

Alguns dos presentes acenavam com a cabeça, a maioria dava a impressão de não estar entendendo nada.

— O importante seria o seguinte — Nick prosseguiu. — Vocês todos tiveram que cumprir missões "de verdade". Eu gostaria de reuni-las todas. Principalmente aquelas que não tinham a ver com as pessoas da escola de vocês. Anotem, por favor, tudo o que fez vocês se perguntarem por que e para quem estavam fazendo aquilo. Se vocês tiverem tirado fotos, escaneado imagens ou feito cópias e ainda as possuírem, me entreguem.

Agora eles pareciam desconfiados.

— Ninguém vai usar isso contra vocês, prometo. Mas vamos tentar usar isso contra Hortulano caso se descubra que suas mãos estão sujas, o que eu tenho como praticamente certo. Vamos nos encontrar de novo daqui a uma semana, OK? E agora eu gostaria de saber quem vocês eram.

Foi como se uma barragem tivesse arrebentado. Nick tentava insistir em uma ordem para as pessoas se manifestarem, mas logo elas começavam a falar umas por cima das outras. Todos queriam contar suas histórias e descobrir quem estava por trás dos guerreiros com os quais eles haviam se envolvido durante o jogo. Nick desistiu de querer bancar o moderador e se misturou aos outros.

Rapidamente se formaram grupinhos, porém algumas pessoas permaneceram sozinhas, como Rashid. Ao contrário dos outros membros do Círculo Interno, ele não havia sido flagrado, mas Nick percebia seu mal-estar. Ele ainda temia que alguém fosse entregá-lo.

Nick foi em sua direção e sorriu.

— Há tempos que eu venho me perguntando quem você era. Blackspell?

Rashid levantou os ombros constrangido.

— Eu ainda acho estranho quando nós falamos sobre os nossos personagens. Não me parece certo.

— Pare com isso. Vamos, me diga. Blackspell?

Um sorriso discreto se esboçou em seus lábios.

— Na trave. Eu era Nurax.

— O lobisomem! Nunca iria imaginar. Como era jogar como lobisomem? Legal?

Eles conversaram sobre as vantagens das diferentes espécies, sobre aventuras pelas quais eles passaram juntos e separados. Outras pessoas se juntaram a eles, contaram sobre seus guerreiros e suas experiências. O local zumbia como em uma colmeia.

Nick abria passagem entre a multidão procurando os jogadores que havia encontrado com mais frequência. Ele queria saber quem eram Sapujapu e Xohoo, ou Galaris, cujo nome estivera escrito na caixa de madeira. Em um dado momento, Aisha cutucou seu ombro por trás.

— Oi, Sarius. Eu fiquei muito surpresa com isso, sabia? Eu achava que você era LordNick. A maioria achava isso.

— Eu sei — ele suspirou. — Eu queria encontrá-lo de qualquer jeito. Avise-me se você encontrá-lo, certo?

Ela olhou para ele ofendida.

— E quem eu era, não lhe interessa?

Mais me interessaria saber como se resolveu aquela história do assédio.

— Ah, sim, claro — disse. — Nós nos conhecemos?

— Oh, sim — disse ela, sorrindo. — Mas nós não nos gostávamos. Você me tirou dois níveis na arena.

— Feniel?

— Isso.

Após duas horas, Nick havia reunido uma considerável lista com equações e desta vez todas certas. Por trás de Blackspell estava Jerome, atrás de LaCor, um outro vampiro, escondia-se o calado Greg. Xohoo revelou-se como Martin Garibaldi, que Nick observara suplicando algo a um amigo seu um dia após ter sido eliminado. Nick teve que engolir sua decepção. Em Xohoo ele havia esperado encontrar um colega para a vida real.

Instantes depois ele encontrou Sapujapu, que não guardava a menor semelhança com um anão e era um rapaz alto e magro chamado Eliott que apenas concluíra o sexto ano e queria fazer faculdade de letras em seguida. Eles trocaram telefones, falaram sobre filmes e música e descobriram que Eliott também era um fã de Hell Froze Over.

— Infelizmente, eu perdi minha camiseta da banda — suspirou. — Eu a sacrifiquei por um nível no Erebos. Sei lá para quê.

Nick quase perdeu o ar de tanto rir, por isso demorou um pouco para colocar Eliott a par de tudo.

— Creio que essa é uma boa razão para irmos num pub um dia desses — disse Eliott e adicionou que Nick era espantosamente parecido com LordNick.

— Eu sei — disse Nick, irritado. — Eu mesmo gostaria de saber quem pegou meu rosto emprestado.

Alguém pigarreou atrás dele.

— Acho que nisso eu posso ajudá-lo.

Nick se virou. Dan, a irmã tricoteira número 1.

— Ah, sim. Quem era, então?

Dan olhou para o chão, constrangido.

— Não conte a ninguém, certo? Eu tenho quase certeza de que era Alex. Ele... admira você. Já há alguns anos. Durante um tempo ele tentou imitá-lo, você não reparou? Não? Bem, eu sim — Dan coçou as costas. — Quando apareceu um clone de Nick Dunmore, pouco depois de eu ter dado o jogo a Alex, eu pensei imediatamente nele.

E quem garante que não era você mesmo?

— Por que você está me contando isso?

Dan se coçou com mais força.

— Bem, Alex é meu melhor amigo. E ele fica realmente mal por você chamá-lo sempre de irmã tricoteira. Eu pensei que se eu lhe contasse como ele o vê, você seria mais gentil com ele. Ele mesmo não quis vir. Ficou constrangido, o que só fortalece a minha teoria.

O relato de Dan impressionou Nick de maneira peculiar. Ele havia imaginado todos os motivos possíveis para a existência de LordNick, mas admiração não fora um deles.

— E você? — ele perguntou a Dan. — Quem era você?

— Ih, rapaz — Dan sorriu. — Isso não vai me render nenhum ponto a meu favor. Eu era Lelant e sinto muito, mas eu não posso mais lhe devolver seu cristal de desejos.

Muitas coisas se esclareceram, mas não tudo. Quem fora Aurora, por exemplo, a mulher-gato que morrera no labirinto lutando contra o escorpião, Nick não descobriu. Já por trás de Galaris, estava uma menina de óculos magra e pálida da sétima série. Ela tinha tanta ideia do conteúdo da caixa quanto Nick e havia apenas transportado a caixa de um local para outro. Tyrania, a bárbara com saia curtíssima, era a tímida Michelle. Foi ela quem providenciara os comprimidos com os quais Nick devia ter envenenado o sr. Watson. Michelle os roubara do armário de remédios de seu avô. Sem ninguém descobrir, pois vovô sempre estocava o dobro da quantidade em casa. Só para garantir. Henry Scott, o novato de Nick, havia se transformado em Bracco, o homem-lagarto.

— Quem eram as pessoas do Círculo Interno? — perguntou a Nick uma menina gordinha e asiática mais tarde durante a noite, quando a maioria dos presentes já estava partindo.

— Helen era BloodWork — disse Nick. — Por isso ela está passando por uma barra pesadíssima. O sr. Watson disse que ela está em tratamento psiquiátrico.

— E Wyrdana? Drizzel?

O nome verdadeiro de Wyrdana, Nick não conhecia. Em pensamento, ele a chamava apenas de Gollum. Ela estudava em outra escola, assim como o Pânico e o alienígena. Deve também ter sido um desses dois que quis atirar Nick para debaixo do metrô; mas não importava mais qual dos dois. Ele tinha a mesma reação que Jamie com o sabotador de freios.

— Drizzel — disse Nick — provavelmente era Colin. Você o conhece? Alto, negro, jogador de basquete.

E que um dia foi meu amigo.

34

Este era o primeiro fim de semana em que Nick só queria descansar. Ficar em paz. Dormir. Ir ao cinema com Emily.

Mas Victor infelizmente não queria saber disso. Ele havia tido uma ideia da qual ninguém mais conseguia dissuadi-lo. Eles discutiram por quase meia hora no telefone.

— Isso é maluquice.

— De forma alguma. É a única coisa certa a se fazer.

— Você vai deixar Adrian arrasado com isso.

— Acho que não.

Nick tentava encontrar as palavras.

— Além disso, não vai funcionar.

— Claro que vai. Já está tudo testado.

— Então faça logo. Mas eu não quero participar disso.

Victor aparentemente não contara com a reação de Nick.

— Ah, vamos. Nós todos temos que participar, nós devemos isso a Adrian. Emily disse que vem.

No fim das contas, Nick cedeu. Principalmente por causa de Emily, para ser sincero. Mas ele estava mais do que insatisfeito com aquela situação.

Victor havia se superado. Três tipos de chá e três bules diferentes, cookies e fatias de pizza. Eles se refestelavam na sala dos sofás, comiam e conversavam. Emily havia visitado Colin no hospital, e ele teria que comparecer ao tribunal, assim como Helen e os outros membros do Círculo Interno.

— É capaz de eles nos convocarem como testemunhas — disse Emily.

— O problema é que o jogo não está mais funcionando. Para o juiz vai ser difícil reconstituir o que realmente aconteceu.

— Por outro lado — disse Nick, — centenas de pessoas podem contar para ele. Todo o mundo viu e viveu aquilo.

— Só eu que não — disse Adrian baixinho.

Victor não poderia ter conseguido uma deixa melhor.

— Tem razão. Toda a parte *multiplayer* já era. Sinto muito, mas, sabe, acho que muita coisa do jogo não iria lhe agradar. Embora exista outra coisa que você deveria ver.

Ele puxou Adrian de cima do sofá e o levou até a sala dos computadores. Ele havia colocado a melhor cadeira de escritório na frente do maior monitor.

— Sente-se aí.

A expressão de Adrian era como um ponto de interrogação.

— O início continua funcionando sem problemas — disse Victor, puxando um banco e sentando-se do lado de Adrian.

Nick e Emily fizeram o mesmo; eles formavam um pequeno semicírculo em volta de Adrian, como se quisessem protegê-lo.

Victor ligou o monitor.

A clareira. O luar pálido. Ao centro, o Sem Nome, agachado sobre o chão.

Como que em transe, Adrian pegou o mouse e girou a perspectiva da tela.

— Eu conheço isso. É perto de Wye Valley — disse ele. — Vejam só ali atrás, aquela árvore se destacando do chão. Nós costumávamos pendurar a mochila lá quando fazíamos piquenique.

Ele levou seu Sem Nome até o local, o parou e depois o fez se curvar e então levantar algo que parecia um pedaço de madeira pintado de azul. Nick viu uma lágrima escorrer pelo rosto de Adrian.

— O que é isso?

— Meu canivete. Eu o perdi lá em cima quando tinha sete anos e fiquei o dia inteiro chorando.

Nick e Emily trocaram um olhar. Aquilo poderia ficar mais difícil do que eles haviam imaginado. Emily colocou a mão nas costas de Adrian.

O Sem Nome procurou e encontrou um caminho que conduzia para fora da clareira; na verdade, uma trilha que toda hora se perdia por entre as árvores. Mas Adrian, compreendeu Nick, sabia aonde estava indo. Ele parou poucas vezes para se orientar, mas obviamente prestava atenção em sua barra de energia. Pouco tempo depois, ele chegou a um córrego estreito, onde fez seu Sem Nome parar mais uma vez.

— Aqui nós um dia... ali está ela — sussurrou Adrian. No início, Nick não sabia o que ele estava querendo dizer, em seguida avistou dois pontos luminosos no escuro e, logo depois, o animal inteiro.

— Vocês viram uma raposa aqui?

Adrian acenou com a cabeça. Logo depois a raposa fugiu, desaparecendo entre a vegetação.

O Sem Nome prosseguiu ao longo do córrego. Ele atravessou em um ponto onde três pedras formavam uma espécie de ponte. Aqui o caminho descia e Nick teve vontade de tirar Adrian do computador, pois ali embaixo ele já estava vendo o tremular da fogueira.

O homem morto desta vez não estava sentado e tampouco fitava as chamas. Ele estava de pé e aguardava ansioso o Sem Nome.

— Adrian?

— Papai — sussurrou Adrian.

Nick viu como a mão de Adrian agarrava o mouse. O Sem Nome cambaleou, mas permaneceu de pé.

— Você veio pelo nosso caminho. Diga-me se você é Adrian.

Adrian colocou as mãos sobre o teclado.

— Sim, sou eu.

O homem morto sorriu.

— Que bom. Eu esperava que você viesse quando tudo estivesse terminado.

— Se você quiser, nós podemos sair daqui — disse Nick.

Adrian sacudiu a cabeça. Ele esteve prestes a escrever algo várias vezes, mas parecia não saber como começar.

— Como você está? — digitou finalmente.

— Meu plano fracassou. Se eu ainda estivesse vivo, provavelmente estaria muito furioso.

Da boca de Adrian saiu um ruído entre um bufo e uma risada.

— Eu também estou furioso. Com você. Por que você fez isso?

— Por que eu fiz o quê?

Os dedos de Adrian agora literalmente voavam sobre as teclas.

— Ué, o que você acha? Você simplesmente fugiu! Você sabe o quanto isso foi horrível? Mamãe nos primeiros dias teve que ficar sob efeito de calmantes, ela que encontrou você. Nem uma carta você nos deixou. Nada. Por quê?

Pela primeira vez o morto pareceu hesitar.

— Eu não teria sabido o que escrever. O Erebos estava pronto e tudo estava perfeito. Eu havia concluído algo extraordinário. Você está vendo como ele é bom, não está? Tudo o que podia vir depois disso eram brigas, processos, provavelmente a prisão, uma vida arruinada. O Erebos era perfeito, mas eu não. Eu tomei nojo de tudo o que estava fora dele.

— Você nem sabia mais o que estava fora dele — gritou Adrian. As lágrimas fluíam pelo rosto de Adrian e ele as deixou correr como se não as percebesse. — Você ficou quase dois anos sem sair para lugar algum.

— Fiquei. Eu passei a achar o mundo insuportável. Tudo eram acasos e imprevisibilidades. Por isso eu me isolei, mas deixei o Erebos. A melhor coisa que eu já criei.

— A mais brutal que você já criou. Um amigo meu está no hospital e quase morreu, e alguns colegas meus da escola talvez sejam presos por terem tentado matar Hortulano. Pai, você sabia que uma coisa dessas poderia acontecer, não sabia?

— Eu deixei em aberto.

— Como você pôde fazer isso? Eles são só um pouco mais velhos que eu e não têm nada a ver com seu plano de vingança.

O morto se sentou sobre uma pedra junto ao fogo.

— O Erebos foi uma moeda que eu lancei para o alto. Quando ela começou a girar no ar, eu já tinha ido embora. Os jogadores sempre tiveram a opção, eles podiam parar a qualquer momento. No começo todos tinham que passar por mim e eu os advertia. A cada um deles.

Faíscas se levantaram e refletiram nos olhos verdes de Larry McVay, que tanto se assemelhavam com os de seu filho.

— Quem tinha escrúpulos se salvou. Os que restaram eu usei. Mas eles tiveram uma chance justa. Como todos os outros.

Nick se lembrou que esteve prestes a envenenar o sr. Watson. Depois, pensou no rosto suado e satisfeito de Helen e teve vontade de chorar.

— Nada disso foi justo, pai. Você os influenciou, os modificou, os explorou, por uma vingança com a qual você agora sequer vai ganhar alguma coisa.

O morto sacudiu lentamente a cabeça.

— Eram todos livres para escolher.

— Não advertiu de verdade, pai. Não a ponto de eles poderem acreditar em você, não é?

— Eram todos livres para escolher.

Os dedos de Adrian deslizaram do teclado.

Uma rajada de vento soprou o capuz do homem para trás, desgrenhando seus parcos cabelos loiros. Fez-se uma pausa. Adrian não afastava o olhar um segundo sequer do rosto de seu pai. Era como se acontecesse um diálogo sem palavras entre os dois e que os outros não podiam acompanhar. Então um solavanco moveu o corpo de Adrian.

— Você não fez nada disso por mim, que fique bem claro. Eu não concordo com isso, não entendo como você pôde exigir que eu distribuísse esse jogo entre as pessoas.

Um sorriso se desenhou nos lábios de Larry McVay.

— Você não tem culpa nenhuma. Não se acuse.

— Não é o que estou fazendo! Eu acuso você. Para você, eu fui como um de seus personagens.

O morto desviou o olhar para o fogo.

— Eu o protegi.

Adrian deu uma gargalhada alta.

— Se você realmente quisesse me proteger, não teria se matado. Isso foi covarde, pai, muito covarde!

— Sinto muito. Mas eu não posso mais mudar isso.

— Não.

Adrian levantou a mão do teclado e por um momento Nick pensou que ele queria acariciar o monitor, ali, onde estava a testa do homem morto. Mas Adrian freou seu movimento e abaixou o braço.

— Pai?

— Sim?

— Tudo o que está me dizendo agora você preparou especialmente para o caso de eu vir até aqui, não foi? Você pensou nas respostas que daria às minhas perguntas dependendo do final que o jogo fosse ter. Não é?

— Sim.

— Quando?

— Você quer dizer, em qual dia?

— Isso.

— Foi em 12 de setembro, a 1h46.

Emily abraçou Adrian forte quando ele começou a chorar com o rosto encoberto pelas mãos. Ela o segurou por mais de um minuto enquanto o homem morto os fitava por trás do monitor com inabalável simpatia.

McVay se enforcara em 13 de setembro, lembrou Nick. Pouquíssimo tempo depois daquilo.

— Então ele ainda podia ter mudado. Tudo, ele podia ter mudado tudo — murmurou Adrian.

Ele pegou o lenço de papel que Victor lhe ofereceu e limpou o nariz sem tirar os olhos do rosto de seu pai. Suas mãos reencontraram o caminho do teclado.

— O jogo era mais importante do que nós, não era? Hortulano era mais importante para você.

— Sinto muito.

— Você não se despediu de mim, pai. Isso foi o pior de tudo para mim. Você não ter deixado nenhuma mensagem.

— Sinto muito.

— Eu senti tanto a sua falta. Já nos dois anos antes.

— Sinto muito.

Conforme parecia, o homem morto chegara à questão central de sua mensagem. Adrian acenava mudo com a cabeça. Eles ficaram se olhando novamente por um tempo. Demorou um pouco até Nick se lembrar que, na verdade, apenas um deles estava realmente vendo algo, mas isso não deixa as coisas mais suportáveis. A fogueira estalava e o vento farfalhava as copas das árvores daquele bosque onde Larry McVay e seu filho Adrian haviam, há muito tempo, se deparado com uma raposa.

— Adeus, pai.
— Você está indo agora?
— Acho que sim. Sim.
— Adeus, Adrian. Cuide-se.

O homem morto sorriu, levantou a mão e acenou. Adrian acenou de volta. Em seguida ele desligou o computador, encostou a cabeça nos ombros de Emily e chorou até adormecer.

A época que antecedia o Natal mantinha Londres com reluzentes alegrias. Pinheiros iluminados, flocos de neve, velas e estrelas brilhavam nas ruas de comércio; qualquer que fosse a loja que se adentrasse, era possível ser envolvido por "Jingle Bells" e "Last Christmas".

Nick e Emily haviam marcado na Muffinski's, perto do Covent Garden. Quando ele entrou, ela já estava lá.

A saudação dos dois foi em silêncio e carinhosa. Nick jamais iria se acostumar que Emily agora era sua; toda vez que eles se beijavam ele praticamente se afogava em uma onda de felicidade.

— Tenho novidades — disse ele, passando a mão nos cabelos dela sobre sua testa. — Ontem eu recebi mais uma porção de material que os ex-jogadores reuniram. Há gravações de uma conversa entre Hortulano e um tal de Tom Garsh, que havia recebido desse a distinta missão de arrombar uma empresa concorrente.

— Parece interessante.

— Além disso, temos fotos que mostram Hortulano junto com Garsh. Victor descobriu que Garsh já foi preso três vezes por arrombamento.

— Pois é, mas isso não chega a ser uma prova.

— Não, mas as coisas estão se encaixando.

Eles pediram café e muffins. *Have yourself a merry little Christmas*, cantava Judy Garland.

— Você por acaso já está sabendo para que serviu aquela sua missão de tirar fotos na garagem? — perguntou Emily.

— Acho que aquilo foi só porque a moça ao lado de Hortulano não era sua esposa. Mas não dá para fazer mais nada com as fotos, sua mulher já o largou. Acho que o plano de vingança do Erebos se realizou pelo menos parcialmente.

— É — disse Emily. — Mas em todo caso ele continua vivo.

— Em todo caso, sim.

Quando eles partiram, uma suave neve acabara de começar a cair. Eles foram andando abraçados pelas vielas, paravam uma vez ou outra, beijavam-se, riam e seguiam em frente.

— Eu ainda nem comprei nada de Natal para Victor — constatou Emily, enquanto eles examinavam a vitrine de uma loja de quadrinhos onde, além de diversas revistas e bonequinhos, haviam expostas também canecas. — Você viu aquela ali atrás? — ela apontou para uma caneca com entalhes redondos que parecia ter sido esculpida em um queijo suíço.

— Na mosca — disse Nick. — Ele vai amar.

Emily investiu cinco libras naquele cacareco.

— Você quer uma também? — perguntou sorrindo. — Ou prefere um vale para um corte de cabelo?

Nick a pegou pelos ombros e fez como se fosse sacudi-la.

— Eu já recebi meu presente — disse ele quando eles já se encontravam do lado de fora.

— Não recebeu nada.

Ela subiu sua mão por debaixo da trança de Nick e deixou-a ali, parada. Claro que ele não conseguiu sentir nada, seja lá o que fosse.

— Para mim isso foi um presente — disse ele. — O mais bonito que você poderia me dar. Melhor que uma aliança.

Ela sorriu-lhe.

— Sim, e bem mais difícil de perder.

— Com certeza — ele se inclinou sobre ela, afastou seu cabelo para o lado e beijou o corvo em sua nuca.

Agradecimentos

Eu gostaria de agradecer...

... primeiramente a Ruth Löbner. Ela é a madrinha oficial deste livro, uma amiga de verdade e, antes de tudo, um presente dos céus. Sem ela, Erebos não seria o que ele é (possivelmente ele ainda nem estaria pronto). Ela me acompanhou enquanto eu escrevia, me motivou e sempre gritou "Pare!" nas horas certas. Na verdade, ela mereceria um Prêmio Loebner só para ela — não de inteligência artificial, mas sim de todos os demais tipos de inteligência.

... a Wulf Dorn, um outro achado na minha vida, por estarmos sempre na mesma sintonia, pelos incentivos constantes, pelos comentários tão sensíveis quanto implacáveis — resumindo, por sua amizade.

... aos meus agentes Roman Hocke e dr. Uwe Neumahr, da AVA International, pelo seu grande apoio e dedicação.

... às minhas leitoras Susanne Bertels e Ruth Nikolay, por seus olhos afiados e pela empolgação com a qual receberam Erebos.

... aos membros do fórum de autores Montségur, pelo lar virtual para escritores e pelas inúmeras inspirações e dicas.

... e por último aos meus pais, por muitas coisas, mas principalmente por uma infância repleta de livros.

Este livro foi composto na tipologia Sabon LT
Std Regular, em corpo 10,5/15, e impresso em
papel off-white no Sistema Cameron da
Divisão Gráfica da Distribuidora Record.